光之梦

光的脚步

GUANG
DE JIAO BU

《光之梦——新时代他们和他们的作品》编委会　主编

新时代
他们和他们的作品

人民日报出版社
北京

图书在版编目（CIP）数据

光之梦：新时代他们和他们的作品 /《光之梦：新时代他们和他们的作品》
编委会主编. -- 北京：人民日报出版社，2024.10. -- ISBN 978-7-5115-8465-6

Ⅰ. I25

中国国家版本馆 CIP 数据核字第 20240VU987 号

书　　　名：光之梦：新时代他们和他们的作品
　　　　　　GUANGZHIMENG：XINSHIDAI TAMEN HE TAMEN DE ZUOPIN
主　　　编：《光之梦：新时代他们和他们的作品》编委会

出 版 人：刘华新
责任编辑：陈　佳
装帧设计：武汉泰祥和新文化传媒有限公司

出版发行：人民日报出版社
社　　　址：北京金台西路2号
邮政编码：100733
发行热线：（010）65369509　65369527　65369846　65363528
邮购热线：（010）65369530　65363527
编辑热线：（010）65363486
网　　　址：www.peopledailypress.com
经　　　销：新华书店
印　　　刷：武汉新鸿业印务有限公司
法律顾问：北京科宇律师事务所 010-83622312

开　　　本：787mm×1092mm　　　1/16
字　　　数：280千字
印　　　张：18.75
版次印次：2025年2月第1版　　　2025年2月第1次印刷

书　　　号：ISBN 978-7-5115-8465-6
定　　　价：88.00元

编 委 会

序

习近平总书记指出，文艺是时代前进的号角，最能代表一个时代的风貌，最能引领一个时代的风气。

当我们用新时代作为一个定义区段，将来自鄂电职工原创的文艺作品集腋成裘，进行审视和剖析时，我们不难发现，无论是自发创作还是命题创作的成果，都能折射出科技日新月异、思潮多元碰撞下时代个体和企业社群相互作用而催生出的电网人文精神。

"文章合为时而著，歌诗合为事而作。"这些人文精神成果由时代思潮的经线和荆楚地域的纬线编织而成，在电网企业文化的浸润下，散发出独特的魅力，既能呼应社会文化的发展，记录一个时代创造的行业文化；同时，"文以载道"，唤起电网社群的共情，凝聚企业发展的向心力。

从文化地理而言，它根植于荆楚沃土，是由"务实求真、崇德守信、开放包容、敢为人先"的精神孕育而生，深怀道路自信和文化自信，有着鲜明的文化辨识度和独特的地域文化涵养，兼具庙堂之雅、文哲之思、质朴之诚及乡俗之亲。

从表达内容而言，它体现了个体抒发和电网书写之间的渐进式融合，从职工的自发式文艺实践向企业文化实践逐步过渡，彰显了思想引领在企业中发挥的重要作用。

从传播成效而言，它由过去职工社团单一文化方向的有限辐射，成为如今多艺术门类互涉、多创作元素交叠、多传播平台共享的开放式传播，深刻影响着广大职工和社会群体。

这套职工文艺作品集，代表了广大职工朝气蓬勃的精神风貌，以及向上而思、向善而行的精神世界。

有思想、有高度、有内涵，并不乏情趣，是这套书特别值得肯定之处。尤其难得的是，作者大多承担着电网运维、供电服务等工作，在电力保供的繁重工作之余，仍然保有创作的激情与书写的情怀，令人动容。

这样的激情与情怀里，藏着一种珍贵的人生态度，一种不辜负时光、不错过成长的态度。我们的作者们，用作品点缀着那些看似平淡无奇的日复一日，心无旁骛地投入，尽心尽情地创造，并在这样的付出中获得成长。

从"旅行天下"的美好时光，到心灵深处的情绪诉说；从人文历史的探索思考，到随书行走的灵光闪现，丰富的情感表达，尽在一行行的文字与一幅幅的书画中。

面对大地、面对生活之时，我们也面对投身的鄂电事业，面对我们的岗位和同事。我们敏锐地洞察闪光点，挖掘正能量，热情讴歌、深情礼赞，这些作品沾泥土、带露珠、冒热气，具有格外强的感染力，也必将有恒久的生命力。

十年来，我们曾经在逆境中守望相助，我们也携手共进迎接春天。与企业共鸣共情，与时代同频共振，湖北电力文艺百花齐放，各争其艳。这批有筋骨、有温度的作品，正是火热十年的真实画卷。因为捕捉了生活中温暖的火光，因为刻绘了平凡中的伟大，因为勾勒了最接地气的鄂电群像，这批作品为提升湖北电力软实力作出了贡献。

一笔书青绿，一纸画彩虹。我相信，这缕文艺之光必将点亮更光彩的鄂电未来。希望我们的作者们，一如既往地深入生活，吮吸汩汩甘泉，用浸染温润、洒脱奔放的作品，勇攀文艺高峰，让鄂电文艺百花园焕发盎然生机，为鄂电事业的蓬勃发展贡献向上向阳的精气神。

（国网湖北省电力有限公司职工董事、党委委员、工会主席）

2024年12月

以光之名 用心抒写

——国网湖北电力职工文学艺术创作十年回眸

电，是人类文明的火花。荆楚之地，沧浪之洲，光明使者始终肩负着播火的使命，以光的名义，不辞艰辛，不停奔跑，跨入了新时代。

如果要回望和体察十年来走过的路，文学艺术的表达是一个很好的角度；如果要捡拾和盘点十年来精神层面的收获，文学艺术则堪称一个高密度、大容量的硬盘。

在一个企业的精神构架内，文学艺术创作是职工文化的根脉，而职工文化构成了企业文化的风景线。如果从这个角度来审视十年来的耕耘和收获，国网湖北电力的实践无疑是一个很好的例证。这也正是我们编辑出版这套《光的脚步》的初衷。

在展开描述之前，我们可以想象一下关于光的图景。如果你翻到书中的某页，看到一个场景，这个场景里的人正在奔忙——对，他们总在奔忙；作家只是记录了他们——而这个场景刚好与现实中的某个瞬间撞个满怀。生活中的电力工人毫不起眼，因为现在很少停电。不过，在街角或者村口匆匆一瞥，你或许偶尔会发现他们的身影。但你发现了吗？你看到的这些身影总是在奔忙，似乎从未停下。

他们本身不会发光，但似乎，他们只要不停地奔跑，就会带来光明；他们的脚步，便是光的足迹。这本书中的每一个篇章，都在试图告诉人们这个事实。

以光之名，用心抒写。本书展示的正是被称作光明使者的新时代电力人的精神图景。

赋能：开掘文学艺术的"富矿"

电力是文学艺术创作的富矿，但要真正充分开掘这座富矿并非易事。如果把它比作一项工程，那么，企业会面临一道选择题：这样一项浩大的工程，是依靠职工本身的力量还是借助外力？

国网湖北电力的选择，更多的是前者。职工是企业文化建设的推动者，更是职工文化的创造者，是文学创作当仁不让或者说责无旁贷的重要力量。对国网湖北电力来说，这不再是一种理念，而是生动的文本实践。"电力人写电力人""电力人表达电力人"，其产生的作品效应，与其他一些企业或者组织依靠外力呈现出来的结果相比，至少是不遑多让的。

显然，这样的效应和效果是一个从自发走向自觉的过程，可以用一个词来描述：赋能。就是说，这个过程，是一个赋能的过程。

赋能是价值共享的关键环节。当"快乐工作，健康生活"成为企业工作场景或者文化活动现场的一种宣示时，当精神的愉悦和心灵的丰富成为企业给予职工的一种显性福利时，这样的赋能就是必需的了。具体说来，可以从三个层面来探究。

赋能阵地建设，提升人文素养。国网湖北电力拥有职工书屋、职工文化工作室、职工文体活动中心这三种阵地，为职工开展多元化活动提供了平台。职工书屋拥有政治类、技能类、生活类等多种类型的图书供职工借阅。职工文化工作室按摄影类、音乐创作类和书画类分类，能为职工发展兴趣爱好、创作文艺作品提供场所。"国网印吧"依托于书画工作室开展活动，教授职工群众篆刻技艺。职工文体活动中心一般含有乒乓球场地、羽毛球场地和健身房，有的公司更包含篮球场地。近年来，国网湖北电力共建成各级职工书屋179个、文体俱乐部15家、职工文化工作室45个、"国网印吧"5家，新建、改建职工活动中心102个，总面积9.1万平方米，实现职工活动中心省、地、县公司三级全覆盖。

赋能阵地建设，充分发挥平台作用有助于促进多种类型职工文化活动的顺利开展，在丰富职工精神文化生活的同时能够有效提升职工人文素养。

赋能激励机制，激发创造热情。国网湖北电力把繁荣职工文化工作作为统一思想、凝聚力量的重要举措，相继出台《进一步加强先进职工文化建设的实施意见》《职工文化工作室建设指导意见》《职工文体俱乐部管理办法》，健全完善组织体系、运行机制、考核标准，通过实践和创新，建立有利于出精品、出人才的目标管理机制、资源整合机制、监督保障机制和激励表彰机制，发挥俱乐部（社团）自我管理的积极性，延展工会职工文化建设工作支点。结合地域文化特色，开展职工文化建设项目制管理，形成了分层组织、上下联动、横向交流、内外结合的职工文化建设格局。

赋能培养体系，培育骨干人才。常态化组织开展职工文艺骨干座谈会、文化沙龙等活动，评选表彰优秀文艺工作者。依托中国电力作家协会湖北电力分会，每年举办职工文学创作培训班，聘请知名作家授课，加强与地方文化单位联动，进一步开阔文学爱好者的眼界、提高其素质。积极支持职工文艺骨干创作活动，组建李萍文化创作工作室、吴平涛艺术创意工作室等职工文化阵地，充分发挥文艺骨干"传帮带"和文化工作室的辐射引领作用。

抒写：弹奏电网放歌的"旋律"

"为电网放歌、为职工抒写"，是国家电网公司的文学艺术创作导向。弹奏好为电网放歌的主旋律，也成为国网湖北电力职工作家和文学艺术爱好者的群体意识。考察十年来他们的主要创作活动和成果，不难发现这一点。

不妨列举其中几位重要的作家，考察他们的创作经历，一窥堂奥。

徐建国，国网荆门供电公司干部，两届湖北省报告文学大赛一等奖获得者。依照前述关于"富矿"的比喻，徐建国应该算是"有矿的人"了：先后走进全国20多个省、30多个市县、300多个乡村，采访各类人员1000多人。记录了50多万字的笔记，搜集了500多万字的资料，撰写了200多个小故事。徐建国的创作实践，生动地阐释了他自己秉持的"为电网放歌、为职工抒写"的精神旨归。

荆门女作家何红梅在出版她的代表作《热血作证》之后进行自我剖白："曾经我看铁塔，之所以觉得它们冰冷坚硬，就是因为我还没有拥有穿透那些坚硬的事物触摸到内质的力量。直到深入一线走过一段路，我才明白事实上铁塔不会凭空诞生，每一座铁塔背后必定都站立着一群人，他们是孩子的父亲，妻子的丈夫，父母的儿女，他们没有超能力，都是凡胎肉体有泪有痛的平凡人，我才发现在一份平凡的工作背后原来凝结着如此不为人知的汗水与艰辛。"中国报告文学学会会长徐剑对何红梅的作品给予这样的评价："一直昂然的激情和情感的大潮最终淹没了我，不少地方令我热泪如瀑，我被这种感情的大潮簇拥着，奔涌向前。因为热爱，所以感动；因为感动，所以震撼。"

来自电力系统的另一位报告文学女作家，近年同样引起社会广泛关注，她就是宜昌的李萍。而真正成就李萍的，还是企业的信任和召唤。2020年，李萍突然接到省公司通知，省公司让她执笔撰写武汉供电公司参与建设火神山医院、雷神山医院以及方舱医院的报告文学。李萍何许人也?不知情者以为她至少是企业一个中层干部。实际上，李萍不过是宜昌长阳土家族自治县的一个普通电力职工。而她接到任务后，却像一个真正的战士一样，马上投入了战斗。

李萍克服疫情带来的重重困难而写就的这篇报告文学《为江城高擎明灯的人》，给她的创作带来了质的飞跃。她在创作谈中写道："我曾经受到过那么多的培养，也到了我回馈各级公司的时候了。"

李萍的故事，是企业与职工互相成就的一个例子。实际上，在国网湖北电力系统内，这样的互动是很多的。只是反映在文学创作领域，形成了有影响力的作品，才为外人称道。

邹小民，国网湖北送变电工程有限公司员工，刚开始他是拍花卉和人文的，但后来他的题材几乎集中在电网建设者身上："拍好他们就是我的使命。"为真实记录电力工人们危险的工作环境，有一次，他系上延长绳和安全带，在高空人员监控下，40分钟登上200米高塔，爬下20多米长的绝缘瓷瓶串，行走在导线上，拍摄下许多珍贵的镜头。而他能够给人们带来令人震撼的摄影作品，原因只有一个："我被那些可爱的电力同事深深感动了！"

说到底，文学艺术创作更多的是"个体手工劳动"，哪怕经历了"换笔"甚至AI自动写作，作家仍然是"一个人在战斗"。从理论上说，企业是有能力改变这种现状的组织，但有意愿这样做的企业可能并不多。国网湖北电力的做法值得很多组织参考和借鉴：他们构建职工文艺创作"生态圈"——上述列举的作家，在他们身上都可以找到生态圈效应投射的影子。

国网湖北电力文艺创作生态圈并不只是一个构想，而是一项工程，其建设框架包括重点实施六大工程，即思想价值引领工程、职工素质赋能工程、互联网+载体工程、职工心理关爱工程、品牌精品提升工程、文化价值转化工程。

这些工程期待的是实现职工文化建设的三大转变：文化参与主体由职工被动接受向主动参与、主动创造转变，文化建设方式由自上而下建设向融入生产、由下而上建设转变，文化活动内容由主要聚焦文体活动类向综合素质提升类转变。

企业是卖产品的，电网企业是提供供电服务的，既要搞好服务，又要出文化人才和精品力作，需要制度做保证，或者说更加需要相应的制度保证。只能说，生态圈的策划和建设是一个更高层面的安排。它就像一首交响曲，是企业与职工共同谱写的，企业所有的生产活动和文化活动，都是同一个主旋律下的同频共振。

经过多年的努力，这个生态圈建立了两个库，即文艺创作人才库和文艺创作作品库。前者，已有省级以上美术、书法、摄影家协会会员200多名，各级作家协会会员100多名。其中，袁忠宜、何红梅、俞继岷等文艺骨干成功"走出去"，向社会传播公司职工文化，展示了公司职工文化实力和影响力。后者，文艺作品涵盖了文学、音乐、影视等多个类型。文学作品方面，坚持34年主办职工文学刊物《三弦琴》，该刊物刊登职工优秀文学作品，成为文学爱好者学习交流的重要载体；音乐作品方面，《一生一个祖国》《我宣誓》等作品影响广泛，歌曲《我宣誓》及其MV在全社会产生强烈反响，荣获湖北省"金编钟奖"；影视作品方面，一系列反映湖北电力一线职工工作生活与扶贫工作的作品，在广大职工群众中引起强烈共鸣，如《长幅互动连环画——神秘的北纬30度，有电有水天上来》，在"国网湖北电力"微信服务号上一经发布，阅读量在短时间内突破了十万。

引领：点亮奋楫前行的"航标"

2014年10月15日，习近平总书记在京主持召开文艺工作座谈会并发表重要讲话。他强调，文艺是时代前进的号角，最能代表一个时代的风貌，最能引领一个时代的风气。实现"两个一百年"奋斗目标、实现中华民族伟大复兴的中国梦，文艺的作用不可替代，文艺工作者大有可为。

新时代十年，国网湖北电力的文学艺术创作实践，足以说明文艺作品不可替代，文艺工作者大有可为。

2012—2022年，对国网湖北电力来说，是一个非常重要的发展时期，它经历了很多不平凡的事件，经受住了很多历史性的考验。

作家靠作品说话，这十年，电力作家们没有辜负，《百姓电工左光满》记录了左光满"把客户当家人、把服务当家务"、服务为民的动人事迹；微电影《梅坪故事》讲述了林丽用无悔的青春守护偏远山区万家灯火的故事，在第二届"中国梦 劳动美"全国微影视大赛中荣获故事类金奖；反映胡洪炜成长历程的报告文学《在通天塔上，点亮万家灯火》在《光明日报》上刊发，《胡洪炜工作法》入选中国工人出版社"大国工匠工作法"丛书。

围绕脱贫攻坚和抗疫主题组织创作的长篇报告文学《点亮山乡》《生命交响》，全面展示国家电网作为责任央企的使命担当，由中国电力出版社和中国工人出版社正式出版发行。人民日报出版社为公司职工何红梅作品《热血作证》举办读书分享会。反映公司履行央企大国重器责任、践行"顶梁柱""顶得住"电网铁军精神的舞蹈作品《砥柱中流》，在全国总工会"喜迎二十大 建功新时代"全国企（行）业歌曲、职工舞蹈、职工曲艺小品征集展演活动中获评优秀舞蹈作品。职工文创作品《西兰卡普系电情》铁塔图形生活用品套装获国网职工文创大赛金奖。

国网湖北电力能够取得这些精神文化的成果，首先缘于对职工内在精神需求的观照。应该说，文学的作用首先是对写作者身心的滋养，从某种意义上说，这是他们人生前行的"航标"。

谌胜蓝，国网咸宁供电公司职工、湖北省作协会员、咸宁市作协副主席，其历史文化散文集《回眸·思索——小女子品读大历史》《文人·炼狱——小女子品读向阳湖》等在社会上影响广泛。她在描述工作与写作时说："我有一个原则，且一直在把握，就是工作放在第一位，有了时间再写作。如果我一直工作，没有时间写作，我想我也很容易枯萎。就是有了写作，滋养了我的心灵，我才可以充满热情地投入工作中。"

张静，国网十堰供电公司职工、湖北省作协会员，著有诗集《花开茉莉》《有风来过》和诗歌散文集《草的轻语》。她是一位供电所普通职工。与谌胜蓝相比，她的感受更加真切："过于忙碌的生活对诗歌是一种伤害，但同时工作的忙碌和人在基层的磨损让我时常陷入思考中，而这种思考促进了向内深挖。纵观和回望这么多年的写作，仿佛自己和自己谈了一场旷世的恋爱。但有一点是内心更充盈。因为诗歌和文字，在现实里，自己更坚定，活得更执着一些。"

王锋，国网宜昌兴山供电公司职工、中国散文协会会员，出版散文集《暗香浮动》《最美遇见》和书法集《墨上香溪》。她描述书法在生活中的地位："她是提升我人生品质的知音知己，我所有的喜怒哀乐、精神意趣都将对她倾诉表达。"

还有一些从电力系统退下来的老同志，文学艺术创作成为他们"老有所学""老有所乐"的最佳载体和"精神养老"的不二选择。最具代表性的是从武汉电力职业技术学院退休的沈松柏，因其独具匠心的剪纸艺术，被联合国教科文组织授予"民间工艺美术家"称号，他出访了20多个国家和地区，成为名副其实的"文化使者"。

由此可见，职工创作和阅读其实是一种刚性需求，而且，由此产生的精神推动力对职工工作和事业的影响不可小觑。

为此，国网湖北电力创新性地开辟线上"职工之家"，打通服务职工文化生活的"最后一公里"。结合湖北电力的区域发展特点，设立"鄂电家""鄂电安全你我他""湖北电力"等APP和微信公众号，并依托APP和微信组织开展文体活动，开发应用预约场地、自发组队等功能。例如，黄石公司"e家"手机APP对广大职工全覆盖；送变电公司利用网络新媒体平台，组织有声阅读作品录制；黄龙滩电厂将经典诗歌、散文与现代新媒体传播平台相结合，通过多渠道、多平台、多形式进行推送；荆州公司依托职工服务中心的平台功能，实施文体技能大培训等。职工文化的线上阵地打破了活动组织的时间、地域限制，有效增强了活动的吸引力和参与度。

国网湖北电力着眼于"融入"，把"围绕中心、服务大局"的文章做足做实。具体说来，就是：融入发展战略，用文化传播企业形象，用文化打造企业品牌；融入日常管理，提高职工文化素质；融入生产过程，满足职工对美好生活的需求，特别是美好精神文化生活的需求；融入班组建设和职工工作与生活，通过文化活动把企业的文化理念、管理需求和员工的价值展现连接到一起。

本书编辑汇集的国网湖北电力文学艺术作品，就是企业文化和职工文化融入融合的具体成果，是企业价值和职工价值的生动展现。

奋进新时代，开启新征程。我们祝愿国网湖北电力的文学艺术创作以此为新的起点，以笔为桨，破浪前行，奋力抵达新的港湾。

目
CONTENTS
录

徐建国：
为电网放歌，为职工抒写

　　徐建国，国网荆门供电公司副总政工师，湖北省第二届报告文学学会副会长、荆门市第三届报告文学家协会会长、鲁迅文学院首届全国电力作家高研班学员、报告文学专业组组长、第二届"荆门名家"。

　　在中央省市各级报刊发表文学、新闻等各类作品150多万字，著有报告文学作品集《光耀荆楚》，国网职工文学重点选题作品、长篇报告文学《点亮山乡——国家电网助力脱贫攻坚实录》（合著）及《新闻写作实战与攻略》《企业常用文体写作技巧与实战》等著作。

　　20多件作品分获中央企业精神文明建设"五个一工程"奖、中国散文学会全国征文一二等奖、国务院国资委和中国报告文学学会"国企好故事"全国征文三等奖、中国国际报告文学学会和《时代报告·中国报告文学》全国征文二等奖、第三届中国工业文学作品"光耀杯"大赛优秀作品奖、第十届湖北产（行）业文艺楚天奖文学作品奖、两届湖北省报告文学大赛一等奖、湖北"五一"新闻奖、两届荆门市象山文艺奖、湖北电力文学大赛一二等奖、《中国电力报》《湖北电力报》一二三等奖等。

报告文学是纪实性文体，决定了其题材的真实性，请问你在创作时是否都要经过深入的采访？在这方面你有什么体会？

从某种程度上来说，我的每部报告文学作品，都是用脚板跑出来的，用嘴巴采访得来的。

小说作家靠生活的积累和丰富的想象来进行创作。报告文学作家则通过采访获得翔实的素材来进行创作。

扎实的采访是报告文学创作的关键。中国报告文学学会会长徐剑曾说，他的采访要做到"三到"：走到，听到，看到。著名报告文学作家理由也主张：写报告文学，应该"六分跑，三分想，一分写"。

为了获得真实的第一手材料，获得最直接的亲身感受，我爬过海拔5000多米的山，登过100多米高的铁塔，蹚过齐腰深的水，穿越过西藏、新疆的无人区，连续3个月连天连夜奔走在采访的路途中。

比如，2017年受国家电网公司工会和中国电力作协选派，我赴西藏采访藏中电力联网建设工程，为了展现工程建设者开辟电力天路的英雄气概，我坚持与施工人员同吃同住同上山工作，尽管行走在悬崖峭壁间，多次经受山体滑坡、泥石流等险情，在徒步攀山中一次次磨伤了手掌，但我没有退缩，不仅掌握了第一手材料，而且在现场真正感受到了施工的艰难和电力建设者的伟大。这为后期的创作奠定了坚实的基础，后来我创作的3万余字的中篇报告文学《龙腾天路——直击藏中电力联网工程建设》在《时代报告·中国报告文学》等杂志发表，获得2018年中央企业精神文明建设"五个一工程"奖、2021年湖北省"绿洲源"杯报告文学大赛一等奖等。

在采访中，我真切地感受到，鲜活的故事都在现场；不到现场，是抓不到活鱼的。

你觉得文学在企业有无生存的土壤和存在的价值？哪种文体更受企业青睐？

我曾长期在基层供电企业负责新闻宣传、文学创作工作，如何将文学的功能与企业的需求结合在一起，是我很早就思考过的问题。因为文学只有与企业的实际结合在一起，才能被企业所接受认同，才有生存的土壤和旺盛的生命力，也才能体现文学创作在企业的最大价值。

结合多年的认识与实践，我认为最能展示文学在企业存在的价值，最具文学价值、新闻价值、宣传价值和社会效应的文体，首推报告文学等纪实类、非虚构性文学。

创作电力题材的报告文学有无行业优势？

电力，与人民群众的生产生活息息相关，是国民经济发展的血液和命脉，也是国民经济发展的"先行官"和"晴雨表"。作为特大型央企的电力企业，其特殊的使命和担当，决定了它总是站在时代的最前沿，与时代同频共振，因此，它有着得天独厚的创作土壤和资源。

我的第一部报告文学作品就是在全国实施"两改一同价"工程的大背景下采写的。1998年，国务院作出了"改造农村电网，改革农电体制，实现城乡同网同价"的重大决策。为了反映这一时代的伟大创举，讴歌这一功在当代、利在千秋的德政工程，我深入实际，采写了反映荆门市历时四年实施城乡电网改造工程的短篇报告文学《光耀荆楚》。尽管这篇作品还显得稚嫩，并未跳出事件通讯的局限，缺乏典型人物塑造，但其在《荆门日报》《作家林》等报刊发表后，在荆门市依然引起了较大反响，市委书记、市长都对荆门供电公司艰苦卓绝的付出予以专题批示肯定，这篇作品还获荆门市第五届象山文艺奖。

后来，我又陆续创作了反映国家电网抗击特大洪涝、冰雪自然灾害点亮万家灯火，实施藏中电力联网工程，助力脱贫攻坚、乡村振兴等富有时代特征的报告文学，这些都在系统内和社会上产生了良好反响。

通讯是一种写人纪事的新闻文体，它与报告文学具有很多相似的特征，你对此有何感受？

报告文学是新闻与文学结合的产物，它既是报告，注重时效，具有浓厚的新闻性；又是文学，具有鲜明的形象性，被誉为"文学的轻骑兵"。

同时，我认为，报告文学是一种与新闻通

讯最为接近的文体，如果通讯的表达手法更文学一点，对人物的刻画更突出、更深刻一点，那么这样的通讯就可称为微型报告文学。事实上，很多长篇通讯也可称为优秀的报告文学，比如说，《谁是最可爱的人》《县委书记的榜样——焦裕禄》《为了六十一个阶级兄弟》等，它们都脍炙人口，成为时代精品，影响了几代人。

我写报告文学，首先就是从写通讯开始起步的。1990年我刚参加工作不久，在报纸上发表了一篇人物通讯《古板班长徐华良》，我的师傅徐华良因此在全厂声名大噪，几十年默默无闻的他，一下子成为全厂红人，当年被评为"优秀党员"，并享受3%的工资晋级待遇。我的师傅是一个非常刚强的人，这篇文章的发表，却让他几度泪流满面。我也从中感受到了通讯这种文体的巨大威力，而爱上了这种文体写作，并对它潜心研究。后来，我的通讯越写越长，我就很自然地过渡到写报告文学。

所以，我认为，报告文学的门槛并不高，从学写通讯开始，这就是一条简便易行的途径。

报告文学为什么要选择具有时代气息的题材？

选择具有时代气息的题材，力求体现时代特征、时代精神，这是由报告文学的特点所决定的。因为报告文学是时代的号角，不像史传文学那样以记载历史事实为主，它要求在作品中处处洋溢出浓厚的时代气息。所谓富有时代气息的题材，指的是那些在当今时代中，反映党和国家的大政方针政策，反映人民的意志、志愿和要求，反映时代的要求与风貌，揭示时代的本质，体现时代精神的题材。一篇好的报告文学，它能及时回答人民群众最关心的问题，充分表达出人民的情绪、声音，反映出时代的精神。

因此，作者要从时代的洪流中去汲取题材，通过生活的浪花映出时代的光辉。作为电网职工作家，就要坚持为电网放歌、为职工抒写，深入生活、深入实际，积极挖掘那些能够展示时代精神、反映时代脉搏的典型人物、典型事件、典型经验。

报告文学的人物和事件为什么必须具有典型性？

党的十八大以来，习近平总书记多次强调，要坚持以人民为中心的创作导向。这进一步为我们指明了报告文学创作的方向。因此，我们的笔头、镜头要对准人民群众，我们的写作要对准具有时代精神、吹响时代号角、展示时代脉搏的人们。

小说、戏剧可以通过虚构手段来塑造典型，而报告文学不能虚构，它的典型意义完全靠真人真事来表现，这就要求作者要选择具有独立完整典型意义的题材。题材的典型性，在报告文学中占有极其重要的地位。通俗地说，选取的人物和事件要有典型性、代表性，即使是普通人、小人物，只要他具有这一特征或富有个性特点，也可作为写作对象，我们的历史脉搏不也正是随着这些普通人的一呼一吸在跳动吗？如果能将一个小人物的大情怀写出来，如果能将一个小人物的富有典型性的时代精神挖出来，同样能闪现光芒，产生意想不到的效果，但这更不容易，更需功力。比如，我撰写的《爱洒夕阳路》的主人公——老党员蒋合琴，就是一个普通的国网退休职工，但她帮助残障励志少女吴金洁圆梦等一个个助人为乐、行善播爱的故事生动彰显了社会主义核心价值观，感动了一座城市，并在全国产生重大影响，她也因此获得"最美荆门人""湖北好人""国网老年之星""新华社全国凡人善举典型""中国好人"等系列殊荣。

时势造就英雄。不同的时代，有不同的典型。报告文学必须与时代的要求、党和政府的重大决策部署等有机结合起来，将典型人物、典型事件放在时代的大背景下去展现，善于借助时势推出。

报告文学与新闻最本质的区别是什么？你对报告文学中刻画人物有哪些体会？

我在写作过程中，感觉到了报告文学与新闻作品最本质的区别：新闻作品是对社会生活的再现，以叙事为主；报告文学则属于文学的范畴，因此它完全符合"文学即人学"的基本原理，它的重点落在写人上，着力写人的命运、性格、思想、尊严、追求、奉献，写人的悲欢离合、喜怒哀乐等，通过刻画人物形象来展示社会生活。即使是事件类、问题类报告文学，也离不开写人，而且是以人带事，不是以事显人。

报告文学写人好似治玉，作者就是玉石匠人，典型人物如果刻画得真实感人、形象生动，就会产生强烈的震撼力、影响力，达到教育人、感染人、鼓舞人、激励人的作用。

如何以真实的材料雕琢出光辉照人的艺术品、怎样刻画好人物形象呢？我认为，应注意以下几方面：重视典型人物性格的刻画，注重开掘和表现人物的思想境界，敢于触及现实生活中的矛盾和人物内心的矛盾，注重使用鲜明的个性化语言，强化细节描写、环境描写和背景的运用，适时穿插恰如其分的抒情和议论，等等。

请你介绍一下《点亮山乡——国家电网助力脱贫攻坚》的策划和创作背景，并谈谈在采访创作期间让你感动的故事。

脱贫攻坚是实现中华民族伟大复兴中国梦的伟大实践。为全面记录国家电网20多年波澜壮阔的扶贫历程，倾情书写电力助力脱贫攻坚所展现的国网精神、国网力量、国网故事，2017年，国网公司工会、扶贫办、中国电力作协与国网湖北电力有限公司决定联合策划创作反映国网助力脱贫攻坚的长篇报告文学《点亮山乡——国家电网助力脱贫攻坚》，并成立了联合创作组，从2018年开始全面采访创作。我很荣幸地被选为主创成员。历经三年艰辛努力，在脱贫攻坚取得全面胜利之际，按期完成全书采访创作并出版发行。

我们先后走进全国20多个省，30多个市县，300多个乡村，采访各类人员1000多人。我先后记录了50多万字的笔记，搜集了500多万字的资料，撰写了200多个小故事。那些日子，我每一天都被深深地感动。虽时隔多年，那一幕幕感人的情景依然时时在我眼前浮现。

在陕北的一个村庄采访后，村民们对我们依依不舍。他们将蒸好的玉米、红薯等塞给我们，并一路相送。一位老大娘还拉着我的手久久不放，泪光闪闪地请求我们好好宣传驻村的国网扶贫干部。我们走过好几里地，回头望时，那位老大娘还在黄土高坡上向我们挥手。

神农架落羊河村老支书陈祖菊听说我们来村里采访光伏扶贫，连忙一瘸一拐地拖着被石头砸伤的脚，早早地迎候在村口，她给我们讲述了一个个供电公司助力该村脱贫致富的故事。她反复说："感谢共产党！感谢国家电网！"在她饱含真情的讲述中，我看到她晶莹的泪珠，大滴大滴地落下，一次次洒在我的心间，我的眼睛也湿润了。

（采访：刘贤冰）@

徐建国作品

题记：特大暴雨，一阵接一阵，撼天而来；滔滔洪流，一波接一波，动地而来。沧海横流，方显英雄本色；抗洪抢险，彰显国网情怀。在突如其来、超过历史极值的连续特大暴雨发生之后，国网荆门供电人风雨兼程，力排万难，以"特别能战斗、特别能吃苦、特别能奉献、特别负责任"的电网铁军精神，紧急打响了守护光明、服务人民、保卫电网的战役。在危难险重之中，他们挺起了国家电网人的钢铁脊梁，捍卫了光明使者的神圣责任，抒写了一曲荡气回肠的英雄壮歌，向300万荆门人民交上了一份满意的答卷。

暴雨中托举光明

——国网湖北荆门供电公司抗洪保电纪实

6月30日下午4点钟，一场罕见的特大暴雨突然降临，天空就像忘了拧紧水龙头，滂沱大雨瞬间倾盆而下。荆门市气象站建站以来记录中降雨强度最大、面积最广、灾情最重的强降雨过程，就此拉开了沉重的序幕。随后，连续三轮特大暴雨接踵而来，一直延续到7月6日晚上。

荆门全市各地频频告急：局部地区街道被淹，交通受阻，水库溢洪，山体滑坡，农房倒塌，农田被毁，人员需要紧急转移，西荆河等众多河流超过警戒水位……

这场大暴雨的来临，似乎早有征兆，但让人们怎么也未曾想到的是，它来得竟是如此猛烈，如此强悍！暴雨所虐之处，可谓地动山摇。

荆门市钟祥长寿镇一位百岁老人感慨地说："我活了这大把年纪，还没见过这么大的雨！"

不仅一般人对这场暴雨的烈度意想不到，连气象专家也感到震惊。

据气象专家介绍，受厄尔尼诺现象影响，2016年我国气候异常复杂，我国华南入汛比常年偏早16天。3月21日入汛以来，全国平均降水量（251毫米），比常年同期（203毫米）

偏多 23%，比 1998 年同期偏多 5%，为 1954 年以来同期最多。

特别是 6 月 30 日至 7 月 6 日发生在长江流域的强降雨达到历史极值，其中，安徽和湖北两省受灾最为严重。地处湖北腹地的荆门，自然成为重灾区，降雨量达 300 毫米，局部地区竟达到 350 毫米。

气象专家专门将这场特大暴雨与 1998 年做了比较，由于同是发生厄尔尼诺现象的次年，2016 年我国的气候背景和气候条件与 1998 年有许多类似之处。2016 年的降雨强度和降雨量并不亚于 1998 年，只是与 1998 年不同的是，2016 年降雨主要集中在长江流域，不是全流域；暴雨过程的最长持续时间不如 1998 年同期，1998 年 6 月 12—27 日的暴雨过程持续了 16 天，而 2016 年 6 月 30 日之后的强降雨最长持续时间为 7 天。

这场特大暴雨导致全市数十万人受灾。

灾情也导致全市 83 条 10 千伏线路跳闸，2144 个台区 10 万多用户停电。

灾情就是命令，抗灾保电刻不容缓！

特大暴雨发生半小时后的下午 4 点 30 分，国网荆门供电公司应急指挥中心内，灯火通明，该公司紧急召开应急抢险会议，迅速启动应急预案。一条条指令随即发向各个二级单位。

该公司总经理万康要求：要全力配合地方政府做好抗洪救灾工作，讲大局，讲责任，不讲条件，不惜代价，确保电网安全，确保重要用户可靠供电，确保关系国计民生的重要公共基础设施可靠供电，确保广大市民和重要用户的电力供应，保证人民群众生命财产安全，做到"人到、水退、旗到、电通"。

"这是我们义不容辞的责任！"该公司党委书记贺从华进一步强调：党员干部要冲锋在前，关键时刻更要展现党员的先锋模范作用、党员服务队的红色引领作用。

16 个二级单位和 60 多个基层站所迅速响应。

"报告，京山市供电公司应急人员、物资、车辆全部到位！""报告，钟祥供电公司应急人员、物资、车辆全部到位！"……基层单位的一条条信息陆续反馈到市公司应急指挥中心。

下午 5 点 30 分，仅仅一小时，荆门供电公司从机关到各二级单位和基层站所，1050 人的应急抢修队伍、200 多台应急抢修车和应急物资全部准备就绪，并迅速奔赴抗灾第一线。

关键时刻拉得出、顶得上、靠得住，这已在国网荆门供电公司形成共识和常态！

针对第二季度雨水多，持续出现雷暴雨异常气候的特点，为了确保恶劣气候环境下，全市工农业生产和人民生活安全可靠用电，该公司密切跟踪气象变化，5次及时、科学发布各级应急响应，要求应急抢修人员放弃节假日，24小时枕戈待旦，坚守应急一线。

说来也巧，就在此次特大暴雨突袭的前一天，该公司刚刚举行了6月的第四次防汛和迎峰度夏反事故演习。

一个月内针对同一主题连续举行大规模、高频率的应急演练，在该公司的历史上是绝无仅有的。

可以说，演练战场的硝烟未尽，公司应急抢修人员衣甲未解，尚处在战备的氛围中。

凡事预则立，不预则废。尽管特大暴雨突如其来，但由于国网荆门供电公司超前防范，未雨绸缪，第一时间打响了一场组织有力、统一调度、分工协作的抗灾战役，为抢修复电争取了宝贵的主动权。

守护光明　照亮生命通道

"裴所长，东风一组被水淹了，要转移群众，现在救人急需要电。"6月30日晚上10时30分，沙洋县拾桥供电所所长裴文杰，接到了拾桥镇宣传委员李新的电话。

坐着皮卡车正在暴雨中巡视线路的裴文杰心里一惊，赶紧命令队员："快掉头，到东风一组！"

仅仅10分钟，裴文杰就带着党员服务队驾车赶到路口。

东风一组是个低洼地段，晚上9点左右，突降大暴雨，紧临村庄的河水猛涨，唯一的一条乡村公路也被大水漫过一尺多高。接到村民的报警电话后，镇领导迅速赶到现场，决定连夜组织群众转移。但黑灯瞎火的，暴雨如注，群众怎么走？

听着镇领导和村干部焦急万分的声音，裴文杰安慰道："别着急，我们马上架设临时电源！"

看着漆黑一片的夜空，几个手电筒的光束照不到几米就消失了。听着不住的雷雨声，隐隐约约看着河岸边涨起来的洪水，裴文杰顿时皱起了眉头。在这样的环境下没有电，看不清路，大规模地转移群众，确实太危险了。

"裴所长，这个地方我熟悉，整个水岸边大概有300米的距离，接到最近的电源点还有100多米，黑灯瞎火的，又没有电杆，这个怎么搞呀？"随行的抢修队员宋春风将裴文杰拉到一边小声嘀咕。宋春风平时负责这个村的用电设施维护管理，他对这个地方非常熟悉。

"再大的困难也必须上，到所里拉电杆来不及了，就把灯装在路边的大树上，正好车上准备了足够的电缆和防雨灯具。"裴文杰狠下心来，"就是拼了我这把老骨头，也一定要在一小时内把电接通。"

说话间，裴文杰忍不住剧烈地咳嗽起来。

宋春风也忍不住对裴文杰埋怨起来："您感冒这么重，叫您别来，在家坐镇指挥就行了，您偏要来，看我们回去怎么跟嫂子交代呀。"

50多岁的裴文杰这几天因为过度劳累，患了重感冒，还未痊愈。暴雨来临时，他不顾队员的再三劝阻，执意要带队巡查。他幽默地说："我马上就要退到二线了，机会不多了，就让我多带几次队，站好最后几班岗吧。"

4名抢修队员在裴文杰指挥下，放线的放线，爬树的爬树，安灯的安灯。镇干部和村干部见状也赶过来帮忙。

道路泥泞不堪，水已浸到膝盖处，手电筒的光线在暗夜里显得那样微弱。

裴文杰和队员们深一脚、浅一脚地穿来穿去，大家绊倒了一次又一次。

雨越下越大，单薄的雨衣根本抵挡不住暴雨的侵蚀；大家早已浑身透湿，却一个个浑然不觉。

零点，内涝处的水岸边一条400米长的临时电源线架通，一束明亮的光线穿透了夜空，现场响起了欢呼声，50多位受灾群众开始有序撤离。

沙洋县拾桥镇防汛办早早准备好的救生艇迅速找到了合适的下水点，展开营救。7月2日零点20分，救生艇终于从暴雨倾盆的夜色中将受灾群众全部转移出去。

"你们架设的是救命线哪，我们一辈子都不会忘记！"70多岁的吴大爷上船前，看着浑身泥浆的电力工人，泪眼婆娑。

几乎在同一时间，同样的一幕在荆门各地上演。

6月30日22点40分，荆门城区苏畈桥社区3栋居民楼整块地皮一直在下沉，且裂口随着大雨不断扩大，房屋随时有倒塌危险。228户600余人需要连夜转移。接到报警后，客户服务中心抢修人员仅用10分钟就全副武装赶到现场，紧急提供临时电源。在群众转移之前，探照灯将黑漆漆的夜空照射得犹如白昼。7月1日零点10分，群众开始转移，他们早已驾车提前赶到临时安置点象山小学，将电力线路进行了全面检查，并在操场架设发电机，提供应急电源。现场的一位市领导感慨地说："电力部门反应快，主动性强，真是先行官！"

钟祥市长滩镇，是著名的"水袋子"。这次暴雨引发山洪，泥石流泛滥，大片农田被淹，全境水库堰坝告急，道路、通信、供电大面积中断。

7月1日15点58分，暴雨加上调控溢洪的叠加作用，使长滩河水位超过历史最高水位60厘米。

"不惜一切代价抗洪救灾，大家伙带上装备，我们去帮助村民们转移到安置点。"得知消息后，长滩供电所所长李友立即组织人员，准备救灾物资和抢修工具及设备，火速赶往鄢家堤。

然而，由于水位暴涨，道路被淹，救援车辆被困在半路，无法前行。

"我们扛着物资蹚过去！"李友说完，第一个下车，跳入齐腰深的积水中。

经过一个多小时的艰难跋涉，李友和同志们到达鄢家堤，他们一刻也不敢耽误，立即配合市政府和相关部门进行救灾工作，铺设照明线路。

18时15分，长滩镇鄢家堤水位迅速突破设防水位和汛限水位，溃堤30米，全面告急！大量村民急需转移。

"快！先放下手里的工作，帮忙去堵缺口！"李友大声喊道。

20时许，400名军民经过两个多小时的紧急抢险，填补沙石料5000余袋，成功堵住了缺口，安全转移灾民686人。

"李所长，真是辛苦你们了。"长滩镇镇长鲍瑞感激地说，"可近期天气还有变化，鄢家堤需24小时监控加固，麻烦你们搭建夜间照明线路。"

"没问题！我们正在架设！"

丁零零！丁零零！李友的电话在此时响起。李友看了一眼电话，走到不远处接了起来。

"所长，啥事啊？"长滩所电工黄勇看李友一脸凝重地走回来，便问道。

"没事儿。"李友摆摆手，"黄勇，你家不是也住在这附近吗？肯定受灾了，赶紧回去看看吧。"

"不用了，我在这里做好抢险工作，把这洪水给打退回去，家里自然就好了。"

"好！同志们，咱们今晚分组在这里轮流巡视。我现在打电话向公司申请紧急调入电缆和应急灯，等雨势小些，咱们开始搭建照明线路。"李友说。

"放心吧，所长，洪水不退，我们不走！"长滩所的电力抢修员们纷纷表态。

2日14时，从钟祥市供电公司紧急调运的物资一到，李友和同事们立马投入紧张的工作中。

"鄢家堤全长3.5千米，这就意味着我们要架设3.5千米的照明线路。时间短，任务紧，大家伙一定要注意人身安全，做好安全措施，抓紧作业。"李友说。

23时，经过五小时的全力工作，3.5千米低压线路和126盏照明灯具全部架设完成，鄢家堤上亮如白昼。

600多名村民被紧急撤离安置到长滩镇廖台村村部和金星村村部，当地政府还在村委会门前设立10多顶临时救灾帐篷。

电力抢修人员又紧急赶往救灾安置点，准备了3台发电机、应急灯等备用设备，将帐篷的灯一一点亮。

此时，传来一阵接电话的声音："孩子怎么样了？烧退了吗？家里辛苦你照顾了。"

这时，大家才知道，在抢险抗灾的紧要关头，李友的孩子发了高烧。

"所长，你回去看看吧。孩子病了肯定特

别想你，这里还有我们呢。"黄勇说。

"不要紧，孩子已经没事了。"李友说，"孩子需要我，长滩镇的2万多名乡亲更需要我们。"

"滩11大口线和滩13大兴线多处倒断杆、断线，黄勇，你带两个人在这里值守，其他人赶紧跟我去抢修。"说完，李友和同志们的身影便消失在夜幕里……

据国网供电公司应急办根据各单位提供的救援数据统计，这场特大暴雨导致荆门1万多人被迫从住所紧急撤离，荆门市各地紧急设立了10多个安置点，国网荆门供电公司出动了500多人参与救援。

在风雨交加的恐慌中，在黑灯瞎火的暗夜里，人们最盼望的就是光明，它给人信心、力量和温暖！

就在这样的时刻，供电员工与他们风雨同舟，用最快的速度为他们在撤离的路上、临时安置点上，送来了光明，送来了慰藉，送来了希望！

紧急排涝 奏响服务强音

6月30日23时，钟祥王家湾开发区全部被淹，但瓢泼大雨却丝毫没有停止的迹象。该区是省级开发区，内有汇源、雨润、东风减震等规模以上企业200余家，工业专变用户231个，公变305个，用电客户达28000余户。

而唯一的排涝通道胡家潭泵站却因年久失修，无法启动排涝设备，情况紧急。

23时20分，接到钟祥市四防指挥部抢险电话后，不到15分钟，公司检修工区副主任何海峰带领党员服务队携带装备火速赶赴现场。

该泵站始建于20世纪60年代，装机容量50千瓦，多年来一直处于间断使用状态。站内所有配电装置和设备均已锈蚀，无法正常运行。

“配电柜和连接导线全部拆除更换。”何海峰果断下达抢修指令，“刘军，你火速回公司到备品备件库领一台配电柜和20米电缆，其余的人跟我去拆除这些锈蚀设备、测试变压器。”

由于周边积水太深，卡车过不来，交通受阻。刘军借来拖拉机，几经周折，凌晨2点35分才艰难地将配电柜及相关设备送到胡家潭。施工队员们借助临时照明灯继续奋战。

7月1日上午10时，胡家潭泵站设备更换完毕，送电成功，积水被哗哗抽出。

然而，小泵站难堪大任。至中午12时，王家湾开发区积水不但没有消退，反而越积越严重。

“必须采取其他措施，千方百计消除内涝。”专门赶来现场指挥的钟祥市市长万分焦急，额头上满是汗水。

“架设移动电源，增设临时机站，抽水强排。”钟祥市供电公司总经理舒东胜的建议得到在场的政府领导和相关部门的赞同。

下午1点多钟，1台400千伏安车载式移动变压器到达南湖公馆南端，何海峰及施工队员们都顾不上吃饭，便投入临时电源架设之中。

18时，随着一声轰鸣，2台180千瓦电机以每秒220立方米的排水量同时启动。

7月2日下午，党员服务队又在西环二路、三路等地分别架设315千伏安和200千伏安车载式移动变压器各一台。

经过多方出击，至2日下午5点，王家湾开发区积水明显消退，部分道路开始通车。燕兴机械、德和公司、瑞科科技等50多家企业积水已基本消除，并将陆续恢复生产。

风雨过后是彩虹。电力员工用他们的信念和责任，为灾区的企业复兴铺就了一道亮丽的彩虹，让企业家们纷纷点赞。

7月8日，钟祥市委领导针对钟祥市供电公司给予高度评价，并做出专题批示：“钟祥市供电公司在特大内涝洪灾面前，不讲条件，一马当先，主动作为，展现了不断超越、追求卓越的铁军形象，为全市各行业做出了表率，大家要向他们学习。"

沙洋县因水而兴，境内河流纵横，汉江运河通水通航，素有"小汉口"之称，但洪涝灾害也让沙洋饱受其害。

"41.1米，水位快破警戒线了。"7月1日19时许，沙洋县高阳镇镇长丁呈呈在黄荡湖排涝现场，看着渐渐接近42米的警戒水位，焦急地联系高阳供电所所长郭小靖。

黄荡湖宽约2千米，长约15千米，是沙洋县多个乡镇的重要生活用水和农业生产用水来源。一旦超过警戒水位发生溃堤，全镇将出现严重内涝。为了确保堤坝安全，自6月30日起，黄荡湖泵站就开始满负荷抽水排涝。

7月1日晚间，雷暴雨稍稍停歇后，又开始猛烈地下了起来，尽管泵站满负荷抽水排涝，但黄荡湖的水位还是节节攀高。

"已经满负荷抽水排涝了，水位还在猛涨，这样下去恐怕不行，得想办法。"丁呈呈和郭小靖商量。

"加抽水泵，我们架设临时电源，你们准备抽水泵。"郭小靖摸摸安全帽檐上的积水说道。

"41.4米"，不到15分钟的时间，郭小靖协调好应急抢修队伍和物资，可再回现场一看，水位又上涨了30厘米，水位上涨的速度远远超过了他的想象。

半小时后，镇政府组织增援的抽水泵到达。

安装、接线、通电。郭小靖指挥电力抢修队员在现场开始了紧张的施工。

晚8点20分，新增的第一台抽水泵开始运转。"水位是多少了？"郭小靖急切地向蹲守水位线的人喊道。

"41.7米。""兄弟们，再加一把劲。"焦急的郭小靖带着应急抢修人员，顶着暴雨加快施工进度。

4分钟后，新增第二台抽水泵开始运转。黄荡湖水位在41.7米徘徊了几分钟后，开始有缓慢下降的趋势。

"41.5米。好险，还好你们给力，堤坝总算是保住了。"镇长丁呈呈拍着郭小靖湿漉漉的肩膀赞道。

湖北屈家岭管理区是中国农谷核心区，是荆门市委、市政府实施中国农谷战略的制高点。

7月3日8时许，因为天门河泄洪，湖北

屈家岭管理区白沙滩决口。

京山市供电公司永隆供电所、屈家岭供电所同时接到上级指令，他们需要迅速将有危险的电力设备暂时断电，确保人员和电网安全；同时，在决口大堤上，架设临时照明电源。

9时10分，随着溃堤缺口越来越大，通往白沙滩大堤道路水深达1米多，抢险突击队成员顾不上当地是血吸虫病的重灾区，扛着架线、安装照明灯等的设备，涉水赶赴抢险现场。

屈家岭供电所抢修突击队员——50多岁的尹标奎，他和班长江涛两个人手拉手在1.2米深的汹涌河水中走过200米，并在激流的水中游到梁家坡泵站变压器台架边，攀上台架后拉下熔断器，不让配电柜带电影响17线路全线供电。

忙碌的间隙，老尹用手机在本单位群内发了一条微信："我到现在都还心有余悸，当时洪水又深又急，要不是水性好，也许老尹我就永垂不朽了。但我真不后悔，为了这么多灾民，值！"

尹标奎从6月30日下午开始，连续奋战了3个通宵，脚因长期浸泡，痛风病发，疼痛难忍，但他仍然坚持轻伤不下火线。他心中明白，越是关键的时刻，越能考验一个人。

18时20分，抢修人员克服暴雨、作业环境恶劣等不利条件，抢在天黑之前，架起了一条500多米的"生命线"，照亮了沙袋传递之路和封堵决口之处。

永隆供电营业所所长邓峰是抗洪"指挥员"，辖区内到处是险情，他随身携带两部电话和一个充电宝，还不够用，手机打着打着，就被雨打湿了，不得不换手机。一身工作服，整整穿了两天，湿了又干，干了又湿。

7月4日11时20分，肆虐的洪水被拦腰斩断，湖北屈家岭管理区白沙滩决口被成功封堵。

为让灾民早日回家，7月5日下午，当地政府决定在司马河潘台和西湖两处紧急排涝救灾。此时，司马河的水位就要漫至堤边。

下午4点，京山市电力公司总经理金亚男亲自率领电力抢险分队全副武装赶赴现场。荆门供电公司副总经理袁志军也赶到现场指挥。

防汛部门陆续拖来9台总容量435万千瓦的大功率水泵和电机，而附近仅有一台100千伏安的变压器，根本满足不了水泵的"胃口"——用电出现了卡口！

此时，天空又下起了大雨。

远在百公里外的国网荆门供电公司立即指令检修分公司火速增援8名抢修人员。在总经理徐东升的带领下，他们立即开着一台携有400千瓦发电机的应急电源车，携带两台发电机赶到现场。

下午6点半，在强大的电流驱动下，河岸东西两边9个管径近50厘米的大功率抽水泵像巨龙喷水，开始将河里的水源源不断地"吐"出堤外。

经过一通宵和一上午的坚守和努力，到7月6日上午，河内水位已明显下降。

7月6日下午，第四轮强降雨袭击灾区，应急电源车仅为临时提供电源的权宜之计。国网荆门供电公司再次调拨两台315千伏安变压器及配套电力物资运往抗灾现场。

中午12时，电力设备一到抗灾现场，电力抢修人员兵分两队，迅速投入工作。

在潘台组临时排涝点，16名突击队员架设了10千伏电缆线100米，低压电缆线250米，安装了315千伏安变压器一台，替换了应急电源车，电源供应更充足更稳定。

在西湖泵站排涝点，因为被洪水围困，架线工作遇到了前所未有的挑战。

仅政府调来的货车、大型挖掘机、旋耕机、冲锋舟、铲车，再加上电力抢修车，就排了一公里路长。

18名抢修队员再次兵分两组。

一组翻新西湖泵站原有电力线路，对250千伏安变压器进行全方位校试检查，使两台共计180千瓦的大型水泵迅速启动排水。

另一组，迅速搬运电力设施。为了确保变压器在运输中不被水淹，他们用大型挖掘机直接运输拖着变压器的货车，在服务队员的"保驾护航"下，从1米多深的水中，运到了西湖泵站排涝点。

大雨如注，队员干劲冲天。有的坐在铲车斗中拉线，有的坐在旋耕机上作业，有的坐在冲锋舟去湖中登杆……

由于电杆全部被淹在水中，操作十分不便。一次，冲锋舟载着队员离岸作业时，冲锋舟的螺旋桨不幸深陷淤泥。共产党员黄元发，二话不说，跳入齐颈深的水中，将冲锋舟拉入深水中。这一幕深深感染了在现场围观的群众，大家纷纷鼓掌。

经过4小时奋战，一台315千伏安变压器，200米的10千伏电缆线，360米的低压电缆线，又架起了一条电力"高速公路"。3台共计165千瓦的大型水泵又高速旋转起来！

7月6日下午4点半，荆门市委书记冒雨赶来视察指导，得知电力抢修人员连续工作了12小时，排涝进展顺利，他紧锁的眉头顿时舒展开来，他不停地向雨中作业的电力工人挥手致意，并主动伸手握着荆门供电公司领导的手说："辛苦了！你们作风顽强，保障有力！关键时刻靠得住！不愧是电力先行官！"

随着7月6日下午第四轮特大暴雨的降临，全市各地再次险情不断。7月7日凌晨2点，京山雁门口蔡家坝水库告急！水位超历史最高纪录。

抗洪抢险刻不容缓！

7月7日清晨5点多钟，雁门口供电所所长朱泽紧急集结防汛应急小分队，迅速奔赴蔡家坝防洪现场。

大雨仍在肆虐，眼见就要到达抗洪抢险地点了，但是最后一段泥泞之路却挡住了车辆的前行。

"下车，把物资背过去。"朱泽果断下令。

50岁的魏正兰一马当先，扛起材料就走。他因为连续12年实现了"零投诉、零差错、零事故"，2015年获得"敬业爱岗中国好人"称号。

短短50米的泥泞之路，大家走了半个多小时。到达目的地后，大家迅速分工，接线的接线，登杆的登杆，70米长的下火电缆一小时内就装接完毕；接着临时配电箱、排插、漏电保护器、电机在大雨中一一安装完毕。上午9点半，电机通电。

刚刚运抵现场的12个排水泵嗡嗡嗡开始抽水，水位明显下降！堤坝保住了!现场人员齐声欢呼。

抗洪勇士的钢铁脊梁，就这样撑起了一座座大坝！保住了一座座大堤！排除了一个个洪涝！点亮了一个个灾区！电力职工众志成城的信念和坚强意志，让滔滔洪水知难而退。

抢修复电　责任重于泰山

6月30日晚11点，荆门城区大面积渍水，导致多个用户配电设备被淹，引发荆门城区4条10千伏线路跳闸，险情接踵而至。

晚12时左右，掇刀区雨田集团所属的配电室积水1米多深，亿达花园8号、9号配变被渍水淹没，导致10千伏兴化四回停电。

以最快的速度，用最短的时间，隔离故障，恢复供电，成为每个抢修队员的信念。

检修分公司配电抢修班班长万平畅迅速调集班员开展巡查，断开分支开关，隔离故障区域。

　　7月1日1时，刚刚隔离完10千伏兴化四回后，万平畅又接到调度指令，因用户专线电缆故障，10千伏龙虎一回发生接地。雨仍在下，分不清是被雨水、汗水浸透的万平畅和班员们来不及停歇，又火速赶往现场进行巡查，经过2小时的排查，终于在36号杆找到了故障点，及时对故障区域进行隔离……

　　雨势不减，荆门城区街头，一个个头戴安全帽、身穿"国家电网"橘红服的抢修队员身影，成了雨中一道闪亮的风景。

　　抢修队员们对损坏的配电线路进行维修、更换，对倾斜的电杆进行重立、校正，对暴雨侵袭的变压器逐台进行检查……

　　透过雨衣望着浑身被淋透的抢修队员，在现场穿梭的国网荆门供电公司副总经理李志刚，不断地为队员鼓劲加油。

　　早晨6点，荆门城区10千伏龙虎一回等四条线路全部恢复供电。

　　上午8时，刚刚结束南台冶金公司抢修任务的客户服务中心抢修班班员赵宗亚，再次接到抢修任务："三三零水泥厂家属区十四栋整个单元楼停电，请速到现场排查处置。"

　　这已经是暴雨之后赵宗亚接到的第38个抢修任务。

　　到7月1日中午11时，特大暴雨共导致城区发生低压故障45处，300多户居民家中停电。

　　当抢修班班员赶到故障现场时，现场已经聚集了不少居民。

　　经过排查，原来是雨势过大，雨水渗入两个电表箱，进线端子排发生短路，导致整个单元楼的13块电表连锁烧毁。

　　"做好一切安全措施，即刻投入抢修。"

　　中午11时40分，经过3个半小时的紧张抢修，13户居民家中的灯重新亮起来，空调再次正常运转起来。

　　抢修完毕，队员们脱下雨披，身上的工作服早已湿透，紧紧地贴在前胸、后背上。分不清是汗水还是雨水顺着脸颊流下来。

　　"自从接到第一起抢修任务以来，身上的工作服就没有干过。"赵宗亚笑着说。

　　雨还在下，抢修队员们的脚步却一刻也没停歇。

　　7月1日下午2点30分，国网荆门供电公司总经理万康，从乡镇救灾点马不停蹄地赶到受灾严重的市博物馆。

　　因前夜雨水过大，市博物馆后院一地下库房被水淹，该库房内存放有1000余件文物，万分火急。电力检修分公司抢修人员接到报警后第一时间赶至现场时，院内已积水约40厘米，供电线路被毁，现场一片黑暗。风雨中，10多名电力工人打开应急灯，连夜奋战，迅速恢复了供电，然后配合相关部门投入排涝抢险中。一夜辛劳，所有文物安然无恙。

正在现场指挥抢险的市委常委、市委宣传部部长，指着满眼血丝的电力抢修队员，对万康说："你们的队伍反应快，责任感强，保障有力，关键时刻能打硬仗，我为你们点赞！"

相比于城区，乡镇的电力设施受灾情况更为严重，抢修的难度和压力更大。

"刘所长，我们联心村的变压器刚刚被大水冲走了！"

"刘所长，我们这里电杆倒了几根。"

……

7月1日早上6点多钟，国网荆门客服东宝分中心子陵供电所所长刘水泉不断接到当地村民打来的报修电话。前一晚的特大暴雨，导致子陵镇供电辖区内共出现9处倒杆，其中，联心村3号台区的配电变压器更是被大水冲走。

"暴雨引发洪水，目前接到的故障点较多，所有党员现在立马集合，赶往一线抢险……"

刘水泉在子陵供电所微信群里发出命令。

不到10分钟，由14人组成的五个小组立马集合完毕，奔赴现场。

暴雨肆虐后的田间小路特别难走，大多倒杆都处在村子的深处，抢修车无法前行，大家扛着抢修工器具，深一脚、浅一脚地走在泥巴路上。四周的水田已是一片汪洋，陶德建、杨志贵一不留意，就先后滑入一尺多深的稻田内，拔出脚，胶鞋早已经灌满了泥水。

正杆、换线，争分夺秒。抢修小组从早上7点多一直干到晚上8点多，终于将子陵镇的9处倒杆全部处理完毕。

"积水还未退去，现在天色已晚，我们先对联心村开展临时供电。为确保人身安全，联心村明儿个天一亮立马开展抢修。"子陵所副所长王良文对大伙儿说道。

又是两小时的奋战，联心村恢复供电。

7月2日上午7点，14名抢修队员再次集结联心村。施工现场，原先电杆离溪水还有4米的土基，但经过上涨的溪水冲刷，一夜之间附近的3根电杆都发生了倾倒。

"陶德建、杨志贵，你俩赶紧分出两队人员，一组开展外围电杆架设，一组开展变压器、配变箱的架设。吊车到位没有……"王良文在现场来回穿梭布置任务。

"他们昨天忙了一整天，还挨家挨户通知安全用电注意事项，真是辛苦！我们帮他们一把吧！"在一名村干部的倡议下，围观的村民积极配合砍伐路边的树木，腾出空地用来立杆。

为了尽快恢复供电，抢修队员忙着把倾倒的电杆、变压器吊起来，搬运水泥杆、挖杆坑，一刻也没有停歇。裤子和鞋子早已沾满泥浆，连茅草和灌木划破了衣服和皮肤也未曾察觉。

7月2日下午5点23分，抢修工作终于全部结束，子陵供电所辖区内的所有受损线路全部恢复了供电。

通电的那一刻，一帮沾满泥水的抢修人员已经疲倦得不愿说任何话，大家默默地收拾完材料和工器具，回到供电所，并将工作的照片发在微信群里，庆祝对抗暴雨的首次胜利。

当有人对他们竖起大拇指时，王良文在群里说道："应该的，谁叫我们是电网人呢！"

7月4日晚，又一轮强降雨让饱受洪灾创伤的城市雪上加霜。连天连夜战斗在抢险一线的电力员工还来不及喘息，又投入新的战斗。

湖北屈家岭管理区这轮降雨量再次超过300毫米。晚上8点多钟，年过半百的屈家岭供电所抢修队员魏路新，刚回家洗了个澡，看到暴雨突临，他穿上雨衣拉着儿子就要冲出门外。妻子赶忙拦住了他："你三天三夜都没回家了，你不要命了？再说雨水就要漫进家门，你还往外跑？"

"这么大的雨，洪水上涨太迅猛，我得赶快巡查，供电设备一旦被淹，堤坝被冲，后果不堪设想。"魏路新是台区管理员，分管21个台区1300户客户，责任在他心中重千斤！

魏路新的儿子魏晓东深知父亲对工作既要强又认真的特性，特别是那股干起活来的拼命劲谁都挡不住。他看到满眼血丝、一脸憔悴的父亲坚持要走，唯恐父亲有个闪失，也披起雨衣说："我再去帮你搭把手。"

"好，把'东方红'开上。"魏路新忙说。"东方红"是去年魏晓东结婚时，魏路新送给儿子的礼物：一台东方红牌子的旋耕机。

魏晓东一直在广东打工，也是一家工厂的电工。刚好回家的这几天，赶上了暴雨。6月30日晚，魏路新在抢修中遇到困难，运送设备的皮卡车被积水挡住了去路，情急之中，父亲打来电话要他将家里的东方红旋耕机开过来。结果，抢修现场再也离不开他的旋耕机了，凡是需要"摆渡"的地方，旋耕机就"闪亮"登场，大显神威。就这样，他随父亲一干就是3

天，直到 7 月 3 日晚才回家。

随着"东方红"的轰鸣声，父子二人迅速消失在雨夜中，很快与供电所抢修突击队会合。在现场，儿子通宵达旦协助父亲搬运电杆、架设导线、抢运物资……又一次与父亲共同连续战斗了 15 小时。忙碌中的大伙儿看他们父子争先恐后，配合默契，很受感动，现场为父子俩作了一副对联：上山打虎亲兄弟，抗洪保电父子兵。

此次洪灾，老魏家损失惨重，粗略计算，40 亩玉米、大豆农田损失 4 万多元，8 亩葡萄园损失 8 万多元。

面对妻子的埋怨，魏路新一本正经地说："谁叫我是国家电网人呢？我们好多同事家里都受灾了，可他们不一样连天连夜在现场拼死拼活。"

舍小家，顾大家，这就是电网职工的朴素情怀。

7 月 7 日下午，大雨过后，天气转晴，荆门境内所有 10 千伏线路均已恢复供电。被水淹没的用户专变一个个地露出了真身，但变压器、电缆被水泡过，还可以正常使用吗？

有着 200 户住户的钟祥市御景园小区就是其中之一。

按照供用电合同，该小区变压器高压进线侧以下属用户产权。但小区电工田师傅心里没底，于是钟祥供电公司党员服务队就主动帮他们检查来了。

车刚开进小区大门就停下来。小区的变压器和配电房就建在旁边的厕所院子里。

队员伍工脱去了鞋子，挽起了裤腿，拿起了设备走进积水达膝盖深的公共厕所，一阵阵恶臭让人喘不过气来。

检查设备，先看看外观，没问题。再来实验，摇表显示：变压器绝缘耐压值为 2000 兆欧、电缆耐压值为 17 千伏、电缆绝缘值为 1500 兆欧。数据证明，设备正常，可以送电。

从厕所里出来，伍工又为田师傅讲解了送电注意事项。

"老百姓终于可以用上电了，我也可以将这双'臭脚'给洗洗啦！"

众志成城　守卫电网"心脏"

变电站是电网的心脏，不容有任何闪失。否则，后果不堪设想。连续几天的强降雨，荆门境内的多座变电站内涝严重，威胁电网安全稳定运行。

在全力恢复全市供电线路的同时，受灾变

电站排涝也在紧张进行。

受灾最严重的是 35 千伏京山县（今为京山市，下同）马店变电站。

6 月 30 日晚上至 7 月 1 日上午，京山县大洪山区域降雨量达 300 多毫米。7 月 1 日上午 7 时，京山县北部高关水库水位超过警戒线，开始泄洪，富水河罗店镇马店乡段溃堤，洪水如恶魔般地涌向堤外。

晚上 7 点 40 分，"丁零零……"，一声急促的电话铃声在国网京山县供电公司电力调度控制中心内响起："报告调度，35 千伏马店变电站外水位不断攀升，已临近站内水平线。"

35 千伏马店变电站担负着马店乡 3 万余人生产生活用电，如果不及时妥善处理，可能出现重要设备烧损或整体严重损坏的重大事件，将导致马店乡短期内无电可用的严重局面，后果不堪设想。

灾情就是命令！责任重于泰山！

国网京山县供电公司应急指挥中心迅速安排人员，兵分两路，一路与高关水库管理处取得联系，进一步核实泄洪量和计划；另一路由总经理金亚男带队赶往现场处理灾情。

因唯一主道涉水过深，在抄小道过程中，应急小分队突然听到："后面司机师傅们，前面必须严格压着我的车辆行驶路线行进，不允许有一丝偏差！"

"不允许有一丝偏差？！什么情况？"车内的抢修队员内心一紧。车辆继续缓缓前行。

"哦，原来是这样！前面是一座小桥，刚好一车宽，而且水已全面淹过桥面，水深差不多 50 厘米，现在水流湍急，估计桥面有破损，要不是皮卡车，绝对过不去。"了解当地路况的司机龚应忠一边说道，一边小心翼翼地驾驶车辆。

"到了，请大家下车。"前面漆黑一片，没有任何灯火！

"变电站内水位超过运行规程警戒线，调度已远程进行全站停电操作。前面就是马店村集镇，现在街道全部被淹，车辆无法通行，请跟着我步行。"彭大强解释道。

卷起裤腿的抢修队员跟着彭大强一步一步走向变电站。

没走几步的抢修队员发现，裤腿卷着根本没用，因为水深很快就超过了膝盖。

"前面道路两边都是排水沟，部分井盖已被冲走，请大家不要偏离我所走的道路中心线。"

"你们都等一下，等我去解除直流系统。"有"电网守护神"雅号的尹先普说完后，就径直走向一村民家中。

"他穿防护服去了。"安全监察部主任江涛解释。

15分钟后，经过确认，现场直流带电部分全部得到隔离。抢修人员进入站内，一片汪洋。经过近40分钟的初步排查，基本了解了站内设备健康情况。

晚上11点，现场抢修人员在站外一个农用车货厢上，召开临时碰头会议，分析现场情况，研究制订抢修方案。

"水开始在退！"一名群众突然喊道。

"既然水开始退了，那我们的工作节奏就要进一步加快。今晚务必排查出所有隐患，针对性地做好物资筹集、工具准备、人员组织等方面工作。明早天一亮，清淤、擦洗、干燥、试验等系列工作就要有序展开。"国网京山县供电公司总经理金亚男说道。

"站内水位下降明显，按照这个速度，预计凌晨1点，主控室和高压室内水基本可以排出。"运维检修部主任何忠鸿汇报说。

门口一面鲜红的党员服务队旗，二十几名身着队服的抢修队员紧张忙碌着，站内水深已降至10厘米以下，这是国网荆门供电公司总经理刚万康走进站内看到的景象。

经过12小时的紧张忙碌，7月2日20点，马店变电站一次恢复送电成功。

走出站外，看到一片接一片的灯火亮起的时候，现场所有人都长舒一口气，紧绷的面部也舒展开来。

几乎同一时间，钟祥市境内的多座变电站也因洪水侵袭，频频告急。

7月4日晚，处于地势较低的王家湾变电站附近波涛滚滚，附近道路、建筑沦为一片汪洋。

晚上9时，110千伏王家湾变电站出现严重内涝，一条条报警信息从这里传出：

高压区渍水约10厘米，估计再涨5厘米，就要淹场地端子箱、机构箱。

高压电缆沟全部渍水，约有1米，还有上涨的趋势。

高压室内渍水，但设备运行正常……

如果王家湾变电站设备停运，可能造成钟祥城郊、开发区一带陷入黑暗。

正在110千伏柴湖变电站检查站内进行设施渍水和运行情况检修的分公司副总经理易健雄，带着检修分公司运维班长李勇等人迅速赶往王家湾变电站。钟祥变电运检班抢修队员也闻讯赶来。

雨还在继续，渍水仍在上涨；检查设备后，一串串统计数据，让在场的每一个队员揪心。

"用沙袋隔离站外水流"，"小徐，准备水泵，做好高压区、电缆沟抽水"。易健雄在现场有条不紊地指挥。

时间就是安全，时间就是光明。

几名汉子扛着沙袋来回穿梭。

100多个沙袋硬是在最短时间内堆放在院门前。高强度的作业，让每名班员的汗水混合着雨水顺着脸颊、衣服不住地往下流，头发、衣服、裤子全湿透，鞋子里装满了水。与此同时，湍急的洪水被一点点挡在了站外。

"3台抽水泵电源全部接好，但排水力量还是小了些。"由于该站10千伏高压电缆沟与外部相通，地处洼地的积水不断返流至电缆沟，致使完全排净积水异常困难，李勇又调集2台100千瓦的大水泵加大排水，渍水快速向站外流去，站内受淹水位持续下降。

10多名队员一夜未眠。

7月5日上午，110千伏王家湾电缆沟渍水降至安全水位。

经过国网荆门供电公司电力员工十天十夜的连续奋战，到7月9日，荆门境内受灾的所有10千伏线路、台区全部恢复供电，内涝变电站全部恢复正常。

十天十夜，在历史的长河中，只是短短的一瞬，但人们将会永远记住：2016年7月，荆门供电人用坚定的信念、顽强的意志，在暴风雨中挺起钢铁脊梁，托举光明，捍卫了光明使者的责任和荣耀，辉映荆楚大地。

（原载《时代报告·中国报告文学》2016年第8期；《国家电网报》2016年7月15日第7版整版刊发。获2021年湖北省报告文学大奖赛短篇报告文学类一等奖）@

徐建国作品

远山荡漾欢笑声

百花盛开，万木吐绿，春意正盎然。

在地处鄂西的长阳土家族自治县、秭归县、巴东县、神农架林区"三县一区"这一曾经集老、少、边、穷、库于一体的国家级贫困地区，我们处处感受到昔日的穷山僻壤洒满阳光和希望。

艳阳之下，一排排深蓝色光伏发电板熠熠生辉，点亮了贫困户摆脱贫困的梦想。大山之中，一座座光伏电站，源源不断地把太阳能转变成电能。

在一个个贫困村、一个个贫困户脱贫摘帽的背后，是一组闪光的数据在支撑：2016年，国家电网公司在"国网阳光扶贫行动"中，为湖北"三县一区"投入 1.8 亿元建设了 6 座总容量 1.98 万千瓦光伏扶贫电站；2017 年又投入 4.57 亿元，为 236 个建档立卡贫困村捐建了一座 200 千瓦光伏扶贫电站，帮助"三县一区"32253 户 96666 名建档立卡贫困人口脱贫。

多宝寺的瓜蒌

"八百里清江美如画，三百里画廊在长阳"。这里，被赞为东方的多瑙河，被称为桨声灯影的梦乡！

然而，就是这个位于长江和清江中下游、秀美山川之下的长阳土家族自治县，却长期为贫困所困扰。

"人多耕地少、山脊夹两坳、一冲三条溪、一淌满田梯"，说的就是长阳土家族自治县多宝寺村。山不成形、地不成片，无支柱产业，种植业、养殖业难成规模，完全依靠打工经济。多宝寺村呈现出典型的贫困村特征。

2017 年，该村有 860 户 2860 人，其中建档立卡贫困户 334 户，贫困人口 1058 人。

在三面青山中，一片深蓝色的光伏板闪闪发光，犹如一道亮丽的风景。这座光伏电站于

2017年4月16日竣工投运。

"别看表面上一片平静，这些光伏发电板可都在拼着命地工作呢！"村党支部书记覃启艳拿出手机，轻点几下，当天的电量就显示出来了，"你看，我们今天上午的发电量是410多度，它就像个摇钱树，天天都有钱。"

电站投运一年，就已发电近19万度，产生发电效益近19万元。

覃启艳说："光伏电站所带给我们的不仅仅是发电收益，更重要的是它的造血功能，给了我们发展产业的底气、脱贫致富奔小康的信心！"

过去，这里基础条件太差，集体经济一无所有，村委会想干什么事都难。

有了光伏电站这块稳定长久的收益，村委会一班人就有了胆量和信心。2017年在光伏电站动工时，大伙一商量，决定贷款100万元，与村里的致富带头人杨军民合作，共同投入150万元成立合作社，免费为村民提供种苗并给予每亩1500元的补贴，组织村民种植500亩瓜蒌，计划每年为农户增收150万元。

"2017年，我种植了5亩，产量达1万多斤，收入了15000元。"47岁的贫困户杨科国开心地说。他家里有个70多岁的老父亲，还有个14岁患有智障的儿子，爱人前年又患癌症去世。这些年为给家人看病，欠了不少钱。

"要不是村里拿出光伏收益帮我，我不仅脱不了贫，还真不知道能不能挺下去。"杨科国笑着笑着，眼睛就湿润了。

有同样感受的还有贫困户刘祖安。

刘祖安家有四口人。前些年他得了鼻咽癌，随后长期跟着他生活、40多岁未婚的弟弟又做了3次开颅手术，接着老伴又跌断了腰，前前后后治病花了上10万元，尽管政府给了他一些补贴，但家里早就债台高筑了。现在还要供养一个上大学的孩子，生活异常艰难。巨大的压力，几乎让他对生活失去信心。

光伏收益让他实实在在有了"获得感"：2017年，家里种的两亩多瓜蒌支架倒了，村里用光伏收益按每亩1500元对他进行了补贴；过了几天，村里又购买了一头母猪送了过来，他当时激动得要给村干部下跪。

刘祖安过去是个养猪能手，养几头母猪每年下崽卖钱，日子还过得去。可家里接二连三发生的灾祸，让他彻底"趴"下了。他为了给家里人治病，不得不含泪把母猪和猪崽全卖了。后来再也无钱买猪，只留下一个空荡荡的猪圈。每当经过别人家的猪圈，特别是看到一群小猪围着母猪吃奶时，他就痴痴地看着，久久不肯离去，眼里满是泪水。村里人都知道他喜欢养母猪，可谁也帮不了他，一头母猪得 2000 多元钱哪！

他噙着眼泪说："没有党和政府，没有光伏电站，我真的爬不起来。"

仅仅一年时间，多宝寺村以光伏电站为依托，开发了以瓜蒌种植为核心的多个产业项目，带动了村民致富，不仅一举摘掉了贫困村帽子，而且让 314 户贫困户脱了贫，贫困户和贫困人口只剩下 20 户 39 人。2018 年，该村又将瓜蒌种植面积扩大到了 700 亩，一排排翠绿泛青的瓜蒌架在青山碧野中随处可见，在阳光的映射下，越发充满生机与活力。

与多宝寺村相邻的合子坳村贫困户邹仁清，他家堂前屋后栽满了仙人球、铁树、蓝天竹，像一个小花园。他乐呵呵地说："光伏电站真是好，我恨不得找个绳子把太阳拴起来，让它永不落山！过去是有山有水没钱花，现在光伏电站将青山绿水变成了金山银山，我也有闲心摆弄花木盆景了，终于圆了我儿时的梦想！"

他的老家在长阳土家族自治县高家堰镇，附近有个盆景园，他从小就喜欢摆弄花木盆景。

可因生计所迫，无暇顾及，后由于一次意外，导致胸颈骨折，他花光了积蓄，又丧失了劳动能力，还要供养儿子上大学，欠了几万元债务。

光伏电站兴建后，村里从收益中列支教育专款，资助所有贫困户的子女完成大学学业，并为他提供了一个公益岗位，他特别开心。

生活压力减轻了，他从老家弄来仙人球、铁树、蓝天竹、桂花树等各类花木，栽在屋前屋后，还准备将门前平整后，建成一个小花园。

对未来的生活，他充满了憧憬。

他笑着说："这既可观赏，又了却了我埋藏在心底 50 年的花卉情缘，而且形成规模后，还能销售呢。"

习近平总书记曾满怀深情地说过一句话：人民对美好生活的向往，就是我们的奋斗目标。

阳光照亮了光伏扶贫的未来，也给更多的贫困人口带来了新希望。

建东村的"农光互补"

"屈原有贤姊，闻原放逐，亦来归，因名曰秭归。"秭归县位于长江西陵峡两岸，三峡工程坝上库首，是世界文化名人、伟大的爱国主义诗人屈原的故里。

秭归有"小西藏"之称，"八山半水一

分半田"就是秭归的地理现状的真实写照。距三峡大坝7公里的秭归县建东村是个有名的贫困村。这里的乡亲，长期在这种困境中艰难地生活。

从村委会到建东光伏电站的路上，远远地就见到前面一条小溪潺潺而流，在和煦春日的照耀下，像一条明亮的玻璃带子。牛儿在河边饮水，几位年老的妇人在河边洗菜。

建东村党支部书记李胜说："这条溪流叫泗溪河，过去每年旱季山泉断流时，村民只能在这条河里挑水吃，人畜共用，水质差得没法说。多亏了北京来的曲辉书记，帮我们解决了这个大难题。"

曲辉是国家电网公司的一名高级工程师，2015年7月1日，他作为国家电网公司选派的扶贫干部，来这里挂职担任村党支部第一书记。

曲辉上任后的第一件事就是解决村民吃水难题。他带着村民一连多日跋山涉水寻找合适的水源，可一次次无功而返。后来听村里的老人们讲，离村子8公里的地方有座山，山上有个白岩洞，那里有一股泉水长年不断，水源充足。在熟悉这一带地形的村民带领下，他们前往白岩洞实地勘察。爬到半山腰，连小路都没有了，他们用弯刀砍去前面的荆棘和灌木，艰难地劈开一条路来，终于在离山顶不远的白岩洞里找到一股汩汩而流的山泉。下山的时候，已是下午5点多钟，光线阴暗，漫山的丛林又挡住视线，他一不小心滑向山崖，幸亏同行人一把拽住，才没滚落山间。

回来后，他们迅速将样水送检，经鉴定完全符合饮用水源标准。

一个大胆的设想在曲辉脑海里诞生了：在洞口建一个拦水坝，山下建自来水厂，沿悬崖敷设15公里的无缝钢管，把山泉引到山下，净化达标后，再通过自来水管道引流到农户家。

曲辉将该工程纳入国家电网公司阳光扶贫"清泉饮水工程"申报项目，想方设法争取到了定点扶贫资金100万元。可这还不够！他又三番五次跑到县政府汇报，可领导们也很为难。有一次，他急了，将泗溪河混浊的水装到塑料瓶子里，摇晃着展示给领导们看："你们看，村民们喝的就是这样的水！这能喝吗？"一个北京来的电力扶贫干部，就是这样用真诚感动了大家。这样，他又争取到了县政府的配套项目资金100万元。2017年农历新年前，建东村的村民终于喝上了安全优质的山泉水。

长长窄窄的泗溪河从村中横穿而过，将村

里分为两段。河中间是新架设的一座石板桥。

李胜兴致勃勃地给我讲述了建设这座桥背后的故事。

多年前，一场大水将连接河两岸的桥梁冲毁，两岸村民都是蹚水过河。从河对岸到村委会本来只有短短的 300 米直线距离，可每到大雨天，河水暴涨，村民们只能绕道几公里才能过河，至少要花半小时。2015 年 12 月，曲辉经过多方奔走，找领导乞求，找朋友化缘，最终筹集 25 万元，修建了这座桥，同时还为村里修建了一个文化小广场。

建东村是以"花鼓戏"闻名全国的，素有"花鼓之乡"的美誉。这里的村民无论男女老少皆爱好唱花鼓戏，但村里一直没有一个传承"花鼓戏"的活动场所，这也成了曲辉的一个心结。在他的努力下，文化小广场抢在 2016 年春节前竣工，建东村当年在村里举办了"迎新春·奔小康"联欢文艺演出，全村几百名男女老幼一个个兴高采烈而来，将小广场围得水泄不通。村民们感慨道："村里从来没有见过这样热闹的场面，这个春节是最热闹、最暖心的！"

一路上，阳光明媚，满眼青山绿水。来到建东村光伏电站，第一感觉是这个电站与其他

电站明显不同：不仅规模大，占地近 26.73 亩，三大片区的光伏板密密麻麻地排列在一起，在阳光的照射下波光粼粼，让人仿佛置身于一片蓝色的海洋。而且光伏板离地高度足有 3 米，是其他电站的 2 倍多。

旁边的宣传栏介绍了该站的基本情况：该站装机容量为 8395 千瓦，占地 3 块，面积 26.73 亩，总投资额 829.47 万元，2016 年 6 月 28 日开工建设，当年 8 月 31 日并网发电。预计每年平均发电量为 68 万千瓦时，25 年总发电量 1700 万千瓦时。

这座电站是 2016 年国家电网在湖北"三县一区"首批建设的 6 座集中式光伏电站之一。

让人新奇的是，在光伏板下面，种植着一种叫中华蚊母的灌木，虽然一株株树干只有一尺来高，但却枝繁叶茂，形态各异，叶片翠绿得似乎要滴下水来，煞是惹人喜爱。这种灌木主要分布于长江三峡片区，极具观赏性，是制作盆景的极佳树种。

这座光伏电站是国家电网公司首个农光互补的项目，在发电收益的同时，还可增加种植收益。

当时，为了让土地发挥最大效益，曲辉带人前往江苏、安徽、随州、南京等地考察光伏

项目，吸取众长，专门为秭归打造出"农光互补"模式，把光伏发电和观光农业巧妙结合起来，以实现多赢。通过反复比较，决定在这里种植中华蚊母，因为它具有极强的喜湿耐涝和耐沙土掩埋的特性，而且种植效益可观，市场前景广阔。

秭归县供电公司光伏办主任向立贵笑着说："保守估算，每株蚊母长大后做成盆景，一般都能卖到几十元，收益差不多都要翻10倍以上。"

建东村党支部书记李胜嘿嘿直笑，他感慨地说："国家电网公司对我们是真扶贫，扶真贫，特别是在精准扶贫攻坚战中，不仅给我们输血，而且给我们造血，如今水有了，电改了，投资70万元的100亩茶园示范基地也帮忙建了，还给我们送来光伏电站这个聚宝盆，短短的时间就让村里大变样，2018年年初我们不仅摘掉了贫困村的帽子，50户贫困户脱了贫，而且大家都看到了奔小康的希望。"

在阳光的映照下，他的笑容格外灿烂。

神农溪的纤夫梦

"巴东三峡巫峡长，猿鸣三声泪沾裳。"巴东县位于湖北省西南部，巫峡从境内横穿而过。全县贫困率、贫困人口绝对数、贫困发生率等三项指标一度居湖北省之首。

位于巴东县西北的神农溪被誉为"中华第一漂"，是长江三峡最佳旅游新景观之一，发源于神农架主峰，由北向南穿行于巴东县深山峡谷之中，至巫峡口东汇入长江。

逆溪而上，神农溪两岸山峰紧束，绝壁峭耸；湍急的溪水在刀削般的峡壁间冲撞，纤夫文化走廊映入眼帘。

千百年来，神农溪流域及周边地区的子民在纤夫文化的荫庇下，繁衍生息，歌舞传情。当年，一曲《纤夫的爱》唱响大江南北，向世人揭开了它神秘的面纱。

公路左岸山体上的大型浮雕，分三个层面展现了远古、近代、现代纤夫的生活场景。

景区南大门的浮雕更是鬼斧神工。它高高伫立在公路上方的门架上，四个英武壮实的裸体纤夫栩栩如生，他们用纤绳拉着一条弯豆角木船，喊着纤夫号子，在波涛溪流中奋勇向前。

地处纤夫文化走廊核心区的石板坪村，虽有中国民俗文化特色村之美称，却因山高路险、基础条件太差而长期处于贫困状态。全村建档贫困户占比曾高达50%。

2017年2月，因为前任村党支部书记辞

职，组织上选派年轻女干部王常群来这里任职，希望她能带领乡亲们脱贫致富。

她30岁出头，穿着一身素雅的秋装，嘴角挂着恬静的微笑，言谈笑语之间充满一种活力和自信。

"过去村里有很多好的规划和设想，都因为这样那样的实际困难而无法落地，说到底，还是因为集体经济是空壳。"王常群一边说一边比画，"您看，我们处在纤夫文化走廊边上，村里有一代又一代纤夫，他们身上有说不完的故事。加上我们这里一到春天，漫山遍野都是油菜花，这是一道多么好的风景，却没人来欣赏。这么好的旅游资源和文化资源，我们如果不能挖掘利用，是多么让人遗憾。现在好了，有了光伏电站给我们做后盾，我们就有了将一代代纤夫的梦想，变成现实的信心和底气。"

说着，她带着我来到离村委会几步之遥的光伏电站。

正在电站检查的石板坪村业务员胡世林开心地告诉我们："今天天气好，发电量有800多度，仅仅投运不到1年，我们这个电站就发了18万多度电。"

他指着一排光伏板对我们介绍道："我们这个电站容量是200千瓦。这一排光伏板共22块，称为一个组串，我们这个站有4个组串，共88块光伏板。就是这些神奇的光伏板，将太阳光转化为直流电，光伏组串再通过直流汇流箱并联接入直流配电柜，汇流后接入逆变器，将直流电转变为交流电上网。"

让我们意想不到的是，一个村干部对光伏电站的情况和发电原理居然了如指掌。

"因为这个光伏电站已经捐给了我们村，我们村民都指望靠它来脱贫致富，而且后期运维也有我们的职责，不了解怎么行呢？"胡世林笑着解答了我的疑问并感慨道，"这个光伏电站建成后，每年都将有十几万元的收益，这让我们都看到了希望。"

谈起村里的规划，王常群信心满满、滔滔不绝。村委会2018年准备利用光伏电站收益，继续将5组、7组近10公里的土路翻新，修建公路；将2组、3组通往观田、神龙溪景区的道路进行绿化，安装路灯，在村委会附近修建小型广场，打通致富之路；对种植户进行补贴，扩大油菜花的种植规模，把这里打造成一个乡村旅游景点，让游客来村里现场感受纤夫文化，现场聆听纤夫的故事，让村子成为名副其实的"中国民俗文化特色村"。目前成效明显，村里92户建档贫困户已有一半脱了贫；2018年下半年，村里将摘掉贫困村的帽子，并帮助剩下的 47 户贫困户全部脱贫。

憧憬着未来，她脸上绽放着开心的笑容，像花儿一样艳丽。几位村民也频频点头，一个个笑逐颜开。

92 个鲜红的手印

车行云雾中，一览众山小。沿途百花争艳，美不胜收。

这里是湖北省神农架林区，一个风景如画但贫困面较广的地方。神农架有"华中屋脊"之称，是世界自然遗产、国家地质公园。在林区无论干什么事，都必须以保护好生态环境为前提，林区有树不能砍，有兽不能猎，有鱼不能捕，有药不能采，有矿不能开。因为存在保护与发展的矛盾，脱贫格外艰难。

经过 5 小时的颠簸，我们到达神农架大九湖镇落羊河村，这是神农架林区最边远的一个村，自然条件更加恶劣。

"落羊河村一面坡，山羊时常掉下河。百姓致富无门路，集体经济是空壳。"这是过去神农架林区落羊河村的真实写照。该村曾长期在神农架 64 个行政村排名倒数第一。因为自然条件太差，原来的 200 多户人家都陆续搬走了，后来只剩下了 92 户人家，其中建档贫困户就占了 81 户。

该村党支部书记陈祖菊激动地说："如果没有产业带动，像我们这样的贫困村就难以彻底脱贫，更难以持续脱贫。国家电网给村里投资建设的光伏电站，比任何项目都好，真是太对路了，真正拔掉了落羊河村的穷根，仅半年就让我们摘掉了贫困村的帽子，81 户贫困户除两户因病返贫外，全部脱了贫。"

当了 20 年村党支部书记的陈祖菊，在村民眼里是个一心为民的好干部。2017 年，她还当选为湖北省第 11 届党代表。多年来，她带领村民尝试发展种植业、养殖业、办加工厂等，可因村里条件实在太差，信息又闭塞，最后都以失败告终。

她说："费了那么大劲，却没有明显成效，这些年心里常常有如一团乱麻，堵着难受！"

集体经济 5 万元、人均 3000 元的脱贫标准，在她和村民眼中更像一座不可逾越的大山。

但她始终没有气馁，不放过任何脱贫致富的机会。

2014 年春节，陈祖菊听儿子陈维方介绍自己在神农架红坪镇红举村从事香菇和药材种植，干得不错，一年有差不多 20 万元的收入。

说者无心，听者有意。

随后，陈祖菊抽空专门跑到 80 公里外的陈维方种植基地去考察，发现那里种植的各种药材，落羊河村都有，只是村里缺技术、缺资金，没有销售渠道。于是，她一把鼻涕一把泪地做通了儿媳妇的工作，然后强迫陈维方将那里的业务交给儿媳妇打理，回来与村里共同成立药材合作社，由陈维方提供资金，帮村民们买苗、买肥料，村民们只负责种植，他负责按市场批发价收购、销售。如果亏损，农户概不负责，全部由他承担。在此基础上，他每年得向村委会缴纳 5 万元。

这一优惠条件马上吸引了村民，50 多户村民先后加入合作社，转型种植药材。

"这完全是个不平等、不公平的协议嘛，完全是强迫的。尽管我心里有一百个不情愿，但我不能不接受啊！这些年，我看到我妈为了本村和村民早日脱贫操碎了心，愁白了头，我只能帮她呀。"陈维方说。

尽管陈维方起早贪黑，想尽了办法，可由于这里山高路险，运输成本太高，加上市场行情变化快，信息掌握不及时，辛辛苦苦干下来，每年还是亏损几万元。

脱贫的希望又一次破灭了。

就在陈祖菊和村民们对脱贫致富望穿秋水、一筹莫展的时候，2017 年 6 月，国家电网公司给村里捐建了一座 200 千瓦的光伏电站。

大家奔走相告，苦日子终于就要到头了！

在施工过程中，村民们主动为施工人员送水送菜送干粮；竣工当天，偏僻的山村沸腾了，全村人都来到光伏电站现场，在这里召开了落羊河村历史上规模最大、别开生面的一次村民大会。

"吃水不忘挖井人，我们一定要感谢国家电网公司！"一个个村民发自肺腑的声音回荡在山谷。

有提议送锦旗的，有提议送土特产的，有提议在报刊电视上宣传的……

大家就这样七嘴八舌地议论着、开心地笑着。

"我其实才是光伏电站的最大受益者，要不然，我母亲强迫我签的这种不平等协议永远解除不了，我还得年年亏损。"陈维方半开玩笑半认真地说，接着他转入正题一本正经道，"为贫困村建设光伏电站，是国家电网公司董事长舒印彪一班人决策的，我们就给他写信，这样可把我们的心意完完全全地表达出来。"

"好！好！好！"众人异口同声，都觉得这点子好！

摆上桌椅，摊开纸笔。村里的秀才一边写，一边念，大家一边提意见。反反复复几次，终于将信写好了，接着，92个村民一个个在信的末尾神圣地按下自己的手印。

那一个个鲜红的手印，就是一颗颗滚烫的心，像一团火苗在跳动；它们承载着村民浓浓的感激之情，也寄托了村民对脱贫致富的殷切期盼。

更让村民们开心的是，电站自2017年6月投运到现在，仅9个多月就发了近14万度电，村集体收入一下子就有近14万元。村民乐呵呵地说："落羊河村一面坡，坡上装了个金鸡窝，只要太阳一出来，金鸡下蛋一大窝。"

村主任陈祖华咧开嘴笑着说，以前村里没集体经济收入，很难给群众办实事；现在村里有了钱，正在办几件大事：修建1组、2组的泥巴路，修补村民房前屋后的挡土墙，打通连接刘家河坝景点的通道，发展冷水鱼养殖等产业项目，给每个村民补助100元养老保险费……

"有了光伏电站，不光可以搞基础设施建设，扶持产业发展，设置公益岗位，直接帮扶贫困户，推动我们脱贫致富，还有一个很重要的意义就是，提高了'村两委'的威信，现在安排干个什么事，村民们都很积极。"陈祖菊接过话题。

过去，村里不仅没有集体经济，账上还欠着钱，当然就对贫困户帮不了多少，"村两委"的号令有时就不太管用，村干部的工作也就更难做，大家不知受了多少委屈，只能背后偷偷抹眼泪。

有一年，因为发生自然灾害，很多村民的房子都倒了，可村里拿不出一分钱补助，陈祖菊急得来来回回跑到镇里、区里去争取补助资金，累得腰都扭伤了，可村民们并不领情，不断上门质询、要钱，无论她怎么解释，一些村民都不依不饶，她伤心地直掉眼泪。后来，总算要了4万元回来，才勉强平息了村民的怨气。还有一次，村里好不容易弄了一点钱来修路，可无钱补偿村民的青苗损失，她前前后后到阻挠施工的村民家做了14次工作，眼泪一次次打湿了衣襟。

此刻，她笑得两眼弯成了月牙状，脸上的皱纹挤在一起，像是雨后悄然绽开的艳丽花朵，是那样灿烂！那笑容里，隐藏不住的是他们内心的幸福和对未来美好生活的憧憬。

不远处，一排排深蓝色的光伏发电板熠熠生辉，尽情吸收着金色的阳光，源源不断地输送电能，为他们带来财富，带来希望和梦想。在他们的心中，那就是国家电网公司给他们送来的一轮不落的太阳。

（原载《时代报告·中国报告文学》杂志2018年第2期，系中篇报告文学《远山，升起不落的太阳》第四章《远山荡漾欢笑声》，《国家电网报》2018年5月18日第8版整版刊发。

本文获2019年中国国际报告文学学会和《时代报告·中国报告文学》杂志联合举办的"新时代之星"全国报告文学征文二等奖，获2019年"绿洲源"杯湖北省首届报告文学大奖赛中篇报告文学类一等奖，2018年获湖北电力第二届职工文学大赛报告文学类一等奖。入选国网湖北"三县一区"精准扶贫文学作品集《阳光的味道》一书首篇）@

龙 腾 天 路

——直击藏中电力联网工程建设

西藏，是祖国的一方圣土，天蓝蓝，水清清。每一道亮丽风景的背后，都有一个动人的传说，目之所及皆为景，美景之中有故事。位于藏中环线上的雅江巨柏，就是其中的一例。

沿藏中东环线前行，进入林芝市朗县后，不知不觉中风景渐次变化：雅江两岸，拍岸惊涛之上，一株株巨大的柏树挺拔而立，像卫兵一样静静伫立，在雅鲁藏布江两岸呈线状分布，把这条江打扮得像在苍茫群山中蜿蜒穿行的公路。这就是西藏朗县特有的柏树种——巨柏。雅江巨柏形态各异，一千棵树，就有一千种姿态，或弯或直，或倾或卧。每一棵树都能让人们看出它历经千年的沧桑，如今依然静静站在江边，聆听滔滔江水，讲述着鲜为人知的故事。

相传在修建西藏第一座寺庙——桑耶寺时，木料需要从贡布地区运送过去，以前由于

没有山路，运送木料需要跋山涉水，加上恶劣的气候，造成了很多人伤亡。一位菩萨实在不忍，于是用法术将自己变成乌鸦，骗那些运送木料的人说桑耶寺已经竣工，不再需要木料了。人们长松一口气，于是将大量木材沿江丢弃。从此，这些木材就地生根发芽，变成了现在雅鲁藏布江边上一棵棵整齐的巨柏。

西藏是历史与现实交织，神话与传说并存的地方。如今神话依旧在延续。当年运送木材不可攀越的天路，在千年之后，被5万名电力勇士征服。他们把一座座荒无人烟、耸入云端的高山踩在脚下，把一座座雄伟高大的铁塔立在山脊之上，在这里打通了穿越"世界屋脊"的电力天路，实施了藏中联网工程。

这是世界上海拔最高、海拔跨度最大、自然条件最复杂的输变电工程，是继青藏电力联网工程、川藏电力联网工程后又一项突破生命

禁区、挑战生存极限的工程，也是关系富民兴藏大局的德政工程、民心工程、战略工程。

施工人员正在组塔　邹小民 摄

藏中联网工程指挥部总指挥王抒祥介绍，藏中联网工程是国家电网公司贯彻中央第六次西藏工作座谈会精神，落实西部大开发战略，优化能源资源配置，服务西藏全面建成小康社会的重要工程，是国家电网公司"十三五"援藏重点工程，也是贯彻中央稳增长、促改革、调结构、惠民生的具体实践，具有重要的政治、经济、社会效益。

该工程由西藏藏中和昌都电网联网工程、川藏铁路拉萨至林芝段供电工程组成，起于西藏昌都市芒康县，止于山南市桑日县，跨越西藏三地市十区县。整个工程规划总投资约162亿元，计划2018年竣工。工程建成后，将实现青藏联网工程与川藏联网工程的互联，西藏电网电压等级将从220千伏升级至500千伏，将为西藏送来源源不竭的光明和温暖，注入源源不断的动力和活力，对于满足西藏经济社会发展的用电需要，扩大电网覆盖范围，促进西藏清洁能源开发外送，推动西藏跨越式发展和长治久安，增进民族团结具有重大意义。

那在巨柏之上、雪山之中、云端之间腾空而起的一座座铁塔，一根根银线，像一条巨龙，蜿蜒盘旋，上下腾跃，即将把象征光明与吉祥的电力送往藏区的千家万户，在雪域高原闪耀万丈光芒。

带着对藏中联网工程的无限憧憬，笔者受命来到西藏，现场探访藏中联网工程的建设情况。

一

2017年初秋的西藏。天黑得晚，也亮得晚，清晨6时的西藏相当于内地凌晨4时左右。此时，四周万籁俱寂，林芝市朗县县城还沉浸在熟睡中。位于县城东郊的藏中联网工程 25 标段湖北省送变电工程公司项目部（以下简称"25 标段项目部"），已是灯火通明，20 余名管理人员整装待发，即将奔赴一个个山头，开始一天的工作。

早晨 6 点半，我随 25 标段项目部 6 名管理人员驱车沿着雅鲁藏布江前往海拔 4100 米的 A55 号塔。到达山脚时，天刚蒙蒙亮。

项目部现场总指挥李红波介绍，我们正在组立的铁塔就在这座山的脊背上，离山顶只有50 米，与山脚的垂直距离 1 公里，最大坡度超过 60 度，我们要从这里绕行上去。

行走在崎岖湿滑仅有一尺多宽的陡峭山路上，必须手脚并用缓慢爬行。我刚走几步就气喘吁吁、头晕目眩。同行的安全员戴锦赶紧递给我两支"红景天"口服液，笑着说："我们刚来时也是这样，爬几次就习惯了。"

越往上爬，道路愈加陡峭。有时脚下尖石密布，有时两旁荆棘丛生，有时四周岩石突兀嶙峋，根本迈不开步子，而同行的管理人员却步履轻松。

到了半山腰，他们几次停下来等我，嘱咐说："千万不要踩石头，稍微一踩就松动，特别危险。"

经过两个多小时的艰难跋涉，我们终于到达塔位，10 多名工人已在这里干得汗流浃背，"党员突击队""青年突击队"的旗帜高高飘扬。微风轻拂，让人感到身上有些凉意。

"他们怎么这么早就上山了呢？"我诧异地问道。

项目部经理陈俊波解释："这里一山有四季，十里不同天，年有效工期仅有 6 个月。面对工期紧、任务重、自然条件恶劣等不利影响，工人们就在山上工作点附近搭设帐篷宿营，这样虽然艰苦，却减少了每天来回上下山的时间，也节省了体力。"

据了解，国网湖北省送变电工程公司项目部承接的藏中联网工程 25 标段，属于川藏铁路拉萨至林芝段供电工程的一部分，共有 107 基塔，分布在林芝市朗县和山南市加查县，全线穿越 30 多公里的无人区，平均海拔 3700 多米，最高的为 4200 米，塔基地形坡度大多超过 40 度，少数超过 60 度。施工现场不稳定的地质、陡峭的地形、平均 1.6 公里超长的小运距离、多变的天气以及高原缺氧都给施工造成很大的困难。

正在组立的 A55 号塔，四个塔脚均不在一个平面上，这样的"高低脚"铁塔在平原地带很少见。现场施工场地异常狭窄，两面临近峭壁，人员立足都十分困难。为防人员坠落和材料滑落，四周用钢管搭起了一排排防护栏。

陈俊波解释："由于地形不一样，我们的每基塔都是量身定做、专门设计的，我们现在是在距离地面垂直距离1000米的铁塔组装施工现场，在平地上我们都讲求四平八稳，说的是这四条腿要站在一个平面上。但是在这里根本做不到，我们站的这个位置是这个铁塔最长的一条腿了，那它最短的那条腿在哪儿呢？其实就在距离我们上方垂直距离15米的斜坡上，如果把整座铁塔比作一个巨人的话，假设它最长的这条腿踩的是地面，那么它最短的那条腿已经踩到了5层楼的楼顶上。"

一般来说，在峭壁上施工，也可以利用开山炸石的方式，炸出一个平坦的空地作为施工平台。但是藏中联网工程穿越我国第二大林区西南林区，为了把生态影响降到最低，全线3411基电塔，有3350基采用了高低腿设计，这种设计的使用率达到98%。其中落差最大的超过了30米，相当于10层楼的高度。

铁塔高低腿的设计，最大限度地减少了生态破坏，却给工程建设增加了难度。

"观察员注意，抱杆是否已经垂直？"

"机动绞磨的速度再慢一点。"

"高空人员注意锁紧承托绳！"

现场施工负责人张辉拿着对讲机，正指挥地面和高空人员操作抱杆的提升。他全神贯注，表情严肃，豆大的汗珠不停地从他额头上滚落下来。

李红波给我解释，升抱杆是组塔过程中最危险的工作，所有队员必须协调一致，并严格服从现场施工负责人统一指挥。机动绞磨机的操作人员要将升抱杆速度严格控制在每分钟3米以内，如果速度过快，难以掌握平衡，容易出事；四周的抱杆拉线操作员如果协调不好，或者正面和侧面的观察员不仔细观察，抱杆就会发生倾斜；高空人员须根据抱杆上升速度，将抱杆的承托绳拉紧，不然就难以就位。

特别是在这陡峭的斜面上提升抱杆，难度更大。4根抱杆的拉线无法固定在狭窄的山体上，只能挂在组建好的4个塔脚上，采取原始的"内悬浮内拉式法"施工，再用机动绞磨机进行吊装作业。人员的活动范围非常狭小，眼及之处都是密密麻麻的各种钢丝绳，很不方便操作，这样抱杆的垂直度更难掌握，有时抱杆提升上10米，往往要一两小时。

抱杆就这样随着铁塔的升高不断提升。提升到位后，又开始继续吊装塔材。随着海拔的抬升，塔上作业人员的高原反应更加明显。工人们随身携带氧气罐，每当高空缺氧严重时，就吸上几口，又接着干。

由于没有施工作业面，无法堆料；通过索道运上来的塔材，只能运一根吊一根，根本无法在现场先组装后吊运。

尽管现场施工异常艰难缓慢，但在他们手中，铁塔就像被赋予了生命般向上延伸，向着天空执着生长。而整个藏中联网工程要组建这样的塔架3411基，构成这些塔架的1313万个组件、2114万颗螺栓、22万吨塔材都需要工人们一个个徒手安装上去。

在工地上，流传着这样一句顺口溜：天大地大不如反应大，爹亲娘亲不如氧气亲。

正在现场送药的工地大夫彭桂荣解释，青藏高原空气中的含氧量仅相当于内地的50%～60%。正常人走路都会喘，很多从内地来的人都不适应。

由于严重缺氧，高原反应大，在山上施工时更加耗费体力；而且高空风大，往往在地面刮起一二级风，在高空就变成三四级风。

人在高空作业两小时后就不得不下来换班休息，工作效率不及内地工作时的一半。

就在这时，塔上的两名施工人员下来换班休息。

作者徐建国（中）在施工现场采访

经人介绍得知，那个身材魁梧、约30岁的青年人叫张宝军，前不久曾在中央电视台现场直播时接受过专题采访。

他下来后大口大口地喘着粗气，接过地面工作人员递过来的水壶，咕噜咕噜喝了个底朝天。放下水壶，他用衣袖擦了一下嘴巴，一脸惬意地说："真舒服啊！"

"累吗？"我问道。

"哈哈，早就习惯了！"他的脸上总是挂着笑容。

待他平静下来，我和他拉起了家常。尽管他不时喘着粗气，但说起往事，依然滔滔不绝。

张宝军2004年开始从事高空作业，迄今

已有十二三年了。他跑过中国十几个省，参与过的 500 千伏以上线路就有 10 多条。他感到非常自豪的是参与过 1000 千伏"晋东南—南阳—荆门"中国第一条特高压试验示范工程的线路架设，爬过 370 米的舟山超高压跨江塔。每当想起这些，他心里都很激动。2016 年，他听说要在世界屋脊开始建设藏中联网工程，便毫不犹豫地报名参加。他想感受一下高原的环境，更重要的是心中有一个梦想，将最危险、最困难的高空架设都挑战一下，检验自己这么多年练就的技术水平，为西藏的电力建设贡献一份力量，也在这里留下一段人生难忘的经历。

他认为，不管多么艰难险阻，人生能有这样不平凡的经历，该是多么幸运和幸福。

这是他第一次到高原从事高空作业，感觉和内地很不一样，海拔高，高原反应大，特别是住在山上搭建的帐篷内，早晚温差大，气候变化多端，经常睡不着觉。白天体力消耗大，常有有力使不出来的感觉。在内地的一基百米高塔，他一口气就能爬上去，不到 10 分钟，在塔上面连续工作四小时都不觉得有什么问题。而这里的一个小山坡，爬几步就感觉累，爬一基塔，中途要喘息几次，一般要 25 分钟才上到塔顶。在塔上连续工作两小时，就感觉非常疲劳，因为时间一长呼吸就困难，体力跟不上，虽然随身带了氧气瓶，困了就吸，但这也只能缓解一下。

"高空作业，是项技术性很强的工作吧？"我与张宝军又聊起了铁塔组立的工作。

"应该说是熟能生巧吧！高空组塔，既不是像有些人说的是个简单的体力活，只要胆子大，没有恐高症，会扭几个螺栓就可胜任，但也不是高不可攀。做我们这个工作，最重要的就是胆大心细、互相配合，这个塔有 3000 多个部件、1 万多颗螺栓，螺栓与螺栓之间相差只有 0.5 毫米，我们一拿出来这个螺栓，就知道它多长、什么规格的，该用到什么部件上，该用到哪个位置。"

这时李红波、陈俊波也加入了我们的讨论，他们都是身经百战的组塔能手，现场的采访变成了一堂"技术讨论会"。我也从中感受到组塔是一项技术含量很高的工作。

组塔是个集体项目，特别讲究地面人员与高空人员的配合，在现场负责人的统一指挥下协调作业。地面人员要配合高空作业人员，多考虑高空作业的难度，尽量减少高空作业量，方便高空人员施工。比如，地面人员将塔材的螺栓先轻轻扭上，吊上塔架后，高空人员只需对准孔位，紧固螺栓即可，这样就减少了高空作业工作强度，也提高了工作效率。

地面起吊塔材和螺栓时用钢丝绳绑扎的位置直接关系到高空作业的难易度，如果吊上去塔材倾斜度在5度到10度之间，就很方便高空人员作业，一下子就可将塔材插进就位孔。

地面严格按图纸要求进行组装，一个细节都不能出错，否则吊上去后，高空人员无法进行更改、修正，只有重新放下来返工。

每基铁塔地形不同，规格不同，要制订不同的施工方案。比如，每基铁塔的起吊顺序都不同，先吊哪个部件，后吊哪个部件，都是有讲究的。只有事先确定好了每基塔的施工方案，才能确保安全和效率。

当然，高空人员也要与地面人员保持默契。塔材吊上去，由于塔材有韧性，螺栓有误差和空隙，有时就不能就位，高空人员要眼明手快，等塔材一靠过来就要迅速用钢钎一下子插到相应的孔里就位。不然左边就位了，右边却到不了位。高空作业的两个工人更要密切配合协调。如果协调不好，就会一边高一边低。

转眼就到了中午12点，明晃晃的阳光像瀑布一样倾泻下来，照射得人睁不开眼睛。现场负责人张辉吹起了口哨，收工了。大家忙着收拾工具，整理现场，陆续走到下面就近搭建的帐篷，那里是他们的家。

我也随他们一起来到塔下约400米处的一块平坦的地方。在旁边一片小树林中，两顶绿色帐篷搭建在一起。

站在这里放眼望去，四周已建起的一座座银灰色铁塔，在空寂的高山上蜿蜒起伏，就像挺立在大山上的脊梁，直冲云霄。铁塔之上，飘动着一朵朵棉花似的云，它们在碧蓝如洗的天空中顽皮地嬉戏着，有的像一只自由自在的白蝴蝶，悠然起舞；有的像一群小白兔，向前奔跑着；有的又好像一群脱缰的野马，在蓝天下奔驰……

啊，好一片吉祥美丽的云彩！我不禁暗自喝彩。

这时，一个工人打来满满一盆水放在一块平整的石板上，其他几个工人纷纷拿来毛巾洗脸，顷刻之间，原本清澈见底的水变得混浊不堪了，后面还有人全然不顾地拿着毛巾在里面打湿了擦脸。

李红波悄悄告诉我，这里吃的用的水都是自来水。因为每年的四五月以后，正是高原鼠、兔、旱獭冬眠结束的时候，也是鼠疫等传染病发病期。为防止鼠疫等传染病发生，项目部规定，禁止施工人员随意在山中取水。

这些水是从 20 多公里外的县城自来水公司拉来，再通过索道运上山。所以工人们很懂得节约。即使晚上收工回去，也自觉只用一盆水擦拭一下汗津津的身体。

中午的饭菜很简单，一大盆白菜炖肉，一大盆紫菜鸡蛋汤，还有一大碗腌菜，并排摆在石板上。做饭的师傅见我是新来的，优先给我盛了满满一碗。工人们就各自拿着碗筷打饭盛菜，然后蹲在一起狼吞虎咽地吃起来。他们不时讲一些笑话，一碗饭很快就见了底，又开始盛第二碗。见他们吃得津津有味，我却怎么也难以下咽，因为饭是半生不熟的。

"这饭吃不习惯吧？我们刚来也是这样的。"几个施工人员见状关切地问我，随后和我开起了玩笑，"你多来采访几回就会习惯的。"

在交谈中，我也了解了他们的生活。山上比下面的氧气少得多，这里的沸点只有 80 多摄氏度，不能使用明火，一般也不用高压锅。山上自备的发电机功率小，电压不稳定，电饭锅很难把饭蒸熟，通常是半生不熟。遇到发电机发生故障的时候，就连这样的夹生饭也吃不上，他们只能吃点干粮，或者用凉水泡面吃。一年多就是这样过来的。

"生活条件和环境这么艰苦，那你们怎么干劲这么大？还这么开心。"

面对我的提问，大家一愣。

"您看，那是什么花？"一位 30 岁出头的小伙子指着不远处的几朵花儿反问我。

"哦，格桑花！"我若有所悟。

那黄色的、红色的、白色的格桑花一朵朵、一簇簇，紧紧地凑在一起，漫山遍野，正绚丽地开着，俨然是雪域高原一道亮丽的风景。

在采访途中，那些美丽的格桑花随处可见，盛开在农舍边、小溪边、树林下，很是让人喜爱。一位美丽的藏族姑娘告诉我，藏语"格桑"是"美丽时光"或"幸福"的意思，所以格桑花也叫幸福花，它是高原上最美的花，是高原幸福和爱情的象征，在很多藏族歌曲里，都把勤劳美丽的姑娘比喻成格桑花。

"对！格桑花！藏中电力联网工程线路就是架设在格桑花盛开的路上，我们架设的既是一条电力天路，也是一条为西藏人民带来光明和希望的幸福路！虽然施工环境很艰苦，但我们心中都充满了一种神圣感。"小伙子眉飞色舞，脸上洋溢着自豪。

……

人创造环境，同样环境也创造人。作家丁

玲说过：只要有一种信念，有所追求，什么艰苦都能忍受，什么环境也都能适应。

就要下山的时候，我怀着好奇的心理，顺便参观了一下他们的"家"——帐篷。刚一进入，一股热气夹杂着一种潮湿的霉味扑面而来。

里面大约20平方米，两侧各开了一个不到半平方米的窗户，两边各是一条长长的床铺，一个挨一个，非常拥挤，这几乎占据了里面的大半面积。两头摆放着一些生活用品，过道上堆着一些杂物，显得有些凌乱。

"一顶帐篷一般要住十几个人，大家中午一般都不在里面休息，太热！就在附近树荫下躺一会儿。"施工负责人张辉给我介绍道。

谈起住帐篷的感受，大家都笑了，那爽朗的笑声里似乎有些意味深长。

20多岁的施工员黄林说："2016年刚进藏时，虽然已立春了，但这里还是冬天，山上特别冷，带的被子也薄，虽然有睡袋，但根本抵御不了半夜的寒气，加上缺氧，经常睡不着。后来大家都慢慢适应了，特别是劳累一天，有时倒头就睡着了。进入夏天后，蚊虫又特别多，有时刚一睡着，就被爬到脸上的蚊虫惊醒。"

一个施工小组在一个山头上一般只住半个月到一个月，待附近的一两基或几基铁塔基础或组立施工完毕后，他们就得在新的塔位就近重新选择地方搭建帐篷。让他们最苦恼的是，好几次半夜起大风，下大雨，将他们住的帐篷掀翻了，幸好他们躲避及时，才没有发生人身安全意外，但一个个都被淋得像落汤鸡，在半夜里冻得浑身发抖。所以他们选择在哪里搭建帐篷的时候，都是反复比较。但山上到处是陡峭的斜坡，根本没有选择的余地，往往看中的地方，又离工作的塔位很远，多有不便。

我忽然觉得，他们有点像流浪的吉卜赛人，可他们又与吉卜赛人完全不同。吉卜赛人作为一个天生流浪的民族，他们不断迁徙，追求在营火边弹着吉他载歌载舞的浪漫；而电力施工人员在流动迁移中追求的是让铁塔在茫无人烟的雪域高原上生根，让银线跨越一座座高山、一条条江河，播撒光明和希望。

项目部现场总指挥李红波感慨地说："这就是我们的电力工人，缺氧不缺斗志，任何的艰难困苦都能克服。有这样的精神和作风，没有比人更高的山，没有比脚更远的路。我们完全有信心和能力开辟一条崭新的电力天路。目前，我们已完成了基础浇筑和接地部分，铁塔组立也已完成一半。在大家的努力下，我们还率先组立了整个藏中联网工程第一基铁塔，架设了整个藏中联网工程第一条索道，多次在指挥部综合考核排名中名列前茅。"

就要下山离开这一群可爱的电力天路建设者时，我在满怀敬意中忽然想起了音乐家王荣华创作的一首歌曲《云端天路》，这不正是他们的真实写照吗？

一朵朵白云/爱恋着山崖/一阵阵微风/亲吻格桑花/心随高原起伏/把家安在唐古拉/我们手拉手耶/绝壁架线悬崖立塔/我们心连心耶/云端天路创造神话/

一座座雪山/被爱融化/一张张笑脸/映红彩霞/梦随经幡飘扬/雪域升起不落的太阳/云端天路/让世界变小梦想变大/云端天路/把光明与温暖播撒/亚拉里索亚拉索/云端天路哟/把光明与温暖播撒/

4个月后，我再次来到了这里。远山依旧层层叠叠，如云头般聚集在一起，而裹挟着寒风的一朵朵白云在山谷里左冲右突，时而掠过山顶，时而挂在树梢，时而伴着淙淙流淌的江水前行，似乎伸手可触。西藏冬天的云彩，真有一种说不出的美。

此时，工程正进入最关键的节点——架线，一根根银线将原来一基基孤零零的铁塔逐渐连在了一起，在云端中若隐若现。

让人疑惑的是，在那陡峭的绝壁、白雪皑皑的山峰之间，那一根根粗重的钢芯铝绞线是如何穿越的呢？更让人难以想象的是，那闪着银光的导线就像长了翅膀一样在雅鲁藏布江、怒江天险、金沙江上一次次飞越而过。

面对我的疑问，25标段项目现场总指挥李红波笑着说："明天，我们的导线将再次空中跨越雅鲁藏布江，你到现场去看看就知道了。"

当清晨第一缕阳光透过层层雪山洒在雅鲁藏布江上时，沿江两岸A1、A2号塔下的30多名施工人员已经热火朝天地忙碌开了。他们已在此进行了一个星期的架线前期准备。

在两座铁塔即将"握手"之际，施工人员却面临着严峻的挑战。A1号塔和A2号塔隔江相望，相距1039米，分别耸立在海拔3000多米的两座高山上，两塔海拔高差250米。

地处峭壁的A2号塔，显得更加雄伟。施工人员告诉我，一般架线都是在两塔大小号侧分别安放牵引机、张力机施工，但由于A2号塔位地形狭窄，根本无法安放机械设备。只好在A2号塔地面设置转向地锚，将牵引机、张力机等机械全部安放在A1号塔位小号侧，采取"180度大循环导地线展放施工"，这进一步加大了施工难度。

在 A1 号塔位，除了牵引场、张力场安放的各种机械设备外，地面密集分布着连接锚线坑的钢丝绳。在锚线坑与钢丝绳连接处，都有一张地锚埋设责任牌，上面填写了地锚的用途、规格、埋设深度、埋设日期及埋设人姓名；而且现场使用的导地线卡线器、防扭钢丝绳卡线器、高速起重滑车、旋转连接器等工器具上，每件都印有自控编号、规格吨位、生产厂家及出厂日期等，清晰的信息确保了工器具的使用安全。

伴着机器的轰鸣，施工人员正在做最后的设备调试检查。此刻，众人的目光都集中在 A1 号塔工地上停放的一台八翼无人机上。

无人机操作手正紧张地对无人机电源、信号等进行最后的检查和调试。

项目经理陈俊波告诉我，今天的首要任务就是用无人机展放两根一级导引绳。

无人机具有 GPS 卫星定位、远程遥控操作和画面监控功能，可携带轻质量、高强度的导引绳，从放线起点飞到终点。

过去传统的人工放线，一般由 2 至 3 人拉着导线从一个山头下山，再爬上另一个山头，如此反复多次。这种放线方式不仅耗时长、成本大、风险高，而且在这里根本无法使用。因为受到地形及环境特点的制约，架线过程中不仅要跨越一座座高山和公路、铁路、林业苗木区等，更要跨越雅鲁藏布江、怒江、金沙江等天堑。而且用无人机展放引线，不仅安全经济，而且工效成倍提升。

在无人机中心面板底部，有个挂钩，挂钩上连着一根直径 1.5 毫米的细细的、长长的迪尼玛绳，这就是一级导引绳。绳子前端挂着几个红色、黄色、蓝色的小彩旗，便于无人机在飞越过程中进行监控。在离无人机 1.5 米处，还挂着一个用白色手套改装的小沙袋，防止一级导引绳在终点放线时舞动，也便于脱钩。

"A2 号塔位施工人员请做好准备，无人机就要起飞了。对讲机说话听得清楚吗？"

"清楚！清楚！"

在指挥棚内，项目总工曾红刚通过电台步话机与放线塔守护人员一一通话，检测通信设备。为防止大山中通信设备信号接收不好，每个放线区段，曾红刚都安排在区段最高处塔位设置一部电台进行话音中转，确保通信畅通。

一切准备就绪，无人机操作手慢慢推动油门杆，无人机旋即升空。

50 米、100 米、200 米、400 米、500 米……无人机以每秒 5 米至 10 米的速度向上爬升，飞往对面的 A2 号塔位，导引绳上的一个个彩旗迎风飘舞。

地面寒气逼人，尽管身着厚厚的棉衣，但零下 8 摄氏度的气温还是让人冷得直打哆嗦。一股股冷风时而吹过，让人感到脸上火辣辣地痛。

突然，无人机速度降下来了，在雅鲁藏布江上空盘旋。

"注意气流！注意气流！"安全员戴锦一边拿着仪器监测风速，一边提醒无人机操作手。

江面上空的气流非常紊乱，对无人机飞行有很大影响；稍不注意，就有可能影响飞行安全。

3 分钟后，无人机飞越到 A2 号塔上空。

"准备好了！可以抛线！"这边对讲机清晰传来对面 A2 号塔施工人员的声音。远远望去，A2 号塔顶上的两名身着橘红色工作服的施工人员正翘首以待。

无人机操作手按动遥控，挂钩顺利脱落，一级导引绳在沙袋的重力下准确地落到了 A2 号塔顶架上。无人机成功返航。

现场响起了一片欢呼声。

对面塔顶上的两名施工人员马上攀爬过去，将导引绳固定在塔架上。

无人机很快将第二根一级导引绳再次飞送过去。两名施工人员接着将两根导引绳绳头对接，然后送至地面转向点，扣入转向滑车内。

紧接着，施工人员在牵引车的帮助下，由细到粗，依次用一级迪尼玛导引绳牵引直径为 6 毫米的二级迪尼玛导引绳，再用二级导引绳牵引直径为 12 毫米的三级迪尼玛导引绳，最后再用三级迪尼玛导引绳牵引直径为 15 毫米的高强度四级防扭钢丝牵引绳。

下午，最具挑战性的时刻到来了。采取"一牵一"的方式，由直径为 15 毫米的钢丝牵引绳牵引直径为 30 毫米的钢芯铝绞线过江。

在 A1 号塔和 A2 号塔之间，跨越地形非常复杂，不仅要跨越雅鲁藏布江，而且将跨越 1 条 110 千伏线路和 3 条 35 千伏线路以及 S306 省道，还有正在建设的拉林铁路，而有关部门只批准了 5 天的停电时间。

在这么短的时间内要完成这一艰巨的任务，确实让大家感受到了压力。

项目部一次次制订、修改架线方案，仅作业指导书就做了厚厚一本。在架线施工之前，项目部安排的 3 个小分队各就各位，对跨越沿线情况进行管控，对通行的车辆不断进行疏导。经过小分队积极的协商沟通，铁路施工队伍将修筑桥墩的塔吊高度降低了 6 米，在架线施工间隙也停止了线路下方的相关作业。

"张力再加大一点，牵引绳离110千伏线路距离不足5米了！"看到钢丝绳不断降低，戴锦马上呼叫工作负责人严锋。

"张力加大到1.2吨。"守在张力机旁边的严锋果断地通知操作手，随着张力机油门的轰鸣，下垂的钢丝绳逐渐上升。

因为采取的是大循环放线，钢丝绳在牵引导线过程中尽管牵引力达到了极限，但粗重的钢丝绳和钢芯铝绞线还是不断下垂，最低点与下方跨越的110千伏线路安全距离越来越近。早已在线路交叉跨越处待命的一台25吨吊车，立即挂上滑车将牵引绳托起，防止与下方电力线路摩擦。

由于A2号塔位于半山腰，没有施工场地，因此在A2号塔的转向操作是本次放线工作的关键。

"3米、2米、1米，好，停车。"在A2号塔下，施工副队长卢振兴正在通过对讲机指挥着牵张机操作手。"赶快装夹头，用绞磨将钢丝绳抽回来，再用人力将旋转连接器穿过转向滑车。"牵张机停稳后，卢振兴马上指挥塔下8名工人分成3组忙碌开来。

"因为转向角度较大，如果旋转连接器直接牵引经过转向的话，会有折断的风险。为了安全起见，我们都是人力辅助过滑车。"卢振兴这样解释操作的原因。经过3组人员20分钟的努力，旋转连接器顺利通过了滑车。

下午4点多钟，在第一相导线挂线完毕之后，项目副经理吴宝平亲自上塔对导线压接质量进行检查。爬塔、出瓷瓶、走线，对于吴宝平来说，轻车熟路。

"耐张管压后对边距44.62毫米，虽然满足要求，但是周边毛刺还是要打磨一下。"吴宝平边用游标卡尺检查，边对身边的施工人员强调。

经过5天的奋战，2017年11月14日，A1号塔与A2号塔的24根导线和2根光缆就这样像游龙一样在雅鲁藏布江上凌空飞越。

2018年1月5日，藏中联网工程25标段107基铁塔的线路架设率先在拉萨至林芝段全线贯通，转入最后的检修、调试、验收阶段。按照里程碑计划，整个藏中联网工程将在2018年9月30日投产送电。

二

继2011年建成青藏联网工程、2014年建成川藏联网工程，基本解决西藏中部和东部地区缺电问题之后，针对西藏电网骨干网架没有全境贯通、电网依然十分薄弱等现状和川藏铁路供电需要，2014年8月，国家电网公司提出了"构建西南同步电网、建设西藏统一电网，加快推进水电等清洁能源开发"的战略部署，描绘了建设藏中联网工程的美好蓝图。

2018年1月5日，25标段全线贯通　戴锦　摄

2016年年初，来自全国的电力建设大军陆续会集西藏，开始筹建这一伟大的工程。

25标段项目部现场总指挥李红波的笔记本扉页上，写着三句话：进藏为什么？在藏干什么？离藏留什么？

这个笔记本是2016年年初，李红波即将进藏参与藏中联网工程建设的前一天，国网湖北省送变电工程公司总经理史雨春与他谈心时送给他的。

在挑选藏中联网工程分标项目现场指挥员

时，该公司班子成员不约而同地想到了他。李红波毕业于湖北大学电力工程与管理专业，于1998年开始从事送变电工作，先后参与了三峡外送工程、世界第一条特高压±800千伏云广直流工程等33个重大工程的建设，从一名普通的测量工、质检员逐渐成长为项目技术员、总工、项目经理、分公司总经理。

领导们看中的是他攻坚克难的胆识、拼命三郎的激情、规范创新的管理，他指挥过的很多工程都被评为优质工程，他被大家誉为"最美送电人"。

这是一个能打硬仗、堪当重任的虎将。

2016年3月，李红波带领第一批20名管理人员开车进藏。在6天长途跋涉的过程中，他们既领略了川藏线美丽如画的风景，也感受到了西藏地貌的艰险崎岖、气候的变幻莫测。此时的江南百花盛开，春意盎然，而沿途的西藏地区却还处在寒冷的冬天里，路上滴水成冰，山上白雪皑皑。

特别是在翻越海拔5000多米的东达山时，他们出现了因缺氧引起的头痛、呕吐等症状。李红波给大家打气说："考验我们的时候到了，挺过了缺氧这一关，我们今后都会是高原的英雄！历史会记住我们！"

到达工程所在地林芝市朗县县城后，他们找了一家便宜的旅社，暂时安顿下来。

按照规定，他们进藏后都有一个星期的"习服期"，就是在原地休息，逐步适应环境，应对高原反应。

但第三天，李红波、陈俊波等项目部负责人就到工程指挥部汇报工作，接受任务。随后又到朗县县委、县政府和各相关部门一一拜访。所到之处，都是热情的笑脸、热切的期盼。朗县县委副书记、县长高兴地握着他的手说："早就盼着你们来了，感谢你们给我们带来光明和希望，你们有什么困难和问题尽管说，我们全力支持。"

朗县，是一个仅有1万多人的微型县城，风景秀丽，有西藏的"小江南"之称。"朗"在藏语中意为"光明吉祥"，可这里用电水平还非常落后，人均用电量还不到内地的三分之一。特别是一到冬季枯水季节，水电厂就发不了电，用电非常紧张，很多乡村仍然依靠祖祖辈辈点了千年的酥油灯燃起那微弱的火苗，照亮黑夜的天空。

"我们一定会让朗县亮起来！"握手道别时，李红波向县长郑重许下了自己的诺言。

进藏第四天，李红波和项目部经理带着大家上山勘查线路走向，了解本标段的工程情况。

在前往朗县仲达镇登木山途中，看到一头母牦牛在山上生小牛。小牦牛刚生下来很小，站不起来，呦呦直叫，而母牦牛却不管不顾地在旁边溜达，然后下山了。他们担心小牦牛活不了，就将小牦牛抱下来，到仲达村挨家挨户询问，终于找到了牛的主人。藏族同胞非常感激，热情地给他们敬上酥油茶。

在交谈中，得知他们是电力工人，专门前来组塔架线的，这个藏族同胞激动得不得了，扯开嗓子喊来了一群人。一个上了年纪的藏族老大爷说："总算把你们盼来了，我们好几天都没电了，这里一遇到刮风下雨，就停电。整个冬天基本上没有电用，天天晚上点酥油灯。"

几位热情的藏族同胞纷纷邀请李红波一行到家里参观。

李红波和同事们都留意到，家家都只有几盏照明灯，基本上没有什么家用电器。即使这样，用电也无法保证。

看来这里的用电条件比想象中的还要差，比内地至少要落后20年。

他们临走的时候，藏族同胞们依依不舍。

两个藏族妇女分别给他们献上了洁白的哈达。那份庄重和虔诚，让他们感受到了至高无上的礼遇。

藏族老大爷说："你们给我们送来光明和希望，就是我们最尊贵的客人。"

听着老大爷热乎乎的话语，望着藏族同胞一个个期盼的眼神，触摸着披在胸前洁白的哈达，李红波和同事们被深深地震撼了！心中犹如升腾起一团燃烧的火，他们既真正感受到了藏族同胞的纯朴和热切的期盼，也感受到了作为一名电力职工的自豪和责任。

李红波想起了公司领导送给他的那三句话，再次感受到了领导的重托和期望。

这就是责任！这就是使命！

只有撸起袖子加油干了！

他们马不停蹄地开展筹备工作，联系租房、购买办公用品、生活设施，仅用 10 天时间就迅速组建了标准化的项目部，完成了安摊建点工作，具备了办公生活条件，成为进场最早、开工最早的项目部，受到工程指挥部的表扬。

项目部虽组建了，但如何按照指挥部高标准的要求开展工作？这个难题又变成了头等大事。工期、质量、安全、环保每一项都是事关工程是否能顺利推进的关键。李红波茶饭不思，夜不能寐，一缕缕银丝爬上了他的两鬓。

只有严格地管理，才能带好队伍。他和项目部经理陈俊波、副经理吴宝平、总工曾红刚商议后，迅速组织人员建章立制，制定了项目部各项管理制度，建立了一整套标准化工作体系，工作很快就走上正轨。

西藏特殊的气候，决定了春季和冬季的数月都无法正常施工。5 月，大规模的施工队伍就要进场开始施工。李红波和项目部经理陈俊波、副经理吴宝平、项目总工曾红刚一合计，决定用一个月的时间完成 25 标段 107 基塔的第一次线路复测，再用 25 天的时间完成第二次线路复测，抢在施工人员到来之前做好各项准备工作。

决定宣布的时候，大家一下子愣住了，那 107 基铁塔都位于荒无人烟的高山上，山上的地形都完全不了解，况且现在的西藏依然寒气逼人，抬头就能看到山上很多地方的积雪尚未融化，这么短的时间怎么可能完成呢？

面对一些人的疑虑，李红波说："特殊的任务，特殊的使命，我们只能倒排工期！如果我们不能抢在 4 月底完成线路复测任务，到时大批的工人进场后就只能干等着，严重影响整个工程的工期，那我们就是历史的罪人。"

听了李红波的解释，大家纷纷表态，绝不拖工程的后腿。李红波和陈俊波接着给大家打气："只要我们有信心和决心，再艰巨的任务我们也能完成。"

107基塔的线路复测任务很快分解落实到两个小组，吴宝平、曾红刚各负责一组，李红波、陈俊波负责全面协调。

位于朗县雅鲁藏布江南段元宝山背后的A7号塔，海拔4200米，是25标段中最高的一基塔，山势陡峭，灌木丛生，山顶与山脚的垂直高度达1.2公里。李红波决定先难后易，亲自带队，首先啃下这块硬骨头，为后续工作奠定基础、积累经验。

出发前，按照李红波的要求，6名队员都将水壶灌得满满的，每人特意带上了1件雨衣、2个氧气瓶、3餐的干粮。

附近仲达村的村民闻讯后，执意派来一名藏族小伙子当向导。

他们早晨6点半驱车到达山脚时，天刚蒙蒙亮。由于线路穿越多处密林"无人区"，根本没有路，走着走着，藏族小伙子也迷路了。大家只能靠偶尔接通的GPS信号指示前进的方向。他们背着重重的GPS仪器，走在永远不知道前方是峭壁还是悬崖的路上。山上长满了带刺的灌木，走着走着人就被灌木划出一道道血印。GPS信号时有时无。更闹心的是，用GPS导航，走着走着就碰到无法通过的河沟、峭壁，只好屡次折返改道。性格活泼幽默的90后资料员代冲，气恼地开玩笑说："现在的GPS只能导直线，回去后我马上研究一种引导转弯的GPS，自动识别路况和障碍，让我们在雪域高原再也不迷路。"

大家听了哈哈大笑，烦恼一下子随风而去。

越往上走，山势越发险峭，大家只能像蜗牛一样用手脚爬行，往往爬20米，就要休息10分钟。

爬到半山腰时，每人带去的水都喝完了，大家就将飞泻而下的山泉接入水壶，仰起脖子便喝。虽然那水冰冷刺喉，但大家已全然不顾。

最要紧的是，每人带去的两个氧气瓶都吸完了，一个个气喘吁吁。

就在大家有点恐慌的时候，李红波从包里变戏法地掏出两个氧气瓶，他高高地扬过头顶，有点得意地说："我考虑到这是我们标段海拔最高的一座山，上山过程肯定非常艰难，为防万一，临走时我又往包里塞了两个。"接着他又面色凝重地说："我们还有很长的路要走，这两瓶氧气是救命的，大家一定要省着点用，不是实在坚持不住，就尽量别用。"

由于设计的塔位位于大山的背阴面，在

正午之前是见不到太阳的，伴随着时常刮起的大风，高寒与缺氧两大磨难一起考验着大家的意志。

李红波、曾红刚不断给大家鼓气：坚持就是胜利。

在大家刚刚翻过一座悬崖时，突然刮起一阵大风，5分钟后，乌云就将刚刚升起的太阳遮住，又过了几分钟，风里就夹着雪花飘下来，所有人都惊呆了。李红波赶快吩咐大家寻找山洞躲避，可在灌木丛中，哪里找得着？安全员戴锦好不容易找到一个硕大的突兀起来的石头，连忙招呼，大家赶紧跑过来在下面躲避，趁机吃点干粮。

5分钟、10分钟、20分钟、半小时过去了，雪花依然飘个不停，大家的心都悬在了嗓子眼上。

那是一种怎样的煎熬和等待！

藏族小伙子也一脸紧张，他建议马上返回。

一向沉稳的李红波也坐不住了，他探出头来说："如果半小时后雪还是这样一直下个不停，我们就只能强行下山了，不能在这里坐以待毙。"

大家意想不到的是，此时乌云忽然散去，天又放晴了，大家一个个欢呼起来，全然忘记了刚才所处的险境。

大家背着工具，一路爬行，穿过又一道山崖，终于找到了图纸标记的铁塔方位，此时已是下午2点半，大家一个个冻得瑟瑟发抖，嘴唇发紫。

此时，他们还要耐心等候GPS接上卫星信号，测出中心桩，而桩位测量定位的精度与信号强弱有直接关系。在距离塔基较远、干扰较大的"无人区"，精准的定位需要丰富的测量经验和不骄不躁的耐心。

大家就这样等待了半小时，终于有了信号。云雾茫茫中，大家对照图纸核对，查看地形，利用GPS准确找到了中心桩。

大家将线路复测完毕，已近下午4点。大家商议，如果原路返回，最快也要到晚上11点钟后才能下山，那样在漆黑的山里会有很多危险。藏族小伙子也说，山上常有狗熊出没。大家决定沿着另一面陡峭的山坡下山，用绳索牵引互相照应。

那坡实在太陡，至少有40度，有的地方甚至达到60多度，根本没地方下脚。经验丰富的技术员张辉在前面开路，他侧身贴着斜坡，一手支撑着身体，抓着石头，小心翼翼地向下挪动，年轻的安全员戴锦紧随其后，一手拉着他的衣角，一手抓着石头。

好几次戴锦停下了，因为脚实在无法移动。张辉就说："你如果没地方踩，就踩在我脚上、腿上、背上都可以。"首次经历这样在峭壁上艰难下山的戴锦，几次感动得流出了眼泪。

虽然远远地就能看到山脚，但那是一段漫长的山路。大家七弯八绕，经过3个多小时艰难跋涉，终于安全下山，每个人浑身上下都脏乱不堪。戴锦说："进藏才一个月，我就磨破了两套工作服。"

二十几天下来，大伙的皮肤被山风吹得干裂，手脚上也全是荆棘拉扯出的伤口，但想到只用短短的时间就"打通"了线路施工的直线，提前完成了第一次107基塔的线路复测任务时，大伙的心里有说不出的欣喜：再高的山，也被我们送变电人踩在了脚下！

年轻的资料员代冲深有感触地说："爬过这些高原的山，觉得再没有难爬的山了。基本上是手脚并用，连爬带拽。山上的灌木特别刺，石头特别锋利，一不小心就划得都是血道子。手上、脚上磨得都是大水疱，再磨又出了一层疱，变成老茧。"

紧接着，大家又一鼓作气，仅用20天的时间就提前完成了第二次线路复测，为大批工人进藏施工创造了条件。

这些工程建设者没有豪言壮语，只有早出晚归，穿着被荆棘刺破的工装，在丛林深处一步一步前行。然而就是这样一群人，凭着一种责任、一股拼劲，克服了一个又一个常人难以想象的困难，以不畏艰难困苦的豪迈气概，为工程施工书写了一段又一段传奇。

线路复测完毕后，迎来了大批的建设者，开始大规模的基础开挖、浇筑。

在项目部的墙上，在施工工地，一条醒目的标语随处可见：扛起如山的责任，用心铸精品！这也是25标段项目部现场总指挥李红波的口头禅。

基础的开挖、浇筑也是困难重重，大部分塔基都在斜坡上，无施工地形，人员操作困难，有时不得不用钢管搭防护栏。

一般的塔基开挖深度浅的要八九米，深的达20米左右。由于25标段大部分土质是松散性的土夹石，在开挖时极易塌方，给开挖、支模、浇筑都带来很大困难，施工人员就只能采取"现挖现浇护壁施工法"。施工人员每挖到1米的深度时，就得用钢板支模，然后用混凝土现浇制作护壁。

由于混凝土需要24小时凝固期，为了不

耽误时间，他们接着开挖铁塔的另一个基坑。待上一个基坑的混凝土凝固后，他们再撤下模板，继续向下开挖，再做护壁，就这样循环往复，一个个基坑、一层层往下挖。

施工人员一双双手磨出一个个的血疱，手上的血疱出了血，立即用创可贴包住，随即又开始施工。每基铁塔的四个基础腿总方量少则40方，多则200方，大家的手不知磨出多少血疱和死茧子。越往下挖，洞里的氧气愈加稀薄，加之里面活动空间非常窄小，人在里面非常难受，洞口上面得不停地用鼓风机向下送风。有时碰到坚硬的板岩，施工人员用空压机、风镐拼命挖，经常一天挖断四五根镐钎，却连10厘米都挖不下去。但大家毫不气馁，轮番作业，想尽一切办法将基坑挖到设计的深度为止。

虽然一天下来腰酸背疼，但谁也不愿落后。项目部开展了"比安全、比质量、比环保、比进度"竞赛，每个施工小组每天的工程进度都挂在墙上，谁快谁慢，一目了然。

"除了攻坚克难确保工期外，所有的管理人员和施工人员都绷紧了安全和质量的弦。"李红波一边说，一边拉开项目部的资料柜向我介绍。

《三级及以上施工安全风险识别、评估、预控清册和措施》《输电线路施工安全强制性条文实施细则》《标准工艺策划方案》《质量通病防治措施》《创优施工实施细则》等一本本装订成册的各种管理制度一一展现在我的眼前。

"没有规矩，不成方圆，这些都是我们在开工前编制的。"李红波说。

"别看这些制度很多，每一条每一款大家都很熟悉，我们每个月都要组织大家学习考试的。"安全员戴锦接过话题一脸认真地说。

资料员代冲也得意地告诉我，项目部围绕安全质量探索实施的一系列举措，多次受到指挥部的高度肯定，并在会上交流了经验。

他随手递给了我一份经验交流材料。可以说，那是他们心血和智慧的结晶。在这里摘录几段：

经验一：施工前做好技术交底，组织施工人员学习考试。编制安全管理及风险控制方案，预判重大作业风险，制定风险预控措施，对现场风险进行复测，填写风险复测单，做到"单基防控"，施工现场填写安全工作票，工作负责人按照作业票的风险控制项，保障作业人员和设备财产安全。

经验二：施工中严格按设计和规范施工，

严格按照现场岗位职责，认真组织开展安全质量自检、互检、抽查；施工现场挂风险管控动态公示牌，及时更新，确保各级人员对作业风险做到心中有数。

经验三：严格进行原材料的采购，在开工前严格遴选合格的供货商，对进场前的沙、碎石、水泥、钢筋、地脚螺栓、直螺纹套筒及接地装置等原材料按照规范要求进行复检及第三方检测工作，坚持未经检验的材料不入场，未经检验的分项工程不隐蔽，未经签证的半成品构件不使用，杜绝了不合格产品进场，并在使用过程中建立完善的跟踪使用台账。

经验四：凡属混凝土浇筑前和搅拌前搅拌中，必须由质检人员核查配合比。做到现场只要有人员施工，有机械运转，就必须有管理人员现场监督指导。每基铁塔基础浇筑结束后，逐一检查基础根开尺寸，顶面相对高差、转角度数等各项尺寸，混凝土浇筑质量、强度及桩身完整性、基础接地电阻值、地脚螺栓紧固度是否符合设计要求。

……

"确保安全和质量，关键还在于落实。"项目经理陈俊波对此感触很深。

特别是铁塔组立完毕后，必须进行严格的质检。而质检的工作量特别大，质检员要爬上铁塔，对每基铁塔螺栓的紧固度是否到位、螺栓穿向是否正确、现场的塔材是否变形、组装是否有错误一一进行检查。质检员张晨、刘鹏、李红军等人每天平均要用2个多小时爬山，仅用扭矩扳手检查每基铁塔的1万多个螺栓，就需3个多小时，往往一基铁塔检查完毕就要4个多小时，中午就在现场吃点带去的干粮，有时到附近的工地蹭点饭吃。高原的天气常常说变就变，有时山下艳阳高照，山上却下起了瓢泼大雨，质检员们常常猝不及防，无处躲避，被淋得浑身湿透；有时中午紫外线特别强，照射得人睁不开眼睛。张晨说："虽然苦点累点，但每基塔的施工质量都做到了心中有数，每检查完一基塔的时候，我们都有一种如释重负的感觉和欣慰。"

51岁的黄建华是25、26、27标段的总监代表。在工程项目监理上，他倾注了无比的激情，每天不辞劳苦地奔波在各个施工现场，严抓细管，确保工程的质量和安全。

他在随身揣着的笔记本上，密密麻麻地记录了每个标段施工单位基本情况、每个子项目的地质结构状况、工程结构设计、建筑设计、施工方案及相关规范标准、施工进度情况、发现的问题等。哪里有风险较大的作业，他就出现在哪里。有时站在地面看不清楚，他就爬上几十米高的铁塔，在上面进行旁站监理。

他说："我们监理人员的责任很大，是确保安全质量的一道重要防线，我们必须守住自己的阵地，一旦出了安全质量事故，我们无法交代！"

他干了几十年的电力建设工作，经验非常丰富。在巡检中，他能一眼看出现场施工中的错误和不足，并及时指正或严肃批评。有一次，一个施工小组为赶时间，组织多人在塔上交叉作业，他发现后立即制止，责令停工，组织大家现场学习、反省，并将此事进行通报，要求项目部对施工负责人进行处罚。他多次强调，绝对不能为了工期而忽视安全制度，一旦违反，绝不讲情面。施工人员对他又敬又畏，背地里给他送了个"铁包公"的雅号。

"每道工序都严格按照规范和设计标准进行验收，确保每个细微环节都没问题了，我才会签字验收，这一点都不能含糊。"黄建华说。从开工到现在，这三个标段无论工程质量还是技术水平都很突出，并且到目前为止没有出现一起质量安全事故。

同时，鉴于高原施工的严酷环境和雨季后劳动强度的增加，为了保证现场基础施工和铁塔组立工作优质安全高效，25标段项目部成立了专项稽查小组，每天奔走于各个施工现场，狠抓安全质量制度落实。

该标段所有施工塔位位于平均海拔3700多米的山上，进入秋季，经过几个月充沛雨水的滋养，沿途的灌木和杂树已是生机勃发，蔓延的枝条交织在一起，将塔基周围的山体封得严严实实，让人几乎无路可走。稽查小组的队员们每天就是在这样的环境里进进出出，俨然一支"丛林突击队"。

"大伙小心一点，前面是一片茂密的荆棘林，请穿上外套，猫着腰从下面通过。"在去A23号塔位检查的路上，走在前面的戴锦提醒大家。作为安全员，戴锦总是一马当先，是整个队伍的开路先锋。虽然天气比较热，但大家都带着外套，在穿越丛林的时候可以穿在身上当作"盔甲"，躲避荆棘的刺扎。西藏地区植被保护要求很高，林业部门坚决禁止砍伐，走在前面的戴锦只能戴着厚厚的帆布手套，碰到挡在前面的荆棘枝条时他就小心翼翼地用手拉开让大家通过。100多米的荆棘林，大伙穿越用了近半小时。由于都是猫着腰，又穿着厚厚的外套，荆棘林内也是密不透风，出来时大伙都已是汗流浃背、满脸通红。

"戴锦，你已经成刺猬了。"走在后面的质检员刘鹏看到戴锦后背衣服上刚挂上去的刺，不禁大笑。"这挺符合戴锦安全员的工作性质的，自带芒刺，到现场他不说话别人都怕他，哈哈。"项目总工曾红刚接着话茬也开起了玩笑。一路上大家欢声笑语不断。

经过近两小时的穿越攀爬，稽查小组终于到达了 A23 号塔位。大伙分工明确，多点开花，迅速工作起来。

"发电机下面的防漏油沙盘里的沙该更换了，再不换就要渗透到草地上了。"戴锦边拍照边对现场负责人说道。

"基坑开挖的弃土一定要堆放在坑口 1 米之外，堆放高度不能超过 1.5 米，D 腿基面坡度较大，围挡弃土的编织袋一定要码放整齐，防止滑坡。"曾红刚勘察了现场施工地形后反复叮嘱基坑开挖人员。

在已经开挖完成的 A 腿基坑，刘鹏已经打好安全带下到了坑底，对坑深、坑洞直径、垂直度等进行复核。

经过一个多小时的忙碌，稽查小组对现场的安全、质量、环境等方面的工作提出了 6 条意见。

"你们检查发现的问题非常及时，提的这些意见也很有指导性。我们会立即整改，保证类似的问题不再发生。"现场负责人边说边心悦诚服地在整改单上签字。

检查完毕，已是下午 1 点多，大伙才觉得肚子早已饿得咕咕作响，于是找个背阴处的草皮坐下来，吃着随身带来的干粮。

稍作休整之后，"丛林突击队"重整旗鼓，向着荆棘更深的地方迈进，那里，海拔 4120 米的 B7 号塔位在等着他们……

在大家的努力下，25 标段项目部的各项安全质量指标一直在工程指挥部的考核中保持前列。

无论是在作业现场，还是在项目部、施工队驻地，都能看到一条醒目的标语：像保护眼睛一样保护生态环境，像对待生命一样对待生态环境。

青藏高原所特有的生态环境，孕育了特有的植物资源。由于长期进化适应的结果，很多植物生长期短，生长缓慢，且一般为多年生植物。它们生长环境特殊，种群更新和增殖慢。其生长的生态环境脆弱，一旦破坏，难以恢复。

项目部经理陈俊波告诉我，在平均海拔3750 米的藏中联网工程沿线，岩层、草甸、沼泽、灌木等虽呈现不同的地貌，但地质结构都比较脆弱，哪怕是一块草皮被践踏后，裸露的表层都易受风化，若不及时修复，受损面积就会蔓延扩大。

在前往 A35 号塔的途中，安全员严峰边走边低头弯腰捡拾地上的杂物。当他看到我关注的目光时，他微笑着说："这里有严格的环保要求，项目部制定了安全文明施工、环境保护管理等一系列制度，要求施工现场始终保持清洁，不破坏环境，做到工完、料净、场地清。"

随后，他又指着前方的施工现场对我说："你看，施工现场都配备了垃圾桶，我们定期将垃圾集中处理并及时转运。"

进入现场，只见正在施工的铁塔下面，铺了一层绿色的防护网，面积足有一个篮球场大。

"别小看了这层纱网，人踩在上面，它既可以起到缓冲的作用，确保下面的植被不被踩坏，又能通风透气，确保植被正常生长。同时还能起到防沙尘、防水土流失的作用。"

沿线山峦起伏，层峦叠嶂，沟壑纵横，草木丰茂。为了保护高原独特的生态环境，把工程建设对环境和人文景观的不利影响降到最低，工程从设计到施工，都要求环保优先。

严峰从口袋里掏出一本小册子递给我，那是项目部查阅大量资料后，编制的《环水保宣传教育手册》。

"与《安规》一样，我们每月都组织施工人员学习考试环保知识，而且与施工人员一一签订承诺书，特别是禁止流动吸烟，杜绝火种，确保不发生森林火灾。"

行走在工地上，保护环境的措施随处可见：

在施工进场的道路上铺满了厚厚的草垫子，道路两旁都拉上了彩旗绳子，以防止车辆碾压草皮，确保施工车辆绝对不越"雷池"一步。

现场的施工材料采取"上盖下垫"，防止施工材料污染环境。

基础开挖后，土用袋子装好后整整齐齐地码在一起，防止"弃土挂渣"。

在开挖出的施工便道上，悬挂着醒目的警示标志，防止施工人员抄小路、走捷径，越界践踏草甸。

"除了你刚才看到的这些，我们在环保上还采取了很多措施。"严峰向我介绍道。

——青年环保志愿小分队定期开展活动，利用工余时间，开着绿色环保车，把被风吹散在草地上的废纸屑、被工程车辆抛落在绿色防护网外边的各类建筑垃圾收拾干净，用义务绿色环保行动，为脆弱的高原植被"减负"，还高原大地以洁净。

——采用"边施工边恢复"的环保施工方法，在开工前，施工人员小心翼翼地将植被连根平铲，放在雨布上养护；施工后，立马对施工基面进行表面翻松，然后再将植被恢复到原处。

——从开挖基坑到索道运输，再到塔材进场及工地住房，施工队严格控制开挖面积，最大限度地将"破土点"降到最低。

——对一些不符合埋锅造饭条件的施工地段，就用索道将食物和饮用水运送到目的地。

——特别是在选择索道搭建地和保护环境上费尽心思，对索道张力的计算和研判慎之又慎，既要保证索道通道下森林整体不受破坏，又要保证索道运输距离塔位最近。沿线搭建索道达52条，无一对环境造成破坏。

项目部经理陈俊波告诉我，一旦工程竣工投运，那些曾因施工修建的临时便道，都将不留任何"疤痕"，恢复原有的地势风貌。

朗县县委副书记、县长数次深入工地查看，他感慨地说："电力铁军不愧是一支威武之师、文明之师，他们带着感情、带着责任，攻坚克难，创造了一个个奇迹。特别是他们的安全文明施工和绿色环保施工做得非常突出，给我们树立了榜样。"

让朗县县长特别难忘和感念的是，为了避让人文景观，工程指挥部不讲条件，不计代价，毅然让铁塔改道。

A2～A7号塔原本设计从元宝山正面通过，这样线路走向最便捷、最经济。当线路设计方案送到朗县有关部门征求意见时，县旅游局和规划局等部门提出，元宝山对面是十三世达赖喇嘛土登嘉措的故居——冲康庄园。这样设计会影响景点的视觉，破坏景观的整体风貌，能不能把线路设计更改到元宝山的背面？

设计人员刘庆峰迅速将朗县方面提出的建议反馈到了藏中联网工程拉林铁路供电工程现场指挥部。事关重大！指挥长李万智当即放下手中的工作，心急火燎地与勘测设计人员驱车赶赴元宝山。

经过重新勘测和设计，如果改道，不仅铁塔数量增加3基，线路长度增加2公里，施工费用增加1043万元，而且元宝山背后都是丛林，施工难度也成倍增加。

在专题研讨会上，有人还提出了一些改道方面的困难和问题，李万智斩钉截铁地说："根据总指挥部的指示，我们必须坚决贯彻落实将藏中联网工程建设成为富民兴藏的德政工程、民心工程的战略目标要求，不论困难多大，不论花多大的代价，都必须改道！"

"像这样为了避让人文景观或保护生态环境而改道的铁塔，在藏中联网工程沿线有很多，我们都是无条件避让！确保工程建设与环境保护的可协调发展。"藏中联网指挥部总指挥长王抒祥说。

据了解，像业拉山72道拐、然乌湖、米堆冰川、达古风景区等特殊地段，在线路走向和设计上都及时主动征求当地政府的意见，重新进行了改道设计，有效避开了这些景观，赢得了当地政府和藏族同胞的高度赞誉。

三

藏中联网工程是迄今为止世界上海拔最高、海拔跨度最大、自然条件最复杂的输变电工程，许多世界性难题挑战着建设者的智慧和勇气。

"高海拔地区的输变电工程建设面对的是更多常规施工方案、工器具、设备无法解决的困难，更多的工艺标准和规范无法适应特殊环境条件。"工程技术人员对此深有感触。

大部分铁塔位于山脊和山顶，由于山高坡陡，根本无法用人力、畜力运送物资，因此索道成为工程建设中最普遍的运输方式。

位于朗县仲达镇仲达村的索道场工地，机声隆隆，一根根塔材运往B7~B8号塔。项目部总工曾红刚告诉我，这是整个藏中联网工程中建设的第一条索道群，藏中联网工程指挥部2017年4月专门在此召开了工程索道建设试点工作会。总指挥长王抒祥等领导和与会代表不顾山体的陡峭，兴致勃勃地深入现场参观，对这条索道群的巧妙设计和规范建设，给予了高度评价。

谈起当初的架设过程，曾红刚依然记忆犹新，感慨地说："当初为建这一索道群真是煞费苦心，虽遇到了一系列难题，但都被一一攻克。"

B7~B8号塔与山脚垂直距离高达1.2公里，山体坡度超过60度，不仅施工无作业面，而且人员上去也很难立足。

由于3个支架位于山脊上，没有施工地形，加之支架高6米，重300公斤，组立十分困难，他们就通过钢管搭设脚手架操作平台，利用辅助钢管分段组立支架。

开挖支架拉线的地锚坑时，2名工人用铁锹、钢钎等工具整整挖了一天，也仅凿开了一个 0.5 米深的小坑，下面全是岩石，再也凿不下去了，而拉线坑深必须达到 1.4 米，承载索坑深必须达到 2.4 米，这只能通过空压机、风镐等机械方能完成开挖深度。但空压机重达 100 公斤，需要人力抬上山，由于山路陡峭崎岖、高原缺氧，4 个人搬运空压机到 2 号支架就用了一天半时间。

鉴于山势陡峭，如果就近设置拉线位置，拉线的倾斜度就将达到 60 度以上，超过规程规定的不宜超过 45 度的要求。

如何既满足规程的要求，又能确保拉线的承受力满足需要？大家讨论时，曾红刚提出了一个设想和疑问：拉线的位置如果选择在本座山的任何一点，倾斜度都可能超标，可否选在其他山体上？如果这样，拉线势必延长很多，其承重力等参数可否满足要求？

机械专业毕业的陈俊波眼睛一亮，马上在稿纸上进行了验算，并做了一个小实验，觉得完全可行。

他们立即将拉线的位置设置在对面山体凸起的山包上，通过计算，将拉线长度延长至 100 米，确保了拉线角度和承载力均满足规程的要求，又一道难题被攻克了！

可塔材通过索道运达塔位后，却出现了不同程度的损坏，有的表皮磨损，有的油漆脱落。山上的施工人员见状，心疼不已，拿起对讲机就对山下索道场的同事嚷道："怎么回事？塔材都受伤了！"

山下的施工人员赶忙沿线查找原因。在勘测中发现，由于山体表面多为岩石，承重索两侧多为灌木，很容易将货物划伤。于是，他们为运输的货物加装了钢套保护装置。

这条索道的问题刚解决，那条索道又出现了问题，仿佛在考验着施工人员的智慧。

B19 号塔索道投运之初运行良好，但随后发现运上来的塔材有轻微变形。经对索道口上料处检查，塔材上运之前完好无损，那么问题肯定发生在索道运输过程中。质检员、施工员沿着索道对门架、钢丝绳仔细排查，却未发现问题。陈俊波、曾红刚两人再次排查，他们走到半山腰时，发现索道上的货物经过一个小山包时，与山包发生摩擦，这就是症结所在！很快他们在现场分析出了原因，那是因为 2 号门架与 3 号门架相距较远，长达 600 米，加之后期运送的货物重量从当初的不到 600 公斤增加到 1 吨以上，导致承载索和循环索发生下垂，引起货物与山包发生摩擦。

随后，他们在 2 号门架与 3 号门架之间加装了一个新的门架，问题迎刃而解。

解决高原上钢筋焊接难题，也曾让他们费尽周章。

在基础开挖、浇筑时，需要规格、型号不同的大量钢筋。由于高原的气候寒冷，早晚温差变化大，钢筋的焊接合格率只有 90%，且损耗大。同时，焊接的钢筋长度一般都在 10 米以上，在陡峭狭窄的高山上很不方便运输。怎么办？技术攻坚小组在工地彻夜研究，也没有找到好的办法，大家一个个熬得眼睛通红。

就在天边露出鱼肚白时，李红波突然自言自语："那么多特高压工程难题都解决了，我就不相信这个问题在高原上解决不了！"

正在查阅资料的陈俊波一听，眼睛一亮，他猛地拍了下脑袋兴奋地说："对，特高压工程建设中不是有一项直螺纹钢筋连接工艺吗？我们何不尝试借用一下呢？"

"是啊！"

大家一下子来了精神，当即投入试验，结果完全可行！

大家顾不上吃早餐，立即分头准备，曾红刚亲自调节直螺纹加工设备，检验加工精度，让现场的工人都很快掌握了这一技术。

采用这一新工艺后，钢筋的连接合格率从

90%一下子提高到 100%，连接损耗率从过去的 3%～4% 降低到 1%，并且过去需要由 2 至 3 人完成的工作量，现在仅需 1 人借助一台机器就可完成。同时，原来整长的钢筋可以分解成多段，大大方便了运输。

铁塔基础的浇筑也面临一系列困难。平均每基铁塔基础至少要连续作业 8 小时，有的超过 40 小时。高原恶劣的气候，早晚反差强烈的温差，也给基础浇筑带来了很大的影响。特别是基础受冻后，发生了裂纹、脱皮等问题。于是，项目部副经理吴宝平以此为课题进行攻坚，很快拿出了解决方案。

在基础施工时，除了安排专人 24 小时轮班值守外，他们用秒表严格控制混凝土入模时间，用温度计定时测量混凝土温度。这还不够，大家又抱来一床床棉被、毛毡等物品，盖在上面，对已成型的基础进行保温养护。

大伙儿开玩笑说，那些日子，对待混凝土基础，比对待自己的儿女还用心，一刻都不敢分神。

特别是在浇筑难度最大的 A3 号塔基础时，天寒地冻，滴水成冰。党员突击队、青年突击队轮番上阵，队员们的衣服被汗水、露水一次次浸透，结成了一块块冰。通过两班不断轮换、连续 46 小时的作业，基础浇筑一次通过验收。

功夫不负有心人，经过精心维护，形成的混凝土基础表面平整、光滑，棱角分明，颜色一致，达到了一次浇筑成型、不需再做任何外装饰的清水混凝土施工工艺水平。

现场施工的难题一个接一个，而又拖不得、等不起，这对广大施工人员提出了严峻的挑战。

B9 号塔是一基转角塔，施工人员将塔腿组立后，惊讶地发现塔腿 BC 面和 CD 面第一层的水平点发生了变形。现场施工负责人和技术员立刻核对图纸，发现塔材规格型号与设计图纸完全相符，却又找不到问题原因。他们立即给总工曾红刚打电话汇报情况，1 个多小时后，曾红刚翻山越岭火速赶到现场，他擦去满头的汗水，立刻查看，初步判断是铁塔基础的根开尺寸或基面高差可能存在问题。可用经纬仪检查后，并无问题，然后他又将塔材的长度、孔距再次测量核对，也未发现问题。

他紧锁双眉，眼睛直瞪瞪地盯着变形的部位，汗水不断地从他额头上渗出。现场的施工人员也都紧张地望着他。

这究竟是什么原因呢？曾红刚猛然想起，2013 年在武汉建设 500 千伏金口线时也曾遇到过类似问题。他下意识地产生了疑问：塔脚板坡度会不会是厂家在加工焊接中出现了偏差？

他立即对塔脚板坡度进行测量和计算，果然发现塔脚板坡度大了 0.5 度。随即他又将塔材变形部位的水平点松开，测量其与主材间错位的距离。通过计算，也证实错位的距离与塔脚板坡度偏差度相符。

症结找到了，曾红刚长长舒了一口气，他拿起了手机。

"喂，请问是厂家工地代表吗？你们生产的塔脚板坡度有误差，不能正常组装，请帮忙解决。"

"这绝对不可能！我们的产品都是经过严格检验才出厂的，从未发生过这样的问题。"手机中传来了工地代表很是自信的声音。

"我们经过反复测量、计算和验证，确定是这个问题！"曾红刚也颇为自信地回复。

"那是不可能的！"手机中再次传来厂家工地代表断然否定的声音。

"要不您过来看一下。"曾红刚胸有成竹，显得不急不恼。

当工地代表气喘吁吁地赶到现场后，经过

测量和计算,确证了曾红刚的判断属实,他顾不得擦去满头大汗,对曾红刚竖起了大拇指:"厉害!佩服!"

藏中联网工程第一基 500 千伏铁塔的建设,也考验着电力工人征服困难的智慧和勇气。

2017 年 4 月,藏中联网工程全线开始进入组塔阶段,25 标段项目部决定将位于雅鲁藏布江北岸、500 千伏雅中变电站出线第一基 A1 号 500 千伏铁塔的组立作为第一个主攻点。

A1 号设计塔重 147 吨,全高 81 米,属于风险较大塔位,也是 25 标段的第一基塔位,高标准地组立好这基铁塔,具有很强的示范意义。

为了打好组塔的第一仗,项目部多次研究组塔方案。一次次夜深人静之时,项目部驻地依旧灯火通明。

根据现场的平面布置状况和铁塔体积、重量等情况,经过集思广益,李红波决定采取大型吊车安装方式。李红波多次在特高压等重大工程中现场指挥过大型吊装,对此颇有心得。

通过对铁塔重心、吊车承载力、吊点螺栓受力、钢绳最大拉力、角钢抗拉能力、螺栓连接中心距等进行理论计算,大家设计了整体吊装方案,决定用一台 180 吨吊车主吊,另一台 25 吨吊车作为溜尾吊车配合抬送。

现场的作业面比较狭窄,两台大型吊车可以调整的空间极小,随着铁塔高度的增加,吊装难度势必越发加大,稍有不慎就可能引发吊车倾覆、人员伤亡的情况。为此,大家又多次深入现场勘察、模拟试验,对吊车起重曲线和铁塔结构仔细分析,制订了详细的施工方案,编制了《吊装作业指导书》,对安全质量保证措施和注意事项、危险因素辨识及控制措施、人员配置等 100 余项内容进行了一一明确,甚至将每阶段吊点的选择、每一吊的吊重、人员的站位等每个细节都进行了说明。

大战在即,所有参战人员的弦都绷得紧紧的。他们既为能参加这次具有特殊意义的铁塔组立感到兴奋和自豪,一个个摩拳擦掌、跃跃欲试,同时又深感责任重大,唯恐辜负了组织的信任和期望。

李红波和陈俊波等负责人与精心挑选的 20 余名施工人员一一谈话,签订安全质量保证书,并对照精心绘制的施工流程图,逐一讲解,组织大家一次次现场模拟演练,让每个施工指挥人员都牢记了自己每个环节的职责和要求。

在施工过程中,项目部 4 位负责人李红波、陈俊波、吴宝平、曾红刚亲自到现场进行指挥、监控。总指挥长王抒祥等领导也多次赶到现场指导，为施工人员鼓劲加油。

一切按预案进行，井然有序。每一个细节的施工都在掌控之中。

但 A1 号杆塔处于风口地段，经常突刮大风，很多时候都是 5 级以上，根本无法作业。为此，项目部请求当地气象部门协助，每天通报相关气候情况，并安排专人对现场风速和起风规律进行观察，以便起风时安排塔下组装，无风或者风小时就安排高空作业。

大家经过半个月的连续奋战，终于抢在 2017 年 5 月 1 日前圆满完成了 A1 号塔的建设。这是在整个藏中联网工程中率先组立的第一基铁塔。4 月 29 日，中央电视台在 A1 号塔进行了现场直播。那耸入云端的铁塔、电力工人在高空腾挪的英姿和在高原攻坚克难的豪迈气概，让全国电视观众深深震撼，也让挑战人类极限、创造电力天路的藏中联网工程一时间成为老百姓谈论的热点话题。

四

青藏高原离天最近，却离家很远，千山万水不知阻断了多少人间真情。

在晴朗的夏秋之夜，天上繁星闪耀，一道白茫茫的银河横贯而过，两岸各有一颗闪亮的星星隔河相望，遥遥相对，那就是牵牛星和织女星。每年七夕，传说中的织女与牛郎鹊桥相会之时，遥看星辰，是重要的民间习俗。

"亲爱的，照片我收到了！你那边的星星可真美！"

"真想和你一起看星星。想你！"

2017 年 8 月 28 日，农历七夕。在这个浪漫节日到来前的一个夜晚，项目部安全员戴锦和他身在武汉的恋人陈惠群，和其他有情男女一样，抬头仰望同一片夜空中的点点繁星，诉说着彼此的思念，祈祷着美满的姻缘。

或许因为这里离天更近，星星显得格外清晰明亮，仿佛整个深蓝色丝绒天幕缀满了闪亮的宝石。

刚过而立之年的戴锦，大学毕业后来到国网湖北省送变电工程公司。时光荏苒，这位意气风发的 80 后小伙，先后参与了近 10 条 500 千伏、220 千伏输电线路工程建设，在磨砺中逐步成长为优秀的安全管理专责人员。

2016 年 3 月，戴锦得知本公司将挑选人员赴西藏开展藏中联网工程建设前期筹备工作，刚刚调入机关从事管理工作不久的他，毫不犹豫地报名参加，当即得到批准。

作者徐建国（中）采访工程技术人员　戴锦　摄

当他兴冲冲地将这一消息告诉恋人陈惠群时，陈惠群的脸唰地变了，任凭他百般解释和苦苦相求，恋人就是不松口。临走时，陈惠群赌气地丢下一句话：你要选择去西藏干你伟大的工程，就别选择我。

陈惠群的父亲也是国网湖北省送变电工程公司的一名老职工。她从小感受到了父亲长年在外、与家人聚少离多的艰辛。她不愿意男朋友放弃眼前的机关工作，再去从事奔波流离的野外施工。同时，作为一名医务工作者，她深知高原气候和高原反应对健康的危害，哪里舍得自己心爱的人去受苦？让她特别难以接受的是，如果戴锦此去西藏，将意味着他们原定的2016年5月1日的婚礼延后，经历更长时间的分别。

陈惠群的态度，让戴锦犹如掉入冰窟，内心矛盾重重。

一边是自己心仪的女孩，一边是自己向往的事业。

可这样史无前例的电力工程，一旦错过，将终生遗憾。

就在此时，陈惠群的父亲向他伸出了援助的手。他想去"电力天路"追逐梦想的澎湃热情，深深打动了陈惠群的父亲。作为一个老电建人，他深深理解女儿的心情，更理解戴锦的苦恼。老人做通了女儿的思想工作："我看这个小伙子还不错，有抱负有担当，今后在一起的日子还长呢！还是让他去吧！"

就这样戴锦怀着建设藏中联网工程的豪情壮志，与恋人依依惜别，来到西藏朗县，投身藏中联网工程建设中。

高原不仅缺氧，而且空气干燥，即便房间里配备了加湿器，戴锦每天早晨起床时，鼻腔仍然都是血丝。风沙刮起来伸手不见五指，在施工现场，他不得不用口罩捂住口鼻。翻山越岭的时候，遇到山体太陡，他和同事们携手用绳索攀爬……在高原，最缺的是氧气，最宝贵的是精神！戴锦全身心地投入工作中，每天加班加点，将一项项安全管理工作做得有声有色，深得领导和同事们的好评。

严重的高原反应，繁忙的施工任务，艰苦的生活环境，这一切令戴锦更加思念惠群。

美丽的彩虹、璀璨的星空和高大的雪山……他都会拍摄下来与她分享。他手机里也存满了惠群的照片，就连二人的微信聊天记录他也一直保留着，闲暇时总会反复翻看。陈惠群也深深理解了男朋友对事业的孜孜追求，她每天都关注西藏，关注藏中联网工程，关注戴锦的工作和生活。热恋中的两人再次商定，2016年12月28日结婚。

然而，天不遂人愿。2016年12月中旬，戴锦无奈地告诉陈惠群，工地任务太重，工期又紧，自己现在又身兼多职，根本走不开，年底很难保证能回家，原定的婚礼很难举行。

直到春节前三天，戴锦才风尘仆仆地赶回武汉，哪有时间再来筹备婚礼？看到男朋友满脸的风霜和疲惫，陈惠群又气恼又心疼，说："这次情况特殊就算了，那我们5月结婚吧！"戴锦喜出望外，连连点头。

2017年春节一过，戴锦就带着对陈惠群无限的愧疚又马不停蹄地赶往西藏。临别时，戴锦拥着陈惠群说："再过几个月，我一定要让你成为一个最美丽的新娘。你不是说过吗，春天的新娘最美丽！"

此时，戴锦所在的工程项目部比以前更忙了。他们如火如荼地开始组立铁塔，并计划在2017年5月1日前建起整个藏中联网工程的第一基500千伏铁塔。届时中央电视台将现场直播。

当戴锦满怀歉意、吞吞吐吐地将这一情况告诉陈惠群时，陈惠群反过来安慰戴锦说："这是大事，我们的婚事再往后推一推不要紧的，我不会怪你的，真的为你感到自豪。"

2017年4月29日，中央电视台现场直播了A1号铁塔封顶的过程。看到那在海拔4000多米山顶上竖起的高高的铁塔，看到电力工人在云端里艰辛架设的画面，她深深地被震撼了！她为自己男朋友所从事的工作感到自豪，她激动地告诉亲朋好友："我的男朋友参与了这项世界上海拔最高的电力建设工程，央视直播时，他就在现场负责安全管理！"

"你在外面安心工作，家里有我，我是你最坚强的后盾。你能参与电力天路建设，我为你骄傲！"这是温婉体贴的惠群让戴锦最感动的话。

一谈起恋人，戴锦就满心愧疚：哪个女孩不希望有一个美好而浪漫的婚礼？可由于自己工作的原因无暇回家，他们的婚礼已经三次延期。

七夕之夜，戴锦满怀深情提笔给恋人写了一首诗《坚守中的思念》，记录了自己开辟天路的内心感受，更表达了对恋人深深的思念：

顶烈日，迎风沙/翻山越岭何所畏惧/钻荆棘，越峭壁/冰山雪地斗志高昂/沐晨曦，踏夕阳/圣地共筑藏中联网/捧一缕山泉/与山鹰牦牛分享/摘一棵蒲公英/在如诗的画卷中放飞希望/穿行在山顶云霄/岁月书写的这段记忆将永铭心间/累了/静静聆听雅鲁藏布江轻声歌唱/倦了/电波中与你诉说衷肠/一路征程从不曾迷茫/期待万丈光芒/早日闪耀雪域高原/每天我在离天最近的地方/想你/今年/我一定要让你成为一个最美丽的新娘

25 标段项目部现场总指挥李红波说："进藏以来，很多人都只是春节回去探望过一次，甚至还有不少人一次都没回去，工期这么紧，任务这么重，他们都顾全大局，把工作放在首位，把亲情埋在心底，做出了太多太多的牺牲和奉献！"

34 岁的施工管理员陈国辉有 3 个小孩，其中老二老三是双胞胎，他常年在外施工，有时春节回家，孩子好长时间都躲着他，不肯叫他。2016 年 6 月 18 日，从小就疼爱他的爷爷因病去世，消息传来时，正赶上在峭壁上组立最危险的一基塔位，作为"同进同出"管理人员，他深感责任重大，将万千的悲伤埋在心里。当铁塔安全组立完毕时，他实在控制不了心中的悲哀，不禁失声痛哭。工友们知道实情后，都忍不住流下了眼泪，陪他跪在海拔 4000 多米的山顶，遥望家乡，向爷爷磕了几个响头。这样的情况，在工友们中太平常了，很多人都因

工作忙无法第一时间赶回家见去世的亲人最后一面。

项目部副经理吴宝平的母亲做心脏搭桥手术，他匆匆赶回去照料了母亲一晚后，就将母亲托付给侄女照顾，含泪离别。因为工地上还有那么多重要的工作等着他！在火车上，他泪流满面地在朋友圈发了一条微信：父母的养育之恩，可能永远都报答不了！后来，这条微信背后的故事经同事讲述后，感动了无数人。

在项目部、在施工队、在工地上，几乎每个人都有一个个让人感动的故事。这一个个故事折射出电力建设者敬业、奉献的情怀。正是有他们这样无私付出的无数电力员工，万家灯火才会用真情、用真心点亮。

久居内地的人们难以想象青藏高原天气如何恶劣。天气的变化无常，就如同娃娃的脸一样说变就变：前一秒还是艳阳高照，强烈的紫外线刺得脸发烧，下一秒乌云飘来，冰雹、大风或者雨雪就会扑面袭来……在这样的环境中，考验的是身体的韧性，一旦免疫系统出现问题造成感冒，就可能诱发肺水肿、脑水肿，进而威胁生命。

施工一队的代学成，虽然只有 36 岁，却有 10 余年在全国 10 多个省份架线的经历，参与过 10 多次 1000 千伏特高压、500 千伏超高压的建设，同事们亲切地称他为"老江湖"。

但就是这样一个身体棒棒、野外生活经验丰富的小伙子，面对变化莫测的天气，最终也招架不住感冒了。大家劝他先到县城医院输液，把感冒治好再说。但是，代学成知道自己身上的担子有多重，作为施工一队的技术员和"同进同出"管理人员，施工队没有谁比他更了解现场的情况了。施工一队有多少基塔，每个塔的形式、基础的类型……他记得一清二楚，那些天大家都在陡坡上施工，安全的风险也很大，没有人能够替代他在现场的工作。他悄悄找来两盒感冒药加大剂量服下，在帐篷内休息了两天，就再也坐不住了，执意要到现场。庆幸的是他体质好，过了几天就康复了。后来，家人听说后，为他担心不已，也埋怨他太不爱惜身体：万一病情恶化怎么办？你可是家里的顶梁柱啊！

本来高原缺氧，一天高强度的工作后，需要好好休息，然而面对时间紧、任务重的形势，他们只能像陀螺一样连轴转。

一次，施工人员在 A26 号塔施工时，发现原设计的是岩石锚杆基础，而现场的土质为松散性页岩，似乎不适合做岩石锚杆。下午 2 点多钟，现场负责人将此情况报给了项目总工曾红刚，请求决定是否需更改设计。曾红刚正在赶着编写 A3 号塔、A4 号塔索道的施工方案，第二天须送审后交施工队施工，实在无法离身。但如不去处理，第二天施工人员将处于停工等待状态。

曾红刚立即赶往海拔 3600 米的山上，跋涉 2 个多小时后赶到现场。他仔细观察和触摸后，也认为需要更改设计，并将现场图片发给设计院请求立即更改。下山时，已是下午 5 点多钟。当他们走到一片灌木林时，未曾想到一头黑熊突然窜出，向他追来，他吓坏了，拼命向前跑。万幸的是，此时天空突然下起了瓢泼大雨，黑熊才停止了追击。在恐慌和雨雾中，他走错了方向，直到晚上 9 点多钟才跌跌撞撞地摸回住地。

草草地洗了把脸，吃了一碗泡面，依旧惊魂未定的曾红刚顾不上休息，立即与设计方办理了施工设计方案变更手续，将设计方传过来的设计变更图纸打印出来，交给施工队。此时已是晚上 11 点多钟，极度困乏的他一头伏在办公桌上就睡着了。项目部加班的人员下班锁门时将他惊醒。此时已是深夜 12 点多钟，他赶紧洗把脸，连夜编写 A3 号塔、A4 号塔索道搭设施工方案。当他完成时，天已亮了，门外响起了同事上班的脚步声。

如果说，年轻人满腔激情投入藏中联网工程，是为了实现自己的理想抱负，让青春在雪域高原闪光，那么老一辈电力人坚守在这里，又是为什么呢？在西藏，有很多即将退休的老同志也主动请缨，投入了这一伟大的工程中。

藏中联网工程 24 标段贵州省送变电公司

项目部饶东铀今年 59 岁，听说要建设藏中联网工程，他找到公司领导，执意要报名参加。领导劝他说，西藏海拔高，条件非常艰苦，您年纪大了，恐怕身体吃不消呀！他说就是因为还有一年就要退休了，一定不能错过这个伟大的工程，自己对输变电工程真的是太有感情了！

老伴听说了也坚决反对。他说，干了一辈子，能在那里为自己的职业生涯画个圆满的句号，就不会留下遗憾。

领导和老伴最终被他说服了。

饶东铀从 1978 年进入贵州送变电公司，长期从事概算员工作，积累了丰富的理论和实践经验，被大家誉为"神算师"。有些现场他只要前去一看，仅凭肉眼就能做到心中有数。几十年来，他在概预算上，为企业节约了大量资金。

由于他技术过硬，很多重大施工现场都少不了他，所以他一年四季都在外边奔波。进入西藏后，白天他和年轻人一样爬山，到现场勘察，晚上又精神抖擞地在电脑上录数据、制表格，忙得不亦乐乎。

他说，近 30 年来，跑遍了 20 多个省份，但各地的风景名胜区都因工作太忙而无暇游览，只是在工地上留下了几张照片，留下了很多遗憾。而自己又特别喜欢历史，从电视和书中对名胜景点有过很多了解，并神往已久。记得最深的一次是，2012 年和 2013 年先后参与

青海第二通道 750 千伏线路工程、新疆至郑州 ±800 千伏特高压工程建设，差不多 6 次路过神往已久的莫高窟，却因工作太忙，而没有进去参观。

每当夜深人静的时候，他特别想念家人，心中对家人充满了愧疚。他说有一年春节，儿子打来电话："爸，我好想您！"只说了一句，儿子就泣不成声，老伴也在旁边哭泣，他当时也泪流满面，到后来电话两头只有哭声了。那时他已经大半年没回家了。

他感慨地说："干上送变电这一行，就意味着更多的奉献和牺牲，但我无怨无悔。"每当在火车上、汽车上看到自己参与建设的线路时，老饶就感到无比亲切和欣慰，有时情不自禁对朋友或素不相识的人自豪地说："我参与过这条线路建设！"

老饶心中还有一个愿望，就是把这个工程干完以后，把亏欠家人的情都补回来，和老伴好好游览一下祖国的大好河山，也弥补他多年的遗憾。

严重的高原反应、艰巨的工作任务、艰苦的生活环境、重重的困难和压力、在工作和家庭上各种两难的选择……时刻考验着每一个建设者的意志，这也是对建设者肉体和精神的双重考验！如果没有钢铁一般的意志和信念，他们是无法完成任务的。他们在雪域高原上展现

的这种坚强的意志和信念，以及强烈的责任意识和满腔的赤子情怀，不仅彰显了国家电网的责任央企形象和电力铁军风采，而且树立起一座比雪域高原更高的精神丰碑！

在艰苦环境中忘我奋战、砥砺前行的广大建设者，也深深牵动了各级领导的心。国家电网公司、藏中联网工程部、各省电力公司等各级领导多次深入现场慰问，解决实际问题和困难。一项项后勤保障措施不断出台和完善，极大地鼓舞了广大建设者的斗志。

25标段现场总指挥李红波激动地说："在短短的一年多时间，湖北省电力公司、国家电网公司领导就来过多次，他们不仅逐塔地仔细检查指导安全、质量、环保等工作，而且深入现场与职工们交心谈心，走进帐篷嘘寒问暖，帮助大家解决了一个又一个问题和后顾之忧。工人们高兴地说，领导们每来一次，都给我们带来无穷的快乐和力量！"

"雄关漫道真如铁，而今迈步从头越。"目前，藏中联网工程依然在紧张地进行中，广大电力建设者正撸起袖子加油干，将汗水、泪水和真情播撒在雪域高原，一个个可歌可泣的故事感天动地，使这群远方的来客成为藏区人民心目中最可爱的人。

习近平总书记说过，伟大的事业孕育伟大的精神，伟大的精神推进伟大的事业。

在全面建设藏中联网工程、推进兴藏富藏战略的伟大征程中，广大电力建设者牢记使命、不负重托，进一步锤炼了"特别能战斗、特别能吃苦、特别能奉献、特别负责任"的国网人精神，弘扬了"努力超越，追求卓越"的企业精神，展现了广大电力建设者挑战极限、克难攻坚的坚定信念，勇于登攀、敢于超越的进取意识，雷厉风行、科学求实的工作作风，顾全大局、默默奉献的崇高品质。这是广大电力建设者在伟大的藏中联网工程建设中形成的一笔宝贵的精神财富和又一巨大成果。这必将鼓舞广大电力建设者继续积极应对各种挑战，战胜前进道路上的艰难险阻，推动藏中联网工程尽早安全优质高效竣工。

可以预见的是，藏中联网这一伟大工程必将在不远的将来在世界屋脊上闪耀璀璨的光芒，极大地推动兴藏富藏这一伟大战略的全面深入实施，让光明、吉祥和幸福永远伴随藏区人民。

（原载《时代报告·中国报告文学》2018年第2期、《荆楚报告文学》2018年第1期，系国家电网长篇报告文学《天路入云端》第六章《托起吉祥光明的云彩》，获2018年中央企业精神文明建设"五个一工程"奖，获2021年湖北省报告文学大赛中篇报告文学类一等奖）@

何红梅：
在场书写的成长与蜕变

何红梅，中国作家协会会员、中国电力作家协会会员、中华诗词学会会员，鲁迅文学院电力作家高级研修班第一、二届学员。著有诗词集《疏影横斜》《素心听雪》，散文集《拾一炉心香》《种下一园蔷薇》，纪实文学《热血作证》。作品散见《文艺报》《山西文学》《青海湖》《海燕》《延河》《脊梁》《扬子江诗刊》《河北诗刊》《长江丛刊》等全国报刊。部分作品曾获全国及省市文学奖。

很多年前认识你时，你热衷的是诗书琴韵，而非电力题材创作，但是近六年你突然像变了一个人，读你的作品感觉文风大变，不仅将我们看来冰冷、坚硬、单调的电力行业写出了文学性，而且写得有温度、有厚度，我很好奇究竟是怎样的经历改变了你？

这个问题我要从 2016 年说起。

那年，我参加了"中国电力作家重走红军长征路·光明行"活动，我们从江西出发一直到陕西延安，沿着红军长征走过的足迹，一路见证挖掘国家电网点亮革命老区的故事。6月，我们到了四川，经过泸定桥最后到达甘孜。我记得在甘孜供电公司座谈会结束后开始一起观看一部微电影《路》。《路》是由甘孜供电公司的员工演绎的自己的故事，当时现场的每个人看得泪流满面。因为那部微电影，我认识了《路》的主演唐诗晴，因此了解到关于她拍摄《路》背后的真实故事。

唐诗晴的爱人在甘孜供电公司从事农电综合管理，她为支持爱人的工作放弃了在成都原本舒适的工作环境来到甘孜生活。做母亲前，唐诗晴来得是义无反顾，但随着女儿出生，当她必须将五个月的女儿交给父母，女儿从此将成为留守儿童的时候，她开始变得非常矛盾，突然对曾经的选择产生了怀疑和动摇。面对唐诗晴的心理变化，她的爱人束手无策，两人开始发生一次一次的争吵。就在唐诗晴情绪处于低谷时，甘孜供电公司选中她参加微电影《路》的拍摄。整个《路》的拍摄过程，是她第一次亲眼见证、亲身感受在高原藏区工作的电力人是多么艰辛。拍摄中，她认识了一位在高原藏区基层工作了 23 年的电力工人，夫妻分居 22 年，因为所在的工作区域海拔超过 3000 米，一次因为感冒引发肺部感染，肺部因此切掉了三分之一，医生说他不再适合在高原工作，但他仍然选择留在了藏区。就在她一路遇见、一路感动、一路紧张拍摄时，她家里突发了一件事。唐诗晴1岁的女儿突然得了肠套叠，危及生命，整个过程一波三折相当揪心，为了不影响她的拍摄任务，爱人独自承受着一切，联合所有人对唐诗晴瞒得密不透风。直到《路》的拍摄结束，唐诗晴才得知了女儿惊心动魄的全过程。就这样，一部微电影《路》的拍摄历程，无意成就了唐诗晴的精神洗礼之路，这时候她回过头再看自己的爱人，再看曾经的选择，心里顿时豁然开朗。

唐诗晴讲完她的故事后，她的那些女同事也开始讲各自的故事，她们都是为了支持丈夫的工作，放弃了舒适的生活，来到高原一起承受环境的艰辛，忍受三口之家、四口之家分居两地甚至三地的痛苦……她们一边讲一边哭，我们则一边听一边哭，现场自始至终被泪水所模糊。从甘孜回来，我情不自禁提笔写了一篇散文《再唱一曲康定情歌》，那是我书写的第一篇电力题材散文，在"中国电力作家重走红军长征路·光明行"征文中获得散文类一等奖。它存在的价值是让我终于感受到，之前一度远离的电力题材，并非我以为的冰冷坚硬，其实无论什么题材，不管什么行业，我们的落脚点终归都是人，一群有悲有欢、有血有肉的平凡人。

也就是从那时起，我正式踏上电力题材书写的路，为书写全球能源互联网去过沙漠草原；为书写国网湖北省公司"三县一区"阳光扶贫去过神农架、巴东、秭归、长阳的偏远贫困山区；为书写湖北送变电公司参与的阿里与藏中联网建设去过西藏拉孜，去过海拔5357米的地方；为书写支援北京冬奥保电去过零下30摄氏度的张家口；等等。

我之所以要在前面讲唐诗晴和《路》的故事，是因为我近几年走过的这些路作用于心灵的感受和她十分异曲同工。从2016年起至2022年，这一路跟随一线工人深入现场，见证他们的足迹，感受他们的艰辛，触摸他们的苦乐，自己也如同经历了另一种人生，它所呈现的意义，就是带给我一场精神的锤炼和洗礼！那部微电影《路》的结尾有一段主人公的内心独白："如果不是深入其中切身感受，我们无法想象基层工作的那份艰难。如果不是面对面地交流，我们不能直接感受一个个平凡电力人的朴实与可爱……"这句话其实也是我的内心独白。

你问我是怎样的经历改变了我，那是因为我跟随一线工人的脚步走过一条纪实之路，我把这条路也叫作：坚硬的路、修行的路、蜕变的路。

一条纪实之路让你结出了一本纪实之果《热血作证》。在这本书中除了上面你说到的作品，我更感兴趣的还是你书写身边同事日常的作品，和那些重点题材相比，这些作品显得特别平凡、琐碎，比如，这次被我们编辑入书的《通向掇胡线》《铁塔的影子》《老马、老李、铁大个》等。从这些作品里，我能感受到一名作家强烈的自发意识，自觉地深入工友身边，以作家的视角去发现、见证、书写那些我们看不见的平凡日常。是什么机缘让你开始去关注身边那些平凡的日常？又是用怎样的方法将它们写成一篇篇动人的文学作品的？

应该说 2019 年之前我虽然创作了一些电力题材作品，但是目光基本都放置在荆门公司之外，聚焦在国网公司及湖北省公司的重点题材上，很少关注身边同事和他们的工作场景。直到 2019 年春节后一天上班，因为连续几天低温下冻雨，我们单位管辖的位于黑山山顶的110 千伏南相线倒塔，当时单位主要领导和输电专业的同事第一时间赶往现场，我因为好奇也跟着跑去了。当时通向山顶的是一条弯曲旋转 40 度样子的水泥路，平时车可以直接开上去，但是那次下冻雨路面结着几厘米厚的牛皮凌，人只能爬上去。我硬着头皮跟在他们身后小心翼翼地往上爬，结果爬到中途不留神脚下一滑如同溜冰一样滚了下去，腿摔得淤青，当时还忍不住自嘲写了四句话：冻雨成冰最惊魂，仰天长叹步难巡。忽摔一跤君莫笑，检修路上多艰辛。

直到第二天早晨我又跟着他们去才成功登顶。那天从早晨 8 点上山，到下午 2 点多饥肠辘辘下山，整个过程特别辛苦，那是别人看不见也无法想象的辛苦。当时，我既惭愧又深有感触，我身为一名电网人，同时也置身生产单位，竟然还是第一次感受身边同事的工作场景。我尚且如此，何况社会中人呢。所以那次回来后我就想，能不能以一种有别新闻报告的方式，用文学细腻温暖的笔把这些类似经历写下来，忠实现场，真实还原，不夸张不矫饰，用朴实的文字去传达一份平凡人的朴实无华，让更多的人读得感动，在鼓舞我们自己的同时也可以让社会上的人来了解我们的行业及行业精神。

说实话，之前无论是写全球能源互联网特高压建设，还是写"三县一区"的阳光扶贫、西藏的阿里联网，这些工程因为本身影响重大，再加上极其艰苦的地理环境，注定会演绎出不平凡的艰辛，多的是故事素材，所以只要用心写，不难。但回到日常，尤其当我见识过那些艰苦卓绝的建设现场，回头再来感受身边的一线工人和他们的工作场景时，我感觉只能用平凡中的平凡来形容，连他们吃的苦都不知道该如何去说，有点像没有故事的故事。要写好他们确实有难度。我当然知道再平凡的苦也是苦，就如同再小的果实也有它的滋味，就平凡而言理应更加值得作家去关注、发现和书写。只是要想将平凡的人物写得有血有肉，一定要拿出自己全部的情感，去走他们走的路，吃他们吃过的苦，一起进入工作现场，亲自去发现、去感受，让现场真实的感受流经自己的血液。这是一种笨办法，也是唯一可以写好他们的方法，只有这样，我才可以获得共情，才能像写我自己一样去写他们。

我写输电巡线工时，就和他们一起去巡线，跟他们进入春夏秋冬不同的工作场景中。我记得是 2019 年 8 月，我第一次跟笔下的主人公去双河巡掇胡线，顺着延伸的铁塔线路一直走，巡完 98 号铁塔竟迷了路。因为沿路的草木疯长，比人还高，将人团团包围像八卦阵一样，置身其中完全分不出东南西北，始终找不到通

向 99 号铁塔的出口。那样兜兜转转了半天，来回折返体力消耗过度，加上烈日当头，刺藤包裹没有一丝风，我开始脸色发白心慌气短有点中暑的前兆，最后都记不清怎么找到的出口，只记得到达铁塔脚下靠着一棵树坐下来时两眼直发黑。《通向掇胡线》就是那次经历后写的，虽然当时主人公和我没怎么交流，但是因为现场感受深刻，我感觉好像从他的经历里走了一趟，所以我写起来情感特别饱满。那也是我为身边的同事写的第一篇散文，自从得到同事的喜欢和认可后，后续每一篇创作我基本套用的都是这种笨办法。

其实这种"笨办法"就是一名作家踏实真诚的创作态度，很想知道你进入这种创作态度，对你的思想意识是否有产生什么深刻的影响？

当然有。

这里我想用一个词：洗心。这是一种不知不觉地清洗，当人的态度越来越接近朴素时，虚华的那部分好像不知不觉突然就被放大了，自己顿时看得一清二楚，一下子羞愧起来，这时思想和意识开始改变，潜移默化朝着虚华的反方向转变。这种清洗有点像一个新的自我的诞生，思想和行动都会发生明显的改变，思想

的根系不再像之前那样喧嚣地裸露在外，开始扎根泥土，安然宁静，专注于心，像植物一样踏踏实实地生长。

最近几年，我一直在反省自己，从前为什么害怕写电力题材？我想那是因为当时的我还没有解决心的问题。曾经我看铁塔，之所以觉得它们冰冷坚硬，就是因为我还没有拥有穿透那些坚硬的事物触摸到内质的力量。直到深入一线走过一段路，我才明白事实上铁塔不会凭空诞生，每一座铁塔背后必定都站立着一群人，他们是孩子的父亲，妻子的丈夫，父母的儿女，他们没有超能力，都是凡胎肉体有泪有痛的平凡人，我才发现在一份平凡的工作背后原来凝结着如此不为人知的汗水与艰辛。这时候再来写铁塔，你就会感觉好像能触摸到铁塔的心跳和脉搏，会情不自禁把它当作人来写。

对作家来说，心是怎样的，他的作品就是怎样的，这个很奇妙，想伪装都伪装不了。一个真情朴实的人，他的作品必然是真情朴实的，凡是真情朴实的作品，必定是平易近人深入人心的。所以我现在越来越觉得，要想写出好的文学作品，除了阅读积累和写作技巧，更关键的是要解决心的问题，这是土壤与果树之间的关系。

和你交流的过程中，我能感受到一种鲜明的精神气质，就是鲜活、真挚，具有丰富的感受力，事实上这也是一个写作者必不可少的精神元素，某种层面，这种元素比阅读积累和写作技巧更重要，但是该如何拥有和保持这种精神气质呢？你可否谈谈经验和感受？

我的经验是：诗意的生活。

如果说生活是我创作的源头之水，那么诗意的生活就是保持我的源头之水一直叮咚有声的保鲜剂。我可能因为从小到大被父母过分保护，没有经历什么世事，感觉自己一直活得挺天真，人到中年了也没多大长进。这种天真有利有弊，在社会阅历方面会显得不太成熟，但在精神层面保护了我的个性，让我享受到一种简单的丰富，既能像哲人一样对当下现象保持专注的思考，又能像孩子一样对生活永远充满新奇的感受力，我蛮喜欢这种状态，特别是深入文学创作后更加感觉这种状态的重要和可贵，所以潜意识里我希望自己能够保护好这份天真。

营造诗意的生活是我滋养精神、保护天真的一种方式，等于是我在现实中给自己打造的另一个世界，这个世界里盛放着我最喜欢的精神元素，最大能力地活成我梦想的样子。在这个世界里，我可以静坐、神游、造梦、发现美、创造美、书写美。当遭遇世相时，我可以在这里以清明心自观；当遭遇喧嚣时，我可以在这里以沉静心自省；当遭遇疲累、磨损时，我又可以在这里得到抚慰、补充、修复，直到重新复原，获取新的元气，然后再一次出发。人行世间，其实就像一台不断运转的机器，在岁月流逝中、寒来暑往中，在面对各种人事以及身处的各种环境中，人都会受到不同程度的侵蚀和磨损。如何获取一种能力，去抵御现实的侵蚀和磨损，让自己像一株植物一样，始终活得明亮真情，不管遭遇什么，都能在自己的"春天"里发出新芽，具有不断充盈更新复原自己的能力，就我而言就是诗意的生活，它可以为

我留住精神的春天。

回首走过的半生，我很庆幸，无论是面对现实生活的一地鸡毛，还是面对艰辛的一线采访，以及耗费心血的创作和自我否定时痛苦的瓶颈期，我都知道该怎样保鲜自己的心灵，好让自己一直热气腾腾、饱含深情地走在路上。自始至终我最害怕的并不是写不出好的作品，而是有一天我心中突然没有了诗意，不懂得创造诗意的生活了。一旦精神的源泉断流，我可能马上会成为一个干枯的人，没了天真，没了梦想，只剩下满眼的现实，对生活开始无话可说，开始心灵麻木、情感枯竭，那时候再谈文学创作、再谈如何写出生动真情的文学作品完全都是天方夜谭。

（采访：刘贤冰）@

鹰的图腾

——记三代师徒皮志勇、易健雄、罗皓文

第一章　鹰之天空
一

我们不会无缘无故踏上一条路，我们踏上的每一条路都必有着说不清的机缘。皮志勇踏上的援疆之路，我顺着他援疆的足迹，不远千里踏上的阿勒泰之路，又随他一起踏上去往龙口变电站的路，这里面的机缘确实难以说清，唯一能够说清的恐怕只有此刻脚下的路。

龙口变电站在戈壁滩深处，我们使劲地跑，试图用车轮丈量戈壁滩的空阔，却似永远也跑不到边，好在不管天地如何辽阔，我们终是有目标而奔跑的人。

龙口变电站的身影终于映入眼帘。下车，风在耳边奔跑呼叫，砾石在脚下发出沉闷的声响，门卫加尔肯别克·马海，一张哈萨克族人的笑脸，如阿勒泰纯粹的蓝天。他给我们打开

门，开关、主变这些熟悉的电力设备映入眼帘，想来天下的变电站都是相同的，不同的不过是设备背后的一群人，演绎着种种不同的故事。

戈壁滩检修后的午餐很独特，干馕就水。不过皮志勇说这里还有更独特的，比如，冬天骑马在雪里巡线，那时候就是干馕就着白雪。如此说，我们眼前还有一个大西瓜，够幸福了。我学他一屁股坐在戈壁滩上开始一口西瓜一口干馕，幕天席地品尝起人生不同寻常的滋味。

当我正全力以赴地嚼着干硬的馕时，皮志勇突然指着天空说："红梅姐，你看，鹰！"顺着他的手指，我看见了几只大鸟盘旋高空，时而凌厉如风。

想起在路上他也指我看过一次鹰，这是第二次，于是掉头问他："你喜欢鹰？"说是问，语气却不乏肯定。

果然，他点头。

"喜欢鹰的什么？"

"鹰的精神。"

"鹰的精神是什么？"

他望着天空，像似答我，又像似自说自话："听本地的老人说，当鹰四十不惑时，它们就要选择一条炼狱之路。在 50 天里，它要不断用长喙猛烈地撞击岩石，直至折断并长出新喙；在下一个 50 天，它要用新喙啄尽老茧，让双爪灵活锋利；直到 150 天，它要用新喙拨去身上所有的羽毛，待鲜血淋漓的身体结痂、脱皮，再长出一身丰满轻灵的羽毛。终于，苍穹之王再生了。"

第一次身处空旷荒凉的戈壁滩，第一次目睹鹰在高空飞翔，突然听见这样的故事，我忽地起了一身鸡皮疙瘩。一时间，我竟像个智力障碍者，只是昂起脖子呆呆地看着天空。

一时间，苍穹之下，戈壁滩之上，一只鹰顿时成了一把心的钥匙，打开了我与皮志勇的话题，一番前尘往事开始纷至沓来。

二

1999 年，将时间追溯到此，70 后的皮志勇正好退伍复员，分配到湖北省原荆门供电公司变电部，成为一名继电保护人。上班一年半后在当时大力发展多种经营的背景下，他作为技术人员被派往武汉今人电力科技公司上班，与对方合作开发断路器和电压无功自动控制装置。

突然从国企到民企，除了体制与环境的变化，人与人之间的关系变得尤其微妙。每个人都像一座孤立的城，工作上的事互相从不打探不过问，更别说公开讨论交流技术问题。

初到今人公司，皮志勇被分在技术服务部，他拿起一张电压无功自动控制装置图，看得云里雾里。他壮着胆子问组长，组长甩过去两本书，外加一句"图都看不懂，还来这！"皮志勇没吭声，接下了两本书，脸上发热，心底开始暗自发狠。

他开始把自己所有的收入尽数投入学习中。自费每节课 1000 元请老师授课指导，除此外他拟订了采购资料目录：《单片机编程》《数字电路原理》《C 语言编程》等。在今人公司工作的三年，他的薪水全部用在了学习和买书上，没拿过一分钱回家。很快，他掌握了单片机编程、硬件开发等技术，理解了傅氏算法、拉氏变换等复杂理论，熟练掌握了 CAD、Protel 等制图软件。如此走火入魔，书本为师，勤苦为径，一个月下来，他竟弄通电压无功自动控制装置图的所有原理。为以后扬名继电保护领域打下了深厚的基础。

懂了图，开始跟随服务部技术人员跑客户现场，曾经接受设备安装服务的电力公司人员，突然变成了为电力公司服务的设备安装人员，这种身份的换位给皮志勇带来的是一段奇妙的体验。

第一次出去，技术员嫌他是新手，一副不情愿的样子毫无遮掩地挂在脸上，皮志勇不吱声只默默做事。第二次，又跟技术员到襄阳供电公司的变电站安装，这次客户不同以往，问出电压无功自动控制装置与电力系统变电站二次设备怎么对接的问题。技术员一时愣住。皮志勇是从事继电保护工作的，对二次设备可谓轻车熟路，再加上对电压无功装置的了解，好似左手与右手的对接，他站出来替技术员将问题答了个透彻，对方顿时无比诚服，这让同行的技术员顿时愕然。

从那以后，现状开始发生有趣的变化，但凡出门给客户安装，技术员抢着要和他搭班。

半年光阴，属于皮志勇的核心只有一个词"学习"，书本自学结合实践学习，他开始突飞猛进地成长，当下不再仅仅满足做技术服务工作，他如同一只雏鹰羽翼渐丰，开始将锐利的目光投入更高远的地方。他想从事软硬件开发，从编程序、设计电路到最终出产品，所有关于电压无功装置的内核他要全部学会。

雄心勃勃的皮志勇找到分管技术的副总经理刘全志，申请调入技术开发部，须知技术开发部可是公司核心技术机构，聘请来的都是高学历高水平的技术人才。而此刻皮志勇的学历连大学本科都不是，刘全志当然没有答应。但回绝之余，刘全志给他布置了一个课题，"你如果完成了，我可以考虑"。

刘全志让皮志勇画一个关于交通红绿灯的电路控制图，从设计、制版到调试完成，时间限制在一周内。这个突如其来的课题让失望的皮志勇仿佛看见了希望。他回去后第一天不吃不喝，入魔似的把电路设计出来，画出原理图，第二天画布线图，一直画到凌晨，两天后他把设计图交给刘全志过目。刘全志暗吃一惊，眼前的青年不只聪明灵气，更兼有谦虚好学、刻苦钻研的硬气，这是从事技术行业最可贵的品质。难得！刘全志心下顿生欣赏，当场不仅耐心给他做了一次技术指导，爱才惜才的他还主动收皮志勇做了徒弟。

成为师傅的刘全志自始至终不提去技术开发部的事，皮志勇也不沮丧，失之东隅，收之桑榆，焉知不是福？他相信只要好好努力，上天自有最好的安排。

要说国企与民企师傅带徒弟是有区别的，前者为师傅主动，后者换作徒弟主动，徒弟有问题问师傅，师傅就教你，不问不教，更不会手把手地教，更别谈带到现场去面授机宜，顶多只在办公室，在图纸、程序上做一些指点。皮志勇给刘全志做徒弟的经历极有趣，师傅喜欢打羽毛球、洗养生脚，皮志勇就陪他，趁着打球、养生的工夫和师傅聊天，让他做指导，当时皮志勇一个月工资一千五，全部用来打球养生问师傅问题了。

机遇垂青的当然都是心有所备的人。三个多月后，适逢年底，公司有一个新的项目开发，皮志勇的一个观念亮出了他的实力，他终于如愿调入技术开发部，拥有了与公司尖端人员并肩作战的资格。一年半的孜孜不倦，他从参与到独立做项目，从课题到科研开发到设计到出产品，一整套核心流程技术如电脑编程般储存进他的大脑。他不仅实现了掌握电压无功装置核心技术的梦想，连同继电保护的核心要领亦已全部弄懂。

说到这里还有一个故事。刘全志有一位华科同学叫苗世红，他是华中科技大学电气工程及其自动化学院电力系主任兼研究生导师。苗老师带了四名研究生，因为开发一个新产品遭遇瓶颈想请教刘全志，刘全志因为太忙便把皮志勇派了过去。

皮志勇出现的一刻，他们打起了哈哈，不是刘老师过来的，来了个年轻孩子。面对满脸不屑一顾的苗老师，皮志勇极其谦卑诚恳："苗老师您尽管问，即便我回答不出，也可以带回去给刘总，然后再一起讨论。"从心底他更想验证自己这两年来所学的知识，究竟能否应对一位华科电力系统研究生导师的提问。只有他自己知道，那一刻真有点像研究生毕业答辩，又期待，又紧张。

皮志勇站着，苗老师坐着。时间在交流中过去 10 多分钟，现场的气氛开始发生微妙的变化，苗老师高冷的声调开始变得温和，对学生说："来，给小皮倒杯水。"

时间又过去了 10 多分钟，苗老师的声音开始透出几分喜悦："给他搬个凳子。"

一席话毕："小皮，留下来吃晚饭，我请客！"声音已然流露出大赏，言语不容回绝。

整个过程倒水、上座、请吃饭，全如一幕活生生的戏剧。让我不由得想起苏轼游莫干山的故事。当苏轼游玩来到山腰的一座寺观时，道士不知其来历，冷冷应酬："坐！"对小童吩咐："茶！"

苏轼落座，喝茶。他随便和道士谈了几句，道士见来人出语不凡，马上请苏轼入大殿，摆下椅子说："请坐！"又吩咐小童："敬茶！"

苏轼继续和道士攀谈。苏轼妙语连珠，道士不禁问起名字，得知苏轼东坡之名，道士连忙起身，请苏轼进入一间静雅的客厅，恭敬地说："请上座！"又吩咐随身道童："敬香茶！"自此，苏轼写下了一副有趣的对联：坐请坐请上座，茶敬茶敬香茶。

皮志勇与苗老师的这段经历与此对联的典故倒有几分异曲同工，唯一不同的是经此一缘，皮志勇与苗老师竟结成忘年之交，苗老师甚至几次邀请皮志勇做他的研究生。

话到此处，说者不觉，作为听者的我却不由得抚掌大笑，浑然忘记此刻我与他是坐在异乡的土地上。

三

2004 年，主业大力发展多种经营的体制发生了改变，变电部撤回今人公司的投资，随着撤资，皮志勇也回归单位继续从事继电保护专业。回来正赶上湖北省电力公司举办继电保护比武，变电部新上任的主任李志刚（现任荆门供电公司副总经理）与皮志勇开门见山："都说你这几年在外学得不错，这次可要好好检验检验你。"

随后，荆门公司反复挑选，定下了参加继电保护比武的另外三人；四人入住偏远的郢中变电站封闭集训，皮志勇任组长。

此次集训没有老师指点，全靠组长带头发挥作用。都是荆门公司选拔出的业务尖子，心气免不了清高，"凭什么他做组长？"对于这位突然从天而降的组长，其余三人多少有些不服。皮志勇做好的学习计划没人执行，他们我行我素。面对此状，皮志勇以为语言是空谈，能力需要时间证明，要用事实说话。

封闭到第七天，夜以继日刻苦学习的皮志勇病倒了。毕竟都是为公司荣誉而战的队友，不服归不服，同事感情丝毫无碍。他们听说皮志勇病了，在乡镇卫生所输液，赶去看望，简陋的房间里，皮志勇坐在病床上左手挂针输液，右手将本子搁在腿上全神贯注地做题，见此情景，当下几个人什么也没说，只是动情地叫了声"勇哥！"

清高也好，不服气也罢，昔日的态度全部翻篇，在皮志勇的带动感召下，四颗心终于凝聚在一起，最终四名成员除一人被淘汰外，其他三位分别取得理论考试一、二、三名的好成绩，综合实力也取得了湖北省电力公司前几名，一起迈进了湖北省电力公司人才库。

在今人公司三年多的时间，皮志勇除了理论、技术上的飞速提升，最大的收获是他懂得了什么是真正的工匠精神。在他的意识里，工匠精神除了"敬业、精益、专注"六字外，还有关键的六个字"传承、创新、引领"。这六字除了把前辈们的优良作风、亮点继承并传承下去，创新是灵魂，古往今来，热衷于创新和发明的工匠们一直是世界科技进步的重要推动力量。如何创新是值得每个技术人员去思索的核心问题。

回来继续从事继电保护工作的皮志勇发现一个问题，最初他所掌握的继电保护管理思维就是把这件事情做完做好，无法掌控结果，往往出了问题再火速赶到现场解决，极为被动。都说变电设备是电网的心脏，他们这群从事继电保护的人，就是电网心脏的守护者。既然岗位重要到如此，难道就不能防患于未然？为什么不能在检验过程中，或者在新建新投过程中把前期能够预想出的事故全部考虑进去？比如，安排一次停电，停电的时候做一次校验，校验可深可浅，完全可以通过预想或是借鉴曾

经出现过的案例来控制设备缺陷和隐患。再如，变压器保护的校验中，常规检查主要是检验装置的功能和控制回路，整个过程可能会留下一些检验不到的死角，如果使用新的校验流程，再借鉴有关案例来设想，如此举一反三，全方位、全覆盖，何愁查不出死角隐患。

自从采用皮志勇创新的新校验方法，从2005年至2008年，荆门供电公司在湖北省公司连续拿回四年的"无继电保护三误奖"，电网的心脏因为这样一群强大的守护者"跳动"无误。

皮志勇爱琢磨、爱思考，对创新事物的兴趣就像玩具之于孩子。

创新是运用已知的信息，不断打破常规，发现或产生新的事物、新的思想。创新的本质是突破，突破旧的思维定式、旧的常规。

电流互感器的变比、极性试验，是一个再寻常不过的试验，可变压器套管CT试验却给继电保护人员带来极大困扰。每次试验，为了获得准确数据，常采用将套管CT拆卸下来进行测试的方法，每次不仅需要大量的一次人员配合，而且花费的时间较长。按道理，套管CT与常规CT原理上没有本质的区别，只是安装的位置比较特殊罢了。常规CT是将CT穿在

阻抗较小的截流导线上，而套管 CT 不仅穿过了套管的引线，同时也穿过了变压器的绕组。常规 CT 可以用升流器通一次电流试验测试出极性、变比等参数，而套管 CT 却不能，由于变压器的绕组阻抗较大的特性，无法适用升流器通流的方法，故而常用的仪表无法测出需要的极性和变比。

柴火砍不断就得检查刀。皮志勇将目光调转到升流器上，通过深入了解，得出套管 CT 之所以无法通过较大的电流，主要是由于升流器开口电压较小，那么提高升流器的开口电压，并且降低变压器的综合阻抗，不就能在套管 CT 上通过较大的一次电流了。他通过对变压器的分析与计算，大胆地提出了"阻抗升流法"，将变压器非测试侧绕组短接，以此消除变压器阻抗，再用大功率自耦调压器替代升流器，在自耦调压器输出端加上要测试的引出线，调节自耦调压器输出电压的大小，改变流过变压器绕组的电流，也就是套管 CT 的一次电流，再用钳形相位表测试套管 CT，极性和变比便可成功获得。

《孙子兵法》里有一句"知彼知己者，百战不殆"，这句话一样适用于人与设备。皮志勇早已练出了一双火眼金睛，一件设备摆在他的面前，他只需要看看参数，通过参数和电路进行结合，便能了解设备的整个内部构造及原理，故而面对难题时才能极有把握地做出大胆改变。

其实，无论是与人打交道，还是与设备打交道，成败的背后隐藏的无非是一个词："用心"。这既是标注一种踏实而真挚态度的词，更是寓意一种高贵而稀缺品质的词。在我看来就是能把一件事翻来覆去琢磨透彻，明明一开始只是一个点，但用心的人却能将它拓展成一个面、一个体，而在从点到面到体的过程中，贯穿的始终是独属于一个人的精神思考与智慧结晶。

一直带来困扰的变压器套管 CT 试验问题就这样被皮志勇解决了，此后私下同事聊天，关于他的小故事也越来越多。

2011 年，皮志勇作为骨干之一参与荆门供电公司 220 千伏胡集变电站综合改造。一天傍晚，他跟同事一边散步，一边聊天，同事不经意就说到了二次电缆挂牌的问题。原来电缆挂牌是电缆的标签，在二次施工中工作人员都把重心放在二次接线上，常常忽略了电缆挂牌的处置，有的随便用一根扎带绑在电缆上，有的则用软线拴在电缆上。这样的处置方法十分杂乱，挂牌容易脱落，也不便于二次人员查线。

说者无意，听者有心。

"当时，我只是随意地说了这么一句，哪晓得他就琢磨上了。"事后，胡集变电所所长刘红云做证："以后，我就看他总是在那里忙活，再不就是低着个头，在站内转悠。没几天，他就整出了一个'二次电缆挂牌固定架'。"此固定架是根据保护屏、端子箱等二次设备柜体尺寸设计，让挂牌达到整齐和美观效果，规范了布线工艺，一目了然，也减少了二次人员查电缆出错的概率。

2013年11月13日，固定架被国家知识产权局授予"实用新型专利证书"，说起来难以置信，只有当时在场的人知道这是一次散步"散"出来的专利。

在我看来，电令人望而生畏，所有与电相关的工作流程容不得一丝"自由发挥"，实在过于呆板乏味。而在皮志勇看来，恰恰是这样严谨容不得丝毫自由的工作特性带给他足够的挑战，给足他足够思考的乐趣。正如他自己所说"其乐无穷"。

当我们每个人回首自己的往昔时，应该可以得出结论，当初与其说是在与困难斗，与问题斗，归根结底不如说是在和自己斗。因为每个人身上通常都有两个自我，每个人都是天生的矛盾综合体，勤奋与懒惰、积极与消极，等等，这些正反两面对立的词会永远共存于一身。只是，当正面的自我一次次战胜反面的自我，让勤奋思考与努力学习形成惯性时，人自会像迎着阳光攀爬的植物，开始不停成长，什么问题都将不是问题。这是我的理解，也是皮志勇的感悟。一直以来正是那个勤奋的他将懒惰、消极死死踩在脚下，天长日久中才不知不觉进入一种惯性思考的状态，才使他觉得四周无时不隐藏着奇妙，时时等他去发现去获取。

看到家电师傅拆卸电视机高压包，他受到启发，发明了"PT"升压法，解决了检测电压互感器二次接线正确性的问题，保证了接线正确率达到百分之百；看到儿子给电动车换电池，他又受到启发，发明了移动式直流系统微机检测装置——蓄电池智能放电及特性测试仪，通过荆门电网三年的成功应用，现已成为检测直流系统不可缺少的设备之一。

"变电站主变铁芯电流在线监测系统"的技术攻关，也是他因为一次启发，结合企业特点带领团队完成的技术创新成果。这项为推进企业"三集五大"改革，解决人力资源矛盾而诞生的技术成果，如今已在60座主网变电站进行了成功应用。自这套在线监测系统投入运行后，大量减少了运维人员频繁下站巡查次数，为解放人力资源、缓解人力矛盾奠定了基础，此项目获得了湖北省电力公司科技项目优秀奖。

四

在同事们看来，因为他是皮志勇，所以冒出的一桩又一桩创新已属必然现象。殊不知，他之所以是皮志勇，之所以出现这样许多看似必然的成果，那是因为他懂得珍惜光阴，多少次在喧嚣里的静默，在寂寥中的坚守，在攀登中的拼搏，最终开出心血之花。

十年磨一剑，如今皮志勇在继电保护岗位正好干了十年。这十年，是继电保护装置更新换代的十年，也是电网高速发展的十年。荆门的电力发展史不会忘记，2012 年，国家电网进入智能电网建设时代，荆门公司作为湖北省智能化改造试点单位，承担 220 千伏枣山变电站的智能化改造工作，同时担任试点单位的还有荆州的纪南变电站。纪南变电站使用二次人员达 30 多人，用 120 天完成改造任务。而皮志勇仅带领 4 名班员，用 130 天完成 220 千伏枣山智能化改造工作。两下比较不言而喻，就算我这样的技术盲痴也能想象出幕后的千辛万苦

与超常负荷，必定是 130 个不眠不休的日夜，用枣山变电站与纪南变电站相比，凸显而出的绝不仅仅是技术能力的强大。

聊起当下，我们常常感叹，这是一个最好的时代，是金子便会永远闪光的时代，是人才从不担心会被埋没的时代。皮志勇庆幸自己赶上了，为了给他更为广阔的舞台，领导将他调入了更重要的岗位，从二次保护班调到修试公司担任副经理，他从曾经的单一的专业面跃到了一个综合面。

人生没有白走的路，就像人生没有白读的书。这一次，舞台与身份的转变，给皮志勇的感受是，视野与感触变得更为立体丰盈，心的沃土变得更加醇厚，这次让他更为喜悦的不是技术结果，而是心的结果。相比前者而言，他认为心的结果至关重要，那是土壤与果树之间的关系。土壤越厚，果树的根系才能深扎，成长得越茁壮。他分明感觉自己胸腔的这颗心比起以前更谦卑，更朴素。

"先后组织经历了数百次大型作业、交叉作业，为了减少停电给用户带来的不便，我们一般都是选择在零点开展抢修工作。夜深人静人们酣然入梦时，正是我们最忙碌的时候。不管是酷暑炎热、雷雨交加，还是冰雪霜风，为

了电网的安全稳定运行，一直都有我们的身影……"

听他讲，我脑子里开始出现一幅画面，仿佛看见一群人：烈日下，他们化身为炙热的炭火，任盐碱在后背画成交叠的接线图；风雪中，他们变成冰冷的冰块，任霜花披挂装点成铁样的树。消缺、安装、调试、探索、钻研、实践，沉默着电一样的灼热，积蓄着电一样的能量，从一座变电站到又一座变电站，从一个工作现场到又一个工作现场。

"回顾多年的工作，激励我进步的不是一张张奖状，也不是一次次荣誉，而是穿着工作服、席地而餐、烈日而作、默默耕耘、无私奉献，立足平凡的检修前辈们。"当皮志勇说出这番话时，我承认我是动容的，我毫不怀疑他言语的真诚。

第二章 鹰之展翼
一

当一个人专业达到了一定高度，经验积累到了一定厚度，思想与精神升华到一定境界时，他的视野也会呈现前所未有的开阔，而他的人生之路也注定会走得不同以往。

2008年，人生的舞台，皮志勇和80后易健雄相识的幕布拉开。

巧合的是，这次来疆，易健雄作为技术交流人员也跟我同行了。借着这千载难逢的好机会，我得以深入了解了二人相遇的故事。

那年从江南大学研究生毕业的易健雄来到荆门供电公司检修分公司，正逢新建第一座220千伏南桥变电站。他第一次随师傅到变电站检修，现场那林林总总的变电设备和密密麻麻的接线端子，让他眼花缭乱，除了课本上见到的基本图形外，他连设备都认不全，他心里感到茫然无措。眼看检修即将结束进入调试送电阶段，变电站断路器怎么也不能正常合闸，大家鼓捣了半天也查不出原因。在焦急中，他听见不知是谁叫了一句："快请皮专家来。"

半小时后，一个身材不高，30岁出头的小伙子风风火火地赶来现场，他不慌不忙地围着设备查看一圈，然后掏出万用表量了一下合闸回路的电位，便自信地说："是断路器的辅助节点接触不良，需要重新接线。"一查，果然如此，5分钟后，断路器成功合闸。

简直神了。易健雄顿觉膜拜。后从同事口中得知，这位年轻的师傅就是大名鼎鼎的皮志勇——国网荆门供电公司继电保护专业的首席技师（那时还不是电网技术专家），多次在省电力公司技术比武中争金夺银。此后，他又见识了皮志勇师傅将变电设备"大卸八块"，然后像变魔术一样眨眼安装到位的绝技。他对皮师傅高超的技艺越发佩服得五体投地。

不久，易健雄分到了检修分公司继电保护班。回想初入职场，易健雄深感命运厚爱，初来乍到老天便慷慨馈赠了他第一份人生厚礼。为之倾慕佩服的皮志勇竟然成了他的师傅，在众人的见证下，他们还颇有仪式感地签订了师徒结对协议。要知道初入职便能够进入电力技术核心领域，跟随如此货真价实的高手学习，这样的机遇不是每个人都能遇见的。

"我一直是个追求完美的人，但个性比较内向，心理素质差。刚刚参加工作时，在工作中如果表现得弱于别人，就怕他人笑话。于是为了不让自己被他人笑话，我只有拼命去学、去钻。自己单枪匹马地学、钻，费时费力，也走了不少弯路。2008年，有了师傅皮志勇，他教给我很多方法，就像公司传承的师带徒'五带'，带思想、带技能、带作风、带安全、带业绩。师傅皮志勇是技术精英，他有很强的职业技能，也爱学肯钻，遇到问题不消灭不退缩，给我极大的带动。2008年9月，我们在荆门220千伏南桥变电站遇到一个技术难题，那时

候已经中午12点半，师傅硬是没吃，说问题不解决就不吃。"

回忆起当初，日常言语不多的易健雄意外说了很多。

"南桥的变电技术解决后，师傅送给我一个笔记本。里面密密麻麻记录着南桥变电站技术遇到的问题、解决的方法等。第一次拿到这个笔记本，不仅仅是感动，同时还有震撼，在我眼里，它不再是一本单纯的笔记本，而是能够影响我一生的精神财富。后来在师傅的影响下，我也养成了爱记笔记的习惯。当班长后也带动班组员工养成记笔记的好习惯。这个习惯我一直保持到现在。"

皮志勇带徒弟也有他的方法，他从不主动教，而是先让徒弟自己学，在学习摸索中找问题寻方法，变被动思考为主动思考。思考后仍不能解决的问题再请教师傅，师傅再手把手剥洋葱似的教授。在徒弟积累足够的经验，私下反复练习操作无误后，他才放手让徒弟去做。

易健雄记得，2009年，沙洋马良变电站110千伏调试装置回路，是师傅皮志勇安排给自己的第一次独立任务，从图纸设计、接线、调试、后期送电竟然一次性圆满成功。从师傅放手到自己接手，直到可以独当一面

的过程中，他积累到更多经验，在工作上也开始变得更加自信。

皮志勇也常对徒弟回忆自己第一天踏上继电保护专业的情景。当时跟着师傅到现场，看见复杂的二次回路、望着一个个继电器，一样不知所措。但他用现实总结"立身百行，以学为基"的方式行动起来。工作中，一边除了跟着师傅学，更要跟着书本学，为了了解设备的性能，别人看一遍的，他就看十遍，为了能掌握二次回路，别人画一遍，他就画十遍，通过勤奋来弥补自己的不足，通过时间换取知识的空间。

皮志勇开始发现徒弟易健雄一有时间，就扎进资料室，跑到设备区，像着魔似的如痴如醉地潜心学习钻研。皮志勇进行检修、安装、调试设备，整个过程他都在旁边仔细地观察，把检修、调试的过程和方法都记在笔记本上。有的接线很复杂来不及记录，他就用手机拍下来，晚上回去再学习揣摩，第二天再找机会练习。他边学边练边悟，记了9本达10万字的笔记和200多张各种装置图、接线图。

徒弟勤奋刻苦的精神着实让皮志勇感动，愈加倾其所有地教授。有时间便给他开小灶，他们永远不会忘记办公楼六楼的那块小黑板，

那就是他们的教室，多少个日夜师傅皮志勇在黑板跟前，从点到面，从面返回到点，不厌其烦地给他讲解，让易健雄在一年时间里把直流系统知识全部学通。

2009年4月易健雄一直记忆深刻，那是湖北省电力公司举办直流检修高技能比武的日子，师傅皮志勇与自己双双入选，他们知道这是为公司挣得荣誉的机会，更是师徒二人这一年来学成多少的验证时机。

5月1日开始封闭训练，为期一周的时间里师傅皮志勇早已做好学习计划，晚上转钟睡觉，早晨5点半起来背书，大有闻鸡起舞的味道。8点钟吃完早饭皮志勇开始出题，易健雄开始练题，题练完了之后改错，下午再学新的内容。知道的是皮志勇要参加技术比武，不知道的还以为他是来手把手教习辅导比武的老师。

2009年9月，师徒联袂，双双跻身前六名，捧回了团体、个人两座奖杯，在直流检修高技能比武里师徒双双被载入湖北省公司人才库的史册。

听到这里，我竟有些抑制不住动容，在我看来，这对师徒的相遇真乃人间最完美的相遇！徒弟在师傅的带领下完美蜕变，而师傅的人生

也在这份师带徒中步步升华。

二

师徒之缘演绎得正如火如荼之际，发生了一段插曲。直流技术比武结束不久，皮志勇突然接到通知，国网技术学院在全国招 49 名老师去支教，时间半年。

起初接到通知，皮志勇有一瞬间的蒙。这次不同以往，无论从普通职工到保护班班长，再到修试公司副经理，以及带徒弟，总归都是尽一名电力工人的职责，在擅长的技术领域里拓展攻坚。当老师却完全不同，从变电站换到了课堂，从台下站到了台上，不仅需要有深厚的技术理念与实践经验，还要懂得以生动的语言予以传授，既要能做还要会写、会说。何况这种类型的授课是国网技术学院的首期，没有参考的课件，没题库，没有任何考核标准，且面对的不是本科生就是研究生、博士生一群高学历的学生，所以无论哪方面都可谓面临巨大挑战。

如果说从今人公司回到单位，踏上继电保护班长的岗位，再到修试公司副经理的位置是皮志勇的两次提升，那么在国网技术学院任教的半年则是皮志勇的第三次提升。半年来每天

8 小时的课时，他苦苦研修自做教材，把继电保护的专业书反复通读，用一些典型案例做支撑材料，插入一些生动的视频做辅助教材，加上之前在华科蹭课的经历，又借鉴工作中的经验，人生的第一堂课他居然赢得满堂彩。自此皮志勇仿如武林高手闭关修炼打通了任督二脉一般，他真正做到了能武能文，提笔能写，站着能讲，多年的工作经验，理论和实践被他焊接得天衣无缝。

半年为期，师徒再续前缘，师傅皮志勇的境界再次飞升，徒弟带得更是得心应手。从国网技术学院回来后，他开始提倡徒弟攀登技术的高峰必须多实践，他给我打了个比喻："就像学车，必须亲自上路实践，只有在路上天天练习，才能强化驾驶技术，最终通过路考。"但是现实是面临的设备都是运行设备，没有条件也没机会给人实践。一套保护装置停电时间最多 24 小时，终归有限。为了给徒弟再创实践机会，他继续发挥发明创造的本事。看见改造退下来的屏，他顿时灵光一现：何不拿去建一个继电保护实训基地，以接线工艺、看图识图、校验调试、技术总结为主，为徒弟和班员提供一个实训练兵场，让他们反复练习，了解设备的内核，使其即便没有丰富的工作经历，

也能够练就一双火眼金睛。

皮志勇欣赏有思绪有格局的人，他以为，人生的路能走多远完全取决于人的格局多大，而人的格局多大又取决于他的思想能走多远。

从国网技术学院回来，他对易健雄的教习方式也开始下意识改变，从第一阶段单一技术教授转向第二阶段复合型思考。除去技术教习，他会经常带着易健雄反思省公司组织的一些项目，继电保护交流会也时常安排易健雄前往，尽量给徒弟创造放飞思想的时机。

对埋头苦干的人来说，似乎感觉光阴只是一瞬，只是那些沉淀在光阴里的果实在提醒他们，原来师徒携手已经不觉走过两年光阴。此刻的易健雄已经掌握了继电保护工作的各项要领，先后独立完成了多座 110 千伏、220 千伏变电站二次设备的安装调试工作，现场解决了一系列技术难题，确保了一次次送电成功。

易健雄没有让师傅失望，他也像师傅一样掌握了很多"绝活"，多次果断处理解决了重大技术难题，10 多次避免电网重大事故的发生。关于他挑战权威的故事，行内也人人尽知。

那是 220 千伏马家磅变电站的一次改造，自动控制设备出现故障，易健雄尝试了几个方案，都行不通。凭着对变电站的了解和设备特点的研究，易健雄大胆判定，设备的原始设计存在问题。厂家的专家们赶来，面对易健雄的质疑，摇头不信，连说三个"不可能"，并反问易健雄："我们干这行这么久，原始设计怎么可能出问题？"最终，经过易健雄多番论证和现场演示，证明原始设计确实存在错误，才使得厂家的专家们心服口服。

原是一块璞玉，兼得名师雕琢，夺目之色逐渐引人注目，人生机遇也随之接踵而来。

2010 年 9 月，易健雄调任检修分公司继电保护专责；

2012 年 3 月，他调任检修分公司生技科副科长；

2013 年 5 月，他开始担任二次检修二班班长。

为了鼓励易健雄向更高的山峰攀登，皮志勇与他再次提到了工匠精神格外重要的六个字"传承、创新、引领"，"这三个词不是独立的，它们之间有着血脉相连的关系，'传'是一个承上启下的词，传的过程中既有老的作风、娴熟的技术，还有新的思想融入。不断发明创造新技术、新工艺、新成果，确保电网心脏的健康安全运行。只有如此面对电网日新月异的发展，才能真正做到攻坚克难"。

这番话，师傅说得动情，徒弟也听得动情，二人郑重约定：我们既是师徒，也是战友，今后既要联手攻坚，更要赛跑竞争，看谁解决的问题多，看谁研究的成果多。一份特别的"君子约定"，如同一股无形的力量，师徒二人如一双欲展翅高飞的雄鹰。

三

现实之所以比小说精彩，是因为一些故事情节总是出人意料，突如其来。

皮志勇第一次做讲师的出色表现给校方留下了深刻印象，故而2014年技术学院再次向皮志勇发来邀请函。人生舞台仿佛又出现了相同的一幕，唯一不同的是此刻徒弟易健雄已经成长为湖北省的技术专家。皮志勇几乎没有犹豫地想到了徒弟，对他说："你替代我去，走过这一步会更有利你的成长，这次讲习的专业正好你也擅长，只有走出去了，你才能像鹰飞翔高空，看得更高、更远！"师傅总是以鹰做比，总是用鹰的精神激励他，让他也爱上了鹰。

是的，飞翔是一种抵达，他也要效仿鹰的飞翔。

在皮志勇向国网技术学院的极力推荐下，在单位领导大力支持下，易健雄替代皮志勇担

任讲师的事情水到渠成。

易健雄还有最后一丝顾虑。家！妻子刚生了女儿，还在坐月子。不是他儿女情长，只有他知道这个家一路走来有多艰辛，而他和妻子又曾经历过怎样难以外道的苦楚。

周六，易健雄起了个大早，近乎稀奇地没去单位加班，给父母和儿子做好早餐后，把一碗热好的鸡汤递给还在月子里的妻子。

"好久没有吃到你做的爱心早餐了，今天怎么有空给我们做？不用加班吗？"看着忙完厨房又去拖地、洗衣的易健雄，妻子问道。

"今天不是周六嘛，单位没事，领导要我在家好好照顾你。"易健雄先是愣了一下，继而边做事边回应妻子。

这可真是破天荒的事！他是运检公司变电检修班班长、技术骨干，日常不是新建变电站就是检修任务，天天忙得打转，双休、节假日都少有时间休息。以往，就算回到家里，也是电话不断，家务这类活根本不插手。看着反常的他，妻子感觉有什么不对劲。

"是工作出了什么纰漏？还是受了领导批评？还是因你的失职？还是……"妻子开始止不住胡思乱想。

没等妻子说完，易健雄把话抢了过来："我

老加班，一家老小都指望你。老大如今这样，我很痛心，是我没照顾好你们，心里一直很内疚。再说，你现在坐月子，我今天就想表现一下。"

谈恋爱时候嘴都没这么甜，难道今天太阳从西边出来了？妻子越想越觉得不对劲。

"易健雄，你今天必须跟我说清楚，不然我跟你没完！"看着妻子情绪激动起来，易健雄终于将几番吞下去的实情吐了出来。

"这么好的锻炼机会怎么能错过呢？你放心去吧，有我在。儿子现在挺好，有时也能帮我搭把手。我把爸妈接过来，有什么事可以照应一下。家里的事你不用操心，你只管放心做好你的工作，你的成绩就是对我和孩子最好的报答。我们会做你的坚强后盾。"妻子的话彻底打消了易健雄的顾虑，他转过身子，抬起头，没有让眼中的泪水掉下来。

一个人来自何处不重要，重要的是你要去往何方；人生最重要的不是所站的位置，而是所去的方向。

坚定不移踏着师傅的脚步，国家电网公司技术学院兼职培训师授课 400 课时，一步一个台阶，他走得扎扎实实。

一系列的成果开始源源不断涌现，他主持研究的 QC 成果《解决变电站主变温升超标的问题》获湖北省质量协会一等奖；与师傅皮志勇联合研究的 QC 成果《分散式微机保护装置智能辅助降温器的研制》获中国水利电力质量管理协会优秀奖；他发明的"便于安装和检修用电缆槽盒""金属封闭开关柜验电用网门"成果，获得国家实用新型专利；先后在国家、省级权威刊物发表了《变电站安全事故应急管理研究》等 4 篇论文，撰写的《变电设备隐患排查治理》等多个案例入选省公司典型经验库，他还参与编写了湖北省电力公司《继电保护工技能操作规范》等教材，他先后获得荆门市职工技能之星、荆门市五一劳动奖章、湖北省电力公司生产技能专家、湖北省青年岗位能手、国家电网公司优秀党员称号。

2015 年 7 月，易健雄的人生之路再次晋级，他正式成了检修分公司总经理助理。

而皮志勇这厢先后出任检修分公司变电运检室技术主管，成立"皮志勇创新工作室"，主持发明了"变电站便携式直流电源"等 5 项国家专利，在国家、省级刊物发表 10 多篇论文，编写出版了《变电站二次知识读本》《智能变电站调试与运行维护》等教材。先后获得湖北省电力公司和国家电网公司技能专家、湖北省电力公司和国家电网公司劳动模范等称号。

在与徒弟易健雄的携手并肩下，以"皮志勇创新工作室"为载体和依托，形成了与生产一线员工的技术创新链：一线员工负责发现、搜集技术难题，"皮志勇创新工作室"负责攻克创新；一线生产员工负责试验跟踪、信息反馈，"皮志勇创新工作室"负责改进、总结、推广。在这个创新链上，连着数百位员工，每个星期都有一大堆技术难题被提出来。几年来，二人联手攻克了50多个变电技术难题，为企业至少节省成本、增加效益5000多万元。2012年，师傅皮志勇在徒弟易健雄的鼓励下，还考入武汉理工大学取得了硕士学位。2015年6月，"皮志勇创新工作室"被湖北省电力公司列为首批"示范工作室"之一。

目送徒弟步步登高，对于自己的人生之路皮志勇开始更深的思索，尽管他在科技创新领域成果累累，尽管诸多荣誉加身，可他总觉少了点什么，除了获奖与荣誉，人生应该还有更具意义的活法。随着2017年春天，一声东西人才帮扶的号召下达，皮志勇才突觉豁然，仿佛一个茫然的人眼前出现了一条清晰的路。喜欢挑战，喜欢锻炼，喜欢偶尔跳离舒适区给生

命注入新的血液的他二话没说写了申请书，如愿成了一名援疆技术专家。他帮扶的地点正是此番我们不远万里追寻而来的阿勒泰供电公司。事实上当他将一身技术才学投入这片广阔的天地时，"技术帮扶"这个词一度被他演绎得淋漓尽致，若要细说起来少不得又是一番且长且动人的故事。

那一路，从1999年到2017年，这18载的故事，我们从阿勒泰一直讲到了布尔津，路途60公里，与现实走过的路程实在无法画上等号，这段漫长的路程，这被鲜花荣誉簇拥的背后，无论是师傅还是徒弟，他们究竟付出过多少心血，洒下过多少汗水，恐怕只有当事人知道。那时，我一直跟随在他们身后，看着师徒二人并肩走入新疆220千伏龙湾变电站，看着看着，仿佛那两个身影正于光阴深处悄悄散发着无穷无尽的光。

第三章　鹰之目光

一

当我正欲从师徒二人身上收回目光时，罗皓文的名字出现了，因为他的出现我的目光不得不继续延伸，将时间再一次回转。

2013年，那是一个万物可期的春天，一位

儒雅青涩戴着眼镜的小伙子正坐在教室里聚精会神地听老师讲课。他就是罗皓文，即将成为一名电力工作者，上班之前首次参加荆门公司岗位培训。此番老师在课堂上提到了皮志勇和易健雄的名字，两位荆门公司仅有的国字头专家。那是他第一次听见他们的名字。课堂上老师毫不吝啬时间，专门给学员们讲述了关于他们成长的故事，听得罗皓文热血沸腾，年轻的心不由得暗自感叹，太厉害了！传说中的皮志勇与易健雄就像飞翔高空的雄鹰，令他无限崇拜。

培训结束，开始安排工作，研究生毕业的罗皓文被分到了检修公司的保护班。

第一天报到，像是电影里安排的剧情，接待他的竟是自己心中的雄鹰之一——易健雄。当时正逢检修公司成立二次检修二班，易健雄出任班长，更让他兴奋的是，最厉害的皮志勇他也见到了。第一天上班，传说的两位大神竟然被他全部碰到，有点像做梦，难怪说现实永远比电影精彩呢。现在，他回忆起当初的一幕仍是一脸兴奋。

说起来，罗皓文与易健雄不只有缘，而且经历颇为相似，曾经易健雄入职感觉到的命运馈赠如今也复制到了罗皓文身上，不同的是易健雄成了罗皓文的师傅，换成了 80 后和 90 后结对成师徒。那会儿，罗皓文开心地想，皮志勇是易健雄的师傅，如今易健雄又是我的师傅，那不是这两位自己最崇拜的偶像都与自己有了亲密的关系？想到这，罗皓文的心底忍不住开了一朵小喇叭花。

初次见面，罗皓文欢喜，易健雄更加欢喜。如今自己也成了师傅，也带了一个研究生徒弟。看见罗皓文的一刻，他仿佛看见了曾经的自己，分外亲切。初次见面，易健雄倾囊而出，交给罗皓文一份学习流程，包括专业书、多年的笔记、一张总结继电保护的框图，临了又抱出一沓崭新的笔记本："第一天我的师傅送给我的就是一个笔记本，里面密密麻麻记录着他遇到的问题、解决的方法，对我帮忙特别大。现在我也要将这个习惯传给你，希望你能好好继承并发扬。"罗皓文接过师傅递过来的笔记本，摩挲着无字的内页，温暖的感觉从手中直入心底。

"现在回头看才感觉深刻，有了师傅就好像有了引路的人，可以少走很多弯路，收获更大，成长更快……"

"起初刚上班，虽然感觉有了这样的师傅十分高兴，但究其内心其实还不懂得真正珍惜……"

说到最后一句，腼腆的罗皓文面上居然流露出不好意思的神情，我一时没有悟出所以。

"我师傅特别啰唆，涉及安全方面的工作，每次都在耳边不停地说，重复地说，像《大话西游》里的唐僧。每次做完事情一遍又一遍地检查，我们检查一遍他不放心，还要自己检查一遍，自己检查了还不放心，又拉着运维人员再检查。蛮简单的事情，我看一遍，他看一遍，够了嘛，他还要再看一遍。两小时的事，要做到四小时。"

原来如此。听到这里我也不打断他。我知道，小伙子的心里话还在后边。

"2014 年，我上班的第二年，110 千伏响岭站枣响线送电，全套安全措施，试验调试方案全部都是我们做的。那天忙了一天，从白天忙到晚上 7 点，晒了一天太阳，感觉特别累，就想早点回去。我和同事对照工作票逐一检查完毕，告诉师傅，申请工作票终结。师傅接过工作票口里说好，却又带着我们把 50 多项工作票，逐一地检查了一遍。包括动过的回路，所有的端子，甚至连端子牌之间的连接片，他都用起子一个一个敲，看看是否有松动。细到每个螺丝是否拧紧，篦子一样篦了一遍。检查完了，又去检查一次设备。"

起初罗皓文表示不理解，我们是二次人员，做好自己工作就好了嘛，干吗还去检查人家一次设备？但师傅要做就得做，罗皓文只得老老实实又跟着把和一次设备相关联的全部检查一遍，包括指示灯都没放过。这样又像篦子篦了一遍，一小时过去，时间 8 点，肚子饿得咕咕叫。

可以走了吧？谁知师傅又说，等送电完毕再走。为什么非要送电完了才能走？走了送电不一样吗？罗皓文心底犯嘀咕，终究没敢说出来。又是一个半小时过去，时间 9 点半，终于一次送电成功，没有任何问题了，师傅高兴地说："走，吃饭去！"只是那会儿罗皓文早已饿过头了，食欲全无。

如今回想当初他多的是惭愧，初出茅庐的毛头小子，全然不懂什么叫工匠精神，缺少一份耐心与细心，完全没有理解师傅言传身教的苦心。事后他才知道，其实师傅的胃一直不好，那时他不但要忍着饿，忍着胃痛，还要带着一脸温和的笑，照顾他的情绪，耐心教导他："一次设备和二次设备是肝胆相照的关系，检查一次设备又等于给自己的工作加上了一把安全的锁……一项作业，从设计方案到施工到完成，再到最后顺利送电，才能称为一项完整的作业。

如果临到送电我们走了，一是如果有问题必然又要返回，二是从工作质量的角度也叫虎头蛇尾，不负责任。要想成为一名合格的技术人，就得具有工匠精神，耐心、细心、精心，这是起码应该做到的。"

"后来才渐渐懂得，跟师傅我除了学知识和技能，更重要的是跟师傅学做人。师傅也和他的师傅一样，是一个非常谦逊的人，脾气特别好，不管对什么人从没见过他发火，做任何一项工作都是不慌不忙，面对问题总是一脸从容淡定，特别沉得住气。什么是工匠精神？之前，我并没有特别的体会，直到和师傅在工作中朝夕相处，才终于深刻感受到。"

我相信罗皓文的一番话发自肺腑，因为如今他亦已成为二次检修班的班长，成了一名工作负责人，就算当初做徒弟时没能体会到师傅的良苦用心，如今自己也成了工作负责人，再忆当初，相信什么叫感同身受想必有了十足的体会。

曾经师傅的强迫症、完美癖，唐僧似的啰唆症令他心烦，如今他还不是一样传承得滴水不漏。班里推广使用作业安全风险管控系统，因为要在手机上操作，非常麻烦，每次现场作业都要传照片，做不好还要扣分扣钱，班员非

常抵触。他还不是和曾经的师傅一样，不管班员什么态度，他也不急不躁，大会念，小会念，天天念，像念经，甚至比师傅还会念，越是抵触他越念，一次念记不住，十次二十次地念，念得大家耳朵起茧，最终记不住也记住了。

"现在班员都说我和师傅一样，嘴碎、有强迫症、完美癖，没办法，不当工作负责人就不知道肩上的压力和责任，只有等他们也成为工作负责人才能理解我的感受，就像我现在终于理解当初师傅的感受一样。"

果然，只要说到罗皓文师徒，同事们几乎异口同声，像商量好的。

"他有强迫症、完美癖！"罗皓文的同事吴继雄笑着脱口而出。

"罗皓文上班总是提前半小时，我们来了，他已经工作了半小时。明明已经拧紧的螺丝，他过一会儿再拧一遍甚至两遍。连一个PPT从找图片到文字校排也要重复许多遍，直到再找不到纰漏。十足的完美主义者。"

"他们师徒三代，传下来的不仅仅是技术，还有一种症状，师傅把徒弟也传染得挺严重的。"轮到采访二次检修二班的杨旭时，他特别调皮地卖关子，看着我疑惑不解的眼神，才

大笑，"强迫症啊！他们三个啊，对工作的那股劲儿，完全就是强迫症晚期！"

"有一次，我跟他一起去马河变电站进行间隔调试，本来调试完毕就可以回家了，出于习惯，他又转回去对回路进行了测量，结果发现有异常，当时天色已经晚了，从马河回荆门还有好几小时的山路呢。其实这种问题可以第二天再派人来处理，而且白天光线好，查找问题也方便。可他却说，既然我们已经发现问题了，那就一定得把它解决掉，不然总觉得心里有事儿，会睡不着。于是我俩又打着手电筒，拿着万用表一个节点一个节点地查，查了近3小时终于把故障点找到，消缺处理完了后，他这才一脸轻松，说可以回家睡个安稳觉了。我当时就开玩笑，说他有强迫症。他说师傅易健雄就是这样的，师傅教给他最宝贵的东西之一就是严谨的工作态度，而师傅的师傅也是这么教师傅的。"

说到这里，刚才还一脸嘻哈的杨旭突然又变得正经起来："虽然有时候我们挺烦他，像唐僧，又啰唆又有强迫症，但我们都理解，他们身上的这种'症状'，也就是我们所说的追求极致的'工匠精神'吧！"

杨旭说得没错，事实上工匠精神最突出的内涵之一就是严谨细致、专注负责的工作态度，精雕细琢、精益求精的工作理念，以及对职业的认同感、责任感。杨旭用工匠精神对应师徒二人的言行，无疑说到了点上。

二

古人有一句话"苟日新，日日新，又日新"，提倡的就是要敢于不断否定自己，只有不自我满足方才能对自己不断否定，只有不断否定才会催促自己不断学习，最终诞生新的自己。

师傅是这样说的，罗皓文便把这句话奉为座右铭。白天在工作现场时，师傅在一边调试，罗皓文便在一旁仔细观察，并随时记录。晚上，他就对照接线图纸反复琢磨，直到弄懂弄通，并在工作中应用于实践。

遇到复杂的二次设备接线，他也学师傅做徒弟时，用手机拍下来，用日记加图片的学习方式，将白天的工程流程和现场全景式展示出来，再利用休息或下班后的时间细细研究。

第一次见面师傅赠送的那些洁白无字的笔记本，如今已是图文并茂，若问4年光阴归何处，且看那7大本100多万字的笔记，它们便是最好的证明。在我看来，那些工整的一笔一画，纵横交错的电气原理图，就是他攀登技术高峰，人生路上从徒弟成长为工作负责人，在光阴里一步一步踏踏实实留下的脚印。

"我经常跟罗皓文说，他可以出一本书，书名就叫'论高手的自我修养'。"对于罗皓文，杨旭更多的还是佩服，"在我们这儿，个个都是高学历、高职称、高技能的'三高'型人才，竞争激烈，罗皓文能够这么快地脱颖而出，不是没有缘故的。"

"他一点都不受环境影响，任何时候都能静下心来做自己想做的事。记得 2015 年的时候，响岭变电站送电成功，当时已经是凌晨两三点了，我们大伙儿都在外面欢呼庆祝着，只有他一个人静静地坐在屋子里，一边整理材料一边写总结，一般人在那个时候哪还有心思写总结啊？可他就是能潜下心来，耐得住寂寞，把工作做到最好。真是和他的师傅，师傅的师傅一模一样。"

"还有一年冬天，我们跟着罗皓文一起到钟祥郢中变电站搞线路保护改造，工期是一个月。每天的接线工作完成后，他都要认真做记录，然后在现场反复检查好几遍，细到一颗小小的螺丝钉是否拧紧都不放过。那年的雪下得可大了，风刮在脸上跟刀子割似的，他却跟没感觉一样，我们都被他身上那股子干劲所感染，

跟着他在雪地里一点一点地复查，每天都是 10 点多才收工回宿舍。那次我们差不多提前一个星期就完成了改造任务，质量堪称完美，从那时罗皓文的能力已经算是有口皆碑了。"

事实上，据我所知，真正让罗皓文能力进一步得到检验的是 2016 年 3 月，220 千伏枣山变电站全面改造。

此轮改造，与以往不同，枣山变电站主供荆门城区，位居枢纽，至关重要，不可能全站停电改造，只能采用带电方式作业，即改造部分停电处理，不改造部分照常运行，不仅时间紧、任务重，技术含量也高，十分具有挑战性。

变电站智能设备高度集成，二次测控、保护系统相互联系复杂。部分运行设备与改造设备关联，从而衍生出较多的安全危险点，危险点一旦隔离不到位，改造设备在试验过程中就可能影响运行设备，造成运行设备异常动作，导致电网事故发生。

作为此项改造的负责人罗皓文，接到任务后，便一次又一次到变电站进行实地勘察，反复推敲施工方案，进行可行性分析。在两个月的改造时间里，他经常夜里十一二点还在办公室挑灯夜战，好不容易下了班，回了家，满脑子都是工作，连说梦话都是工作上的事。

一天凌晨 1 点多，妻子严文洁突然被罗皓

文一句话吵醒："定值单执行了没？""大半夜的哪有什么定子转子？不好好睡觉，你在跟谁说话呀？"妻子轻轻回了句，半晌没有人回应，她凑近一看，只见罗皓文睡得正香，原来他是在说梦话。

两个月的白天黑夜，两个月的艰辛付出，枣山变电站综合改造工程完美收官，获评国网湖北电力优质改造精品工程。

说到这里，罗皓文的师傅易健雄也给我插入了一段小故事。

2016年10月21日，110千伏杨湾变电站在进行停电操作的过程中，10千伏分段开关异常跳闸。罗皓文到现场后发现，虽然开关已经跳闸，但保护装置中查不到任何报文，检查装置的各个插件和二次回路，均未发现异常。罗皓文反复查看后台的近千条报文，一条毫不起眼的"PT断线告警"引起了他的注意。他大胆猜想：开关误跳可能是保护装置制造工艺不良导致。后来，最终试验证实了他的猜想，厂家也发函确认了错误存在。细心的罗皓文发现并及时处理了此条严重隐形缺陷。这一幕简直就是曾经易健雄经历的翻版复制，令他十分欣慰。

在易健雄眼里，徒弟稳重，心思缜密，与实际年龄还真不相符，从外表看怎么都像一名

刚出校的大学生，工作起来就像有了数十年工作经验的老员工。最难得的是爱钻研、肯吃苦，做任何事情都会把前因后果弄得一清二楚。他的身上既有自己的影子，也有青出于蓝而胜于蓝的势头。

三

既然是师带徒，模仿从来不是问题，模仿是走向成功的捷径，就看你怎样去模仿，如果在模仿的过程中加入自己的思考，那么就有了自己独立存在的价值，才不会沦为他人附属的影子。就像我们在文学创作中再三强调的一个观念：要有我，有个人的气息，这样作品才会有独属于自己的生命力。这也是"学我者生，似我者死"的最好注脚。

罗皓文学习师傅，学习师傅的师傅，他们在工作中创新引领的精神，同时也保持勤于思考的状态，传承之中又不被束缚，思考之中有自己的灵动，实践之中琢磨出自己的套路。

2015年4月，在220千伏柳河变电站解决合并单元同步性调试时，罗皓文发现合并单元同步精度受制于标准源单端输出。若是在母线不停电的情况下，这种试验便不具备参考性。他利用所学的锁相环技术，研究发明了电流锁相输出的合并单元同步检验方法，大大降低了

工作的复杂程度，为新增间隔的安全稳定运行提供了有力的保障。

随后罗皓文为解决实际工作难题，推出的"智能变电站GOOSE虚拟二次回路图形化方法""断路器专用观察窗""无线变压器六角图测试仪""管型母线在线监测系统""高压开关柜防凝露除湿系统"等科技成果，相继获得国家级专利。

对于罗皓文的出色表现，已然成为国网级技术专家的皮志勇自始至终一直在关注，应该说隐在身后的皮志勇的目光就从没有离开过徒弟和徒弟的徒弟，他像一束光，总会选择恰当的时候照亮。

2017年，皮志勇在新疆阿勒泰开启他新的人生之旅，而罗皓文也迎来属于他更为广阔的舞台，因为皮志勇的引荐，经湖北省公司推荐，他成为国网公司第三代智能变电站总体技术方案编制的成员。罗皓文记得出发前女儿还不满百日，等他回来时，女儿已经会满地爬。就是在这段流逝的光阴，罗皓文参与编制的第三代智能变电站总体技术方案已经在国网公司系统内推广实施，由他亲手负责的"变电站一键顺控"技能也已在国网系统得到广泛应用，可谓成果丰硕。

提到师傅，以及师傅的师傅，罗皓文的心底总会泛起一股无形的暖流。他们是照亮他的光，指引他的路，扶持他无形而强有力的手，始终身傍左右。

2018年年初，师傅的师傅皮志勇还在新疆阿勒泰帮扶，他一直想结合这些年摸索实践的技术经验写一本专业图书，他倾注心血搭好书的框架后，第一个想的就是罗皓文。他是过来人，太明白对一个亟待成长的年轻人来说，舞台有多重要。皮志勇的初衷，一方面希望罗皓文通过编书进一步得到历练，另一方面也希望通过编书的过程拓宽罗皓文的知识面，为最终翱翔高空积蓄力量。

正月初二，皮志勇从新疆回荆门探亲，放下行李后第一件事便是给罗皓文打电话，说明了编书的想法。罗皓文听到这个信息甚是激动，立即赶到皮志勇的家，他们促膝长谈，交流了四个多小时。罗皓文带着笔记本记下了每个环节，并认认真真用红笔圈下了关键信息。就这样，一个春节，一老一少，别人在走亲访友推杯换盏，而他们却相守相谈沉浸在技术的交流中。春节过完，皮志勇带着未完成的书稿回到阿勒泰。相距千里，他们依旧通过电话、微信、视频等方式保持沟通交流，就这样一稿一稿地写出来，又一稿一稿地修改，一本专业图书不知不觉成了这一老一少隔代师徒的纽带。谁也不知道他们究竟付出了多少心血，只知道 2018 年 9 月 20 日，皮志勇和罗皓文等共同编写的《变电站设备监控告警信息分析》一书正式出版，受到专业领域的一致好评。由此，罗皓文的技术生涯因师傅的师傅，又添上了厚重的一笔。

精神的神奇之处在于它如同薪火，点燃的一刻，不仅可以照亮自己，亦可以照亮身边的人，并且可以一代一代传承下去。在罗皓文的影响下，由他负责的二次设备检修班"青春匠心梦三代师徒创新工作室"，一批批岗位标兵、技术能手和技能比武冠军脱颖而出，一个个 QC 成果、科技创新和合理化建议竞相涌现，善思能干、一岗多能的技术人才成长起来，为企业创效 1000 多万元。

2018 年，入职不过 5 年，年龄不过 28 岁，多少同龄人还沉浸在青春的懵懂挥霍中，他已经拥有 5 项新型专利发明、4 篇专业技术论文，入围"中国好人榜"、省级技术专家。

在两代师傅的托举下，罗皓文已如初飞的鹰，扶云展翅，向着梦想的天空飞翔。

四

三代师徒的故事讲述到此处，我的思绪不由得再次回到曾与皮志勇席地而坐的戈壁滩。

当时，我仰着脖子呆呆看向天空的一刻其实是在思考，是什么指引了鹰的精神？

那一刻，我带着近乎肃然的神情看向高空中那个飞翔的黑影，看着它像大鹏一样盘旋，继而降落，慢慢收拢翅膀落在了不远处的山崖上。远远望去，它一动不动，活像罗丹的"思想者"，只不过这位"思想者"并非低头沉思，而是用一双锐利的鹰眼冷峻地看向远方，看着看着，毫无预料地突然又是一个展翅直冲云端。

目光！

当这个词跳入脑海时，我竟忍不住失声忽地站了起来。就是目光，目光决定了鹰的志向，志向决定了鹰的新生，从而拥有了翱翔的天空。却不知在这份目光的背后，它们又经历了多少隐忍、摔打与磨砺！万物有灵，事实上它们与人类的目光何其相似，想想驱使这三代师徒一路走来的，何尝不是一份类似的目光。

如今三代师徒中，皮志勇赫然已是爱岗敬业的"中国好人"，湖北省电力公司二级工匠，湖北省电力公司技术类领军人才，而易健雄和罗皓文也因各自的实力分别走入重要的领导岗位。信仰鹰的图腾的他们，在目光的引领下，正在各自的高空展翅飞翔。

（原载人民日报出版社 2021 年 7 月，《热血作证》一书）@

何红梅作品

题记：阿里联网即阿里与藏中工程的互联，是继青藏联网工程、川藏联网工程和藏中联网工程之后，建设的第四条电力天路，是"十三五"时期加快西藏电力发展和建设西藏统一电网"最后一公里"的关键性工程。工程建成投运后，将实现阿里电网与全国主电网互联，彻底结束阿里电网长期孤网运行历史，形成西藏统一电网，从根本上解决阿里地区和日喀则西部缺电问题，解决和改善沿线近38万农牧民的安全可靠用电问题，对助力国家边境地区建设和打赢"三区三州"深度贫困地区脱贫攻坚战，实现边疆巩固、增进民族团结和维护社会稳定，全面建成小康社会具有重要意义。

铁塔的足迹

——记阿里联网工程建设者曾红刚

一

机缘是伏藏在人生路上的因果，总是要事后才觉恍然。2019年7月，当曾红刚再次奉命踏进西藏这片土地时，他想起2016年4月和师傅李红波第一次奔赴西藏藏中联网工程的情景，就想也许冥冥之中他与西藏，与阿里联网工程的机缘在那时已经埋下伏笔。

人生二度进藏，四年的西藏建设历程，有时他会回想，从林芝的朗县转战山南的浪卡子，又从浪卡子转战日喀则的拉孜，那一路翻山越岭过来的路程，究竟哪一段才算最艰辛？最终他自己也说不清，能说清楚的是当时那些以为艰辛的画面，在此后的经历里总是一次又一次被超越，被刷新。

当年来到藏中联网，师傅李红波任项目部经理，他任项目总工，因中途国网公司突来的新任务，在藏中联网待了半年时间，他又临危受命转战浪卡子，担任农网改造项目经理，兼技术总负责，接受建设西藏农网洛扎110千伏线路工程的任务。如果说藏中联网是横贯整个西藏高原的主网骨架，那么洛扎项目便是这主网骨架延伸而出的细微血脉，直接关系高原牧民的饮食起居，是为提高他们的生活质量铺设的民生线路，意义非同寻常。

洛扎工程沿线平均海拔 4600 米，最高海拔 5100 米，地处高原之山，自然环境十分恶劣。线路工程的核心内容就是立塔、架线，立塔前的第一步需要线路复测，就是让图纸上的铁塔在现实中安家，在现实中为它们找准最终站立的位置。从中心、角度到方向，再精确到铁塔撑开四条腿的位置，都给予科学的定位，并在定位的地方打上中心桩作为标记，指引随后到来的施工队伍。46 座铁塔，均位于高原高山之上，在平原地带只需一小时就可登上的山，在高原至少需要三小时。每天他带领着施工队对每一基塔位进行前期勘测，一个多月的时间里，他习惯了馒头就着矿泉水，见惯了风沙、暴雨夹冰雹。

进入施工现场，白天他要随施工人员上山，徒步两个多小时参与安全质量巡查，了解现场的地形、地貌、环境、气象，核对工程量，检查安全措施，处理现场施工存在的技术问题，询问物资准备等情况；深夜他要编写技术方案，梳理修改各类资料文档，一晃就是半夜过去。

西藏高原不仅有"六月雪、七月冰、八月封山、九月冬，一年四季刮大风"，还有异常干燥的空气，强烈的紫外线，稀缺的氧气，急促的呼吸。他的皮肤经历过发红、发紫、黝黑到爆皮开裂，从来不冻的手脚，在西藏高原的冬天也经历过红肿到溃烂。

高原上的水难以烧开，高原上的菜也难以炒熟。记忆最深的是 8 月的一天晚上在浪卡子，因为吃了没炒熟的菜，加上晚上天寒受了凉，刚一躺下就开始上吐下泻，折腾了整整一晚。第二天头昏脑涨，心跳加速，呼吸急促。同事叮嘱他赶紧去拉萨，他反复考虑，去一趟拉萨太不容易，翻山越岭路途崎岖，最快也得四小时，想到眼下纷杂如山的工作，实在走不脱。他想再支撑一晚看看。事实上稍微有点常识都知道高原生病极其危险，容不得半点马虎，因为那一刻与人斗的不是病魔，而是天，是自然，是高原。身边同事开玩笑说："如果你再拖下去，会永远留在西藏这片土地。"斗不过天的他还是被送到了拉萨，拉萨海拔低，到达不久他的身体开始慢慢好转，当即开了点药又立刻返回了浪卡子。

第一次入藏，三年时间，即便经历过类似种种数不胜数的画面，他始终斗志昂扬，从没打过退堂鼓。可在拉孜，面对阿里联网工程，他却实实在在打过退堂鼓。

记得第一天到达拉孜，我寻着他的足迹到达措拉山，曾让他将藏中联网与阿里联网做过对比。他说："藏中联网三年的感受也比不过阿里联网一年。不是一个等级，没有可比性。藏中联网三年工期，按部就班，逐步推进。阿里联网八个月的工期，不到一年，火速前进。在藏中他们的任务是 107 基铁塔，在阿里他们的任务是 205 基铁塔，翻了一倍。藏中海拔起点 3000 米，阿里海拔起点 4000 米。"

如果我必须如实还原当时的对话现场，并且一丝不漏的话，那么还应该记录上他的一声叹息。那是一声只可意会不可言传的叹息，让我一度沉默，究竟是怎样的经历，竟让眼前的这个人感喟如此。

二

打开阿里联网工程地图，一条从日喀则到阿里、匍匐在高山大地的铁塔线路，蜿蜒崎岖形似游龙，曾红刚负责的湖北送变电公司拉孜项目部包（3）段正好位于游龙的脊梁处。如果用心聆听这部阿里铁塔史诗，会发现有一个副词被反复使用——最! 海拔最高、氧气最稀薄、崇山峻岭最多、最陡峭……这诸多的"最"中，起于拉孜热萨乡，止于查务变电站的湖北包段，全长 111.982 千米 500 千伏电压等级的输电线路，205 基的铁塔范围，便囊括了两最：崇山峻岭最多、最陡峭。

在缺氧的西藏高原、高海拔之上的崇山峻岭立塔，要将施工的机械，一座铁塔所需的 60 吨重的塔材一一运送上山，搭建索道是唯一科学便捷的办法。如此一来，湖北包段又多一"最"：索道最多，总共 60 条。没有任何辅助的运输工具，每一条索道的地锚、装置、钢缆绳、钢管支架，都得由人如燕子衔泥一般一一扛上山去。那些钢筋铁骨的索道器材，一根 2 米的钢管，重达 50 斤。在高原爬一趟山有多不容易，为了加快进度节省时间，他们总想尽量多搬点。力气大的扛上两根钢管，力气小的也用绳子一前一后抬上两根，负重 100 斤，从海拔 4100 米处出发。在高原平地行走稍微用力尚且呼吸急促头晕目眩，何况身负百斤的重量攀爬? 爬两步，歇一步，再爬两步，再歇一步，一步一步艰难前进。那是形似蜗牛的行进，也是重于铁塔的行进。

60 条索道，从 8 月搭建到 10 月，铺满青稞的田野，从碧绿变得金黄，又从金黄变得空旷，一条条索道才终于跨越山间。

如果说整个阿里联网工程，就是一场人与天地自然博弈的战役，那么搭建索道只是这场战役的初步博弈，紧随其后的高原冬天才是迎面而来的劲敌。

这场冬天的劲敌，不说冰雪霜冻，不说高海拔，不说氧气稀薄，只说那助纣为虐的风。像刮骨的刀子，一遍一遍地刮，刮得天上飞沙走石，大地不见寸草。刮得人嘴唇发紫，皮肤干裂，张开一道一道血口。最记得 12 月最关键的节点，风不带歇气地刮了整整一月，像一个喜怒无常的暴君，高兴时刮上四五级，捎带飘雪，不高兴时刮到六七级，夹杂沙石像鞭子一样抽打着人身。工人搅拌混凝土拆开水泥，水泥惊慌失措四处飞扬，转眼将人裹在水泥灰中，变成水泥一样的人站在风中，如同一棵灰不溜丢的草，被吹得摇摇晃晃。

为了减少施工困难，他们用索道运上挡风板扎实捆绑挡在现场，以求尽量减少风的阻力。然而终究都是凡人，都是肉体凡胎，面对如此严酷的自然，一些工人纷纷选择弃逃。"重赏之下必有勇夫"的古话在那一刻失去了效应，即便重赏也无勇夫。究竟是怎样一种感受，让一群五大三粗的男人竟然做了逃兵？我实在无

法想象。唯一知道的，那是曾红刚备受煎熬的日子。他是湖北包段的总负责人，就像前方士兵作战，他在战场坐镇指挥，眼看节骨眼上，士兵一个个丧失斗志弃战场而逃，他一时急得火烧火燎，那段时间每天晚上他最多只能睡四小时，且睡得极不安稳，反复地醒，脑子里全是工程、安全、进度。

曾红刚代表湖北送变电公司第一批进藏开展工程前期准备工作，为了让阿里尽快连通大网电，他们所属 500 千伏电压等级的八个包段被推上了竞赛考核的浪口，每天通报、排名、比进度，如同戴在头上的紧箍咒。每一天的工作都有硬性进度，今天的工作不能达到进度，明天的进度自然无法完成，如此形成恶性循环。开工最初因为特殊地理位置，搭建索道已然延误月余（事实上翻年又因疫情延误两月），眼下工人弃逃，进度倒数，业主毫不留情地质问，领导严厉地批评，一时如浪袭来，令他如同再度坠入 2012 年那段最煎熬的岁月。

那年江夏为发展地方经济引进上海通用公司汽车产业园，曾红刚所在的公司需要配合江夏变电站创建鲁班奖，建设 500 千伏江夏配套线路工程，入职四年的他第一次被推上了项目总工的位置。一份为公司赢得荣誉，为地方经

济赢得机遇的项目，顿时成为他人生中第一次面临的巨大挑战。

原定 3 月开工，因为线路规划处处受阻，延误了三个月，6 月开工后又因外部协调复杂推动异常艰难。100 基铁塔线路的架设，正常时间需要一年完成的项目，最终留给他的时间只剩下三个月。在那短暂又似漫长的时间里，他要圆满完成任务，要精益求精保证技术质量，要盯紧技术环节，要开会、写汇报材料、跑现场变更，要应对业主、监理检查……每天总是这件事没有处理完，其他的事情就接踵而至，忙到深夜也没法休息。毕竟是年轻缺少经验，结果越忙越乱，越乱越忙，错误不时发生，批评接踵而来。前所未有的工作压力与精神压力，顿时让他像一根绷到极致的橡皮筋，他开始质疑自己的能力，开始极其沮丧消沉，开始想要放弃，那情景那心情与此时此刻如此相似。

那次负责的江夏项目，无论如何艰难，最终还是顺利告捷，江夏变电站也如愿成了湖北省电力公司第一座获得鲁班奖的变电站。就像影视剧里那些主人公的故事，历经磨砺后最终都有收获。

是啊，再苦再累再难，那次他不是一样走过来了吗？难道十余年的历练竟还不如入职四

年的自己？一份极致的回忆终于让此前跌宕的心情恢复平静。他开始想起师傅和曾经的金总，他们对他讲自己走过的路，经历的故事，想起金总曾对他说："年轻人越是感受到压力，越是不能轻易放弃，要把工作中遇到的困难当作是对自己成长的磨炼。只有经得起磨炼的人才能收获未来的自己。"

十余年来他经手过多少大大小小的工程项目，江夏线路项目、为国网公司工程索道标准化作业提供标准流程模板的首条 4t 级重型索道试验项目、英山毕升线路项目、荆州松滋松南线路项目……从平原到深山再到高原，他就像在战场上拼杀的战士，打完一场又一场的胜仗，眼看最关键的一仗，自己就这样半途而废岂不是毕生的耻辱？再看看眼前的项目部，曾经它就像一个孩子一样在他手里日益变样，从起初组建、选址，到策划、装修，一点一点变成现在家的模样，成为项目部同人的温暖港湾，行业人眼中最美的项目部，那点点滴滴中浸透了他的多少心血和汗水，真要丢下他舍得吗？

说到底这场艰苦卓绝的工程战役拼的不仅是人，更是人的意志。思想转过弯来的他如同重新启动的战机，加足马力天天跟施工队打电话，就像部队在战场上发起进攻一样，还能上

多少人？还能不能上人？每一点每一个细节都与人紧紧挂钩，每一点每一个细节又跟工期紧紧挂钩。再加后方领导全力支撑充实人手，从起初的 15 个班组直接增加到 27 个班组，一时间浩浩荡荡 500 多人的施工队伍分散在各个山头，建设得如火如荼。倒数的进度也如海拔一样迅速排名靠前。

事实说明世间没有超能力的神人，只有敢于拼搏的平凡人，也没有一蹴而就的成功，每个人的成功背后都积淀着多少不为人知的磨砺。就像每个走向黎明的人，都曾历经星夜兼程的迷茫与灰心，只要意志坚定不言放弃，所有经历的磨难、吃过的苦都会变成福，变成了钙，就如同吃下的食物，当它一次一次融进身体的血肉时，也开始化成了无形的养分，让生命的骨骼变得更强壮，让生命的土壤变得更加厚实。

三

如果说设计、跟桩、复测、搭建索道，那是一条输电线路诞生之前的引子，那么挖塔基、组装立塔、放线贯通则是进入铁塔诞生的实质部分。塔基就是铁塔的基础，如果理解了房子基础的重要就能理解铁塔基础的重要，论流程

和作用它们可谓异曲同工。一基深度 12 米、直径 1.5 米的铁塔基础，就算放在内地平原完成也不易，何况是海拔 4300 米的高原高山呢。大型器械无法到达，每一个环节依靠的只有人力，需要付出的艰辛何止内地的十倍。

冬天的高山之上，最低温度达到零下 20 摄氏度，顺着索道哆哆嗦嗦爬上山的一袋一袋沙、一桶一桶水立刻上冻。面对此状紧急调来的一口一口锅、一袋一袋煤，也随之吭哧吭哧地爬上山。

高山之巅的风雪，从未见过如此离奇的画面。一基一基的铁塔基础现场，一台一台的搅拌机下，燃起了一堆一堆的煤。一口一口大锅终于冒出腾腾热气。热水倒进混凝土里吞噬了雪花、冰粒。搅拌机再也无惧风雪的干扰，在煤的烘烤下搅得热气腾腾。

浇筑完塔基的混凝土因为含水还会结冰，结冰后的塔基散碎结团无法凝固，一样功亏一篑。高原群山再度大开眼界。浇筑完混凝土的塔基先是盖上了塑料薄膜，后又盖上了棉被，最后还搭了保暖棚，棚里放置着燃烧的煤炉和温度计。他们要让棚内温度达到 10 摄氏度左右，让塔基享受春天般的温暖，尽快进入初凝状态。待到两天后再撤掉棚子，留下棉被和薄

膜慢慢养护，直到塔基达到强度标准，获得铁塔巨人屹立高山的资格。

一座铁塔四个塔基，十座铁塔四十个塔基，拉孜的冬天从头年的 11 月一直到翻年的 3 月，在那段极其漫长寒冷的日子，他们立了 80 座铁塔，320 个塔基，每一个塔基，每一个细节处理，都是如此循环周而复始。细细算来，一座铁塔基础开挖浇筑 20 天，塔基凝固养护 28 天，立塔 15 天，总共 63 天。那是怎样的诞生啊，近似孕育襁褓里的孩子。

铁塔的根基形如人的根基，一个人一生中站得是否稳当，就得看他的根基是否扎实牢固。铁塔亦然。往后余生能否安然无恙承受高原的风霜雪雨，全看前期基础的质量。身为项目部总负责人的曾红刚需要对整个工程负责。除了工程进场前的准备，施工阶段的具体内容，施工过程中的具体管理，与监理、业主、施工队的沟通，解决施工中随时出现的难题，核心的核心就是安全与质量，那是保证拉孜项目部包（3）这艘航船，最终到达彼岸的绝对条件。那段时间，每临深夜，他都要和项目部的同事分头行动，上山查看塔基的温度和凝固状态。这里是高原，是零下 15 摄氏度的寒冬，是漫山遍野长满狼牙刺的高山，在那伸手不见五指的

黑夜，每一脚下去都扎在密密麻麻的狼牙刺里，他站在呼啸的寒风中艰难地喘气，那种无法言道的感受，让他一度想起少年时帮父母忙月双抢的画面。

双抢是考验农民的严峻日子，要在炎热的三伏天里抢割早稻再插播晚稻，气温高、时间紧、任务重。那时候父母身体不好，两位姐姐早早出去打工，他成了家里唯一的顶梁柱。他记得每当自己站在稻田，手持镰刀弯下腰的一刻东方才微微泛白，为了抢时间，他从清晨割到烈日当空，吃完午饭又从烈日当空割到太阳落山，割到星星点灯，直到满田的稻秆和着他的汗水，一堆一堆叠排在田埂上。割完早稻，还要插晚稻。妈妈扯秧，他插秧，烈日的暴晒下，水田散发阵阵热浪，像蒸笼。衣服被汗水浸透，汗水顺着下巴流淌，再"吧嗒吧嗒"滴进混浊的水田。沾满泥巴的小腿，蚂蟥咬过的地方鲜红的血液还在顺着泥腿往下流，一直流到自行停止，留下一条条暗红的血痕……在这位 80 后的记忆里，漫长的暑假永远只能趴着睡，因为腰疼得钻心，令他无法落床。那时，14 岁的他就想，将来的日子还有比现在更辛苦的吗？

2008 年终于大学毕业，学输电线路工程

专业的他，成了湖北华中输变电建设有限公司的线路复测员兼安全监护员。他开始和同事扛着经纬仪、花杆、菱镜，拿着对讲机、大锤、斧头、木桩、卷尺、钉子翻山越岭。不管有路没路，不管是山巅、密林、荆棘，还是蛇虫出没的地方，只要是铁塔落脚的地方，他们都要到达。

记忆最深的是 2009 年参加的贺榔工程项目，位于宜昌长阳贺家坪山区，整个工程都在高山峻岭之中。塔位复测前，他先行独自和设计院一起入山，初步跟桩熟悉大致方位。7、8两月，他从早到晚钻行在没有路、没有人迹的密林高山处寻找铁塔桩位，如同深山寻宝。这与少年时的双抢相比又是一种别样的滋味。那痛不再是腰痛，换成了腿痛，爬山爬得腿硬如铁，先是痛得不敢触碰，最后痛的地方都变成一块块硬实的肌肉。还有刺痛，深山老林里刺藤粗壮，当人闯入刺藤的地盘想要强行通过时，刺藤便如野兽的利爪，在他手上、腿上、胳膊上划拉出一道一道血印子，汗水淌过血印的一刻如同盐水浇过，火辣辣地疼。那热是闷在密林里不透风的热，就像把人关在蒸笼里一样，从头到脚不停地流汗，直流得心慌气短。头上、身上、衣服上扎满密密麻麻的野猪毛。野猪毛是一种带刺的野生植物，小时候他和伙伴们常拿来欺负女孩子。看着野猪毛裹住女孩子的头发急得哭鼻子的样子，他和伙伴们一个一个坏笑。他没想到，有一天自己也会尝到被野猪毛欺负的滋味。

长达两个月的跟桩工作结束，正式进入复测。在 20 天的复测工作中，天蒙蒙亮他和同事就已出发。132 基铁塔，每个塔基都在孤山之上，就算每天早出晚归，拼尽全部力气，一天只能复测四座山头。每天睁开眼睛就是爬山，从山下到山顶，从山顶到山下。那又是和西藏高山截然不同的感觉，呈 60 度的山坡，没有路，被茂密的树木荆棘包裹得密不透风。那可真是四肢着地爬呀，一路爬一路拿着砍刀，顺着线路的通道边砍边爬。

在山里复测的日子他们与野猪有过狭路相逢，遇见蛇虫则是家常便饭，最惊心动魄的是一次同事脚下打滑，眼见失控的身影直接从陡峭的山上冲了下去，最终被一棵大树给挡住。每每极致辛苦时，他会回想在学校时老师说的话，施工单位是最锻炼人的，想要真正磨砺自己，提升自己的技术能力，就去施工单位。是老师的话指引他来到施工单位的，他想用实干的脚印，一步一步走出属于自己的人生路途。

直到真正踏入岗位，十余年来一步一步走到今天、今时、今夜，才知道要在现实中认认真真兑现每一步真实的足迹，何其艰难。

四

漫长的冬天终究都会过去。只是于曾红刚他们而言过去的仅仅是冬天。春天的措拉山正意味深长地等着他们。

曲折蜿蜒的措拉山，是山的"河流"，起起伏伏地"流"向天边，怎么也看不到尽头。这样的"河流"罕见人迹，光秃秃地屹立在阳光下，就像一位沧桑孤独的老人静静地沉睡在西藏高原海拔 4530 米处。

光秃倔强的山脊，瘦骨嶙峋的怪石，永远冷冷呼啸的风，让诞生在这里的铁塔注定都有一个属于自己的故事。就像 3L059 号铁塔，它的诞生听起来似乎有些不可思议。一座高山，一片陡峭之地，刀削一样的斜面，怪石高低起伏，人在上面尚且难以正常站立，何况一座铁塔。前期那些流动的沙石水泥、笨重的器械及塔材，就算运上山了又该如何安身呢？事实上无论他们如何描述，因为无法想象，我的脑子始终一片空白。一条路的滋味只有自己走过才能真正体味，一座铁塔的历程亦然，倘若自己

不曾亲身经历，就算穷极想象也无法将一座铁塔陡峭站立的过程，将那些人如履薄冰的过程一一如实还原再现。我唯一能够想象的，是那800 多块铁塔的骨骼，它们像人体的骨骼一样排列在山脚，随后一块一块朝圣一般顺着索道朝着山顶攀爬，爬向自己命运的归宿地，和着立塔人的血汗一点一点凝聚，一点一点成长，直到长成参天巨人。

入藏十天来，我一直沿着曾红刚的足迹跋涉，从海拔 4530 米到 5357 米，上高山，访铁塔，访铁塔，上高山。此番我又沿着他的足迹朝着那座传说中的铁塔而去。我想去亲自见见它，亲眼看看它诞生的位置，听它说说曾经的工人是如何落脚施工的，器具材料是如何运送放置的，基础是如何开挖的，那些浇灌铁塔基础的混凝土现场又是如何搅拌的。

不承想一座 200 多米高的山，爬了近三小时。一座只长狼牙刺的高山，根本无处抓手，中途踩到溜滑的碎石头，一个趔趄心差点从胸腔里跳出来。面对自然，人须充满敬畏，尤其是西藏高原，人得低到尘埃里。现实是我即便如此敬畏，小心再小心，将速度放到最慢，心脏还是突突突地乱跳，伴随而来的胸闷眩晕头痛，让我只有大口大口喘气的份。因为高反，

接近 3L059 号铁塔最后那段陡峭的山坡时，我无力通过，没能到达。3L059 号铁塔，最终我只能站在远处投以崇敬的目光，远远地仰望它，就像仰望着一群人。

一趟高原寻访铁塔足迹的历程，最终定格在曾红刚站在措拉山山顶的一刻，那时候他无声地看着山巅的铁塔，我无声地看着他，那份目光和神情，让我想起他在海拔 5357 米处的画面。他穿着棉衣坐在石头上，脚下是寸草不生的山地，背后是一座刚刚撑开四脚尚未成型的铁塔。他插着氧气管，左手端着碗，右手夹着冷透的包子，无声地看向前方，目光流露出的坚韧与悠远，与此刻分明相似。他似在自言自语，又似在对我说，"来的时候山上还是光秃秃的"。

短短一句，我分明体味到其间隐含着什么，却又说不出。

默默地看着眼前的崇山峻岭，想起那部古老的《山海经》，书上说凡山皆有神，那么眼前的山呢？是否也有一位居住的神？它们是否曾亲眼得见一条号称阿里联网的电力天路，从日喀则出发，穿越拉孜的措拉山，一路向西，一直到达阿里？

是否亲眼看见 3352 座铁塔族群，历经 1689 千米的跋涉，跨过人迹罕至的沼泽地、无人区、少人区，跨过海拔平均 4572 米处，最高 5357 米处，完成 3 次跨越雅鲁藏布江，翻越 5000 米以上的孔塘拉姆山、马攸木拉山的艰辛足迹？

是否知道为了与第三条电力天路藏中电网牵手相连，连通大电网驱散最后一寸土地的黑暗与苦寒，多少曾红刚及曾红刚的战友们远离家乡，突破生命禁区、挑战生存极限，将一部中国电力建设历史上最为艰苦卓绝的电力史诗写在西藏高原？

那一刻，群山静默，唯有高原猎猎作响的风。

事实何须作答呢？看看那些屹立在高山的铁塔，看看铁塔走过的足迹，它们早已将答案无声地写满高原大地。

（原载人民日报出版社 2021 年 7 月，《热血作证》一书）

何红梅作品

题记：2022 年，荆门前所未有迎来产业转型升级的挑战，湖北省在 6 月召开的第十二次党代会上，赋予荆门"打造产业转型升级示范区"的新目标。荆门作为全省唯一以"产业转型升级示范区"为发展定位的城市，自此承担起为全省产业转型升级当先锋、蹚新路的重任。城市发展，电力先行，打造安全可靠的坚强电网无疑是助力产业转型升级的重要保障。由此地方政府、企业客户、供电公司不谋而合，一座背负城市发展使命、为荆门高新技术产业园区转型赋能的 220 千伏吴家湾输变电工程孕育而生，演绎出一幕为实现 2023 年 6 月 30 日送电快速奔跑的故事。

速度吴家湾

第一章　与时间赛跑

一

220 千伏吴家湾输变电工程，从诞生的一刻就注定会贴上一个词——速度！

拉开工程建设的序幕，会立刻看见一群为了速度奔跑的身影：地方政府、建设部、物资部、安监部、调控中心、项目管理中心、荆建分公司、检修分公司、信通分公司、鄂电监理公司……参与奔跑的部门，参与奔跑的人，如同展开的一场速度接力，握着无形的接力棒，朝着终点冲刺。

兵马未动，粮草先行。

正式开启建设的序幕时，一场速度接力赛已从物资部出发。

毫无疑问，吴家湾工程是关键时期背负城市发展使命的工程，是荆门公司必须举全力建造的"一号工程"。为了追求信息化、工程化、标准化、智能化工程建设目标，荆门公司整合建设实际效率保证、远期运行维护、设备改造扩建等需求，采用了全栓钢结构房屋、预制电缆隧道等 15 项工程建设新技术应用、10 项建筑专业新技术应用、30 项绿色建设典型应用，有 5 项还是荆门地区首次采用。可谓集万千宠爱于一身，集心血智慧于一身。

建设部与地方政府火速配合完成了吴家湾工程前期工作，2022 年 9 月开始正式破土动工。此刻吴家湾工程物资招标计划早已上报，只待结果。9 月终于拿到物资招标结果，10 月制订完供应计划，随之分头联系供应商。这次建设中 220 千伏 GIS 设备采用的是双断口母线隔离开关新技术，可以实现以后 GIS 设备改建不用再停母线，实现生产、运营两不误。物资部副主任刘中平第一时间联系 GIS 设备中标厂家，一通电话如同当头一盆冷水。厂家目前根本没有这项新技术产品。

既然没有这项新技术产品，为什么要去响应标书？厂家解释，以为可以用原有的双隔离刀闸技术代替双断口母线隔离技术。

真是忙中添乱！

此时废标重招时间已经来不及。

李楠是荆门供电公司副总经理，分管吴家湾工程建设，一听消息也着了急。立刻动身去武汉，联系省公司建设部和物资部。省公司建设部、物资部又赶紧叫来厂家，三方座谈紧急协商。几番协调方才达成协议，厂家答应马上负责研发，保证按时供货。

要说迄今为止我见到的把没有安全感演绎到极致的人物，只有物资部的刘中平等人。

2022 年 11 月，刘中平、许克峰、陈军、张小龙第一次去河南厂家。继上次协商后，他们要进厂了解 GIS 双断口母线隔离技术研发进度。进厂一看，设计图都还没有，想法还在技术人员脑子里。四个人顿时傻眼。

"完了，明年 4 月肯定到不了。"张小龙没憋住，忍不住说了丧气话。

刘中平、陈军、许克峰没吭声，似乎默认了张小龙的话。

有点欲哭无泪。只能说好话。找主管研发的老总沟通，老总满口答应："GIS 双断口新技术不是首次诞生，我们可以借鉴，马上研发，保证按期交货。"

说得再好也不顶用，一天不交货谁敢放下心。

四个人垂头丧气回去，开始像盯着学生做作业盯着厂家研发。

"图纸出来了吗？"

"出来了。"

"打开视频看看。"

"嗯，确实出来了。"

问题是图纸出来，还要反复验证，还得 3D

打印。能不能安装？是否适用？理论上通过了，还要做样品，样品要买原材料……

这样一想，还是焦虑，没有安全感。

12月底，厂家说原材料已订。刘中平条件反射："你把合同给我看。"

合同传过来，确实已订。可还是不放心，恨不得跟到原材料厂，看看是不是订了，是不是在做。

那段时间刘中平感觉自己心态像出了毛病，说什么都打问号，极其没有安全感。

就算研发了，就算生产出来，现场安装会不会出现什么问题？

盼着，熬着。眼看好不容易到了厂家做双断口新技术形式试验的关键时间，结果春节临近。春节到了，厂家工人该放假的放假。

"厂家不急谁急也白急。"话是这样说，可就是急呀，心哪里由得了自己。别人有滋有味地过年，他们几个的年过得不知道啥滋味。

说起来平时这几人的性格都算淡定，到了吴家湾工程物资采购这会儿都变成一个症状。

许克峰负责对接10千伏开关柜中标厂家，是之前没有合作过的公司，在湖州。元旦前电话沟通反复叮嘱对方，年前一定要排产，即便不生产，也一定要进回原材料，过完年马上开始生产。

对方连连承诺：好好好！

等元旦后上班许克峰打电话再问，还未订货。一看春节近在眼前，许克峰着了急，立刻买票下午坐动车赶往湖州。盯着厂家进货，什么时间到原材料，什么时间生产哪个部件，什么时间组装，给人家详细倒排出来，好像他是厂家生产主任。如此落定，第二天晚上他才又坐动车返回。

近40家供货单位，其中主设备厂就有5家，遍布江苏、浙江、上海、山东、河南。年前年后，刘中平、陈军、张小龙、许克峰围绕5个厂家反复跑，路程2万公里。

说到春节前最后一次拜访厂商，正是全民感阳之后，陈军以为自己已经安然无恙地躲过，正呼幸运，不承想元旦后再次踏上拜访厂家的路途，等到转了一圈最终返回到达河南时，突然发烧，症状和感阳极为相似，极其难受。给他测试剂，他坚决不测。只要没看见那两条红杠杠，可以权当自己没阳，心理上先战胜它。

"回想整个物资供应过程，每一天都像在火上烤。一个快速奔跑的工程，只能物资等工程，不能工程等物资，物资一天不到齐，一天不敢安心。"

所幸，是"烤"也好，还是"考"也好，工程所需物资如期交货，尽数到场。3月，一次设备到货。4月，二次设备到货。时间无缝衔接，设备顺利安装。接力棒如期交接的一刻，他们有着大考之后的大松快。

最记得变电站"心脏"主变压器出厂的心情，从接到厂家出货的信息，一路跟踪 GPS 定位，还在京山服务区，他们就巴巴地赶过去，像接亲人似的一直从京山服务区接到了工地现场。

二

时间的镜头里，与物资部同时间、同节奏奔跑的还有吴家湾工程项目部。

此次工程虽冠以"快"之速，却还要又快又好，所有环节都必须保质保量。如此一项复杂庞大的工程建设少不了分包商加入，选好分包商又成重中之重。为了第一时间解决选用分包商的难题，承建单位荆建分公司立即组织人员一家一家调查当地分包队伍，从施工能力、队伍素质、业务范围等多方位考量，坚决杜绝转包、挂靠、资质不合格企业。

临近春节，分包队伍终于确定，包括钢结构房屋施工队。吴家湾工程需要 75 根钢柱和 370 根钢梁，如果将吴家湾工程比喻成即将诞生的巨人，那 75 根钢柱和 370 根钢梁就是巨人的钢筋铁骨，不奠定好这副"身板"，后期说什么都是空谈。

无独有偶，吴家湾项目部经理蒋超凡与刘中平他们得了一样的"病"：没有安全感。从吴家湾工程启动，蒋超凡的真实心态就是总不踏实，脑子里千头万绪，总觉得哪件事自己不亲自过目就会出错。

想想春节一过，土建和钢结构施工队必须立刻进场，那是奔跑加快跑的节奏。电话里他跟钢结构施工队反复交代：年前一定要进回原材料，正月十五前一定要完成钢结构所有加工。

对方虽然满口答应，蒋超凡还是不放心。

还是得亲自去趟钢结构加工厂，否则这个年没法过。

为了分摊工作量，钢结构加工给了两个加工厂同时进行。蒋超凡先就近去了城区加工厂，又来到位于当阳的加工厂。加工钢结构的原材料都在悉数进货。他亲眼得见，心里稍微踏实一点。走前又像对城区加工厂的老板那般交代了一遍。老板拍胸脯，保质保量，按期交货。

不管厂家怎么表态，材料一天不进工地他

就一天没有安全感。这心态简直是刘中平几个人的翻版。

春节过得好不踏实，熬到初三，打着拜年的幌子又问施工队，钢结构加工得怎样了？

对方答：已经加工一半，正月十五前肯定交货。

还得亲自去看看。

又去了两个加工厂一遍。

确实没错。

半月后，直到所有的"钢筋铁骨"尽数到达现场，蒋超凡的心才稍稍放进肚子。

2023年2月6日，春节后上班第一天，复工第一枪在吴家湾工地打响。

工地现场，建设者列队方阵，齐刷刷的国网绿工装，清一色鲜红的安全帽，如同即将攻坚决战的战士。荆门公司总经理郑琳宣布"220千伏吴家湾输变电工程——复工！"铿锵有力中，主席台后左右两侧，两台吊车高举黄色的铁臂伸向天空，像宣誓的巨人，十足的仪式感。

这一枪打响，就等于"剧情"上演锣鼓开幕，只能是一声接着一声的紧锣密鼓。

紧锣密鼓中土建施工和钢结构安装队伍如期进场的一刻，项目部也结结实实打响了速度第一战。

75根钢柱、370根钢梁，总重650吨的"钢筋铁骨"必须在两个月里全部完成吊装，吊装同时，土建同样跟进，每层基础浇筑紧凑同步。所有任务要比常规时间提前三个月。

蒋超凡每天6点钟睁眼，电话开始不断响起，一天至少两百通电话。如果迟到工地一会儿，现场施工队就开始扯皮。率先进场的土建和钢结构作业面遍布全场，扯皮最多。主要矛盾还是抢占作业面，土建要做电缆夹层，需要钢筋迅速进场。钢结构要上钢梁，吊车需要占位，地方就那么大，钢梁嫌土建的钢筋占了位置，土建嫌钢梁的吊车抢了地方，时间都紧，工人都要抢工，你不让我我不让你，差点要动手。

钢结构是建立在土建基础上的，如何让钢结构和土建同时进行？如何让土建和钢结构同时完成？在我看来，简直太矛盾。偏偏类似这种矛盾贯穿整个工程建设始终。

要说吴家湾工程建设难就难在这里，因为时间紧，必须打破通常工程建设按部就班的顺序。相当于一座屋子落成与电路、家具、家用电器搬进同时进行，并非屋子建好布电路，电路布好搬电器、搬家具。这简直就像出的一道极矛盾的"奥数"难题。

土建和钢结构的项目经理拉着蒋超凡，这边说："蒋经理，这搞不成，我们回去休息了。"

那边说："蒋经理搞不成，我们就回去算了。"

双方像孩子赌气，蒋超凡哭笑不得。

为解决这个难题，荆门公司主要领导、荆建分公司分管领导专门来项目部开现场会。

此刻蒋超凡回想，当时是煎熬也是收获。从分析矛盾到消除矛盾的过程，如同现实版的阅卷、思考、答题，大家获得了在矛盾中学习成长的经验和力量。任何时候都要学会以科学、精细的态度去应对一切难题。

再往后每天晚上项目部会收集第二天各个施工队的作业信息，具体精细到作业内容，精细到开工时间，需要多少小时，什么时间完成。然后每晚召集各施工队开会，根据精确掌握的内容和时间，根据施工队的作业重合点进行交错搭配。实在遇见不能交错的特殊情况，便"两权相害取其轻"，尽量保证既不撞车也不影响时间进度，统一科学规划安排。

为了生动还原蒋超凡讲述的现场，我一度想顺藤摸瓜找到土建施工队和钢结构施工队的负责人，遗憾的是钢结构施工队已经撤离，所

幸的是土建施工队还在现场。

那天是8月3日，温度高达39摄氏度，我在工地简陋的门房等来土建项目经理，对方一身工装汗透，黑红的面孔，嗓门大，说话倒实在：

"6月30日要送电，施工队伍都有自己的时间期限，大家都是跑生活的，谁都想在规定时间内完成自己的任务，早点拿钱走人。都急嘛，心急火燎，谁还有涵养去考虑谁的感受。"

"不过，蒋经理脾气好，会沟通，平时生活上也很关照兄弟们，吵归吵，最后我们听他的，所以进行得很顺利。"

三

解决了施工队交叉作业的矛盾，还有安全的矛盾呢。工地现场最高峰同时有十几个作业面，每天少则100多人在现场，多则200多人，7300平方米的范围容纳这么多人工作，该怎么管呢？如果出现安全问题可怎么办？

"安全是1，没有安全都是0。"从市公司主要领导到荆建分公司领导反复强调。

说起来易，做起来难！

如何确保现场安全？想来想去只有监管再监管，好像没有比这更好的办法。

荆建分公司分管变电专业的副总经理李朝晖会每日召集项目部开例会，核心内容就是盯进度、管质量、说安全。会上安排每个作业面增加一名项目部安全监护人，现场各个作业面，无间断巡查，发现违章必须拍照，晚上例会违章的人员必须参加，对于重复性的违章在项目部现场处理，不留情面。将违章照片挂在大家经过的地方，用刺激"面子""钱袋子"的处理方式，逼着大家规范做事，自己管好自己。

上半年，全国发生多起高坠事故，导致人员伤亡。吴家湾工地也同样存在高空作业，更要引起警惕。

说到这里，蒋超凡提到了李朝晖做的两个梦。有段时间下大雨，墙体没有安装完毕时，电缆隧道容易漏水。李朝晖梦见地下室全部被水淹了，顿时惊醒，凌晨4点他给蒋超凡发消息。还有一次是5月下旬，工程进入安装阶段，他又梦见人从脚手架上掉了下来，被安全带悬在空中，顿时吓得一身冷汗惊醒。

李朝晖为什么会做这样的梦？蒋超凡太懂太理解，他们的心情百分之百地相似。这不是神经过敏，而是责任心与高度紧张使然。有句话说得好，对待安全就是要时时刻刻放心不下，如果放下心了，那么问题就来了。

一场噩梦虚惊导致他们在现场时刻都在关注哪里有高坠风险。每天像透过放大镜一样巡视，果真发现几个高空作业不系安全带的。

6月13日，最后的攻坚时段，大家都很疲惫，蒋超凡和李朝晖同时发现两名高空作业的工人竟然没系安全带，一时又气又急，已经三令五申，还是屡教不改，这要掉下来还得了。好说不听只有来硬的。立即给他们记了恶性违章，罚款，同时在全工地通报，也让违章人员当着大家的面说清楚当时怎么想的，有没有想过后果，以后怎么改。从那以后，高空作业大家都老老实实按要求做好安全防护。

采访中我了解到吴家湾工程十几个分包施工队每个下面还有细化的专业，每个专业下面分别还有包工头，可谓千丝万缕。蒋超凡的厉害就在这里，分包施工队下的大包工头小包工头他都认识，并且熟悉精通他们所有的专业，每天能将各个分包施工队工作实施内容一直落实到末梢。以至于有些分包队的班组会生出错觉，好像蒋超凡就是他们的项目经理。

工程技术员梅博文向我透露，7300平方米的工地蒋超凡一天能走3万多步，一个月时间他瘦了10斤，瘦得掉了相，以至于他老婆不管不顾地跑来项目部找厨师，央求他想办法给蒋超凡做点好吃的，好像厨师唯独克扣虐待了她的老公。

四

回想那一路，我采访参与建设者 20 多人，吴家湾工地反复跑了 6 趟，其中项目部就跑了 3 趟，无非是想尽量挖出一点项目部在吴家湾工程建设中的动人故事。事实上，此刻回忆，在采访蒋超凡和他项目部一帮弟兄时，在我想极力挖掘期望的动人故事时，我已不知不觉身处在动人故事之中。

那会儿我们就坐在项目部会议室，除了蒋超凡还有分别负责一次设备的周文文、二次调试的代攀路、二次安装的骆晓庭、技术监督员王昆。随着我与他们的交流深入，大家开始打开心扉越来越自然放松，不知不觉你一句我一句说起工地二阳小高峰袭来的经历。

当时正是 5 月，变电设备开始组装，也不知道病毒打哪开始传播，眼看着从各个施工队到项目部开始一个接一个地阳。

骆晓庭是项目部的一员猛将，王昆说吴家湾工程中他接线长度近 4 万公里，可以环绕地球一圈，敷设安装了 650 公里电缆。2020 年底全国上下感阳时骆晓庭躲过一劫，这次在工地没能躲过。因为是初阳，他症状反应最重，发烧、嗓子疼，浑身疼痛无力，能躺着就不想坐着。但因他是负责二次安装的班长，5 月正是攻坚时刻，每天任务已经从天细化到时，非常紧迫。如果他不去肯定会影响当天任务完成，所以每天打完吊针还是继续来到工地。即便他百般痛苦，但也要坐在现场。

其他几位则是二阳，症状则表现不同。王昆没发烧，却失声说不出话，那几天与人沟通都是手势交流。周文文没发烧，就是浑身无力、嗓子痛。代攀路的反应有点奇葩，头晕，晕出了境界，晕得头重脚轻昏天黑地。

邪乎的是唯独蒋超凡安然无恙，好像老天有意在庇护他。

项目部的兄弟们一个一个病得东倒西歪，却没有一个人提出请假，依旧每天准时到达现场，工作有条不紊，一点没耽误。蒋超凡看在眼里，感动在心里："假如当时他们任何一个找我请假，我没有任何理由说不准。但是他们谁也没动请假的念头。"

此前骆晓庭一直是沉默的样子，直到听见蒋超凡这番话后他才开口：

"动过念头，阳的第二天实在支撑不住，

想过请假。但是想想几百人的工地大大小小的事都是蒋超凡在协调，安排好工作还要亲自安排工人生活，有时候还夹在施工队之间两头受气，他更不容易，所以还是忍住没说，咬牙挺了过来。"

自始至终我微笑地看着他们，看见他们彼此打趣，相互补充，讲述对方的辛苦，唯独不说自己，如此朴实、友爱、坦诚，不觉莫名动容。

人心齐，泰山移。不管最初蒋超凡如何自我怀疑，事实是 3 月 15 日，75 根钢柱、370 根钢梁搭下的钢筋铁骨，一座变电站所需的主体结构层在奔跑中保质保量完工。

他们结结实实打赢了速度第一战。

第二章　速度接力

一

第一战的告捷暗示着，一座变电站的诞生，无论是钢筋铁骨还是神经血脉，它们注定是要经由人的心血和汗水方能成长成形。包括那些穿过林场的铁塔线路。

就在土建和钢结构施工忙得热火朝天时，负责野外线路铁塔架设的何小龙他们也进行得如火如荼。

3 月，轮到浇筑三座坐落林场的铁塔塔基时突然出现状况，因为铁塔最终坐落方位与林场的规划起了冲突，林场推翻了之前的许可，要么重新修改线路设计图，要么取得湖北省林业局的使用林地许可证。

早在吴家湾工程启动前，为让所有参与工程建设的单位和人拧成一股绳，齐心协力打好一场有准备的硬仗，荆门公司便别出心裁策划了名为"当先锋做表率坚决打赢电力保供攻坚战"主题实践活动，邀请当地政府相关部门以及业主、监理、设计、施工等工程参建方单位党员参加，成立了 220 千伏吴家湾输变电工程临时党支部，下辖六个支党小组，即安全质量组、进度纠偏组、技术监督组、物资保障组、属地协调组、宣传服务组。一路而来每个小组的力量都在关键时刻得到过考验。此刻，这个考验再次落到了属地协调组身上。

属地协调组的组长是掇刀区发改局的副局长罗继奎，自从吴家湾工程启动，他们自始至终代表地方政府与荆门公司并排奔跑在工程建设的速度接力中。这次罗继奎接到消息时已是 3 月中旬。算算坐落林场的三座铁塔从开挖到养护需要一个月，全线 20 座铁塔架立需要一个月，全线架立展放导地线前的施工又需要半个月，这次省调度台通知的停电窗口期是 6 月 12 日到 6 月 19 日，算来算去时间迫在眉睫。他们必须赶在 6 月 12 日前做好所有事情才能趁着停电窗口期完成最后接线，否则实现"6·30"送电目标只能如同画饼。

输电项目部留给他们的时间最多 20 天，截至 3 月底。压力的核心顿时转瞬落在了他们肩上。

吴家湾工程 220 千伏线路经过的地方是十里牌林场黄山分场，目前正在创建五岭山森林公园，想动一草一木都要经过审批。他们打听如果按照正常申报一层一层审批核准下来起码 6 个月，那时候黄花菜都凉了。

看来只能另辟蹊径。

现时林业局已合并规划局管理，利用一个星期的时间，他们守在规划局办公，备好涉及铁塔占地的申报材料及图片。另一方面，缠着十里牌林场协商，无论如何不能改变原设计方案，因为所有铁塔已经根据落地位置定制，要是变化现有位置，不仅所有的铁塔都要废弃，且建设时间也来不及，损失无法估量。他们希望林场给予支持，帮忙出具说明，给他们时间，一定会拿到林地占用审批。

回忆整个过程，罗继奎带着能源科科长王锐采用"围追堵截"的方式，不高明，甚至有点无理，属于没有办法的办法。

他们找市规划局审批，拿着文件追着负责人，市规划局规划科负责人在哪里，他们就堵在哪里。王锐清楚记得终于拿到市里审批签字已是 3 月 15 日晚上 9 点，那就是围追堵截的成果。那天他们拿到第一关口的签字后，还一起去吴家湾工地参观了到货的主变。

第二阶段，得去省林业局办理审批，成功与否看此一举。

上午出发，中午赶到武汉，这次掇刀区发改局局长王鹏程和副局长罗继奎亲自出马。还是那句话"好事多磨"。负责审批的处长不在，仔细打听才知处长下午有讲座，2 点开始，5 点半结束。吃完饭两位局长带着荆门公司建设部的张小龙采用老套路，拿着荆门规划局签字的文件守在处长讲座的门口。三个人的神情，满脸疲惫一脸虔诚。不管怎样总之如愿以偿。随行的张小龙说，简直喜出望外，去时原本很不乐观，以为肯定办不成，没想到竟然办成了，真是运气好。

张小龙不知道，这份好运气的幕后其实王鹏程局长四下找人协调，做了大量工作。

3 月 27 日，终于拿到审批文件：

"同意荆门吴家湾 220 千伏输变电工程（线路工程）使用荆门市十里牌林场黄山分场国有林地……"

看着白纸黑字，罗继奎与王锐都有点恍惚，13 天拿到审批，比正常审批节省了四个半月，比输电项目要求的时间还提前了一个星期。

二

掇刀区发改局马不停蹄跑林地占用审批手续时，为了赶上停电窗口期放线，整个输电项目部已经没日没夜做好能做的所有工作，万事俱备，只欠东风。

然，人算不如天算。

6 月 12 日，停电窗口期的第一天。荆建分公司分管输电的副总经理张红专可谓记忆犹新。一场瓢泼大雨下了整整一天，输电项目部经理何小龙也带着一干工人在工地眼巴巴地等了一天，眼看丝毫没有收住的迹象才黯然收兵。

接下来，6 月 13 日，依旧倾盆大雨。

6 月 14 日，仍旧大雨倾盆。

一个星期的黄金停电期就这么被雨水浇去三天。张红专自嘲自己算是电力建设的"老油条"，从来气定神闲，这次却真的慌了，特别慌。吴家湾工程是荆门公司的一号工程，荆门公司对市里郑重承诺"6·30"送电，前期无论公司内外还是公司上下，个个威武没有一个环节掉链子，眼看临近他们的队伍攻坚，却遇老天发难。如果卡在自己负责的环节，那可真是罪该万死。

心里慌，但在面上他不敢流露。一名领队的将帅如果自己没有自信怎么稳定军心。

面对不休不止的大雨，谁都急。领导问张红专，能够完成吗？

他拍胸脯，没有问题。

只有他自己知道，他敢拍胸脯，是因为他没有退路，只能有一个信念，必须完成！只要老天不一口气下七天，哪怕留给他一天，也要想尽办法完成。

转眼 6 月 15 日，天气预报显示无雨。尽管头天看过天气预报，张红专心里还不踏实，第二天起来又看，是晴天。天助我也！

输电项目部经理何小龙早已整装待发，向各位班组长交代："我们要把晴好天气的空窗期充分利用好，一定要在预定时间拉通线路！"

要在剩余四天停电窗口期立好穿越林场的三基铁塔，还要展放 20 基铁塔的线路，注定会是一场白热化的忙碌。

为了抢工期，唯有增加人手，一座铁塔一

班人马。

一时间，一片荒无人烟的林区，前所未有的热火朝天，线路工人们拉线的呼喊声从白天持续到凌晨。

这座铁塔下，班长李军已经连续工作了八小时，正被预备队强行替换下来；另一座铁塔下，班长张旭杰经过了一夜的作业已经疲惫不堪，不停地拍打着自己的脸；山腰上、水塘旁、田野边，工人们踩着暴雨过后的泥泞，工装汗透，一身黄泥的身影拉着同样沾满黄泥的电缆，隔着距离远远望去既像热锅上的蚂蚁，又像从泥坑里出来的泥人。

第一天晚上半夜收工，第二天早上接着干到半夜。第二天复制第一天，第三天复制第二天。大雨过后一场暴晒，天气湿热难当，加上前期积累的劳累，第一天下来走了一批工人，加工钱也不行，"重赏之下必有勇夫"这句话不管用，一度急得张红专嘴上起疱。

为了了解从林场穿越的三座铁塔，为了亲眼感受铁塔坐落的位置，为了尽可能还原曾经的建设艰辛，最终我也亲自来到了现场。

说来也巧，当我定下第二天去往现场的时间时，老天竟然再次下起了瓢泼大雨，就像他们经历过的那场雨。上午下了整整半天，直到

下午3点才略微停歇，原本准备陪我前往立塔现场的张红专和荆建分公司总经理皮志军因为临时紧急任务止步，最终我在工程输电项目总工刘琼的陪同下开车进入。

只见一片原生态的林场，杂草树木自然生息，一条似路非路的黄泥路掩映其间弯曲延伸。好不容易摇摇晃晃快要走到立塔腹地，车子陷在了浓稠的黄泥巴里。被大雨浇透的黄泥巴竟像强力胶，咬着汽车轮胎，死活开不出来。刘琼尝试了几次没成功，一脸沮丧，这路况其他车辆也进不来，我们只能自己走出去了。

我笑，安慰他，一切都是最好的安排。

荒野里，我跟在刘琼身后，踩着稀烂的黄泥，随着他一步一滑地前进，黄泥像吸铁石执着地向脚下聚集，鞋子差点粘在泥巴里，说不出的狼狈。还记得我路过那座崭新的铁塔时的画面，它簇新的，像镀了银一般，昂首傲娇的样子虽然倒映在黄浊的泥水里，却依旧掩盖不住新生的光芒。透过它的倒影，我看见了张力机压过的痕迹，还看见了满地无数大大小小的泥窝，仔细分辨，原来是一双一双凌乱深陷的脚印窝子，依旧重重叠叠地印刻在铁塔周围。

第三章　智慧提速

一

一项与时间赛跑的工程，必须汇集一股力量，除了自信、坚毅、脚踏实地的力量，更多还需要智慧的力量。

前面蒋超凡提到的荆建分公司分管变电的副总李朝晖，是名 90 后，一张娃娃脸，阳光、朝气、有思想，是个喜欢动脑筋的人。

工程建设时期李朝晖一直在现场督导变电站的进度和安全。谁都知道，从 2 月 6 日吴家湾工程打响第一枪，就意味着只剩 140 天，140 天必须连续干到底，地球不爆炸，他们就不可能休息。连续不间断枯燥紧迫的工作会让工人难免产生疲倦，工作进度也得不到明显推进。

李朝晖分管的变电是整体工程的核心，如何提振工人士气，从而加快变电进度，是他一直用心思考的重点。

一天，李朝晖看见市公司下发的一份技术比武文件，顿时心头一亮。何不效仿省公司军运会的经验，在吴家湾工地办一次技术比武，选择适合大范围劳动竞赛的专业，如焊接技术、二次接线技术。这些都是变电工程的核心任务，如果做得好，既可以提升技能，缩短工期，还

可以丰富工地生活，提振参建者的士气。

李朝晖马上将自己的想法告诉了荆建分公司总经理皮志军，皮志军非常支持，一拍即合。

说话间一场热闹的焊接技术比武率先在 3 月 22 日开幕。他们特意请来受国务院嘉奖的"全国优秀农民工"柴少娟做裁判。彼时的工地，春意融融，彩旗飘飘，工人们穿戴整齐，气氛高涨。参加吴家湾工程的三个建设单位派出 8 名选手，一扫平日疲乏，劲头十足。连续三天电光石火地投入比拼，最终荆建分公司选手周文文以焊接速度快、焊接点牢固、焊接美观等优势夺魁。关于详细过程容我省略，只说结果，三天时间的技术比武将工程焊接任务直接推进 90%，节省一周工期。

二次接线技术比武则在 5 月 10 日，正逢吴家湾工程攻坚关键时刻，也是施工人员极为疲乏急需激励之时。现场参建两家建设单位选出 15 位精英，换上工作服立刻进入状态，严格按照接线作业标准开始角逐。首先从审查接线图纸开始，做标记、套号头、接线，各自以娴熟的技巧精心编织着每一根电缆。最终，依旧是来自荆建分公司的选手骆晓庭夺魁，以外形美观、高低一致、尼龙带固定牢固、走线排列整齐等优势被裁判组评为一等奖。同样也是

三天时间，完成工程接线进度的 90%。

两次技术比武如同两把火，点燃了参建者的热情，也将工程进度实实在在地推进一个星期。谁都知道，对吴家湾工程来说，时间就像他们手中仅有的碎银，存量不多，节省下的每一天都能成为实现目标的资本。

二

既然智慧带来了动力，带来了获得，为让吴家湾这艘巨大的"航母"早日到达终点，何不继续群策群力？

2022 年，李朝晖曾有过扬州供电公司挂职的经历，记得去泰州供电公司学习交流参观他们的装备中心，第一次看见机械化施工在工程中的运用，省力省时，大开眼界。事实上 2021 年省公司已提出机械化施工理念，这次何不借吴家湾工程开动脑筋，现场实践。

他将想法分享给项目部负责变电安装的周文文等人。

事实上只要善于思考，问题不仅不会成为绊脚石，还会成为滋生收获的土壤。

4 月初开始变电设备安装前涉及设备转运。吴家湾 220 千伏变电站是全户内 GIS 站，GIS 设备室在户内不能采用吊车和大型机械工作。GIS 设备最轻 5 吨，最重 10 吨，吊车只能从屋顶预留窗口将所有设备吊入设备室，剩下全靠安装人员各就各位。整个工程进度的时间都是一分钟当作两分钟用，变电设备就位也一样，不论一次、二次设备，无论数量多少设备多重，只有三天时间。

周文文、骆晓庭、代攀路几个好兄弟开始坐在一起碰头。

"要不用悬浮式气垫运输，对于几十吨的重物，悬浮式气垫运输是轻而易举的，安全快捷省人省力。"

"可悬浮式气垫运输采用气源为动力，要求地面平滑且无障碍物，设备室不具备环境条件，混凝土地面有摩擦，加上 GIS 设备的预埋接点高出地面，应该不好通过。"

气垫运输不行。

继续研究。

"适合环境又比较成熟的方法只有叉车了。要不使用四台叉车放入设备底部四个角，同时推动四台叉车，使设备平稳移动至安装地点，再采用手摇跨顶，把设备顶到一定高度将叉车拖出，再用跨顶将设备慢慢落至规定的位置怎么样？"

似乎可行。

几个人按照思路试验了一把，效果不错，备受鼓舞，随即忙开了。如此连夜加班，所有GIS设备、二次设备、四台叉车转运，耗时一天半，节省时间一天半。

鹅卵石运入变压器室和散热器室他们也有新尝试，用电动手推车取代了人力推车。人力推车需要半个月，而使用电动手推车只用了一个星期，这下又节省了一周时间。

三

皮志军是荆建分公司的总经理，也是身经百战有着丰富电力建设经验的老将，吴家湾工程是荆建分公司刚刚成立便承建的"一号"工程，为此他们倾注了全力，谈到智慧提速，他对我反复谈到吴家湾工程的"新"。他说的"新"除了以上应用在工作中的新方法，还有急中生智自主研发的新成果。

吴家湾220千伏变电站所有设备安装于户内，GIS设备对预埋件的要求非常高，误差要在0.5毫米之内，算算整个变电站GIS设备预埋件大大小小有400多块，大的预埋件有200斤，要想安装误差小、时间快，难度非常大。怎么样才能提高预埋件安装速度？兄弟几个再次开始碰撞思考。

"如果有一个预埋件调平装置来辅助安装就好了，这样会减少大量人力辅助和节省时间。"沉默中，周文文率先发声。

余下几人眼睛一亮，这个想法好。马上和一些有经验的老师傅探讨研究，用现场现有的边角料角铁和螺栓制作出了一个固定式调平装置。

现场试验还是美中不足。于是又有人提出想法：如果能变成移动式就更好了。

于是调平装置底部又有了四个小车轮，变成了大家想要的移动式调平装置。几个人忍不住兴奋马上投入应用，简直不要太好，大大加快了安装速度，减少了人力辅助。

智慧提速带来的甜头有些上瘾。

还是要说到GIS设备，这些被喻为变电站"脏腑"的主设备注定要让他们操碎心。

GIS设备安装，对作业环境有着较高要求，安装中灰尘、湿度必须在标准参数内，大于标准将会影响设备运行安全，故而所有GIS设备安装都要在全程使用无尘监测装置下进行。

临到安装才发现购买的无尘监测装置只能测量到重量单位，不能精确到国网公司要求的浓度单位，并且安装过程中需要每两小时人工记录一次，精度差、效率低。兄弟单位也尚无精确测量设备可用。情急之下，王昆、周文文、骆晓庭、代攀路几个年轻人临时组成了 QC 小组，一起认认真真做起了理论研究，决定结合现场实际自行研发适用型无尘监测装置。

所谓"三个臭皮匠顶个诸葛亮"，临时组成的 QC 小组成员个个发挥作用，你贡献思路，他贡献想法，王昆是吴家湾工程技术监督员，则负责技术实施。

一次、两次、三次，几个人经过反复修正，十天时间竟研制了一个新的适用型 GIS 设备过程空气质量监测装置，将测量精度精确到 pc/m³，并通过 RPA 流程机器人自动输出，实现"百万级"洁净度自动化监测。效果相当令人振奋。

说来也巧，新成果出来正赶上荆门市质协举办 QC 发布成果比赛，全市各个行业 QC 成果参与角逐。因为建设任务重抽不出多余时间，王昆匆匆忙忙中准备的参赛资料十分粗糙，都没敢抱太大希望，结果出乎意料竟获得荆门市质协 QC 发布一等奖。他们的新成果被推荐到湖北省质协参赛，获评"湖北省优秀质量管理实践标杆"。事后大家还讲他笑话，就在王昆准备参加市里发布比赛前，总经理皮志军还问他有什么需要帮助

的，小伙子也老实，只说："皮总，我在淘宝上买了些原材料，合计 200 元，能不能给我报了？"

一路采访，一路感慨，一帮速度接力奔跑中的兄弟，如同齿轮的咬合，他们齐心协力、各显其能，使得一切不可能皆成可能。

这段智慧提速的故事，貌似不太动人，但我不能否认，这一个一个小小的故事，这一点一点小小的细节，体现的是心的投入，是智慧的结晶，是聚沙成塔，为最终实现送电目标积累了必胜的信心与力量。

第四章　冲刺终点
一

用蒋超凡的话说，虽然天天都在工地，但是从头至尾明显感到工地几乎一天一个变化，仿佛十月怀胎的生命，伴着一群人的心血飞速成长。

时近 5 月底，所有变电设备安装终于结束。

一座 220 千伏变电站变电设备正常安装时间需要 6 个月，而吴家湾工程只用了 2 个月。

从时间的对比上我们可以想象背后付出的是怎样的艰辛。然而，无论多么艰辛，还需建立在质量之上才有意义。质量如何，还要通过

高压试验的检验。说白了，"首脑脏腑"也好，"神经血脉"也罢，只有全部通过健康体检，才有资格具备送电条件，才能言道 60 天的血汗付出值得。

5 月 25 日至 6 月 15 日，这 20 天就是变电室高试班检验结果的时间，距"6·30"送电已经开始倒计时。

对于荆建分公司变电室主任肖忠作和变电高试班班长刘飞等人来说，那 20 天如同经历的另外一个世界。

高压试验属于带电试验，为了安全必须在现场没人的情况下进行。每天等现场各类施工人员全部退去，留给他们的只有夜深人静通宵达旦。

荒郊野外的工地，四野寂静中传出一阵又一阵放电声，乍一听有点毛骨悚然。

"嗞嗞嗞嗞"，放电声随着电压升高，开始越来越大。循声而去会看见闷热的设备室，还有一堆蚊子和八个人，黑夜中八个衣服湿透的身影，正在全神贯注捕捉着空气中的放电声。

"我们在听胎心，整个高压试验过程，我们像在做胎心检验，我听到的胎心就是正常的胎心……"

听到肖忠作说这句话时，我居然忍不住有些感动，我想他之所以有此比喻，也许是在建设这座变电站中他们倾注的心血远胜于以往任何一次吧。无论什么人，对于自己倾注过心血的事，多多少少会有点不一样的感觉吧。

我毫不怀疑那些令我恐惧的放电声之于他们是如此熟悉、亲切。他们和它们，如同两个不同世界的人在互通信息。当它们发出那种稳定的、线形的声音时，他们知道它们是平安健康的。

回想 5 月 25 日进入高压试验时，肖忠作总感觉还有好多的事，心里总有说不清的忐忑。对于 6 月 30 日送电依旧不敢把握十足，心还像悬在半空。从开始试验，一夜一夜，从 220 千伏 GIS 设备、110 千伏 GIS 设备、10 千伏开关柜、主变压器、电缆前一一走过，一组一组、一台一台、一面一面、一根一根反复试验，反复聆听那种充满平和、稳定的声音时，他们的心终于开始一点一点落地，一次比一次踏实，一次比一次自信。

6 月 15 日，那是最后一组高压试验圆满结束的时间，也意味着设备全部合格。走出设备室，他们又一次看见东方的曙光，这一次他们感觉那是黎明的曙光，分明也是"6·30"来临前的 8 个月。比实现"6·30"送电目标又提前了 7 曙光。

吴家湾工程存在的价值和意义，不仅因为它是凝聚荆电人心血和智慧诞生的一座全新的变电站，更因为它的诞生检验了荆门公司打破专业壁垒形成合力的整体作战能力。

继高压试验后，信通中心、调度中心、监控中心接过最后一棒，再一次用通宵达旦打通了送电前的最后通道，为电流流通铺好畅通无阻的路途。

二

念念不忘，必有回响。期待的这一天终于来临。

工地第一次搭起了喜庆的帐篷，那是从未有过的画面。工会送来了温暖，后勤的餐车开进工地，宣传的镜头对准现场，党政工团同心协力将一起见证一个崭新的电能"巨人"的复活。

三天两夜，300 多项调度指令，5203 项送电操作，主变压器的声音终于缓缓响起，那是"巨人"的"心脏"，它跳动了，它的跳动意味着 220 千伏吴家湾变电站顺利诞生！

我郑重记录下这个时间：6 月 23 日 19 点40 分。

"心跳"的一刻，它那鲜活新生的"血液"开始奔流，向着需要它的地方，向着荆门国际能谷·锂电小镇千亿产业工业园区、荆门市高新技术产业园区源源不断地输送，为荆门市产业转型升级立起坚实的壁垒，插上了动力的翅膀。

此刻，面对这座新生的 220 千伏变电站，面对这座荆门主网主变容量最大，数字化、智能化程度最高的变电站，不妨一起做个回顾吧：

2021 年 8 月选址选线，2023 年 6 月投产送电，较常规工程减少 25 个月；

站址整体挖方约 11 万立方米，工作量是普通 220 千伏工程的 7 倍；

一次性投产 2 台 24 万千伏安主变及相应的配电装置，安装和调试是普通 220 千伏工程 1.6 倍的工作量；

光控缆、预制光缆、低压电力电缆、普缆、网线、尾缆的长度超过 65 千米；

从 2022 年 9 月破土动工到实现送电，仅仅 10 个月，比省公司里程碑"12·30"送电提前整整半年。比正常建设一座 220 千伏变电站时间提前天。

还记得在掇刀区发改局采访副局长罗继奎

和能源科主任王锐时与他们有过一段对话，我将原话摘录如下：

"最初定下 6 月 30 日送电目标，看似如此紧迫，你们是否有过担心？"

"没有！"

"为什么？"

"因为只要是供电公司做出的承诺，他们就一定会做到。"

文章最后，我还想起肖忠作与我的一番对话，那是他自己对参与 140 天提速奔跑作出的心里总结。他坦陈，有身体的疲惫，精神的负荷，不可否认还有精神的成长和收获。直到跑到目的地他才真正懂得，为什么要把红领党课搬到工地上，把工地当作课堂和练兵场。为什么从建设之初公司领导对参建者反复强调一个词"坚定意志"。

为了如实还原，我依旧将他的原话摘录如下：

"我反省自己，实际开始真的没有那么坚定，有过怀疑和动摇。当人的意志不坚定的时候，就会影响行为和心态，觉得反正是不可能实现的目标，就不会去主动想那么多办法。但是坚定意志就不一样，就算知道不可能实现也要想办法实现。为什么郑琳总、陈晓彬书记他们反复说着'坚定意志'？这并不是口号，而是一种积极的心理暗示，暗示可以推动我们自己进入自信的信念中。整个环节，如果没有坚信'6·30'的意志，'6·30'的目标可能真的完不成……至于为什么要把红领党课搬到工地上，把工地当作课堂和练兵场，我觉得是因为只有在真实生动的一线才能让人的精神接地气，才能让思想的根扎入泥土生长。"

肖忠作的话真诚、朴实，他说出了许多参建者的心声，也说出了我的心声。时至今日，我们可以得出一个结论：吴家湾工程建设的不仅是一座变电站，更是一种精神，一种坚定意志迎难而上的精神。可以肯定地说，无论是单位，还是个人，只要具备了吴家湾工程建设的精神力量，从此面对任何困难，定然无往不胜。

（原载人民日报出版社 2021 年 7 月出版的《热血作证》一书）@

李萍：
捕捉时光缝隙里的文字

　　李萍，长阳土家族自治县作协副主席、中国电力作家协会会员、湖北省作家协会会员。著有《秋涩》《我听闻，你始终如一》《清江一曲绕山青》《为江城高擎明灯的人》等。《我听闻，你始终如一》获 2015 年湖北省电力公司职工优秀文学作品评选散文类三等奖，《清江一曲绕山青》获"电力故事 家国情怀"庆祝改革开放 40 周年主题征文散文类优秀奖。

我一个小女子，天生畏怯，不比大家们，从小英雄虎胆，笔尖征战，但也能有自在翱翔、纵横驰骋的广阔天地。我将一颗心躲着，在时光的间隙捕捉文字，码成自己的篇章。

小时候，我坐在母亲身边，看她的针尖在尺幅游走，百花齐放，翩翩蝴蝶起飞，很是着迷，可她却说：这些是绣花枕头，花无正果，闹热于先。

耕耘于三尺讲台的父亲训导：一砚浓墨，一卷宣纸，挥毫泼墨，芬芳一路，德光一束。

那时候我不懂，母亲是用一针一线绣长了缤纷的日子，填补生活。父亲是想和着母亲绣花之香，嵌入娴静的灵魂。

日子向前。仿佛闹热和娴静都跟我没有关联，我不懂，也不探索，因为我很忙，忙着游戏，忙着识字，忙着算术，忙着长大……

太阳当空照，花儿对我笑的日子，老师开启了课堂念范文的习惯，于是我家黄猫的趣事，我的新年欢愉都被大声地念叨开了，我的心有点荡漾，有些涟漪。

种小小种子，开小小的花。往后的日子，我小小的秘境花园里开出了小小的花。

实习的那一年，我19岁，父亲来到我的实习单位，指着一则"全国青年写作大赛征文启事"给我看，意思是要我试试！载着父亲满怀的期待，伴随着我对文字的热爱，我连夜创作了一首小诗，用钢笔誊正，按地址寄出去，算是完成父亲的指示。

不承想，两个月后，我收到了一个获奖通知书，被告知该作已经入选《校园诗选》。当时，我真是欣喜若狂。后来，在我等待毕业分配的暑假，被约了一次诗稿，我稚嫩的笔墨竟然也有幸编入《当代新人优秀作品评析》的诗歌集。这就是对我这个新人最初的鼓励，算是开了一个小花骨朵。也因此，开启了我追逐文字的梦，我每天在笔记本里涂抹着属于自己的诗行，并且，我爱她，一度痴狂。

梦归梦，可回到学校后，要应对各种考试，写毕业论文……再往后，参加工作，为人妻、为人母。

生活中的琐碎，离间了我与文字的纯情。这一间隔差不多有 10 年的时间。我疲于为生活的琐碎而奔波。

网络写手创作属于自己的文字世界的时候，我重启存在心底的文学梦，开辟了自己的一些小天地，这时，各大网文网站群雄逐鹿，好不热闹。越来越多的读者通过网上阅读的方式浏览网络文学作品，而众多的网络写手也都蜂拥而至。一时间，网络文学的影响力与日俱增。我建立了自己的网上写字间，偶尔将自己感觉写得不错或是文友们觉得好的作品发在"红袖添香"或是"榕树下"这些网络文学平台，读者开始慢慢增多。

无数个深夜里，我在自己的世界，凭着对生活的敏感，用朴素的词句默默耕耘，竟然也赢得不少网上文友的支持和喜爱，基本上有一个小圈子，我们随意互动点评，仿佛天下只有文字和文友。曾经有一个文友，书法也了得，

无论是我的诗歌还是散文，这位文友都抄写了扫描后发给我，给我很多鼓励。只是，网络的虚拟和现实的碰撞有些不堪，让我适时退让了。

我的文字，再次被搁浅，零碎一地。

好在 2009 年春天，县作协主席凭我在人民网、新华网等媒体和几个文学刊物发表的一些文字，推荐我加入了市作家协会。我再次拾起了文学梦。

回顾我写文字、追逐文学梦的这些年，有白昼黑夜的颠倒和整夜的沉醉。有无数次的欣喜若狂，无数次的痛定思痛，但总算颤巍巍地走了过来。花儿总在阳光下展示着最迷人的身姿，而文学情结却在最难忘的记忆中一点一滴闪烁。在自己的写字间里，总算可以平均数日"露面"一次来解说我对文字的爱。

抑或，那宁静而安详的夜晚，一句并不经典或不精美的句子，并着一个常用的符号，就触发了久违内心的萌动，让我感受到了一种从未有过的激动。心发出声响，眼睛感到光亮，一切都在吸引着我，靠近我，像是一颗种子经过了春雷雨露，"唰"的一声破土而出，我几乎天天守候在电脑面前，眼前浮现许多难以忘怀的画面：忘不了，那初见的青涩、单薄与孱弱；忘不了，我的认真与执着；也忘不了，夜

深人静时我还在咬着指尖苦思冥想；更忘不了，无论风雨或是烈日，所有编辑的自己的作品：或美、或丑，或惊喜、或懊恼。我从写稿到配图，从编排到不断修改直到发表，我字斟句酌，反复推敲……共计几百篇文章。它们不仅是我撰稿的心血，也是朋友们支持所得的甘露。

它是辛勤劳动的结晶，更是我依赖文字，对文学梦的追逐。

在向前的路上，我也清醒地认识到，自己离各位支持我的朋友的殷切期望还有很大差距，在内容的创新与发展上还有很长的路要走。

而机遇，就是点亮我学习、工作和生活的火种。

2014 年，从省公司赵志荣老师第一次打电话指导我写作开始，我每年都有机会参加省公司工会组织的文学培训学习、文学采风活动、文艺沙龙。从《湖北电力报》副刊编辑胡成瑶第一次约我写《我的父亲母亲》、红梅姐姐亲自帮我改《秀儿的西兰卡普》，到徐建国老师带队我们到省内"三县一区"进行"国网阳光扶贫行动"采访……这些往事历历在目，仿佛就在昨天，我在这个文艺之家感受到了温暖。

2017 年，我有幸参与了首届"鲁迅文学院电力作家高级研修班"的学习。随后，经过多次学习的我增加了一些自信。

知恩图报，我之后更加努力在业余时间创作，先后创作了《冰雪虽寒，温暖有你》《狗子不咬电工》《清江一曲绕山青》等电力题材的散文。2019 年，还有幸代表湖北电力参加"湖北省第四届青年作家创作会议"。2020 年，我有幸被省公司点名写武汉公司的报告文学和参与书写湖北电力的抗疫报告文学等，我觉得自己曾经受到过那么多次的培养，到了我应该回馈各级公司的时候了。作为一个基层文艺爱好者，我有一种活在当下的使命感、责任感和意义。

特别是 2020 年，让我终生难忘。我清楚地记得 1 月 24 日，是农历 2019 年除夕。它在我匆忙的脚步中来了。中午，我终于放下这一年里最后的工作，腾出手来，戴好口罩。一路飞驰，与在邻县的家人们团聚。

1 月 25 日晚，警笛声、救护车的声音不停地响起……就在我家对面，是一个确诊病例收治区某医院。我不承想过，还在惊觉中！这病毒就在我身边了。

此后，白天，救护车常常悄然停在对面的马路上，穿戴防护服"全副武装"的医护人员拿着病人的片子从侧门出入。

救援物资，被穿着防护隔离衣，戴着护目镜和手套的工作人员，从大型厢式货车上卸下。我站在家中的洗手间里，可以清楚地看见。

夜里，还有氧气瓶和马路的摩擦声，划破了寒夜中的沉静……我躺在温暖的被窝里不寒而栗。

1月29日，农历正月初五。当我跟随公司送防护物资的车，去采访正在为疫情留观点新建台区的同事时，我上车后和驾驶员黄师傅说的第一句话就是：从此以后，我们就成了生死之交的"战友"了。他隔着口罩很认真地和我说：就是生死之交的"战友"！

从湖北长阳土家族自治县的最东端到西端的榔坪镇疫情留观点，我们选择了通往榔坪镇最快的道路，同时也是沪蓉高速公路连接318国道重要交通出入口的"长阳"入口。通过时首先准备好单位外出证明，排队等待交通警察和医护人员的检测，出示出行证明、驾驶证、测体温、登记身份信息……检查一切正常，才能驶入高速入口。

行驶在连接我国东西部的沪蓉高速上，我们穿着防护隔离衣，热得身上渗出了汗，一路不敢开空调，也不敢喝水，几乎没有怎么说话。一路上，来往的车不过三五辆，基本上是贴着标

语送增援物资的车，或医护车辆。完全没有往年沪蓉高速在此段路上几十公里大量的车流拥堵缓慢前行的景象。每个高速路口都有疫情防控的医生测量体温，警察检查通行证件，十分严格。我是一个基层通讯员，也是一名共产党员，曾经多次在冰雪、洪涝灾害现场采访，从来不畏惧，但是没有哪一次出去采访时，心里是如此难过。

一路上，我在车上用自拍杆将手机支撑在车内小小的空间里，拍摄记录着……

"此段100公里，隧道80公里！"黄师傅一路自己提醒自己，"急事不乱己，安全占第一！"

好在，一路上车辆寥寥无几，仅仅行驶了1小时就抵达了榔坪高速出口。

再次接受系列检测后，黄师傅在高速出口加满了油。我们才向疫情留观点施工地进发，这时已经是下午3点多了。在疫情留观点的施工地，我看见仅仅戴着口罩，没有其他防护品的同事们正争分夺秒地抓紧施工。供电所长秦建军走出施工现场接过黄师傅及时送到的防护隔离衣、口罩，连声对我们说"谢谢"，我也不由自主地连忙说"谢谢，谢谢你们"，那一瞬间，我看见他的眼中涌动着一抹温暖的微笑。

我知道他深知这个时候公司弄到防护隔离衣的不易和及时送到施工现场的温情。

眼前，大家正紧张地施工作业。突然，吊车吊臂因为施工现场一个大水池的制约再也无法将变压器提升到还差15厘米的位置。"搞！就用这两根木棒，大家合力，我就不信还搞不到位！"正在大家想办法时，有同事说："万一不行，我们就8个人齐肩硬抬着'这1吨半'（变压器）一厘米一厘米地挪，也能到位。"

"一，二，起！"10厘米，5厘米，1厘米，大家利用圆木滚动随着节奏渐渐地靠近了变压器固定装置，对准四方的螺柱和螺孔，大家齐肩抬起变压器稳稳落下……聚是一团火，散是满天星。几位同事身着红马甲在阳光照耀下格外醒目。几分钟的凝聚后，他们都顾不上擦一擦汗，又回到各自的位置，接着干……

这个景象，虽然已经过去3年了，但始终走不出我的记忆！

记得我当天连夜写出《穿防护服的白衣独行侠》《五个半小时留观点的电供上了》两篇文字稿件，还有视频和两个图片新闻，分别投给《中国电力报》《国家电网报》《亮报》和国网湖北省电力官方微博和湖北日报客户端。第二天，《中国电力报》就发表了我写的现场通讯《五个半小时留观点的电供上了》，接着头版、二版也刊发了我的照片，给了我很大的鼓励。再后来，《国家电网报》等媒体相继发表了我当晚写的文字稿和图片新闻。

一方有难，八方支援。湖南湖北一衣带水，一江之隔。新冠疫情发生后，国家电网公司在第一时间行动起来，充分发挥集团化运作优势，将洞庭湖南北的国网供电人调动起来，以全公司资源全力支援湖北疫情防控前线。

我因此也到长阳土家族自治县新冠肺炎定点救治医院抗疫保电现场拍摄，当时我们紧张到不知道应该在什么地方换隔离服，因为大家没有经验，在医护人员的指导下，我们才穿好防护隔离衣，戴上N95口罩、手套等防护品，在中医院急诊区左侧门不时有穿着防护衣，戴着口罩、护目镜，穿着鞋套等全副武装的医护人员走过，他们有的提着药箱，有的拿着患者检测的片子……

电力保障是疫情防控、医疗诊治的重要支撑之一，要与其他保障工作一样听从指挥，才能形成合力打赢疫情防控阻击战。由于中医院的配电房设在二楼，应急发电车停在一楼，为后期抗疫保电做好准备，应急电源要从一楼把电缆线接入二楼，就在离确诊病人收治区不到

30 米的地方，不时有医护人员进出，当时长阳确诊病例达到 50 例（也是最高峰值），当保电人员在配电房区域工作，详细了解其供电电压等级、供电线路、主供电源、备供电源、用电负荷等情况时，我一直跟着他们拍摄，他们与平时的工作速度完全不一样，我要努力奔跑才能抓拍得到镜头，而且他们全程不怎么交流，都是默默地配合安装接地桩、敷设电缆线……我楼上楼下满场跑，加上当天天气晴朗，防护隔离衣穿着十分闷热，我累得满头大汗。

采访结束，离开时要到专用区消毒、换衣，一系列的防护措施，都是一步一步认真地按规定来，最后消毒相机时，我都怀疑它被消毒液给浸湿坏掉了，随身带的纸巾不够用，就掀起衣角擦拭外部，直到干净后才放下心来。

晚上，又电话采访驰援人陈文乾，他说："自启动新冠疫情防控以来，我们省公司就积极组织支援湖北抗疫保电预备队，随时做好驰援湖北的准备。作为一个共产党员，我觉得自己就应该冲到抗'疫'线上，我的父亲和妻子都非常支持我来为湖北，为长阳的兄弟姐妹分担一些!"他们一行三人都是主动请缨奔赴"疫"线的。

我被国网湖南电力公司的驰援和他们的精神感动着，再次连夜写出《昨日千里驰援，今日抗战"疫"线》发在电网头条上。拍摄的图片在《中国电力报》的头版刊发。

2 月 28 日晚上，接到公司领导的电话：省公司点名要我写一篇关于武汉供电公司参与建设火神山医院、雷神山医院以及方舱医院的报告文学。我顿时感觉压力山大，一是因为我不是很了解情况。二是因为不是现场面对面采访，我习惯现场采访后写报道。三是时间紧迫，编辑要求尽快完成。

我立即就投入了阅读素材和搭构框架模式。

3 月 4 日，我的文稿结构，内容腹稿基本成形时，我首次约被采访者进行电话采访。当天分上午、下午和晚上 3 个时段分别采访。

第二天，我准备开始写《为江城高擎明灯的人》。然后接到通知，跟拍湖南驰援队抗疫保电工作，再次在上午和下午两次去中医院，并连夜整理照片发给湖南驰援队的公司宣传人员。

当时我心急如焚，努力调整自己的状态。

不时有我们公司供电所的同事给我传素材，必须尽快报道；不然又过了时效，采访中断。

我急得如热锅上的蚂蚁，但也丝毫改变不了眼前的状况。

我索性白天都忙公司的工作任务，晚上抓紧时间写武汉供电公司参与建设医院的报告文学，常常忙到凌晨。

3月初，长阳疫情逐渐稳定，去长阳首家复工复产企业、春耕春播保电、巡检线路和设备、光伏扶贫电站等现场采访和拍摄，是我在公司担任宣传工作的重要任务，我也不能放下。

就这样，我在时间的缝隙里捕捉文字。3月11日，我终于按编辑要求的最后时间完成报告文学《为江城高擎明灯的人》并传给编辑。后来根据编辑的指导要求又添加修改部分。其间，我还应征写了《脊梁》版的《为江城高擎明灯的人》。直到该稿3月27日在《国家电网报》整版刊发，我都处于一种特别紧张忙碌的状态……

3月28日，时任国家电网有限公司董事长、党组书记毛伟明指出："这篇材料写得生动、形象，展现了国网公司奋战在抗疫第一线的党员、员工关键时刻冲锋在前、迎难而上的英雄气概和可贵精神，为打赢疫情防控的人民战争、总体战、阻击战增添了满满的正能量和暖色调。"引起社会及行业内的高度关注，全面展示了电力企业不畏艰险、全力抗疫的奉献精神。此后，学习强国转发。5月11日，《人民日报》13版政治版导读、《学习与研究》杂志刊发。

5月，我因参与写湖北电力抗疫的报告文学，到了火神山、雷神山医院，也见到了陈世雄，他当时穿着工装和同事们从车上卸工具，冲我打了个招呼，不失礼貌地笑了笑，个子并不是高大威猛的英雄形象。我见到石训超，采访他时，感觉他总是用平和的语气低调地讲述，这让我的内心起了不小的波澜，原来！英雄们是用平凡铸就了他们的不平凡。7月4日，毛董事长到长阳调研，我在现场拍照，当他摘下眼镜看我拍的扶贫照片时，了解到照片的拍摄者就是《为江城高擎明灯的人》的作者时，他主动与我握手，并鼓励我！我当即表态：您的批示肯定对我是莫大的鼓舞，我一定会继续努力，把国网的战略宣传好，把国网的故事讲得更好，把国网的形象拍得更美！在当年的记者节上，我还把这一段话送给系统内所有的通讯员，与其共勉。

就这样，在写作路上，我一直被鼓励着，和很多的文友共勉、同在。2021年至2022年，我创作的报告文学《为江城高擎明灯的人》先后获得第三十五届中国产业经济新闻奖一等奖，湖北省首届"红色印记"报告文学奖一等奖，第十届湖北产（行）业文艺楚天奖（展览、文学类）入围作品和国网湖北省电力有限公司第三届职工文学创作奖评选报告文学类一等奖。《曾祖父的铁锤》获国网湖北省电力有限公司第三届职工文学创作奖评选散文类二等奖，在庆祝中国共产党成立100周年"丰年风华·光明颂歌"征文中获三等奖；《土家山寨的阳光收益》获湖北省首届"红色印记"报告文学二等奖；《张德安：阳春布德泽 安业在永耀》获湖北省电力有限公司2022年档案主题征文评选一等奖。诗歌《灯》荣获国网宜昌供电公司"喜迎二十大 永远跟党走"职工文化作品展诗歌类一等奖等奖项。

"文章合为时而著，歌诗合为事而作。"衡量一个时代的文艺成就最终要看作品，这些年，我虽然没有什么成绩可言，但我在时间飞逝间，从19岁开始发表第一篇诗歌至今，春秋无数次叠加，工作之余，我穿行在时光的缝隙里捕捉文字的碎片，填补我的生活。文字就像一碗参汤，滋补我，让我元气满满。

时间有刻度。日子越过越长，物质的、精神的，都不可或缺。这些年，尽管我的年岁日渐增长，可我的文字仍显得稚嫩和蹒跚，但创作路上的光照有温度、亮度。时间承载着记忆和感动，我将铭刻于心，涌溢笔尖，永生不忘。

（原载湖北日报客户端2024年4月）@

李萍作品

为江城高擎明灯的人

雄踞江汉平原的武汉，由长江串联起武汉三镇。辽阔的空间里，三镇隔江鼎立。

悠邈的时间,武汉承载着历史烙下的印记：武昌起义的第一枪，辛亥革命的第一把火。武汉曾被战火摧毁，被洪水围困，但屡毁屡建。武汉自强不息，每一次在艰难困苦中求生，都强壮了它的精神根脉,催生出奋发创造的活力。这种精神也渗透到每一位武汉人的骨子里。

武汉，是一座勇于面对困难并不断战胜困难的城市。这一次，它面对的却是一种新型病毒。

2020 年 1 月，新冠疫情暴发。

1 月 23 日,农历腊月二十九。武汉"封城"。

武汉"封城"是一个史无前例的大事件。一座千万级人口的大型城市要维持两个多月的基本稳定，也是一个史无前例的奇迹。疫情蔓延，武汉不得已采取这种壮士断腕的措施。然而，在抗疫的最前线，除了医护人员不畏艰险、

不怕牺牲之外，这座城市还有一群光明的卫士，他们在黑暗的时刻高高擎起了明灯。

精兵强将攻"神山"，同心协力齐担当

"封城"后，国网湖北省电力有限公司第一时间就应对疫情做了部署，要求全体干部员工迎难而上，团结协作，共克时艰。电力公司将全省的发热门诊、定点救治医疗机构的供电实施 24 小时监测，并采取重点巡检和驻点保电相结合的方式，全力保障可靠供电。

1 月 23 日，武汉供电公司接到武汉市疫情防控指挥部下达的火神山医院电力工程建设任务。领受任务后，武汉蔡甸区供电公司总经理胡浩的大脑就像过山车一样急速运转。

施工环境差！

火神山医院现场施工条件差，施工场面复杂，基建和电力交叉作业难协调。

施工条件再差，有 20 世纪 60 年代湖北人在悬崖上一尺一锤凿建"绝壁天河"时的条件差吗？

施工时间紧！

正常 20 天左右的工期必须压缩至 5 天内完成。

一天一班干 8 小时，那就分班轮流干。

一天干 24 小时，在 24 小时中再抢夺一些时间不行吗？

人员调集难！

当时，务工者返乡过年，无法短时间大量调集施工人员……

人员调集难，那就延长工作时间和调整工作班次不行吗？

一阵头脑风暴过后，扛着山一样的压力自问自答的胡浩很快沉静下来：干！快干！！迅速干！！！

"陈斌到岗！"

"王波来了！"

"我们来了……"短短几小时，51 名党员纷纷亮出身份，主动请缨。

"走，我们先上工地，今天的任务是拆除主供线路，以保障大型机械设备进场！"胡浩抓起安全帽，和分管生产的副总经理陈斌一起疾步走出办公室。

这时，雨偏偏来了，湿冷阴寒。雨裹着风卷地而来，穿过走道。风掀起了胡浩棉衣一角，他裹紧了棉衣，将安全帽的锁扣又紧了一格。风携着雨，落在安全帽上，又飞溅了出去……

"我看您还是回去吧，这个时候，可不能感冒了！"陈斌建议他自己带着施工人员去现场，让胡浩在单位坐镇。

这阴冷的雨，是可以躲开，可武汉人却躲不开那股"疫"寒。"疫"寒藏在雨里了还是藏在风里了？即便是躲在温暖的屋内想想也令人浑身瑟瑟发抖。

胡浩不喜欢这雨，雨里像是带了把刀子。"就是现在下的不是雨，是刀子，我们也要完成任务！"胡浩说。

在这个雨夜，胡浩在风里在雨里，在火神山医院的建设现场指挥。陈斌带领 60 多位经验丰富的电力工人一鼓作气，仅仅用了不到两小时就拆除了主供线路。

"没有任何线路碍事了，这完全能保障大型机械设备进场！"陈斌和同事们拆完最后一根线路才松了一口气。

这时候，通知又到了，他们还要加紧完成一条 10 千伏线路的迁改工作。以往，一条这样的线路迁改至少要用 3 天时间。

雨，还在继续下；风，也没有停。他们风雨兼程。

时间紧，任务重，陈斌带着施工人员连夜奋战。

深夜，风更加凌厉了，吹在脸上如刀割一般，生生地痛。这一夜，风雨、泥泞，他们奔跑着，呼喊着熟悉的名字，相互鼓励着完成一个接一个的任务。

没有一个人喊苦喊累，也没有一个人请假掉队。直到黎明来了，前来支援的 200 多位工友来了——土建 50 人、设备安装 130 余人、后勤保障 60 人。

在陈斌的调配下，大家各司其职，全身心投入建设中。

施工实行 12 小时倒班制，可时间太紧了，人手还是不足，他们每个人几乎都是 24 小时日夜赶工。即便是中午吃饭的工夫，各部门负责人也会聚到一起交流沟通各部门的最新进展。没有一个人有半点不好的情绪，更没有一个人想退缩。

"快点，再快点！"这是每个人挂在嘴边的话。

"病魔它是不会等的！"也是每个人心里

都明白可就是不愿说出的一句话。

"每时每刻都紧绷着。"陈斌和他的施工队伍的心情也如武汉的天气一样阴雨连绵。泥泞的施工现场没有任何电力建设基础，四家施工单位又要同时交叉作业，好不容易挖到一半的通道会因其他家的施工作业而暂停或从头来。

"大家都担心不能如期完成任务。"这是火神山医院施工现场各类作业人员心中所想和心中所急。

每临大事有静气。胡浩十分清楚现场各家的想法。他不断给大家打气："现在，我们能做一点是一点，起码把电先通到离医院最近的地方。"接下来，电力施工人员就时刻关注基建施工单位的建设进度，不分昼夜地推进变压器和电缆管群的安装铺设。

1 月 26 日，武汉供电公司收到变压器安装和管群廊道施工的正式通知。刻不容缓！

蔡甸区供电公司安监部主任王波更担心的是现场施工安全。本来，他还预约了 1 月底做直肠手术，可遇到这样的情况，他自动忽略了自己的病痛，从开始就坚守在建设现场。盯着施工进度、后勤保障、安全作业的每一个环节，守护着现场 200 多名施工人员的安全。

当天晚上，武汉的气温接近零摄氏度。连绵的阴雨中，刺骨的寒风中，冰冷的泥坑里，电力施工人员连夜吊装 4 台 10 千伏环网柜。

现场到处都是泥，到处都是积着水的洼坑，施工人员根本看不清楚电缆沟的情况。为了加快进度，王波一下子跳进冰冷的泥浆中，泥浆瞬间灌满了他的鞋子。他双手浸泡在泥浆里，摸摸索索地扯出了电缆线，并使劲往外拖拽，他在泥浆中一拖拽，就是十多分钟。当王波被同事硬生生地从电缆沟里拽上来时，他两条腿冻得已经麻木了，站不稳，又摔倒在地。他下意识地用手撑地，顿时，手也失去了知觉……同事赶紧扶他站起来，在风雨中一步步挪到可以歇脚的空地上。

"老王，快回家换件干衣服。"同事们催他。

"快把鞋脱了，换我的鞋穿。"一个年轻同事硬是要他穿自己的鞋。

"不用担心，现在争分夺秒抢进度。我是退伍老兵，再难的山头也能攻下来，再不好挖的地道也得打通！"

王波找了一瓶水简单冲洗了一下积在鞋里的泥沙，拧干了裤腿上的泥水，又奔到电缆沟边。这天夜里，他穿着泥衣在火神山施工现场一直战斗到凌晨 3 点。

200 多人的施工队伍，24 小时随时待命！火神山医院基建施工方只要交给他们一点能施工的地方，他们就立马齐上阵，奋力向前推进度。常常是凌晨 2 点多才收工，清晨 5 点多又集合了。工地上，建设到哪里，他们的电缆就铺设到哪里。全程跟紧进度，全程没有一分钟的耽误。

胡浩说："这是一条救命电力线，不容丝毫差池。"

施工人员集中管理，在此期间吃住全在工地，避免与家人接触，并常态化地接受身体健康监测，以便有情况及时发现。后勤保障人员确保施工人员的口罩、手套等防护用品及时足量供应。200 多名施工人员没有发生一例感染。

为了施工人员能吃上可口的饭菜，蔡甸区供电公司安排管理人员轮流到食堂帮厨，即使财务、人资等部门也不例外。他们不仅要妥善安排本单位电力施工人员的吃饭问题，还要安排兄弟单位的电力施工人员就餐。

"大家每天工作时间比较长，施工环境恶劣，一定要让大家吃好。共同抗疫、共渡难关，不分彼此、不分你我！"胡浩同样也非常心疼兄弟单位的同志。

就这样，争分夺秒、相互温暖、相互鼓励、齐心协力，5天夜以继日地连续奋战，蔡甸区供电公司累计出动施工人员1900余人次，各类施工车辆290余台，敷设了高压电缆8000米。

1月31日23时49分，火神山医院24台箱式变压器及4台环网柜开关电源指示灯相继闪烁。火神山医院电力工程施工完成，顺利通电。

在火神山医院建设的同时，雷神山医院同步开始建设。

武汉供电公司接到武汉市防疫指挥部下达的在江夏区建设雷神山医院的电力工程建设任务，承诺三天送电！

1月25日，武汉江夏区供电公司也开始了一场与时间竞速、与"疫魔"赛跑的战斗。江夏区供电公司细化保障措施、筹措电力设备物资、优化供电方案，成立临时党支部。300多名突击队员快速推进电力工程建设。经过三天三夜的努力奋战，1月29日18时23分雷神山医院通电。供电公司兑现承诺，按期完成全部电力配套工程建设。

江夏区供电公司昌源分公司输变电工程部副经理石训超说起这次任务，最让他记忆深刻的是："我们单位的陈家胜，从山坡街骑自行车半小时，又搭乘一段私家车然后步行走到单位……"

53岁的老党员刘冬华是雷神山医院电力工程建设负责人。大家施工期间都戴着口罩不方便辨认面容，他说话声音不得不"高八度"。一天大嗓门"吼"下来，他嗓子哑了失声了。

江夏区供电公司电网建设管理中心项目经理李俊负责组织协调工程物资。湖北各地"封城"，工程设备运输困难。他的电话几乎"打爆"了，四处找人协调，先后从3个不同地市的5个厂家组织运回28台变压器及相关设备。

江夏区供电公司副总经理董怡浪是一位协调高手。雷神山医院施工建设高峰时期，水、电、气及基础建设十多个专业几千名施工人员、近百台机械设备同时作业。为了加快电力设施建设进度，他现场协调13个施工点同时开工，大大加快了施工进度，为下一阶段施工争取了时间。

"一，二，走！一，二，走！"工地上，王刚带着20多名队员，扛着一条100米长的像一条长龙似的电缆慢慢前行。号子声声，他们肩扛杯口粗的电缆线一步一步生拉硬拽地往前挪，然后缓缓地放在敷设位置。一趟下来，每个人背部都湿透了，肩膀酸疼。

同事看着正生病的王刚大口地喘着气，担心他："你这样，是玩命！"他回答："这时候不拼命，什么时候拼命？"

石训超说，让他感动的事和人太多了。几百号人，每个人都在卖力地赶工期，他们的故事真是说也说不完……

疫情形势严峻，2月4日，武汉市政府决定集中收治和隔离"四类人员"，即确诊患者、疑似患者、无法排除感染可能的发热患者、确诊患者的密切接触者。武汉市的方舱医院、隔离点等重点供电客户一下子从最初的63个增加到534个。

时间紧、任务重、配套电力设施建设要求高，武汉供电公司迎难而上，及时调整保电策略，采用第七届世界军人运动会保电的战区主战机制和经验，使人员分工有序，各司其职，让每一项任务落实到人。

施工期间，武汉供电公司无条件地完成了湖北省防疫指挥部下达的方舱医院等69家客户配套电力工程建设任务，新增变压器88台、环网柜22台，敷设电缆、护套线近60千米，累计投资1.09亿元。

运维这些供电设施有压力，武汉供电公司就编制实施了132个供电应急处置预案，"一线一案""一户一策"1639项，尤其是对重要客户，他们采取精分类、细管控的办法。

方舱医院内部人员密集，存在一定的安全用电隐患。武汉供电公司采取主动发声、提前预警的措施，推行"5+1"服务模式，即"制定一套供电方案、开展一次用电安全检查、下达一份安全隐患通知书、进行一次全负荷试验、发放一次安全用电指导书"和每天"零报告"制度。

军功章，有你的一半，也有我的一半

"在火神山医院建设的工地上，我们的工作餐是蔡甸区供电公司食堂提供的，是和他们同吃同在一个工地战斗！"与蔡甸区供电公司一起努力在火神山医院现场完成电力建设的陈世雄，今年42岁，他是土生土长的武汉人，是一名共产党员，还是武汉供电公司华源输变电公司变电二班班长。他们班组在这次抗疫中负责保障电源照明。

他清楚地记得，1月23日，农历腊月二十九。他只是下楼去买点年货，回来就看到妻子正在匆匆忙忙地收拾衣物，装箱，准备出门。妻子是武汉武警医院的护士。妻子顾不上坐下来好好和他说话，就匆匆说了几句。陈世雄只听到零碎的几个词句：待命，赶赴一线，肺炎。

寒风细雨，天气阴沉，陈世雄心里一颤。他感觉离自己"出征"的时间也不远了。他觉得自己没有理由要求妻子留下来照顾孩子和老人，但是这时他多么想说一句："家里有老人和孩子，你要是能不去就好了，我不知道什么时候就得出发。"几分钟时间，他感觉过了好久，脑子里在飞转，把任何一种情况都想了一遍。最后，他快速调整心态，想用尽量平和的语气和妻子说话。妻子知道陈世雄想说什么却没开口，妻子也不说，就是叮嘱自己离家后家里的一些琐事。夫妻俩默契地回避着什么。

一只小小的黄色行李箱，一个红色小背包，一个装满洗漱用品的塑料袋，陈世雄看着妻子离开的背影，鼻子发酸，眼睛瞬间湿了。妻子看了他一两眼，没有再回头，转身拖着行李箱奔向武汉武警医院方向……这个铁骨铮铮的男人站在冬季的风雨中，好一阵子，强忍着憋回了泪水。他拿出手机，悄悄地拍下了妻子离开的背影，在朋友圈里发了一条信息："只能目送我老婆走向一线工作，放心，我会做好你的坚强后盾。"不舍、担忧、鼓劲、支持，他心里五味杂陈。

原本，陈世雄准备陪妻子趁春节假期回随州看望岳父岳母。岳母患尿毒症，常年需要透析。眼下，妻子这个春节是不能回去了，陈世雄心里万分焦急，只好把电话打到了岳父岳母居住的村子的村委会，请求村委会工作人员帮忙买药和照顾，并嘱咐他们隐瞒妻子去抗疫一线的消息，他怕岳父岳母为妻子担忧。

安排妥当岳父岳母，陈世雄又拜托母亲在家中照顾4岁的儿子。那天夜里，陈世雄失眠了。黑夜，城市陷入沉寂之中，焦虑、孤单，他觉得窗外沉闷的气息像潮水一样一遍遍地冲击着他的心……

农历腊月三十，早上8点，手机铃声响了，他看了一眼手机屏幕：8点30分准时到单位集合！准备去火神山医院工地，保障施工照明！和妻子一样奔赴一线，他早就准备好了。

出发前，他给妻子打了电话，电话没人接，又拨了微信语音，还是没人接。"她可能在开会，也可能在查床，算了，只能再说吧。"他将家里的情况跟母亲简单说了一下，就立即赶去单位。

没想到，接下来的连续四天，他都没顾上和妻子说一句话。

空旷的场地上，超过千人24小时轮班施

工。陈世雄和同事们一进入火神山医院施工场地，就被巨大的轰鸣声包围了。有超过百辆的工程机械车正紧张作业，挖掘机、起重机和推土机发出的声音震耳欲聋，重型卡车来回在泥泞中穿梭，留下一路车轮印记，压路机马上又去碾平车印……

"要让灯一直亮着，我们要保障施工人员晚上的施工照明！"1月25日，农历大年初一，陈世雄的班组上班时间是下午3点到次日早上8点，17小时。应急保障照明灯需要他们每隔2小时检查一次。夜里，冷雨又淅淅沥沥地下起来，偶尔一阵风吹过，雨点像冰溜子一样打在他们的脸上，灌进衣领里。陈世雄和同事们一刻也没有闲着，9个人要保障责任区的施工场地照明，需要每个人在不同的地方不停地巡检，以防止油料不足和施工时的意外破坏。

"眼观六路，耳听八方，当班的时候我生怕因为自己班组的失误而耽误了施工进度，耽误了病人治疗。"疫情形势日渐严峻，陈世雄班组和武汉市蔡甸区供电公司的供电保障队都不敢有一丝的松懈。每天，仅巡检设备，他们的工作量就已经超负荷了。为了保障施工电源万无一失，保障工地用电安全，他们如履薄冰，战战兢兢，生怕哪一个环节出一丝差错。

时间就是生命，时间就是速度，时间就是力量。

夫妻俩都在武汉，都在蔡甸区，都在一线，但就是没有一刻时间说句话。陈世雄的眼睛像被胶水粘住似的盯着火神山医院建设照明现场，妻子的手机在工作期间不能带进病房，他们根本没有机会联系。1月27日，农历大年初三，轮休的时候，他打开手机，发现各种关于疫情的消息铺天盖地而来，他的心一下子提到了嗓子眼。他试着拨打妻子的手机，这次，妻子接听了。妻子状态还好，陈世雄心里踏实了许多。

"哟！嗬！哟！嗬……"陈世雄班组临时受命到雷神山施工现场指导协助工作。他和同事共9人，每人手握8磅重的大磅锤，随着铿锵有力的号子声，抡起大锤，硬是将2米长的接地桩夯进1.5米的地下。

以往，安装接地桩这些活都是土建承包商的施工队负责，和电器安装不搭边。当时仓库里没有成品，到其他单位调配时间上也来不及。做接地桩需要角钢，可仓库里没有现成的角钢。陈世雄和同事商量后当即决定："我们干脆自己动手做。"他们将6米长的角钢改成3根，每根2米。56根角钢做好后，他们再一锤一锤地夯进地下。

聚是一团火。这火催得他们很快就做好了 56 根角钢。手中的大锤一下下砸在角钢上，一滴滴汗水也浸湿了毛衣。

"真没有想到，抡起大锤的时候，我们还能那么从容、娴熟。"陈世雄有些欣慰又有些心疼地说。班组里最年轻的队员要数董园，本是凭电气技术吃饭的他平时很少有抡大锤的机会，但他抡起大锤来干净利落。高高举起，用力夯下，没有半点退缩，一锤一个准，帅。角钢被深埋地下，他们没有一个人的毛衣不是湿透的。

让陈世雄最心疼的要数班组里的电焊工王斌。他因车祸左盆骨骨裂，先后做过几次大手术，平时走路都还不太方便，更不能搬、抬重物，也不能长时间地蹲着。然而，这些天他一直跟班作业，一天都没落下。他焊接技术好，但因身体受限，陈世雄就要他指导和监护其他同事干，但他每次都挑起了焊接的大梁，从不懈怠。每次看到王斌又拿起了电焊枪，陈世雄都会心疼，他心疼这个早年丧偶、上有老下有小的汉子。想到这，他就觉得心里汪着泪。

1 月 27 日傍晚，时间异常紧迫，天刚擦黑，王斌一气儿蹲在地上赶工焊接，好久都未起身。

结果，焊接工作完成了，他根本站不起来了。他先用右膝跪地，然后借着手臂的力量准备站起来。陈世雄飞奔过去，从后面一把搂抱住王斌的腰，慢慢帮他起身，他心疼得嘴里"呵斥"："叫你别逞强，看你累得！""我没事儿，想想你老婆他们当医护的，每个人都是在拿命换命呢！我这点疼痛算什么？"王斌说。

每个武汉人都在努力抗疫，每个人也都在为武汉抗疫而努力。

陈世雄的班组 9 个人，每个人都全力以赴，像一辆开足马力的战车一直向前奔驰着……他们想早点毫无顾忌地站在蓝天白云下，行走在东湖绿道上。他们想着偶尔闲坐东湖边，揽落霞余晖，听雁啼鹭鸣，和家人、朋友享受逍遥自在的惬意生活。

时间紧迫，施工、吃饭、睡觉环境虽然辛苦、艰苦，但是这都算不上难，难的是上厕所。超过千人同时施工的大工地，上一次厕所排队就要 45 分钟左右。为了减少麻烦，他们尽量少吃少喝，减少上厕所次数。然而，最难的事是从 2 月 3 日晚上开始的。这时已经有部分病人进入火神山医院了。因为要协助兄弟单位施工，他们只能等病人入院后再进去帮忙施工。在这种情况下施工，时间按秒来计算，感染的风险极大。他们也是二话没说，上！一边施工，一边消毒，一边防护。平时施工，大家都大大咧咧、说说笑笑，这时同事们都异常安静，异常小心。为了减轻大家的心理压力，陈世雄在下班回家的路上会跟同事聊聊新的电子游戏，有时候还会冷不丁地抽查一下大家的防护措施。

2月9日，还没有来得及休整一下，陈世雄班组又赶往雷神山医院建设现场保障低压电源。虽然和在火神山医院工地干的事情都是一样的，但雷神山医院32个病区1000多张病床要在三天时间内完成。24小时轮班值守，他们开挖电缆沟、敷设电缆线，再将电缆头熔接到箱式变压器。三天时间，他们几乎没有休息。2月11日晚上7点，在雷神山医院的工作终于结束了。他们顺利完成了全部低压电源保障任务，这也是他们参加火神山医院和雷神山医院建设过程中第一次最早下班。

电力保障是疫情防控、医疗诊治的重要支撑之一，要与其他保障工作一样听指挥，才能形成合力打赢疫情防控阻击战。2月15日，陈世雄的单位接到江岸区政府防疫指挥部紧急通知：17日将正式收治病人，16日当天必须保证供电。陈世雄再次接下了任务，没有丝毫犹豫。

2月16日早上6点，陈世雄班组来到武汉江岸区虹桥工业园。为保障长江新城方舱医院供电，他们从吊装箱式变压器开始。时间紧，任务重，但这并没有压倒身经百战的陈世雄班组。现场踏勘完成后，陈世雄将班员细分成3个小组：第一小组用角钢自制16根接地桩，第二小组和第三小组全力配合箱式变压器吊装和调试。

一切准备就绪，就等吊车进场。25吨的吊车却因现场进出车辆太多，在外足足等了7个多小时才绕道进场。吊车刚刚扬臂准备吊装箱式变压器，现场工作负责人突然向吊车司机做了暂停的手势。他发现，空中有两条无法判别的线，有可能是用户侧低压电线、电话线或光纤线。吊车抬臂势必碰断线。为了确保安全，他们用两台吊车接力吊装的方法才绕过空中的线，成功将箱式变压器吊装到位。最终，他们与兄弟单位共同奋战了15小时，于当晚9点接通电源，完成了长江新城方舱医院当日供电的任务。

拖着疲惫至极的身体，陈世雄打开了家门。70岁的母亲迎了过来，儿子已经熟睡。母亲递给他一杯热牛奶，陈世雄发现母亲走路时佝偻着腰，步子比平时慢了许多。一问父亲才知道，治疗母亲癌症的药快断了，为了买药，他们二老硬是从亚洲心脏病医院走了 3 小时的路才回到家。陈世雄心里难过极了，说："您咋不叫我去拿药呢？"母亲却笑着说："妈可记得你在《新闻联播》中说的那些话：'全国人民和我们湖北武汉人民站在一起，对我这个武汉本地人来说非常感动。作为一名电力职工，我要尽最大努力做好分内的每一件事。我相信在我们大家的共同努力下，武汉会好起来的，中国会更加强大……'你儿子看了，也为你感到骄傲呢！咱买药的小事就不找你了。"

方舱医院里的用电巡查员，不想缺席任何一场战斗

明澈的东湖水，高耸的黄鹤楼，古朴的古琴台……江城傍晚的云霞间，倾泻着万丈光芒。

在国博方舱医院内接受新冠肺炎治疗的周磊是国家电网武汉供电公司沌口经济开发区供电公司先进制造园区供电所主任所长，是客户用电服务工作专家。他曾带领团队圆满完成了第七届世界军人运动会开闭幕式保电任务。他和陈世雄一样，是一名共产党员，也是地道的武汉人。

1 月 28 日，大年初四。雨过天晴，太阳被连日的冰雨冲洗过的脸，冷冷地照着武汉大街，

周磊戴着双层防护口罩，急匆匆地赶往医院的发热门诊排队，等待检查。

这一次排队，他并没有能顺利检查。

等到 30 日中午，太阳的脸渐渐回暖，照在等待拍胸片、做 CT 的周磊身上，却照不进他的心里。当医生的母亲告诉他，有低烧、乏力症状就必须去医院做检查，科学防护。拍完 CT、做完核酸检测等检查，他回家自行隔离。

2 月 2 日，隔离中的周磊只是低烧，然后是咳嗽、浑身无力，但并没有其他明显症状和不适。

2 月 3 日，核酸检测结果是阴性。

"不可能，你有多发性感染现象，而且持续不见好转！"母亲很确定地说，"你需要继续隔离，再做检查。"

2 月 6 日，周磊通过社区申请复测。

2 月 9 日，周磊拿到了核酸检测结果：阳性。

无声的夜悄然蔓延。周磊回到家里就等着这个时间，他静静地躺在床上，心里却跟翻江倒海似的把这些日子前前后后都想了个遍，他说不上来自己是什么时间在什么地点因为什么就"中招了"！他想啊想，他想着那些可怕的场景，那些可怕的数据，他想着想着……就想

起了自己年幼的孩子、年迈的父母，还有年轻的妻子，还有那些一直在供电服务路上工作的同事。

突然，他想起了"黑暗有多让人咬牙切齿，光明就有多让人热泪盈眶"这句话！他对自己说：周磊，纵然千钧压顶，你也要撑起家，要撑起供电所！

80后的他，要撑起和承受生活的所有，包括这次不幸被感染。

第二天，周磊装着若无其事的样子和孩子视频通话，佯装自己正在忙工作，不能陪孩子玩。他希望孩子健健康康、无忧无虑地成长。同样，心疼儿子、希望儿子健康的周磊母亲，以一位医生的职业素养指导周磊坚持自我隔离。一直到2月14日，根据居住地所在社区安排，他作为轻症患者入住国博方舱医院隔离治疗。

国博方舱医院由武汉国际博览中心改建而成。武汉国际博览中心曾承接国际、国内的大型展览。为了方便展台用电，当初的施工方将电缆敷设在展区内部。2月6日，方舱医院的建设方火速搭建用电设备，将国博中心改造为武汉的首批方舱医院之一。围绕着电缆沟，他们摆放了约1000张床位。

"您莫把水倒进电缆沟里了！"周磊在住进方舱医院的第二天，突然看见一位患者大妈沿着电缆沟的缝隙往里泼洗脚水，出于职业习惯，他连忙跑到女宾舱那边去制止。

"关你什么事！"大妈瞪了周磊一眼。

"下面是电缆沟，我们的病床都是金属的，要是所有人都往里泼水，水很快就会渗透到床脚，这存在很大的用电安全隐患。"见大妈不理，周磊又跟隔壁的大爷说着用电安全隐患。大爷将信将疑。看到和病友解释不能起多大作用，他当即就联系了武汉供电公司客户服务中心汉阳分中心营销部主任王昶和副主任费涛，详细地描述了方舱内存在的安全隐患，并拍了大量照片传给对方。

这引起了汉阳分中心的高度重视。他们第一时间联系到了武汉市防疫指挥部。因为国博方舱医院内部的线路和用电设备并不是他们施工的，他们对内部的情况不是特别了解，加上疫情严峻，进舱排除隐患十分困难。

"这个时候，病患的情绪不稳定，若不重视，严加管控，可能还会发生更严重的问题！"王昶和费涛商量着如何引起患者重视安全用电，又要采取让他们容易接受的方式。

"我们来为方舱医院专门定制一个温馨提

示卡吧！"王昶和费涛当即敲定内容，"停电莫慌张，时间不会长，用电要注意，触电需谨防，若用电热毯，火灾重点防。"

为了保障方舱内的用电安全，他们要把这张温馨提示卡贴到患者的床头！

可是，负责方舱保电的人员若进入方舱内排除用电隐患，势必有感染新冠病毒的风险。

"不能让我们任何一个人染上病毒啊！"

"可谁能保证进去不被染上啊？"

大家正在想办法，讨论如何实施的时候，周磊打来电话说："这有啥？我在方舱里面，我来干！"原本，周磊还觉得自己因病而失去了和同事们共同抗疫的机会，非常遗憾，这次能为抗疫做些事，他还有些兴奋。他说："同事们在一线抗疫，我也要在这'疫'线的一线抗疫，这也是共同抗疫的一种啊！"

揭开电缆沟的盖板，周磊大吃一惊。他发现方舱内有些单元的空气开关是直接安装在电缆沟内的，一旦空气开关进水那就麻烦了。他立刻现场指导方舱内的维护人员将空气开关做了防水处理。

"虽然不是在自己的服务区域内，但是汉阳分中心曾经也是自己工作过的地方，正是王昶和费涛他们这些供电服务前辈教会我如何重

视客户，服务客户，使我看见客户侧存在安全隐患，不说出来整改，我于心不安。在这病患密集度极高的情况下做一个供电服务人员应该做的事，这太正常了！"周磊坦言。

此后，周磊担任起国博方舱医院的安全用电义务宣传员、用电检查巡视员和用电隐患排查员。

2月15日，武汉大雪纷飞，气温骤降，寒风刺骨。方舱医院部分舱内失电。周磊和方舱内部维护人员沿着线路排查，发现主要是女宾区无电。

周磊马上跑到女宾区排查。

看见周磊过来，一位患者大姐马上认出他："电工师傅，我们这里怎么停电了？我刚刚拿吹风机还没有一分钟，好冷啊！"

这位大姐对面的一个女患者也说："我发现我的电热毯怎么就不暖和了呢。"

"您这个吹风机是1000瓦啊，加上她的电热毯，属于同时使用大功率电器！"

周磊一下就找到了停电的原因，是同时使用大功率电器引发女宾区的上一级空气开关跳闸。他还意外地发现，方舱内的实际负荷和空气开关承载负荷的额定值并不匹配，他当即要求方舱内维护人员更换空气开关。同时，他还

建议院方利用广播大力宣传使用大功率电器时的注意事项，并把汉阳分中心制作的温馨提示卡贴在方舱内的每个用电插座边、患者的床头。还在电缆沟等醒目位置和其他有隐患处贴上安全用电警示标识。

日日巡查，周磊就像护士站的医护人员给每个患者诊治病情一样细致、耐心，他总是处处留心，生怕哪一点忽视了，引发用电安全事故。周磊还观察到，有的人使用微波炉和电水壶时，断电不是先关掉电器开关，而是直接拔掉电源插头，拔下的插头往有水渍的操作台上随便一放，插头上就沾了水。他先是起身劝阻，后来也担心自己一直"说道"会引起患者情绪波动。后来，他发现插头有水就立刻拿纸擦干净。渐渐地，在他的监督和行动影响下，很多病友开始注意用电安全了。

3月4日，周磊得知自己将在6日拿到复查结果，如果复查结果显示正常，他就可以出院了。他兴奋地说："出院后再隔离14天我就可以参加抗疫了。身为武汉人，我可不想在这个时候做一个供电服务的缺席者！"

前线抗疫，他们奔跑着接力

同周磊一样，在抗击新冠疫情的"前线"，在国博方舱医院外，有一个"不服周"的普通供电人，他叫周健辉，是武汉供电公司客服中心汉阳分中心营业二班副班长。他是周磊调离汉阳分中心前的同事。

自武汉"封城"以来，周健辉已经和同事在抗疫保电现场坚守两个多月了。在这一个多月里，因为人手紧张，他与有限的能到岗的同事们不停地轮换着上班，但一直保持着一个班有3人同时在场。他先后参与了"国博、体校、汉汽"等方舱医院的送电工作。

早上，晨雾里，风裹挟着寒意向他袭来，他步行了一段又一段，路边有些枯黄的草在风中相互搀扶着，他想，这就真像现在抗疫中的武汉人。路过那些往日"过早"的店铺他想吃一碗筋道可口、拌着香葱和芝麻酱的热干面，也想吃那色泽金黄、香气四溢的三鲜豆皮，喝一碗热热的糊汤粉……

现在，他每日早上7点20分以前到达单位与同事们会合，然后一起出发到达需要送电和保电的方舱医院。每天，他们的工作几乎都是：勘察现场、开挖电缆沟、展放电缆、制作电缆头和安装负荷监控装置等。偶有施工方不慎损坏供电设施导致停电，他们也能在1小时内恢复供电。

周健辉是班组的副班长，还兼任班组通讯员。班内事无巨细，偶尔得空，他会拿出手机拍摄记录班组的工作点滴。周健辉说他习惯了日常记录工作。在抗疫初期，他的意识里并没有太多的惊恐和不安。

"我周健辉，43 岁，第一次写了入党申请书，说出来不怕人笑话，我是真羡慕做一名党员！"周健辉说。原来，1 月 22 日，周健辉在刷朋友圈的时候，看到一个车友在做志愿者。这位车友是一名私营业主，是共产党员，开着自己的车天天早出晚归，义务接送医护人员上下班。他甚至开始羡慕那些大声喊出"我是党员，我先上！"的共产党员——他们有冲锋一线的"优先权"。

"我一个武汉伢，我想我也应该做些什么，我要成为像车友那样的共产党员！"周健辉听见了自己内心的声音。这种愿望越来越强烈，并时刻撞击着他的心扉。车友告诉他有一位女医护人员下班从坐上他车的那一刻开始，就在车后座上放声痛哭。周健辉听后，就恨不得自己也是一名医护人员，去代替那位女医护人员上"战场"！

参加抗疫保电使周健辉在精神上得到了一次洗礼。以前，他觉得自己在班组的业务能力不错，同事关系也融洽，家庭幸福，业余时间和车友们聚聚，日子挺充实的。但是从武汉"封城"的那一天开始，他的心就空空荡荡的。白天如果在家，他会把武汉人不畏不惧的一面亮给家人。晚上，自己躲在被窝里刷朋友圈，看得泪流满面。他觉得，自己堂堂一个男子汉，在武汉最困难的时候却是那么无能为力。

好在单位很快就通知他参加方舱医院的供电建设。周健辉整个人来了精神，像是一个练兵已千日的战士，终于等来了上战场。

在方舱医院供电建设中，周健辉总是闲不住，总想自己应该多做些什么。在汉汽方舱医院建设工地吃午餐的时候，他顾不上自己吃饭，还惦记着两位在武汉卷烟厂方舱医院的同事，先给他们送去方便面和牛奶。正如他所料，那里的同事们还真是忙得顾不上吃饭。

"抗疫如接力，每一个人都在不同的位置向前奔跑。"周健辉说。

有一次，周健辉看见同事祁晓刚顾不上避让一辆载着新冠肺炎患者的车，手里的活根本就没停。他的心一紧，很是替他担忧，但他看见祁晓刚若无其事的样子，自己站在他身后，敬佩之情油然而生。大家都在拼命从一天有限的24小时里抢夺时间，哪怕是一小时、一分钟——这是在和时间抢生命。

2月19日晚上7点多，周健辉终于停下来吃上他的午餐加晚餐。他满足地说："这饭，味道真是不错。"

晚上11点多，他与同事一起回到单位，发现连续工作了近30小时的同事还在办公室开紧急会议，提前准备第二天的工作。

供电，刻不容缓，床位等病人，供电人也要备好电等着！

夜深人静，周健辉悄然回到家中全身消毒，摘下口罩，洗澡。入睡前，他用手机记录下自己的感想："其实，这么频繁地出入现场，我也有顾虑，我也害怕。可没有为众人拾薪者，哪有能够温暖自己的火焰？没有国，哪有家？为了我的家人平安幸福，我要努力去战斗。请大家祝我们平安归来！"武汉人"不服周"，武汉供电人积极进取、敢打敢拼，就是这样的一种精神支撑着每一个救治新冠肺炎患者的医院的供电建设任务圆满完成。

胡浩、陈斌、王波、陈世雄、周磊、周健辉……他们是武汉供电公司员工，是国网湖北省电力有限公司抗疫一线的员工，是国家电网人。他们为湖北、为武汉的春天，带来光明和希望。

（原载《脊梁》杂志2020年第3期）@

李萍作品

土家山寨的阳光收益

夏天的绿，在天地之间兀自葱茏。在湖北省长阳土家族自治县的山水之间，56 座光伏发电站如瓦蓝色的瀑布群挂在山坡。它们是 2016 年、2017 年两年间国家电网有限公司为帮扶当地脱贫而建成的。

满山羊群，绿色大棚蔬菜，"慧农帮"电商实体店，中小学的操场、阅览室和电教室……这都给曾经的荒山野岭和贫瘠的土地带来了生机，给贫困人口带来了希望。借助电网银色的翅膀，阳光沿着输电线路一路高歌飞扬，飞向土家山寨，讲述着那些脱贫致富的暖心故事。

土地坡村的太阳

太阳下，北纬 30 度，一群白鹭扑扇着洁白的翅膀越过土家山寨的光伏扶贫电站，在波光粼粼的清江上空比翼齐飞。

土家族谚语"有吃饱饱胀，无吃晒太阳"。

土家儿女爱太阳。国家电网公司在古朴的土家山寨种下满山坡的阳光种子，也种下了温暖和希望。

54 个贫困村，56 个太阳，56 座光伏扶贫电站，山间一片瓦蓝，山顶一片蓝天。

这 56 个太阳与一位叫刘敬华的人有紧密关联。刘敬华来头不小，他是国家电网公司总部员工，由中央组织部选派到长阳龙舟坪镇土地坡村驻村当"第一书记"，负责推进"精准扶贫、整村脱贫"。2015 年 7 月，阳光最热烈的日子，刘敬华进驻了土地坡村。

人多地少，居住分散，土地坡村缺水、电弱、路窄、桥少。刘敬华向 70 岁的老支书刘泽科请教农村群众工作经验，还请党员干部和自己一起向村民讲解他的全村精准脱贫设想："一桥一路一中心，两翼齐飞早脱贫"，土地坡村要起飞，得有两个翅膀，一个是发展特色农业，一个是发展土家族风情生态旅游业。

刘敬华的想法在土地坡村一件件实现了。桥通了，路修了，党员群众服务中心建起来了。至于电，那更是这位电网公司派来的第一书记的看家本领。在长阳县供电公司的帮助下，土地坡村成了动力电进村入户"井井通"示范村，村民用上了"无卡口"的放心电。

刘敬华在中央单位定点扶贫工作会议和全国首期第一书记示范培训班上做典型交流发言后，他又有了进一步的思考：长阳县是集老、少、边、穷、库为一体的国家级贫困县，脱贫必须深挖原因，让阳光滋润一方人。

土地坡村一缺资金，二缺技术，三缺劳力，四无资源，要脱贫谈何容易。

太阳晒得地上发烫，阳光炙热，眼前除了山还是山，刘敬华一筹莫展。一天晚上，他辗转难眠，倚窗而思。土地坡村到县城的主干道没有一盏路灯，路的一边是大山，一边是溪水。这条路弯道多，很多地方都是急弯，村民晚上出行很不安全。要是有路灯，让白天火辣明亮的太阳留在晚上多好啊！他灵光一闪，有了一个大胆的设想：在土地坡村建光伏电站。

这个想法像一团巨大的火球在他胸中燃烧，越烧越旺。当时，国家对光伏发电产业有

补贴政策。刘敬华到附近市县已建成的光伏电站去调研，了解情况。他的设想得到了公司的高度重视。中国电科院、国网能源院等多个科研单位派专家来土地坡村考察、勘测，从地质结构、土地性质、光照条件、上网方式、电网消纳能力等方面，论证光伏项目的可行性、安全性和经济指标，反复比较各种方案的优劣，提出最优建设方案。

2016年，国家电网公司积极响应党和国家号召，发挥资源、技术、管理、服务优势，开始实施"国网阳光扶贫行动"项目，计划于当年12月5日前在龙舟坪镇土地坡村的城墙堰和渔峡口镇西坪村的大山建成两座6兆瓦光伏扶贫电站。

这天大的好事到了土地坡村，可召开村民大会的时候村民却顾虑颇多，迟迟不肯点头答应。为什么？地里有祖坟，不许施工；本来地就少，再建光伏，以后吃什么；祖祖辈辈都种地，土地是命根子，建光伏干啥？

刘敬华当起了光伏宣传员。他逐家逐户上门解释国家的光伏政策。最终，他赢得村民全力支持，也得到了长阳县供电公司的大力支持。长阳县供电公司抽调3人专门负责协助他的工作。定坐标、量尺寸、划边界……为了确定每

户土地纳入光伏建设的范围，他带领测量人员一块地一块地测量，上上下下，沟沟坎坎，来来回回，衣襟湿了，脚走肿了，鞋底也磨破了。

土家人清早出门爬坡干活，都会扯起嗓子喊：哟，大山的子孙哟爱太阳喽，太阳那个爱着哟山里的人哟……高亢嘹亮的山歌扯开了晨曦下的清江晨雾，唤醒了昨夜沉睡的太阳。

酷暑寒冬建电站

骄阳似火，土地坡村的沿头溪流域白鹭戏水，草木葳蕤。一幅青山碧水的长卷绵延于6月的天地之间。2016年6月28日，土地坡村城墙堰，大型推土机在半山腰忙开了。

建设工地上热浪滚滚，蚊虫扑飞，工程机械车紧张作业，挖掘机、推土机的轰鸣声震耳欲聋，重型卡车来回穿梭。在蜿蜒崎岖的盘山公路上，光伏电站的建设材料来了一车又一车，工地上的施工人员来了一拨又一拨，蓝色的光伏板在山坡上铺设了一片又一片……

终于，9月29日这一天，长阳土地坡城墙堰的6兆瓦光伏扶贫电站建成了，并网发电！电网的专家给村民算了一笔账：电站预计首年发电量544万千瓦时，25年总发电量1.2亿千瓦时。所发电量接入长阳电网，电源出力可以在长阳电网内完全消纳。

土地坡光伏扶贫电站作为示范点先行建设。按照国家定点扶贫工作统一安排，国网湖北省电力公司把"国网阳光扶贫行动"项目纳入农网改造升级工程统一管理。长阳县供电公司配合光伏电站项目完成配套电网建设。

土地坡村支书曹梅芳特别喜欢去看那些蓝色的板子，她看到的是希望："光伏项目并网发电，会给我们土地坡村66个贫困户带来收益，改善他们的生活状况。"

从盛夏到金秋，再到寒冬，光伏的建设从未停歇。

冬季，寒风卷地白草折，长阳高寒地带大雪纷飞。渔峡口镇，冰未消，雪未融，西坪村大山6兆瓦光伏扶贫电站建设工地却沸腾了！荒野的乱岩岗上，几台重型挖掘机伸着巨臂挖、举、卸……开荒地、运石、筑基、清排水沟底，数百人争分夺秒抢工期，凿的凿、搬的搬、抬的抬、扛的扛。有的人在冰水齐膝的深沟里挖泥砌石，有的推着小车健步如飞。偶尔，人们会跑进简易板房，伸手烤烤火，喝上一口热水，再接着干。高山大雪，也覆盖不了建设者们创造的奇迹。仅50天，2016年12月15日，西坪村大山6兆瓦的光伏扶贫电站并网发电了。

在旁人看来，这只是眨眼的"工夫"。而这"工夫"是每个参建者从每天的光阴中抢下来的。刘振华，就是这两个工地上从酷暑忙到寒冬的身影之一。

53岁的刘振华之前是长阳县供电公司的一名营销人员，也是同事们心中的"好人刘"。自从到光伏业主项目部工作，他就每天往返于工地和光伏业主项目部之间。光伏知识和管理他都不懂，那就现学。最让他头痛的是天气，要么特别热，要么特别冷。他有严重的鼻炎、高血压，冷热都会让他非常难受。

在建设城墙堰光伏电站的时候，施工单位缺乏山区施工经验，电气整改任务落到了长阳县供电公司。公司负责人在动员会上立下3天完工的军令状。刘振华主动带头，带动大家完成任务。才是初秋，他就穿着棉袄和穿着衬衣的年轻人一起起早摸黑、轮番上阵干通宵。72小时后，电气安装逐项验收，一次性通过。他的鼻炎又发作了，血压高到180，从每天吃一次降压药到每天吃两次。爱人心疼得不行，刘振华说："光伏业主项目部三个人，最大的60多岁，最小的30岁，我是中坚力量，得多担当！"

在光伏扶贫电站选址和征地时，为签办各种手续，刘振华几乎每天都要坐六小时的车往返于位于镇子最西端的大山和最东端的光伏业主项目部。后来，为了便于工作，他干脆带了几件换洗衣裳，大冬天住进了工地的简易板房。同事给他起了个"光伏牛"的雅号。

洁白的雪花亲吻着不再荒芜的大山。人心聚拢，就像一轮太阳，把那些不协调悄无声息地融化了。过去，这里是一片贫瘠的沙石地，水土保持难，粮食作物生长难，交通出行难，村民脱贫致富更难。生活在这片土地上的年轻人纷纷外出务工。光伏扶贫电站并网当天，土地坡村贫困户刘士桂笑得合不拢嘴："儿子在北京打工，2020年光伏电站建起来了，家里收入要增加了，他要带媳妇回家过年。"

太阳下，土地坡村生出了一片浩蓝的希望。

春风又绿清江岸

2017年春天，春风吹到了清江两岸。国家电网公司决定再次投入资金，给长阳54个建档立卡贫困村每个村捐建一座村级光伏扶贫电站。之前建设时，施工的最大难度来自交通不便。村里的路，弯弯曲曲，坡陡弯急，施工机械和大型设备运输车辆没法开进现场。拓宽改造现有道路涉及占用部分村民土地，协调工作量很大。

说起协调工作，长阳县供电公司光伏协调专责吕学银有一肚子的话说不完。61岁的吕学银，早在2014年就因病住院休息了近半年，并于2015年正式退休。2016年，因为要建光伏扶贫电站得提前协调征地，一声召唤，他又回到了单位。考虑到他的工作经历和退伍军人身份，单位安排他负责协调工作。干了几个月，吕学银说："搞光伏工作，不是走亲戚，不是谁都欢迎你的！"

2017年3月20日，吕学银起了个大早，沿着清江河岸穿过白雾缭绕的天柱山，直赴鸭子口乡。他揣着一个天大的喜讯奔走在蜿蜒盘踞在巴山夷水鸭桃线的公路上，心情好极了！

9点整，他一个箭步，就笑眯眯地踏进了乡政府。三天前就约好了，他对此行信心满满。他四处张望。咦！怎么没有看见乡领导？打电话一问，领导正商议大事，让等半小时。正好坐车累了，休息一下，他心里很是踏实。半小时过去了，没有人出来，再打电话，说要等到10点。半小时又过去了，又打电话，说等到11点。半小时又过去了，第四次打电话，说要等到11点30分。转眼到了吃午饭时间，乡领导终于结束会议，一脸客气地说："走！一起吃午饭。"

性格温和的吕学银再也不能忍了，他说："扶贫是大事，是国家的大事，国家电网公司帮我们长阳，是我们供电公司的头等大事，我们人手有限，时间有限，我耽误不起，不吃饭！"

他一秒钟也不敢再耽误，立即赶往下一个乡镇——资丘镇。还没进镇政府的门，他就远远地看见资丘镇的领导和7个贫困村的村支书在等他。他的眼又眯成了一条缝，重拾喜悦。资丘镇政府领导表态："我们保证配合，组织协调，感谢国家电网公司的帮扶。"办理村土地流转手续，签订征用地合同，签订责任状，一切进展顺利。他心里乐开了花，高兴之余还得完成没有办完的任务，他又折回鸭子口乡。

就在吕学银奔波于武汉、宜昌和长阳的54个贫困村之间的时候，时间不知不觉到了5月。2017年5月26日，全国光伏扶贫现场观摩会在宜昌举行，为的是贯彻落实中央关于光伏扶贫的部署要求，分析形势，交流经验。与会代表到长阳多宝寺村、合子坳村现场参观村级光伏扶贫电站，向全国推广国家电网光伏扶贫模式。6月14日，长阳县村级光伏扶贫电站全部并网发电，实现54个建档立卡贫困村全覆盖。9月14日，国家电网公司在宜昌完成了向湖北省捐赠投资4.37亿元建设的236座村级光伏扶贫电站资产移交签约仪式，为央企助力打赢脱贫攻坚战发挥了示范引领作用。

金秋十月，雨过初晴，三百里清江美如画。位于清江库区的磨市镇北部多宝寺村的光伏扶贫电站旁的瓜蒌种植基地里，一个个墨绿色、金黄色的瓜蒌吊满了棚架。晶莹的雨珠顺着瓜蒌颗颗滑下，衬得瓜蒌愈加色泽鲜亮。

瓜架下不时传来一阵阵爽朗的笑声。多宝寺村支书覃启艳正带领种植户杨科喜和几个贫困户采摘瓜蒌。长阳民福瓜蒌专业合作社的老板杨军明的农用货车稳稳地停在种植基地的机耕路上，路边堆满了种植户们装满瓜蒌的筐子。秋风掀开瓜蒌叶，匍匐在地的瓜蒌露出了半张脸，像极了村民刘祖安那张消瘦的脸。杨军明对刘祖安说："祖安哥，我过几天把瓜蒌筐子放在你的瓜蒌地里给你摆好，你只需要摘了瓜蒌放在里面，我用三轮车来拖，全给你收了。"刘祖安噙着泪说："谢谢你，我老伴又去住院了，我勉强能每天给她送一次饭。"杨军明问："你明年还可以再多种几亩吗？保证收入可以达到2万元，把治病欠下的债还一部分，孩子学费也不愁了！"

杨军明看见覃启艳，忙告诉他自己刚刚查到村里支持合作社扩大建设的10万元资金已经到位了。"这是电站发电的第一笔收益，大部分先划给合作社，把瓜蒌产业搞起来了，全村脱贫致富就有大指望了！"覃启艳说。

多宝寺村共830户，有贫困户334户，贫困人口1058人。村民以种植玉米、土豆为主要经济来源，村集体无集体经济实体。贫困户贫困原因主要是缺技术、生病、残疾、上学、缺劳力户等。自2012年以来，这个村先后享受到国家电网公司定点扶贫项目：产业扶贫发展柑橘种植业和"清泉"工程解决饮水问题。自从村里有了光伏扶贫电站，每年收益大约19万元，有了这笔钱支撑，就可以帮扶贫困户发展瓜蒌种植产业。村里与致富领头人杨军明合作，成立了长阳民福瓜蒌专业合作社。村里出资建厂房，加上20亩荒地和部分贫困户流转的土地，合作社提供种植、培训、收购、外销一条龙服务，带领村里30多个贫困户脱贫。

覃启艳在村民代表大会上宣布：光伏扶贫电站收益分配将拿出5万元保养和维护村级基础设施；4万元帮助有劳动能力的贫困人口实现就业，提供公益性就业岗位；1.5万元帮扶贫困学生，奖励考取重点大学的学生；2万元帮扶因病因灾生活困难的人；余下的收益扶持贫困户的瓜蒌产业发展、养殖业发展及技术培训。

村级光伏扶贫电站的收益，完全解决了这些村集体经济匮乏和发展资金不足的问题。到 2020 年 5 月底，56 座光伏扶贫电站实现总收益 6022.55 万元：为长阳 4.5 万贫困人口提供养老保险，共 585 万元；为村集体设施建设提供资金 2229.9 万元；提供公益性岗位 1763 个，发放工资 793.07 万元；用于教育扶持、救急难资金 531.86 万元。而这些都是依托光伏扶贫电站长达 20 年到 25 年的阳光收益。

2020 年 4 月 26 日，经湖北省政府批准，长阳土家族自治县退出贫困县之列。

资丘镇泉水湾村党支部书记向前进特别感慨，他说国家电网公司捐赠的光伏扶贫电站是村集体收入最大的来源，他们特别珍惜和爱护，也特别感谢国家电网公司。泉水湾村准备再自筹资金新建一座光伏电站，为的是更好地发展村集体经济，让村民脱贫后走上致富奔小康的路。

话毕，台下掌声响成一片！

一大群白鹭飞过蓝色耀眼的光伏电站，最后停落在清江河边的枝头上，它们不停地扇动着翅膀，欢腾跳跃，它们像是在述说国家电网公司持续 25 年的扶贫帮扶故事，又像是在唱着一首脱贫攻坚的乐歌：跟着太阳向前走，春风化雨，大地披锦绣……

（原载《国家电网报》2020 年 6 月 12 日第 5 版）@

白荣生：
我经常在写作中感动落泪

　　白荣生，1970年生，中国电力作家协会会员、湖北省作家协会会员、恩施州作家协会理事、咸丰县作家协会副主席。现供职于国网咸丰县供电公司。作品散见于《脊梁》《鉴湖》《清江》《湖北电力职工》《三弦琴》《唐崖》等文学期刊及《湖北电力报》。著有散文集《四季唐崖》，中短篇小说集《山沟沟里那些事》，长篇小说《流蓝绿韵》《固芳》。主编国网恩施供电公司职工文学作品集《硒海拾贝》（与人合编）。

白荣生创作谈

2006 年 6 月 29 日，隐藏在坪坝营原始森林腹地的咸丰县大团坝 7 户村民终于告别了灯油火烛的时代，跨进了用电的新时代，咸丰县也真正实现了"户户通电"。

作为一名电力人，我心里有一种冲动，希望把那些输送光明的故事展现给世人。于是，开始写一些电力人的散文故事。随着写作量的积累，感觉散文故事难以全面反映电力人的可爱、可敬、可亲，难以展示电力人吃苦耐劳、担当奉献的精神，难以体现电给人民群众带来的获得感、幸福感。于是，借助采写新闻的便利，沉下心去采访、静下心去感受隐藏在新闻背后的故事，把所听到的、所看到的、感受最深的故事记在本子上、刻进自己的心里。从中发现，我们身边的同事不像外界看上去那么光鲜亮丽，他们跟常人一样有喜怒哀乐，有酸甜苦辣，有悲欢离合。我珍视我记录下的每一个故事，珍视每一个感动的瞬间，珍视与我打交道的每一个人。到了 2013 年，我积累了电力人在农网改造、户户通电和日常服务、生活当中很多故事，创作了中篇小说《乡村电工》，里边的大部分故事都来源于现实，来源于我身边的同事。在创作过程中，那些最深的感受和故事重新浮现在脑海里，让我直接将它们从记忆中重新捞出来，变成纸面文字。那些故事不仅感动我自己，也感动着读者。我曾经接到女儿同学家长的电话，她问我那些故事是不是真的。我说是真的。她说难怪在看那本《四季唐崖》的时候经常掉泪，手边一直放着纸巾。而在修改的过程中，我就像洗澡一样，轻轻地抚摸，将浮尘与污垢慢慢擦拭。经过几番擦拭，不仅完成了创作，也感觉自己的心灵越来越亮堂。

写作，于人而言，是一件苦差事。也许最

初只是一种爱好，一种除了与人对话之外的表达方式，但是随着写得越多，却越来越害怕，因为感觉是一种责任，也是一种情怀，需要把所写的对象和故事用最适合的方式表达出来。有时候，写到半途就卡住了，就感觉写不下去，或者是感觉词不达意，总是差那临门一脚。很多时候想过放弃，可心里总有一种声音在提醒自己，先放下一段时间，沉下心去体会、去感受，或许有不一样的结果。在这样一种矛盾的心态下，我也就更加珍惜日常生活中的点点滴滴，去仔细观察生活当中的每一件事情，去倾听每一个人与自己的对话，去体会每一个与自己接触的人的性格、爱好、观点，从中发现人性的光芒与真善美，去体会每一个施工现场的环境、气候、人文。渐渐地，心里的那扇窗打开了，那扇门也亮堂了，那条路也宽敞了。创作的兴趣浓厚了，表达的文字清晰了，表达方式顺畅了。

在我们咸丰这块贫瘠而又肥沃的土地上，纯朴善良的土家族、苗族群众同样感动着我。虽然山大人稀、交通不便，落后的文化与贫困生活交织，伴随着世世代代，但他们依然执着于与贫穷抗争，与大山搏斗，与自然为伴，心里永远对美好生活充满希望，从不怨天尤人，总是把快乐写在脸上，把痛苦藏在心里。我深深感受到一种不屈不挠、敢于斗争的精神。所以，我写了 30 余篇短篇小说。

或许，我的作品还很不成熟。曾经不止一位文学爱好者对我说我的文章很平淡，没有那种美感。所以我一直在思考，在现在碎片化和自媒体时代，传统的新闻与文学是不是落伍了，每天充斥在各种新媒体平台的海量文章，激发着读者的阅读热情。但是，我在阅读这些文章的时候也想着自己写作的目的，并不是要以此作为谋生的手段，而是一种责任和使命催促我灌注满腔热情，用心、用情、用脚、用眼、用字，认真对待我的写作，至少最终展现给读者的是我内心真挚的感情和感受，而不是哗众取宠，也不需要取悦于他人，而是要传播正能量、弘扬真善美，体现中华民族传统美德。所以，不管是《好人林妹儿》，还是《让世遗唐崖亮起来》《林丽爱心团在行动》，都是用平实的语言讲故事，体现我们电力人的情怀、责任和担当，体现"用心工作、用情服务、用爱待人"的林丽精神。

不管是散文、诗歌，还是小说、报告文学，甚至是新闻，都是讲故事。作为行业作家，更多的是要讲行业故事。而身处恩施少数民族地区的我，还承担着讲恩施故事的责任。怎么样讲故事，这是我经常思考的问题。我与咸丰的几位本土作家经常聊起这个话题，大家都有一个共同的认知，那就是故事是在日常生活当中发生的，不仅要扎扎实实体验生活、扎扎实实采访、认认真真写作，还要掌握国家大政方针，符合当下中央的政策、芝兰之室而不闻其香"的缘故吧。我经常想把行业的故事融入少数民族文化习俗当中讲，也尝试过，但是严丝合缝地融入很难。可能还是我本身的能力与素养不够，需要持续不断地学习。是故，我会继续尝试。最近，正在拜读人民日报高级编辑费伟伟先生的《好稿怎样讲故事》《好稿是怎样"修炼"成的》，虽然说的是新闻写作，但于文学创作而言，同样具有指导和借鉴意义。即使写这篇杂谈文稿，也借鉴了其中的一些表现手法。所以，

符合改革开放形势、符合国家发展大局、符合社会主义核心价值观。所以，在业余时间，除了写作以外，我经常阅读报纸、观看《新闻联播》，以此充实自己和鞭策自己。

其实，很多恩施之外的朋友对我说，恩施地方特色明显，民族文化底蕴丰厚，创作素材众多。而我经常感觉到很难，也许就是"久入我觉得创作也是一个学习的过程，需要热情与温度，否则就会滋养惰性。

从发表第一篇稿子至今，抛开新闻作品，我已经创作了超过百万字的散文、小说、报告文学。我之所以能够坚持，最大的感受就是保持平常心，用温度去学习，用温度去感受生活，用温度去讲故事，用温度去书写文字。只要保持自己对文学的温度，做一个有温度的人，哪怕只发出一点微弱的光，也会照亮一些走在山间小路的夜行人。@

题记：唐崖土司城址申遗，如何按要求把城址及周边电源建设好，这是供电员工义不容辞的责任。在将近两年的时间里，国网湖北省电力公司咸丰县供电公司上下心往一处想、劲往一处使，晴天一身汗、雨天一身泥，出色地完成了土司城址园区内的电力设施设备迁移、中低压电缆地埋工程和移民安置区的电力设施新建工程。

让世遗唐崖亮起来

——唐崖土司城址电力设施迁改侧记

未雨绸缪　规划服务先行

在 2012 年 11 月的总经理办公会各项议题讨论结束后，总经理方许杰同志在总结发言时说："不知道大家这段时间关注没有，就在本月，唐崖土司城址已经列入《中国文化遗产预备名单》，估计唐崖土司城址申遗工作即将开始，我们供电公司是国有企业，要有这样的意识，相关工作要开始做了。朱（于华）副总你抽点时间把（水电勘察）设计院和生产技术部的同志带起来，到现场对区域内现有（城址）电力设施摸下底，做到底数清、情况明。只要上面通知一来，我们就能及时动手开展相关工作……"

2012 年 12 月中旬，朱于华副总经理带着设计院的陈显峰、谭志槐，生产技术部的田茂光、闻生学，还有尖山供电所所长李梦鸣等人，经过两天的努力，对城址区域内的电力设施全部进行了登记，包括电杆数量、用电户数、电力线路（包括 10 千伏、380 伏、220 伏）长度及分布情况，掌握了用电负荷分布第一手资料。朱于华副总经理在离开尖山供电所的时候特别交代："李（梦鸣）所长，你们要随时与尖山乡党委政府保持联系，对这一块的用电需求要及时向公司汇报，以便及时做好对考古发掘的供电服务。"

随后，设计院在 2013 年春节上班过后，陈显峰、谭志槐、罗金华再次深入土司城址现场进行踏勘，对考古发掘后可能的开发进行初步设计。

2013 年 3 月初，看到国家文物局正式将唐崖土司城址纳入 2015 年申遗项目新闻后，总经理方许杰主持召开专题会议，要求设计院、生产技术部、尖山供电所尽快与相关部门取得联系，了解相关要求，抓紧时间对唐崖土司城址的电力线路迁移及改造尽快拿出初步方案，以便向（湖北）省电力公司、州公司做好相关项目申报，解决因此需要的资金问题。

精益求精　初设万无一失

2013 年 6 月，国网咸丰县供电公司对相关部门人员进行了调整，但对唐崖土司城址电力设施迁改工程的人员不管是否变动，都要求对这一工作负责到底，必须随叫随到。

经过多次现场勘查和对技术资料的修订，水电勘察设计院于 2013 年 11 月编制出了唐崖土司城址电力设施迁改可行性研究报告（初稿），只待申遗管理处组织相关部门审定。

2014 年 5 月初，国家文物局正式向联合国教科文组织提交申遗文本，这意味着咸丰唐崖土司城址申遗工作进入倒计时。而作为咸丰唐崖土司城址的电力设施迁改工程也进入了决战阶段。

5 月 5 日，唐崖土司城址申遗电力设施迁改方案审查会议在国网恩施供电公司 15 楼会议室召开，县申遗办、尖山乡人民政府、国网恩施供电公司、国网恩施供电公司经研所、国网咸丰县供电公司、恩施永扬设计公司等单位领导及专家出席，咸丰供电公司副总经理朱于华、发展建设部主任闻生学参会。会议明确将项目名称更改为"咸丰县唐崖土司城址申遗电力设施迁改可行性研究报告"。要求在初稿的基础上补充工程的必要性、迁改背景及规模（如面积、搬迁户数、搬迁地点等）、有关迁改具体要求和唐崖总体规划情况、唐崖申遗后的负荷年度增长情况、迁改区域现状图和位置图并圈定搬迁区域、杆塔一览图、基础一览图等资料，增加接入系统方案比选和 10 千伏配电网图，用户网络现状图、规划图，并建议将安置小区的居民用电纳入迁改工程一并考虑，电缆敷设方式由穿管敷设改为穿管直埋敷设，预留通信光缆通道为以后实施配网自动化系统做准备。要求对单相电缆金属管部分进行防涡流处理，线路走向图要标明每档线路距离和电缆工作井的具体位置，进一步核实基础工程量并以技术审查为准，项目划分、取费标准和人材机调差等均执行最新文件要求。

在会后的5月7日，下着小雨，谭志槐与李梦鸣一起，再次进入唐崖土司城址，针对审查会的要求进行确认踏勘，包括路道、用电负荷分布区域、线路走向、地理环境条件等，以及从110千伏大椿树变电站到尖山集镇、唐崖土司城址、移民安置点的电力线路迁改工程做初步设计方案。一个星期后，覃滋润、张彬、闻生学、谭志槐等又一次进入唐崖土司城址进行确认，并从申遗办找来唐崖土司城址地形图，对变台安装位置、电缆工作井位置、高压（10千伏）和低压线路的分布等进行详细勘察、核实。5月16日，朱于华副总经理与闻生学、张彬、谭志槐又一次到现场，将设计图对照现场进行位置精确对位，确定了变台最终安装位置和电缆穿管地埋线路走向。在设计人员连夜修订后，于次日召开了专题会议，相关部门和技术人员参与方案的讨论和补充，特别是对碗厂沟、打过龙沟、贾家沟的电缆跨沟开挖方案进行了认真研究。因为按申遗办要求，跨溪沟的电缆沟不能见到痕迹，必须绕道穿过沟渠，而三条溪沟的宽度和深度都在10米左右，对没

有相关技术和实际施工经验的供电公司技术人员来说，必须做到万无一失。

发展建设部在之后的两天时间里不分白昼、黑夜，加班加点，组织技术人员对方案进行逐条修订和仔细推敲，最终确定了可研报告。经过国网恩施供电公司经研所、恩施永扬设计公司的审查后，于5月下旬上报湖北省电力公司。

6月上旬，湖北省电力公司对可研报告进行了评审。评审过程中，专家提出电缆管道要增加1根，由原来的3根改为4根，高压1根，低压1根，通信1根，预留1根。同时建议，为了便于施工，在电缆沟转弯和线路过长的地方设计电缆工作井和分支井，在具体施工过程中在不改变总体设计的情况下因地制宜。

2014年6月16日，国网湖北省电力公司正式下发《国网湖北省电力公司关于咸丰县唐崖土司城城址电力设施迁改工程可行性研究报告的批复》（鄂电司发展〔2014〕136号），确定了唐崖土司城址申遗电力设施迁改工程的建设方案及规模、投资估算，标志着唐崖土司城址申遗电力设施迁改方案制订告一段落。

夜以继日　攻坚地埋工程

2014年5月29日，时任县长戴清堂主持

召开唐崖土司城址申遗工作专题会议，明确国网咸丰县供电公司为城址区 10 千伏高压线路入地改造和城址供电保障工程、安置小区供电工程建设的责任主体。县人民政府于当日致函委托咸丰县水利水电建设公司负责相关电力项目建设。

咸丰县水利水电建设公司是国网咸丰县供电公司下属的集体企业，虽然具备电力设施承装修试资质和电力设施基础土建资质，但对于唐崖土司城址这样规模大、地质结构复杂且文物保护要求高的电缆入地穿管工程，却没有实际施工经验。在接到县人民政府委托函后，时任公司总经理冉启光便于 6 月 6 日与副总经理甘明星、设计人员谭志槐，以及闻生学到唐崖土司城址详细查看施工现场环境、地质构造、电缆线路走向等情况。6 月 12 日，再次与施工负责人赵洪武到现场查看并进行现场技术交底。当日下午，又主持召开唐崖土司城址电力设施迁改工程施工专题会议，要求副总经理甘明星与发展建设部、设计室根据可研报告，结合现场实际情况，加班加点制订施工方案，第二天讨论。随后，甘明星与设计室主任覃滋润、设计人员谭志槐、谭金荣，工程建设部主任李相军、副主任吴新明，技术人员唐文宪、覃慧

等，鏖战通宵，在 6 月 13 日上午上班之前完成了施工方案初稿，并于当日讨论了该方案，对一些细节问题进行了补充和修改，并决定 14 日正式动工。要求相关人员要本着对历史负责的态度紧密配合，在 7 月 25 日之前保质保量完成城址区内电缆入地工程建设。

14 日早晨 6 点，施工队便开拔，7 点不到就开始放线、划定施工范围，标志着唐崖土司城址电力设施迁改工程正式开工。

开工后，采用分段施工的方法施工。开挖一段，设备安装一段，恢复一段。开工后没两天，便发现施工难度出乎意料地大。开挖电缆沟要求 1 米深 1 米宽，但当地的地质结构表面是泥土，在泥土覆盖下岩石层全是坚硬的盐砂岩，并发现泥土比例不足 4%，原先确定的人工开挖的方案不得不修改为机械开挖。而这一改动不仅仅是开挖方式的改变，原先预算的施工费大大超出，而且工期可能按预定时间将延后。甘明星暗自担心，但却给施工负责人打气："这个工程关乎千秋万代，现实条件摆在那儿，不需要考虑施工费是否超支的问题，先搞了再说，出了问题我负责。"

施工难度最大的是穿越公路和古道的施工，简直难以想象，不仅不能影响车辆和行人

通行，还必须在夜间施工，而且不能损坏所涉及地方原貌并及时恢复，在恢复时表面的每一块石头都不能错位。于是，施工人员在通道开挖后，连夜在电缆沟底敷设一层10厘米厚的混凝土基础，敷设15厘米厚的河沙后，再安装铺设电力电缆专用的PVC波纹管。之后，又得在上面铺一层15厘米厚的河沙，盖上5厘米厚的电缆保护板，最后素土回填夯实后恢复原状。很多时候还得在考古专家指导下进行。复原时有时为一块石头的放置方向、位置等费上个把小时。这些工作都不仅要在一夜的时间里完成，还必须配合绿化、监控设备安装、城址维护等各个施工队的工作，其工作量和难度可想而知。

在此后的一个多月时间里，甘明星、谭志槐与施工队一起吃住在工地，不分节假日，不分晴雨，不分昼夜。白天施工时，气温高，酷暑难耐；晚上施工照明又不好，还得小心翼翼，对周边的一草一木都不能损坏。开挖出来的泥土、渣石需运到1.5公里之外的地方暂存堆放好，在回填时又拉回来。由于高温，加上睡眠不足，有4名施工人员在施工过程中先后中暑。在进行简单的服药恢复后不离现场，及时投入施工中。供电公司总经理方许杰，时任党委书记龙建军，副总经理冉荣华，时任纪委书记、工会主席张建华先后赴工地开展"送清凉"慰问施工技术人员，看到他们在烈日下的冲天干劲，深表欣慰。总经理方许杰在后来的一次党委中心组学习会上感慨："在唐崖土司城址电力设施迁改工程施工过程中，我们的员工表现出了军人的气质、军人的作风，也展现了作为国有企业职工敢于担当、勇挑重担的良好素质，有这样的职工、有这样的队伍，就没有办不成、办不好的事。"

7月10日，电缆沟开挖结束，之后进行电缆穿管敷设施工。由于是在唐崖土司城址内高低压同时进行敷设，且迂回曲折，更增添了施工难度。在狭窄的电缆井内进行电缆头的连接更是得心细、眼勤、手艺精，否则在通电后会发生爆炸等事故。困难并没有吓倒这些施工队员，他们站在不能转身又不透风的电缆井里，汗水从全身渗出，衣裤湿透、鞋袜湿透、头发湿透，任凭汗水滚进眼里、掉进嘴里，施工人员强忍着，得憋着一股劲将手里的活路干完才能擦拭，哪怕眼睛疼痛难忍也得坚持，否则一个细小的疏忽就可能导致通电后引发故障。

这样的队伍工作是高效的，也是能够得到

大家认可的。时任县委常委、宣传部部长欧阳开平每天下午6点主持召开例会，由负责电力、绿化、监控、通信等工程的现场负责人汇报当天的施工进展情况、出现的施工难题、次日的施工计划安排及工作量。如果对施工难度估计不足耽误了计划的工作量，则会毫不留情地点名批评。作为负责电力设施迁改工程的施工队，在一个多月时间里是唯一没有被批评的队伍，而且经常受到表扬。在完成电缆入地主体工程通电后的7月25日下午6点的例会上，欧阳开平对大家说："看到没？今天用的电是新接入的，国有企业就是不同，搞法就值得其他的队伍学习，你们没上班他们就上班了，你们下班了他们还没下班，要不然到今天人家怎么能按时间节点保质保量完成施工任务？这就是国有企业过硬的施工队伍和他们高效率的表现。"

省文物局文物处副处长、咸丰县副县长陈飞在工程完工后曾说："之前最担心的是电力设施安装这块的施工进度，因为城址当中的通信、电力、绿化等工程中，电力是技术含量最高、工程量最大、施工难度最大的，但他们却是最先完成施工的队伍，关键在于这支队伍苦干、敬业和高效率，不得不让人刮目相看。"

千辛万苦　按时完工送电

按湖北省电力公司批复的可行性研究报告，设计的是两台箱式变压器，不仅美观大方，而且安全性能好。而按照申遗管理处的要求，选址必须选择在隐蔽处，加上城址区内的岩石地理结构，不仅选址困难，而且运输、施工与平常的难度相比成倍增加。

在规划选址时，甘明星、闻生学、谭志槐、李梦鸣先后5次进入城址园区，走遍了区内的每一处坑洼、地势低洼、被树木遮挡的角落。因为两台箱变的安装地点必须考虑隐蔽位置，不能在主道上看见现代建筑和设施设备，以免影响申遗验收。在初步选定位置后，又在申遗管理处的杨晓明同志的参与下先后三次进行规划选址并报技术部门审定后才确定下来。"为变压器选址，真是难，比给盲人找跛脚媳妇都难！在别人看来这没什么，不就是找个箱变安装位置吗？其实不然，这里头学问可大了！不仅要满足文物保护的要求、满足世界文化遗产的相关管理条例，而且必须考虑到城址区内的一草一木、一块石头都是文物，不能随便搬动和损坏，同时还得满足电气安装技术规程规范和地埋工程整体规划。现在搞好了看起来简单，当时的难处只有我们自己晓得……"谈起当初两台箱变选址的艰辛与无奈，在城址园区通电后，谭志槐仍然是感慨万千。

在运输和安装时更是一个字：难。2#箱变安装在张王庙后面的小树林里，所在位置距离公路相对较近，除了基础施工难度比较大以外，将变台钢梁架基座与变压器主体分离，用吊车和滚杠相结合的方式，20多个工人用了将近两小时就运到了指定位置。但1#箱变搬运却费尽了周折，1台箱变重量达2100公斤，加上搬运时要经过古道，又不能在运输时损坏周边古迹和文物。在最初与供应厂商联系订货时，希望设计方面考虑可以拆卸便于搬运，但在生产过程中对此存在技术难题，最终未能如愿。在搬运工程中，除了钢梁架基座可以拆卸单独搬运外，变压器主体得用人力整体搬运。当天恰恰遇上大晴天，酷热难耐，站着都会出汗，加上古道狭窄，只能用两根粗大的杠子抬。20多个工人抬着变压器往上走，非常吃力，在坡度较大的地方，前面的工人只能跪在地上慢慢移动。工人不停地前后轮换位置，差不多每个人的膝盖都磨破了皮，所过之处的地上全被工人的汗水浇湿。不足50米的距离花了近半天时间才抬到选定的安装位置。

在变压器安装过程中，根据天气预报只有两天晴天，唐文宪等技术工人早出晚归，头顶烈日，口渴人乏，硬是抢在下雨之前完成了安装。实在热得没办法，汗水不停地流，矿泉水得一瓶瓶地灌。一天下来，每人喝的矿泉水超过一箱。

克服阻力　实施主线迁改

由于唐崖集镇、唐崖土司城址园区及彭家沟、双河、谢家坝、唐崖司等几个村都是靠一条主线供电，随着唐崖土司城址、移民安置区负荷的增加，原先的10千伏线路已不能满足负荷需求，所以一并纳入了迁改范围。

对供电公司来说，不管是领导，还是工程技术人员，包括尖山供电所的职工都晓得这样的施工面临的阻力有多大。气候恶劣和施工难度大对工程技术人员来说还不算大问题，总能克服，关键是涉及线路工程跨越村民的土地、房屋、山林时工作难做，这是之前在方案讨论时大家都料想到的。虽然事先有心理准备，但真正到了实际操作，谁都担心。因为旧线路拆除的时间恰好处于庄稼生长的黄金期，拆除过程中难免会出现毁坏庄稼的情况，同时架设线路时挖杆坑、抬运电杆、放线等都会使庄稼遭受一定程度的损毁。而且架设新线路为了保证安全，线路通道毫无疑问会砍伐掉一些树木。

开弓没有回头箭。虽然面临重重困难，但无论如何不能耽误唐崖土司城址的申遗工作。

好在唐崖土司城址园区内的电力线路拆除未遇到任何阻力，10 千伏线路 3.8 公里、低压电路 9.5 公里（含 150 根电杆）不到 20 天时间便拆完了。

拆除园区外的线路因为涉及集镇、移民安置区和 5 个村的供电，尽可能要把因迁改线路导致的停电时间减到最少，前提是必须先架好集镇至尖山大桥中间的连接线路后才能实施。迁改工程涉及宋家堡、周家堡、简槽沟三个变台的迁移和 10 千伏线路 6.319 公里，低压线路 2.928 公里，组立 103 根电杆，以及安置区 100 余户的户表安装。所以，在确定施工方案时，朱于华副总经理会同发展建设部、水利水电建设公司、尖山供电所三番五次地讨论修改，方许杰总经理先后三次到现场参与方案的落实。最后确定组成两个工程队：一个负责室外电力工程（含迁改和新建），一个负责安置区户表工程。

工程开工的第一天，阻力就来了。首先是因城址内的电力线路拆除导致土司城址皇坟上面的覃姓、张姓两户村民因周围无处搭火，供电中断，他们便找到施工队，并扬言电搞不通，

就搬到乡政府和供电所去住。最近的搭火点在螺丝塘，当施工人员准备从螺丝塘搭火时，周围的老人、妇女、儿童几十人将施工人员团团围住不让搭火。原因就是在农改时覃、张两家没有投工投劳，要搭火可以，得补上千元的误工费再说。尽管尖山乡政府出面协调，但无论怎么样解释他们都不答应。最后，为了稳定，尖山乡政府与申遗管理处协商用地埋电缆从城址园区内搭火为这两家人供电才使纠纷得以解决。

阻力来自方方面面，花样也是不断翻新。跨河线路迁改施工涉及 8 个公变台区上千户供电，须经过一村民的玉米地，但村民不让线路从其责任地经过。乡政府多次上门协调做工作，村民就是不答应。最后不得不绕道从不通公路的另一边改线，不仅电杆、导线全靠人工抬运，而且导致工期延误一个多礼拜。甚至还有村民不让施工队员从自家门前的路上经过，即使允许线路从自家责任地经过但却漫天要价……靠近窑上变台的十几户村民，原先是从城址核心区变台搭火供电，旧线路拆除后只能从窑上变台搭火，原来窑上变台的用户不准搭火，乡政府和村委会经过近十天的协调才使问题得以解决。

在对唐崖集镇线路进行迁改和移民安置小

区的供电网络施工时，正值 8 月三伏天，施工本来就酷热难耐，人在特殊情况下也容易冲动。但为了保证施工顺利进行，施工人员在遇到阻力时保持着高度的克制，而未与村民发生直接摩擦。参与施工的唐文宪感触特别深，他说，三伏天在大太阳天施工出汗、身体累，身上的皮都掉了三四层，不觉得苦，但在那样的条件下有人找麻烦扯皮，心里的火气就往上冒，但我们无论如何都得忍着压着，还得硬着头皮继续干活，那才是真的难受。

35 千伏尖山变电站至唐崖集镇的 10 千伏线路本来计划在 2014 年年底前要完成的，但因各方面的原因直到 2015 年 1 月 10 日才开工，工期跨越了 2015 年春节。直到 2015 年 3 月 10 日才完工。虽然线路不算长，工程量也不算大，但施工过程中，通道内树木砍伐、杆坑占地、线路跨越责任地或是靠近居民房舍等方面的协调实在是说不完的话题。

电力迁改　添彩世遗唐崖

从 2014 年 6 月 16 日省电力公司批复唐崖土司城址电力设施迁改工程可研报告，到 2015 年 3 月 10 日工程完工，工程技术人员经过 9 个多月的艰苦努力，累计完成工程量 800.65 万元。不仅满足了世界文化遗产对于环境的要求，而且满足了唐崖土司城址园区、移民安置小区的电力需求，提高了相关区域的供电质量和可靠性，为唐崖土司申遗成功作出了应有贡献。

2015 年 7 月 4 日，在德国波恩联合国教科文组织第 39 届世界遗产大会上，联合申报的湖南永顺老司城城址、湖北咸丰唐崖土司城址、贵州遵义海龙屯土司城址获准列入《世界遗产名录》。然而，即使如此，唐崖土司城址园区的电力迁改只是完成了申遗的需要，与城址园区旅游开发的要求相比还有大量的工作要做。

2015 年 8 月，110 千伏大椿树变电站至唐崖集镇的 10 千伏椿集线也已架设完毕，使唐崖土司城址及周边的供电网路更加完善。紧接着，移民安置区电力迁改、园区栈道周边电力设施迁改、唐崖集镇古镇建设配套电力设施迁改……先后完成。

2016 年 6 月 11 日，中国第 11 个文化遗产日湖北主场城市活动暨土司城址世界文化城址公园开园仪式在湖北咸丰县唐崖镇（2015 年初尖山乡改为唐崖镇）举行。自此，咸丰唐崖土司城址向游人撩开了她神秘的面纱。

时光荏苒，岁月轮回。在沉寂了几百年之后，唐崖土司城址的灯重新亮了，唐崖河边的灯更亮了。

（原载《唐崖》杂志 2016 年夏季号）@

题记： 林丽，女，国网咸丰县供电公司员工，十余年如一日，把客户当亲人，以特别真挚朴实的情怀和善举，自觉践行党的群众路线和社会主义核心价值观，赢得了广大群众发自肺腑的称赞，留下了许多感人至深的故事。为此，新华社、《经济日报》、《国家电网报》、《中国电力报》、《湖北日报》、湖北电视台等先后介绍她的先进事迹。她曾荣获全国五一劳动奖章（2017 年）、全国民族团结进步模范个人（2014 年）、全国五一巾帼标兵（2015 年）、国家电网公司特等劳动模范（2015 年）、湖北省岗位学雷锋标兵（2014 年）、湖北好人（2014 年）等荣誉称号。

好人林妹儿

一

杨老汉还在梦里，欢欢汪汪汪，叫醒了杨老汉。

睁开眼，没有动弹，感觉头晕得厉害，没红糖了。不晓得林妹儿啥时候过来。

"唉！这年纪大了活着真没意思，阎王爷咋就不早点把我叫去喝酒啊？八十五六岁了，自己孤家寡人一个，能吃能睡，啥时是个头哦。"

汪汪汪！欢欢从床边窜到门口，用前脚扒着老旧的木门。嘎吱！房门开了。欢欢又飞窜到火坑屋的门边，跳到门边的高脚椅上，扒开门闩，门开了。

欢欢是一只本地土狗，麻灰色的毛毛，长得肥嘟嘟的，自己找到杨老汉这个偏僻旮旯里的。刚来那会儿，像只小猫咪，走路都不稳，叫唤也没底气。千米以内没有人家，到杨老汉屋上坡下坎的，都不晓得怎么走到这来的。好可怜哦！杨老汉把自己的口粮挤出一部分给欢欢，把自己命根子一样的红糖也冲给欢欢喝。杨老汉白天坐外面晒太阳将它抱怀里，晚上睡觉也将它抱怀里，把欢欢当孙子养。慢慢地，这小东西长好了，成天在杨老汉面前撒欢找疼爱。林妹儿来抄表，杨老汉说："林妹儿，这小东西陪着我，感觉身板儿、心气儿比以前好多了，你给起个名儿吧。也许是老天爷可怜我，给我送来这么个小东西。"

"缘分啊！"林妹儿摸摸撒欢的小东西，"看您还真是精神多了，给您添了乐子，就叫欢欢，您看……"

"好好好，就叫欢欢了。嗯嗯！还是你林妹儿会想。"

"欢欢！"林妹儿站在门口，穿着洗得发白的解放鞋，用袖套绑着裤管，背着个黑色旧背包，笑着与欢欢打招呼。

欢欢摇着尾巴，上蹿下跳，直往林妹儿身上扑。

"是林妹儿吧！还没到抄表的时间，怎么这个时候来了？"

"杨伯，您家添了欢欢这口，怕是吃的喝的都得添一份了。想想红糖怕是不多了，米也差不多没了，所以顺便就来了。"

隔着一层板壁，杨老汉与林妹儿一茬一茬说着话。

杨老汉也穿好了衣服，从床头边取下拐棍，佝偻着身子从房屋里蹒跚跨过门槛，拐棍打在地板上"砰砰"响。走到火坑边不晓得好多年

了的大木椅旁准备坐下去，忽然踉跄了一下，差点摔进火坑。一阵咳嗽。

"等等，我来扶您！"林妹儿走过去，顺带拉过那把满是包浆的大木椅子。

汪汪汪！汪汪汪！欢欢上蹿下跳。

"您先别动哈，我给您烧点水冲糖水喝，稳稳心。"

汪汪汪！汪汪汪！欢欢蹭着林妹儿的小腿。

"哎呀，这老了没意思，真是不中用了。"杨老汉摇摇头。

汪汪汪！汪汪汪！欢欢跳进杨老汉的怀里，舔着杨老汉的胡子。

林妹儿一边烧水，一边整理着灶台上没洗过的碗筷，不忘与杨老汉拉拉家常，交代杨老汉注意身体，多晒晒太阳，多泡泡脚，一天三顿按时吃。

汪汪汪！汪汪汪！欢欢似乎感觉林妹儿冷落了自己，从杨老汉怀里跳下，窜到林妹儿身边，撒着欢，狂刷存在感。

"你这小东西，没人冷落你，我在做事呢，去陪陪杨伯。"

二

林妹儿叫林丽，今年47岁，贵州盘州市

人，1992 年只身从盘州辗转来到湖北咸丰一个叫断明峡的地方，寻找儿时的玩伴哥哥杨志强。后来她与杨志强结婚，还成了断明峡水电站的一名发电工人。如今她是国网咸丰县供电公司的一名台区经理。

林妹儿的身板像个男子汉，一米六左右，脸宽宽的，时常挂着笑，显得特别精神。林丽嗓门大语速快，笑起来更是穿透力特强，村民们说隔两座山听到她的吆喝声就晓得是林妹儿来了。

2003 年，咸丰县农网改造工程结束后，用电需求和用电客户大幅增长，对供电服务提出了新要求。特别是县城及周边，由于抄表收费人员紧张，县电力公司就从所属单位公开选调部分员工充实城区和城郊的抄表收费队伍。林丽也就是在那次选调考试中，实现了从发电工人到抄表收费员的华丽转身。

抄表收费工作相比于发电，工作量与辛苦程度不可同日而语，不仅要翻山越岭、走村串户，家家到户户落，而且因为是山区，大多数地方得靠步行。关键是人生地不熟，山里的气候千变万化，辰时天晴午时雨，加之蛇虫出没，偏僻住户养狗护家……这些，即使身强力壮的男子汉都不愿干的工作，对女同志而言，其难度可想而知。

路是自己选的，当然得走下去。想当初，自己一人还不是天不怕地不怕，只知道咸丰有个地方叫断明峡，第一次出远门就独自从遥远的贵州老家一路找了过来。都说我林妹儿胆大，不是说"饿死胆小的，撑死胆大的"吗？我就不信我干不好这活儿。

林妹儿犯起了倔，与自己较上了劲，不就是多走点路吗？不就是会遇到一些"硬茬子"？只要尽心尽力，哪有搞不好的事？

客户生分可以慢慢熟悉。地不熟可以找可以问，长着腿和嘴，难道就是为了走路和吃饭？蛇呀虫啊的，自有办法对付。至于狗啊，那更不是问题，哪个主人会无缘无故放狗咬人，时间一长与自己熟悉了，还不是与熟人一样。

说起来容易做起来就难了。第一天抄表，就遇到了难题，主人不在家，狗护家把生人当仇人，追着自己不放，好不容易逃出了狗的追逐范围，不慎掉进了水沟里，肘关节和膝盖都磨破了皮，好在自己带了创可贴。

再到另一家，欠费不说，还啰里啰唆地数落电力部门这不好那不好："屋头的电线也不帮忙换，想要我交电费，没门。你算老几？老子就是不交，看你能不让我用电？"

……

林丽也不知道以前的同事如何对待，反正现在自己真不知道咋整。

看见电线通道旁的树儿长高都顶着电线了，让客户帮忙把树儿砍下。"那是你们供电所的事，关我屁事？出问题了又不要我负责，逃不掉的是你们……"

懵懵懂懂地跑了一天，心里来气不说，腰酸背疼腿抽筋，天黑才回家，放下背包就往沙发上倒下，眼皮打架，瞌睡眯眯的，连饭也不想吃了。

林妹儿心里后悔死了，早知道是这样，参加选调考试干啥？安安心心当我的发电工人，在断明峡山清水秀空气好，雨不淋日不晒的，多舒服。

不行，千万不能存在畏惧感，那不是我林妹儿的性格。

可要命的是，自己管的片区有两千多户，分布在徐家坨、杉树园、梅坪等好几个村，光走路走完都得半个月。抄表时间只有那么几天，所有客户电费都得在当月 25 日前到位，还不能有投诉。否则，考核可是要见真章的。

唯一的办法就是想法解决这些问题，而且迫在眉睫。抄表得按时完成，电费得按时收回来，通道不能留隐患。还有，得让恶狗看见自己就像自己现在见到狗一样，让不咬人的狗遇见自己像见了主人一样。

人是活的，只要自己尽心尽力了，与客户真心相待，难不成他们还把我当外人？

林妹儿铆足了劲儿。

三

第二天再次踏上抄表的旅程，林妹儿让不开心与怨气进入了长期的冬眠，恢复了大大咧咧、嘻嘻哈哈的本性，信心十足，除了荷包里装了几把水果糖外，手里多了把镰刀，头上多了顶草帽，小腿上多了副"袖套"。从此，这也成了林丽的标配，她自己笑称为"抄表三宝"。

"大姐，我叫林丽，是新来的抄表的，你就叫我林妹儿。"

"大婶，我是新来抄表的，你把我认准，我叫林丽。"

"大哥，我叫林丽，你叫我林妹儿就行，这片电表今后就归我抄了。"

……

"小朋友，你叫什么名字？来来来，我是林阿姨，来这边抄电表，过来过来，阿姨给你糖糖，记得我是林阿姨哟！"

见人就打招呼，把村民家的情况（比如，几口人，有无老年人，几个小孩，几头猪，几亩地，儿子媳妇或者姑娘女婿在哪打工，等等）记在本子上。林丽知道，要想这些客户支持自己的工作，再不能把自己当成国家工作人员，必须放下身段，把自己当成村里的一分子，与他们交心换心，这些朴实的村民一定不会难为自己的。

从此，不管是徐家坨，还是杉树园，抑或是梅坪，穿着国网工装、手拿镰刀、头顶草帽、打着袖套绑腿的林丽，成了一道亮丽的风景线。

没人的时候，一阵阵吆喝，忙碌在田间地头的村民也会回应，因为他们知道，那是林妹儿来了。

不管到谁家，一杯热茶递到林妹儿的手里头，碰见谁家在吃饭，会给她盛上一碗饭、递上一双筷子。

也从此，林妹儿与村民打成了一片，山里的大爷奶奶、大叔大婶、靓女俊男、少小童孩，和她成了朋友、成了亲人。

有的人喜爱行走，或漫步小径，或穿梭田园，或徜徉林荫道，他们希望走出健康；有的人喜欢行走，或探险山川，或攀登险峰，或穿越沟壑，他们希望走出自信……而林丽也喜欢

行走，跋山涉水，抄写电度，催收电费，清理电线通道……她的目的在于完成抄表收电费为客户服好务的使命。

就这样，走过宽阔的柏油马路，走过宽窄不一的通村水泥路，走过坑洼不平的机耕路，走过阡陌交织的田间小路，走过杂草丛生、荆棘相伴的羊肠小道……那一条条幽静的山间小道，伴随着她的吆喝声，被她日积月累踩踏，踏成了一条大路，不断延伸，进入山间的家家户户。

甚至村寨乡间、大山深处、曲径尽头，让人头疼的大大小小的狗们，也成了林丽的朋友。最有趣的是，在偏僻的赵家沟，从东家出来，东家的狗会跟在她的身后一直到西家，等西家的狗来到林丽身边，两狗相互闻闻之后，友善地分开，像是做个交接，一路保护着林妹儿做完一天的工作，这些狗俨然成了林丽的保镖。

一个个坚实的脚印，一句句温馨的话语，一声声纵情的吆喝，伴随着林妹儿。持之以恒，换来了工作上的零差错、客户零投诉、电费零欠缴。林妹儿的脚印留在了村村寨寨，林妹儿的话语留在了村民的心田，林妹儿的吆喝飘荡在山间。

村民说："林妹儿用如家人般的爱，对待

我们每一个人。"领导说,林丽是用真情在一心一意服务每一位客户。林丽自己说:"我必须用心工作,力争把工作做得更好。"

四

抄表催费完毕,林丽沿着那条山路朝着杨老汉家走去。春天草长得快,到杨老汉家的那条路得清理清理了。

刚刚放下背包,手里的镰刀还没来得及砍第一篾茅草,已经长大的欢欢没有像平时那般吠叫,沿着长满青草的小路一路狂奔来到林丽身边,摇着尾巴上蹿下跳。一阵亲昵过后,用嘴咬着林丽的绑腿,朝着杨老汉家里拽。

不好,是不是杨老汉出事了?这个念头一闪而过,林丽抓起背包,单手挎着,疾步跟着欢欢而去。

欢欢见林丽跟在身后,很通人性地转身,朝着自己家里飞奔而去。后面的林丽皱皱眉头,加快了行进的脚步。

杨老汉躺在床上,昏暗的屋里一股刺鼻的味道,差点让林丽承受不住。她用手捂住嘴,定定神,强压住一阵恶心的感觉。她看不清杨老汉的面容,但明显感觉到他呼吸急促。

林丽没有说话,转身出屋,先把水烧上。

然后又转身进屋。

"杨伯,您没事吧?哪儿不舒服?我先给您冲一碗糖水喝了再说。"

"林,林妹儿啊,我我我昨天……昨天一天没吃饭,晕晕乎乎的,早上想起来,没劲儿……唉!只怕这次是真顶……顶不过去了……"

见林妹儿来了,杨老汉似乎好了些。

"您千万别这么说,等着,我马上联系村卫生室。"

四十分钟后,村卫生室医生赶了过来。检查后说,杨老汉并非身体出了问题,只是因为两天没吃饭,加上本就有低血糖,所以出现头晕眼花无力症状。先喝点糖水,再吃点东西就没事了。

喝过红糖水后,杨老汉精神好了许多,头也不晕了。

虚惊一场。林丽也吓了一跳。之后,她忙碌一阵,给杨老汉下了一碗面。

"林妹儿,虽然杨老汉今天这事没出乱子,全靠你来了,要不然他就真有可能去见马克思了。我说林妹儿,今后少管这些闲事,要不然哪天出了意外,你的名声可就不好说了。"

"嘿嘿!名声算啥子,只要人在这边,哪

能不管？再说，人心都是肉长的，要是不管的话，我这良心也过不去。"

其实，林妹儿也害怕，只是不表现出来罢了。毕竟电视上、报纸上经常有吃力不讨好的新闻报道，可是自个儿遇上了哪能不管呢？

当有人问起这事，林丽也是七上八下。为什么？因为怕"碰瓷"。

"我屋头上有婆婆，下有还在上学的儿子，还有躺在病床上的小叔子，年幼的侄女侄儿。可是，在这边遇到了这些事，哪还会想起家里那摊子事，只能尽自己的那点力，把事情办得问心无愧就好。车到山前必有路，硬是到了那天再说。"

到了林丽的片区，类似的事，当地村民随便拉住一位就可以给你讲一阵子，诸如帮村民买肥料买种子、买米买油买菜，甚至帮忙从银行取钱、帮忙给学生寄生活费……

梅坪村的田文安老人，说得很直白："要我说，林妹儿就是爱管'闲事'，邻里婆媳扯皮拉筋的事要管，哪家猪儿不见了要管，孤寡老汉穿衣吃药要管……反正我活了七八十岁，见过的人成千上万，像林妹儿这样的还是第一个。不过，话说回来，这样爱管闲事的人倒是越多越好。"

走出杨老汉家，欢欢又跟了出来，送她出门，看着林丽在砍路边的杂草树枝，小东西也闲不住，两只前脚按住一篼小草，用嘴咬住用力拉扯。咦，还真拔出来了。然后望向林妹儿，两眼放光，似乎在提醒林丽：大姐，这活儿我也能干，照顾我家主人，也有我一份！

五

李佑祥是杉树园村村民，住在距离杉树园村部两公里外背山的南边，上有 80 多岁的老娘，大儿子先天性脑瘫，小儿子还在上学，生活非常困难。不到 50 岁的他，本是家里的顶梁柱，如今却成了家里的负担，因为一次意外事故脊髓、腰椎受损，导致半身不遂，只能靠一双拐棍勉强能够踏出屋外。因为这次意外，这一家子更是雪上加霜举步维艰。无数次，李佑祥都想自我了断。但是，林妹儿给这个家带来了希望，也给这个家带来了笑声。

接到李佑祥电话说闸刀坏了，没电煮饭，又找不到人。

这可急坏了林妹儿。要知道李佑祥大部分时间都躺在床上，那间房子因为是几十年前的老木屋，即使大白天，如果不开灯的话，什么也看不清楚。要是李佑祥想上厕所那真可能出大事，因为他母亲和老婆白天都要出门干活，大儿子身带残疾加上身体单薄根本就无法撼动一百四五十斤的李佑祥。

放下手里的活，林妹儿火急火燎地往李佑祥家赶，坐了一段公交车，然后沿着崎岖不平的小路前行，几乎是跑着。

"林姐，是不是你来了？"李佑祥听见屋外急促的脚步声，不用猜就知道是林丽，这是李佑祥凭着脚步的轻重判断出来的，也是一种直觉。

"哎！是我。没事吧？没灯，千万别动哈，我马上帮你弄好。"林丽还在屋边，就大声提醒道。

"林姐，我起来帮你，你等一下啊。"

"嘿嘿！李佑祥，你千万莫起来，你屋里黑灯瞎火的，要起来的话等我把闸刀搞好了再起来。你听话哦，要不然我会生气的。"林妹儿担心李佑祥下床摔倒，那可就不得了了。

李佑祥只得打住，躺在床上，心里一热，双眼噙满泪水。这几年，要不是这个林姐，这个家可就垮掉了，林姐比自己亲姐还亲，什么事都想得周到。不晓得是哪辈子修来的福气，这辈子遇见了林姐这个大好人。

放下背包，林妹儿翻出起子、钳子、验电笔，揣进衣兜，从屋外搬起木梯架在闸刀旁边的板壁上，又用两块小薄木板垫在木梯下面，用力试试觉得很稳当了才爬了上去。

拧开闸刀螺丝，取下闸刀盖子，仔细检查起来。

咦，闸刀好好的。是闸刀上沿固定导线的螺丝松了，加上接触面氧化严重，导致接触不良。随即倒下闸刀，将松了的螺丝拧开，将导线头在自己袖口上来回擦拭，直到氧化层掉落，才又将其缠绕在闸刀螺丝上，然后拧紧。盖上盖子，合上闸刀，旁边的电表便转了起来。

"林姐，灯亮了，灯亮了，有电了。"李佑祥在屋里喊了起来。

"晓得了，我把梯子放好了再进屋，你可千万莫起来哦。"

进到李佑祥睡的那间屋里，虽然灯亮着，但还是显得有些昏暗，一股难闻的气味充斥在整个屋子里。李佑祥正吃力地想坐起来，满头是汗。林妹儿连忙用左手扶住他的后背，让他坐起来，右手从旁边拉过一床被子垫在他的后背让其靠稳，李佑祥很快气息平稳了些。

"林姐，闸刀好多钱？"李佑祥心里有些激动，但又不想表现出来。

"你钱多是不？就修了那么下，哪要你给

钱。莫老是一张嘴就是钱，你家里头用钱的地方多得很，好好养身体，别让你妈和你媳妇分心。"

"唉！"李佑祥叹了口气，"不晓得这个家怎么得了？"

"李佑祥，你媳妇现在里里外外都是一把好手，大儿子现在扎扫把也能变些钱，加上低保，日子过得下去，你着什么急？你看你妈妈那么大年纪了都安安稳稳的，你可别给家里添乱。"

"嗯！林姐，多亏你了。哦，你弟媳妇说今年杀年猪的时候，你一定要和杨哥（林丽丈夫）一起来吃杀猪饭哦。"

"好了好了，谢谢你们记得我！好好养身子，我得走了。"

看着林妹儿出了屋，李佑祥突然想起了好多年在报纸上看到的那句话：大雁高飞不是为了炫耀翅膀，英雄做事不是为了他人的表扬。

六

到李家坝的路就那么几家人，不晓得是什么原因，老是搞不好。晴天都是烂泥巴，雨天不用说也想得到是什么样子。特别是中间那百把米，晴天都得穿靴子。

"哥，你说李家坝的烂路咋整？"躺在床上，林妹儿和老公探讨起李家坝的路。

"关你屁事，你一个月也走不了几次。再说，有镇政府和村里管，与你啥相干？"杨志强不耐烦了。

"咋与我没关系？你愿意看到我每次去都糊得泥巴满身的，大晴天都得穿胶靴？"其实，林丽想的是村子里的人进出太不方便了，特别是那些娃娃上学放学，一不小心就会摔到下面的水田里去。

"人家都不急，你急什么？真搞不懂你哪爱管那么多闲事。"杨志强也老是觉得这个老婆管得太宽。

"你这人真是的，那些人对我好，我们就不能为他们做点事吗？要是你在那边住，你咋想？"

"……"

"好好，你先搞清楚情况，要我参加的话就说一声。现在得睡觉了。"杨志强也拿自己家老婆没办法。

"唉！"林丽叹口气，今晚没法睡好觉了。脑海里浮现出自己每次到李家坝的情景。

其实从通村公路交叉口到村子里不过1200 米，距离村子800 米左右的地方，机耕路两边都是水田，不晓得是由于缺乏养护还是修路时基础没打好，中间百把米的路段形成了两道深浅不一的小沟壑，沟壑里边常年积水，以致泥泞不堪，路滑难行，给村子里的 70 多个村民出行造成极大不便。第一次去李家坝，沿着路边凸起的地方小心翼翼，一不小心就滑倒，直接滑进了旁边的水田里，全身沾满稀泥巴，脸上和头上也未能幸免。后来好几次看到放学的孩子不小心就掉进了水田里。

那一刻，实在是让林丽揪心，这也成了她的一块心病。

村子里几个老头常开玩笑，李家坝的路是"晴天穿胶靴，雨天要划船，要出村子心里都打闪"。

后来，经过了解得知，缺乏资金是一方面，关键还是当地村民相互之间不睦，不愿在整修时对自己的耕地造成影响。于是，林妹儿几次找到梅坪村委会反映情况，还到县交通局寻求解决办法，希望改善李家坝的出行路况，但无果而终。

林妹儿既是个热心人，又是个急性子，既然找村里和主管部门解决不了问题，干脆先做村民工作。她坚信，只要大家心往一处想，就没有搞不好的事情。

接下来，就是挨家挨户做思想工作。

直到现在，哪怕前年政府部门在原来基础上，对该路段实施了硬化，但村民刘成说起当时的情况，仍然是有些激动："林姐那段时间都是忙完工作，趁晚上到我们这边来，一家一家地走，以心换心。然后开了三四次院子会，有两三家提出各种要求，林姐就到他们那几家做了好几次工作，才把他们的思想做通。其实，我也想把路搞好，可看到林姐好几个晚上都是下半夜才回去，于心不忍，就说：'林姐，你这是何必呢？你又不是天天要走这段路。'可林姐却说：'古人都晓得"路不平有人铲"的道理，我既然在这边工作，当然不能袖手旁观……'"

真情真心换来了齐心合力。没人再为自己那巴掌大一块田地争执，一致同意在林丽的主持下整修路面。随后，林妹儿表示自己拿出 1000 元钱来用于修路，李家坝的 15 户村民也积极响应，各自拿出 1000 元。之后，林妹儿联系石头、碎石、水泥和车子，还把她丈夫也叫到工地帮忙。

村民看到林丽这样，都放弃手里的活到工地帮忙。这样，大家齐心协力自力更生，经过十多天的努力，原先泥泞不堪、坑洼不平的机耕路被平整的沙石路所替代，小型机动车、三轮车能开到家门口。

如今，李家坝的路不仅铺上了水泥，而且因为地理条件优越，土地肥沃，硒源山茶业（湖北）有限公司也在此发展有机茶园，建起了茶厂，村民们不出门就能打工赚钱。政府也拨款对李家坝实施了新农村改造。

50岁的黄友珍在外打工近20年，见人就说："金窝银窝不如自己的狗窝，现在路修好了，房子也改造了，哪个还想出门打工。不过，这全靠林妹儿之前为我们着想，把基础给打牢了。"说完，哈哈哈大笑。

七

半夜里，林妹儿做着一个好梦，与丈夫、儿子一起野炊。红红的火苗之上，丈夫和儿子忙着烧烤。自己则坐在一边，打着一把花伞，惬意地看着父子俩在那儿忙活着。

这样的日子实在是太少了，甚至是可望而不可即。儿子把烤好的鲫鱼递给林妹儿，让她笑颜如花。她接过烤鱼，准备享受儿子的一番美意和孝心。

一阵急促的电话铃声吓了林丽一大跳，烤鱼也掉到了地上。梦醒人醒。

"不好了，妹儿，我家房子烧了？这下可怎么得了哦……呜呜……"电话的那端，林刚翠边哭边说。

"什么？姐姐，别着急，我们马上过来……"

挂断电话，林妹儿用手拍打醒丈夫："快，快起来，林刚翠姐姐家里房子烧了，我们赶过去看看。快点！"

林妹儿胡乱把衣服套上，背上包，跑下楼等丈夫。

随后，迎着一阵风，跨上丈夫的摩托，一束光线在黑暗中格外亮堂，向着林刚翠家而去。

林刚翠是梅坪村村民，林妹儿抄表时认识的客户，因为都是姓林的缘故，林妹儿就叫她姐，对方则叫她妹儿。林刚翠的儿子则叫林妹儿姨娘。

林刚翠一家是不幸的。本来还算幸福的一家人，两个儿子相继长大，指望着成年的儿子能给家庭带来改变。可天有不测风云，小儿子出门打工十余年杳无音信，是生是死都不得而知，林刚翠经常为此独自垂泪。屋漏偏逢连夜雨，2011年秋的一天，大儿子文显华在房檩上挂苞谷坨时，不慎从四米多高的楼梯上摔下来，造成大脑、脊髓受损，大小便失禁，丧失劳动能力。

住院治疗期间，文显华的后背、胯间长满了褥疮，恶臭难闻。父母年岁偏大，加之农活繁忙，无力也无时间照顾，否则一家人吃喝都会成问题。林妹儿知道后，主动承担起了照顾文显华住院期间的生活起居。面对28岁的壮年男子，林丽抛却男女身份界限和世俗障碍，以"姨娘"的身份，每天为他擦洗身子，引来病友和医护人员羡慕的目光。

从摔坏身子没有掉过一滴泪的文显华，在出院那天，面对着为他收拾东西的姨娘，泪流满面。

病友问他："都马上出院了，还哭什么？"

另一位病友则数落道："真是晦气，人高马大的，莫哭行不，都影响了我们的心情。"

可文显华哭得更加伤心："你们知道她是谁吗？我们非亲非故，她是电力公司在我们那边抄表的，只是和我妈都姓林认作姐妹，换了你们会如何？"

难怪。咦！我还以为是你姐呢！病友瞪大了眼睛，竖起大拇指。好人哪！难得的好人哪。

刚好这个时候，进病房检查床位的护士听见他们的对话，也瞪大了眼睛："这么长时间，都以为是你姐姐呢，上班十几年，还没见过这样热心肠的人。了不起呀！这样的好人现在可

不多见。"

站在一旁看着林丽一直忙着，来接儿子出院的林刚翠，听着旁人的那些话，看着旁人的眼神，手足无措。这个从来不多言不多语的农村妇女，说了一句很有分量的话："你姨娘是菩萨心肠，我这个当妈的都没做到的，你姨娘做到了，也不晓得我们这家人是哪辈子修来的福分，让你姨娘成了我们家的贵人，你这辈子千万得记住姨娘的情分。"

可林丽觉得这些再平常不过。抛开自己的抄表员身份，我们都是普普通通的老百姓。一方水土养活一方人，而我既然工作在这一块，当然与他们没啥分别，当地的父老乡亲与我的亲人又有啥分别？

八

在我们的视线里，林丽就是一个邻家大姐，开朗活泼，真诚大方，不是亲人胜似亲人。

这是当地年轻一代村民对林妹儿的评价。

而这样的故事，还在源源不断地上演。

这天，刚好是梅坪赶集的日子。林妹儿按惯例去催费。走在熙熙攘攘的人群里，卖菜的买菜的，走路的骑车的，赶着牛的赶着猪的，老远就跟林妹儿打招呼。

"林妹儿，看看我屋欠不欠费？"

"林妹儿，好久没到我屋去了，梨子快吃得了……"

"林妹儿，再过半个月，我屋就打谷子了，等晒干了打点新米带回去。"

"林妹儿，我大姑娘快没生活费了，我等下把卡给你，请你帮忙在城里给她打点生活费过去。"

……

林妹儿热情地应承着："好好……要得，要得……"

那股子亲热劲，要是不知道林妹儿的身份，还以为是哪家的姑娘回到了娘家的地盘遇到了亲戚呢。

在梅坪集镇待了一阵，差不多与赶集的人都打了招呼，欠费的村民也知道了自己的电费情况，林丽在她本子上的名字后面打了几十个"√"，但还有十来个名字没标注，她决定一户户去找。

这时候，一个熟悉的身影站在她面前。

"林丽，好久没看到你了，娘怪想你的。"说完，两眼红红的，看着面前的林妹儿。

"妈，都是我不好，个把月没来看你了。等我今天把这十几户跑完了，就回来给你做饭，

行不？"林丽双手搭在被她叫"妈"的老人双肩上，安慰着。

老人叫田桂梅。十多年前，林丽因为在老人家吃"蓑衣饭"，想起自己远在贵州的母亲，突然迸发出犹如家人的亲热感，就改叫老人"妈"了。这一喊就是十多年，老人三病两痛、生日节气，林妹儿都会像亲闺女一样嘘寒问暖、尽尽孝心。

"要得，你先把工作忙完，我回家等你。"老人破涕为笑。

"妈，你就莫想那么多，要不了多久的，估计到你屋等不到天黑。"

"闺女，你晓得不，听说红椿坨那个杨老汉不大行了，你要不要去看看？"老人突然想起了什么似的。

"真的？那我得马上去，这差不多上十天没过去了。妈你慢慢回去，人命关天，我得快点赶过去，催费的事明天再说。"

"咋这么快就不行了？按说也不会呀，上次去还好好的，不就是低血糖吗？"……林丽边走边想，脚下的步子也加快了。

到了红椿坨杨老汉家，他的女儿女婿也回来了，村干部也在，围在杨老汉床边。

"林妹儿，快过来，快过来，老人一直不愿走，估计是在等你。"村支书见林妹儿到了，连忙招呼。

走到杨老汉的床边，看着以前那张熟悉的满是皱纹古铜色的脸，此刻已经变得惨白且毫无生气。双眼闭着，但还在毫无规律地跳动。林妹儿看了看，鼻子一阵发酸，知道这次杨老汉怕是真挺不过去了。

回光返照。林妹儿与杨老汉打过招呼，杨老汉的双眼竟然睁开了，看着林妹儿，张开嘴说不出话，似乎有什么话要对林妹儿说。但终究还是没有说出来，只是一翕一合。

最后，杨老汉还是离开了这个世界。

直到这会儿，才想起还没告诉大家杨老汉的名字，他大名叫杨光耀。

在杨光耀老人安葬后，林妹儿突然想起了那只叫欢欢的狗。与老人相依为命近十年，不知道怎么样了。大家都说狗通人性，会不会像电影里面说的那样绝食而亡？

林妹儿一阵心疼。抽时间回到人去楼空的木房子，房子显得凋零萧瑟、冷清孤单，却不见欢欢的身影，一股酸涩的心情让她难以释怀。之后又到了老人的坟边，仍然没见到欢欢。向周边的人打听，也没有欢欢的消息。

没办法，她只得叹口气，向县城方向而去。欢欢，到底在哪儿啊？你找到了新家吗？……

（原载《脊梁》杂志2019年第4期）@

题记：国网咸丰县供电公司"林丽爱心团"成立于2015年，以"全国劳动模范""全国五一劳动奖章""全国民族团结进步模范个人"获得者林丽同志的名字命名，并在民政部门登记注册，全称为"国家电网湖北电力林丽爱心团"。"林丽爱心团"坚持以"民族团结践行者、绿色发展先遣队、脱贫攻坚尖刀班、电力客户贴心人、抢险救灾急先锋、电网安全守护者、传承美德好典范、岗位建功排头兵"作为角色定位，用心工作、用情服务、用爱待人，积极开展各类新时代文明实践志愿服务活动，以"一月一实事"为载体，努力为决战决胜脱贫攻坚、推进乡村振兴奉献一份份"微能量"。

林丽爱心团在行动

助力茶企降本增效

2021年3月1日，眼看着茶园里的茶芽儿欢快地生长，硒源山（湖北）茶业有限公司董事长罗培高既高兴又有些犯难。自己公司新增的设备功率将近800千瓦，需要对专变增容改造。眼看着茶叶生产季马上来临，实在是等不及了，可因为雪灾的缘故，国网咸丰县小村供电所的师傅白天黑夜忙个不停，怎么好意思在这个时候给供电所添麻烦呢？本来可以找社会上的施工人员，可他对供电所特别信任。犹豫不决之下，罗培高还是拨通了所长丁泳的电话。

"罗总，你放心，我们再忙也不能耽误你们的生产，如果我们安排不过来，我们就向县公司求援，争取'林丽爱心团'志愿者服务队来增援。"

罗培高没想到这么轻松就解决了自己的问题。第二天，"林丽爱心团"志愿者服务队就开进了他的公司，不到两天时间就完成了安装施工任务。

"非常感谢你们啊！我们算了笔账，你们帮忙优化用电方案，2019年、2020年，每年用电平均每度电下降4分钱，2019年电费节约

1万多元，2020年电费节约2万多元。"2022年3月16日上午，硒源山（湖北）茶业有限公司董事长罗培高对前来回访的国网咸丰县供电公司小村供电所所长丁泳感谢道。

硒源山（湖北）茶业有限公司是全县最大的制茶企业，随着企业制茶规模的扩大，2018年该企业实现了全电式制茶，新增三条现代化制茶生产线，产品质量不断提升。2020年，该企业销售额达到6000余万元，采茶高峰期，村民平均每天送来的茶叶多达10万斤。

恩施州咸丰县是湖北省茶叶生产大县，咸丰县现有茶园28.3万亩，可采摘面积25万亩。主要分布在小村乡、黄金洞乡等9个乡镇。茶叶种植户4.85万户14.9万人，茶叶加工用工5000余人，常年采茶用工3万余人，其中因茶叶产业脱贫的贫困户有2.8万户8万余人。坚实的茶叶产业基础，让咸丰县在乡村振兴的道路上更加地蹄疾步稳。

全县加工茶叶企业125家，拥有先进的各大茶类生产线23条，新设备、新技术应用率达80%以上，常年综合产值近20亿元。每年春茶采摘、制茶高峰期，100余家制茶企业昼夜不停，开足马力生产。从2015年2月开始，国网咸丰县供电公司为助力春茶生产，持续开展"春茶保供电行动"，"林丽爱心团"志愿者服务队主动上门服务企业，针对全县制茶企业的用电设备，专人全程跟踪服务，排查安全用电隐患，进行用电诊断分析，给客户提出合理化的用电建议，优化用电方案，帮助客户进一步降低用电成本，不仅节约了用电，还保障了客户的生产经营。与此同时，落实"电小二"对茶叶加工企业实施"一对一"服务，只要一个电话，"电小二"会第一时间赶到茶企开展精准服务。

小村乡是咸丰县茶叶种植面积最大的乡镇，全乡茶叶种植面积4.3万余亩，以红茶、白茶、绿茶为主，人均茶叶种植面积2亩。茶叶产业不仅为小村乡脱贫攻坚提供有力支撑，更为小村乡在未来的乡村振兴中打下坚实的基础。小村乡乡长介绍说："近几年不仅农网改造搞得好，供电所的服务也是其他部门的榜样。我们乡有茶叶加工企业28家，2021年茶叶生产产值约4亿元，人均增收5000元以上，茶叶产业是小村乡的基础产业，同时也是产业振兴的关键。"

近年来，咸丰供电公司高度重视茶叶加工保电工作，每年公司领导班子成员在茶叶加工季分赴各乡镇，对全县100多家制茶企业实现了走访服务全覆盖，组织"林丽爱心团"志愿服务队开展用户用电的巡视检查，并针对制茶企业在制茶过程中的用电需求，减少日常停电，加强故障的抢修运维，同时安排专人全程跟踪实行"点对点"服务，确保所有的设备线路安全稳定运行，确保茶企、茶农"双增收"。

咸丰县芙腥茶业有限公司负责人冉斌评价说："每年的茶叶加工还没开始，供电所就会提前服务我们，让我们安心生产。平时，只要'红马甲'一进来，就知道是爱心团志愿者来为我们提供服务了。"

金洞司的大头菜再不愁卖了

2021年11月9日，咸丰县黄金洞乡金洞司村村民覃志名在自家地里开心地采摘着大头菜，喜悦之情溢于言表。可就在几天前，覃志名还在为今年自家滞销的5000斤大头菜犯愁。

看着正在装车的"林丽爱心团"志愿者服务队队员们，面对记者的镜头，覃志名一会儿皱眉，一会儿开心地笑着："就是急啊，急得很！没得人手没得车，菜就烂在土里！现在都还有大堆大堆的大头菜糟蹋了……往年觉得销路好就种得多，等到有生意客来了再慢慢卖，哪知今年市场不景气，那些收大头菜的人卖大

头菜也不好卖。天气一差，来的生意客又少，所以我们也不好卖了。要不是那些穿红马甲的年轻人来帮我们，今年的大头菜怕是都要烂在田头哦。"

黄金洞乡金洞司村因为土质和地形适合种植大头菜，再加上有种植大头菜的传统和靠近248省道交通优势，该村606户人家中有200多户种植大头菜，年产量可达49万斤。虽然已经卖得差不多了，但在金洞司村光明坝宽阔的田间，还有部分相对质量较差的大头菜零星地生长，依稀可以看出之前的种植规模。

在此之前，因金洞司村的大头菜都是依靠生意人进村收购的形式，导致销售渠道非常单一，加之2021年受新冠疫情影响大头菜市场波动大，从而导致金洞司村大头菜大量滞销，而且该村没有深加工产业，大头菜的加工、包装只能通过村民手工制作，跟不上时代的步伐，所以造成了18万斤的大头菜无人问津的状况。并且在当时，已是大头菜的集中成熟期，如果不及时销售出去，一旦遇到连续的阴雨天气，大头菜就会烂在地里，许多种植大头菜的农户还指望着今年能够有个好收成，卖个好价钱。

国网咸丰供电公司驻金洞司村"尖刀班"在了解村民大头菜滞销的情况后，就积极与黄

金洞乡政府和国网咸丰县供电公司党委取得联系，后由"林丽志愿者"服务队组成金洞司村大头菜销售专班，解决老百姓的"燃眉之急"。公司驻金洞司村第一书记田瑞说："在'尖刀班'和村委会的呼吁下，公司派了一辆车和几个人，专门为这个事情搞运输，还在县城的青龙嘴集贸市场临时租用了两个门面，安排了5名'林丽爱心团'志愿者驻点销售。乡政府出了一部分费用，用于为老百姓宣传和运输大头菜，给解决老百姓大头菜卖不出去的难题尽量的支持。"

销售渠道的畅通，不仅让村民高兴，也让田瑞渐渐安心下来，同时作为驻村第一书记，后续还要把村民闹心的事情尽量做到更好。"现在除了还剩的一部分没有成熟的，一部分老了的烂了的大头菜，其他的我们都已经处理了，后面的产品从现在情况看都没得好大问题，大约在两个月内根据成熟程度慢慢卖。现在价格也起来了，两个月后没得问题了。不管怎么说，村民的事情就是我们的事情，我们一定会想尽一切办法，尽最大努力避免或者是降低村民的损失。"

通过"林丽爱心团"志愿者服务队的努力，积极与媒体、超市负责人、批发商联系，以及网络宣传等方式拓宽销售渠道，采取线上线下相结合的方式，金洞司大头菜滞销农户销售出了18万余斤大头菜，实实在在地解决了村里种植大头菜村民的销售难题。

周明灿家里来了志愿者

2021年2月，活龙坪供电所所长汪明军从咸丰县活龙坪乡帮扶人员处得知，该乡茶林堡村胡家湾组有一户困难户，户主周明灿从小患有小儿麻痹症，身体半边瘫痪，其妻毕爱娥患有精神类疾病。在政府的帮助下，他们享受了低保金、残疾补贴、教育助学金、残障人士护理费、雨露计划等扶贫政策。同时，村里提出准备给他盖安置房，但是周明灿考虑到政府已经为他家解决了很多实际问题，以现在的房子很好、给他盖房子浪费和要在集镇上陪孩子读书为由拒绝了，所以他自己连安置房申请表都没填。

之后，汪明军与青年志愿者刘静（国网咸丰县供电公司供指中心职工）来到他们家发现，周明灿夫妻和儿子三人所住的屋内比较潮湿，大多数木制家具都已老旧，长期使用的灯泡导致家中十分昏暗。在了解了他们家的需求后，为切实改善其生活居住条件，给孩子营造良好的学习环境，汪明军向公司汇报了这一家的生活状况。随后的 2021 年 3 月 5 日，县供电公司"林丽爱心团"志愿者服务队驱车近 3 小时来到了他们家，为他们送生活物资、学习用具。

当天，"林丽爱心团"志愿者服务队员们为周明灿家送来了冰箱、碗柜、烤火桌、烤火炉、家具、脸盆、毛巾、碗筷等生活用品以及学生的书桌、学习用品。志愿者服务队员还帮他们打扫了房间卫生，清理了锅碗瓢盆，安装了冰箱、碗柜、书桌，换上了刚买来的灯泡，整个家里变得焕然一新。

周明灿看着焕然一新的冰箱、生活用具，流下了感动的泪水，哽咽着说："我心里非常激动，我做梦都没想到能够一下添置这么多新的（生活用具用品），感谢党和政府，感谢各级领导对我们的帮助和关爱，做梦都没想到现在政策这么好，我从内心非常地感谢。我不晓得大家叫什么名字，但我经常看到你们身上穿的'红马甲'……"

刘静是国网咸丰县恩施咸丰供电公司的职工、县共青团志愿者协会理事，这次活动她也是参与者之一。在平时，团县委安排活动后，她只要有时间都会积极参与，这次受帮助的周明灿家，也是她找到帮扶人员来进行对接的。

在周明灿家里，她帮忙清理垃圾、擦拭新的碗柜、洗碗擦盆，向周明灿夫妇介绍冰箱如何使用，她的精神展现了作为"供电人"的责任与担当，也展现了一名"林丽爱心团"团员的大爱无疆。她说："今天我们供电公司'林丽爱心团'志愿者服务队到周明灿家主要是来改善他一家的生活，提供一些物资帮助，鼓励他们好好地生活，增强他们的幸福感，希望他们以后得到更多的人帮助、更多的人关心，这也能够体现我们企业人员的一种担当和奉献。今天我们做的事情都很小，都是力所能及的事情，可能只是改善他暂时的生活，但是我们通过这些微薄的力量、这些力所能及的小事情能够感化他、感化大家，以后大家都来帮助这些弱势群体。"

"林丽爱心团"不是一个孤独的群体，在这次爱心活动中，就联系了恩施州中兴文化商贸有限公司负责人邱爽。该公司在了解困难户的家庭情况后，积极奉献爱心捐赠物资，配合国网咸丰县供电公司的帮扶负责人一起采购、运送物资，安排了该公司人员一起帮忙安装，彰显了民营企业的大爱担当。

邱爽参加这样的活动还是第一次，她说："其实之前也一直知道咸丰供电公司有一个志愿团队，刚好也是借助这次林丽爱心团队提供的平台，让我们可以接触到一些社会底层的人，尽我们的一点绵薄之力。希望可以通过我们的努力让他们能够生活得好一点，也希望通过我个人的行为号召社会上更多的一些爱心人士、爱心企业可以加入这样的一个团队当中，出点力或者是出点钱都可以。"

在当前脱贫攻坚战取得胜利、乡村振兴吹响号角的背景下，战略导向由脱贫转为致富，残障人士在社会上还有很多，不仅要帮助他们解决生活难题，更要思考如何帮助他们富起来。当阳光沐浴大地时，当万家灯火霓虹闪烁时，咸丰供电人早已把奉献融进血液里。当乌云笼罩人心时，当困难矗立在面前时，"林丽爱心团"早已把奉献揽进心怀，"不积跬步无以至千里，不积小流无以成江海"，只要人人都献出一点爱，世界将变成美好的人间。

吴利兵第一次吃上了生日蛋糕

2021 年，全国上下认真开展党史学习教育，国网咸丰县供电公司坚持学在心、践在行，以为老百姓做实事的主题活动推动学习教育往深里走、往实里走，并以"林丽爱心团"志愿者服务活动为载体，积极为群众办实事。

2021 年 4 月 12 日，国网咸丰县供电公司"林丽爱心团"志愿者服务队一行来到残障人士吴利兵家中送温暖，给她过人生第一个有生日蛋糕的生日。

咸丰县黄金洞乡石仁坪村的吴利兵出生于 2005 年 3 月，目前就读于黄金洞中学。她 5 岁时，因摔伤导致脑部受损，智力发育迟缓，如今的智力仅相当于 10 岁小孩。口部张合力为零，只能用勺子喂食，还得用手按住下颌助力才能正常咀嚼食物。2020 年 8 月，家人筹借资金为吴利兵进行了一次口部手术，但要恢复成正常开合口部，还需进行两次手术。父亲吴光碧因车祸受伤，被迫摘除胰腺，经残疾鉴定为三级残疾，丧失劳动能力，无残疾补贴。母亲刘元珍患有颈椎和腰椎间盘压迫神经症。

在与其家人交谈时了解到，2015 年，吴利兵家因住房不够全家人居住，便借钱翻修老屋，欠下外债 7 万余元，2020 年为吴利兵手术治疗花费 11 万余元，又新欠外债 8 万余元。刘元珍在咸丰县人民医院做护工，每天工资 120 元。为了增加家庭收入，刘元珍甚至三病两痛都依然坚持上班工作，她说要是不上班就没有了当天的 120 元收入。吴利兵从小在一个贫困家庭中长大，每年的生日都是草草了事。

杨建是黄金洞供电所所长，吴光碧家是杨建的帮扶户，在初次了解到吴光碧家的情况后，他一直把这件事情放在心上。但因家里上有老下有小，之前母亲患病，加之两地分居，没有余钱来帮助周光碧一家。与公司工会说起这事时，同事便把这事记在了心里。之后，"林丽爱心团"成员杨红卫、卢照群先后两次到石仁坪村、黄金洞民族中学核实情况。

杨红卫与卢照群第一次见到吴利兵时，心里不是个滋味，问及吴利兵有什么愿望时，她只回答，想过一个有生日蛋糕的生日。他们二人禁不住流下了心酸的泪水。之后二人商定，一定要满足吴利兵的这个小小愿望。

当天上午，由于吴利兵还在学校上学，包括林丽在内的"林丽爱心团"志愿者服务队员们为吴利兵重新更换了床上用品，贴了墙纸，布置了房间，让其看上去更像女孩子住的房间。还把为她准备的新书包、羽毛球拍、新书桌和布娃娃摆放整齐，希望给她一个惊喜。

下午，林丽一行把吴利兵接回家中，推开房间，吴利兵一下子惊喜交加，眼里噙着泪花笑了。之后，在堂屋里摆上生日蛋糕，志愿者们围成一圈，与吴利兵一起点上生日蜡烛，为她唱起了"祝你生日快乐，祝你生日快乐……"

吴利兵眼里闪动着泪花，脸上挂满了笑容。

吴利兵的母亲刘元珍因为放不下自己的工作没有回家，当志愿者把录下的视频送到县人民医院给她看时，刘元珍泣不成声："想起你们那么关心、关爱我孩子，心中特别激动、感激。你们不知道，这么多年来，我是第一次看到自己的女儿这么开心地笑，真的……"

"作为一个共产党员，同时我也是'林丽爱心团'的一员，我觉得我应该做点事情才能对得起自己的心，做实事的初心。"杨建事后感叹道。

"一方有难，八方支援"是中国的优良传统，一点星光可以照亮周围。深圳齐心集团股份有限公司武汉分公司通过"林丽爱心团"了解到吴利兵的情况后，不仅提供了爱心活动，还承诺将提供吴利兵接下来的部分手术费用。

深圳齐心集团股份有限公司武汉分公司经理高岩感慨说："说实话我们也只是尽了一点微薄的力量，没帮上什么大忙，但是我确实是希望对这个贫困家庭有一定帮助，希望他们能够比原来过得更好一点。"

"林丽爱心团"发起人林丽则说："我们做的都是一些小事，但我们既然在做就要把它做好，那就需要一个能量。这个能量来自各方面，我们想把每一件小事办好虽然难度很大，但是我们会把它发扬好、继承好，让更多的人加入我们这个团队。"

直播带货解民忧纾企困

2020年年初的那场突如其来的新冠疫情，让人们处于恐慌和焦虑之中，然而，令人想不到的是，给人们生产生活带来的不便刚刚开始。春耕生产推迟、农副产品销售不畅，这让大山里的村民犯了难，刚刚脱贫的村民心里蒙上了一层阴影。

茶叶，既是咸丰全县的支柱产业，也是10余万名茶农的钱袋子产业。茶企的茶产品卖不出去，茶农的增收希望就会被浇灭。如何解决茶农和茶企的心头之忧和当务之急，不仅成了县委、县政府思考的问题，也摆上了国网咸丰县供电公司主要领导的案头。

2020年6月12日，由国网咸丰县供电公司员工、全国五一劳动奖章获得者、省人大代表、"林丽爱心团"发起人林丽等员工担任主播，在黄金洞乡大沙坝村现场推介滞销农副产品，减轻疫情对涉农小微企业和农业专业合作社的影响。

黄金洞乡金洞司村、石仁坪村是国网咸丰县供电公司的定点帮扶村。而黄金洞乡是咸丰县绿茶基地、国家级有机茶基地，位于恩施、利川、咸丰三县（市）交界之地，是出湘鄂、入川渝的必经之路。近年来，黄金洞乡在稳定壮大传统的拳头产品的同时，大面积发展茶叶、猕猴桃和养殖业。2020年受到疫情影响，黄金洞茶叶、农副产品销路受阻，严重影响了村民经济收入。针对黄金洞乡茶叶及农产品滞销问题，经过精心策划，"林丽爱心团"特地开展线上"直播带货"、线下多渠道消费扶贫活动。

32岁的向思江原本是恩施州一家快递公司的老总。12年前，因为一次意外摔倒，肩部以下截瘫，辗转上海、山东等地诊治，均无明显疗效，被有关部门鉴定为肢体二级残疾。生性乐观的向思江没有被病魔吓倒，一门心思想自己挣钱养活自己，于2014年8月在淘宝网注册了一家名为"思江小店"的网络商店，专门销售山里的蜂蜜、腊肉、猕猴桃等土特产，随后又在微信上注册了微店。不能操作电脑，他只能躺在床上侧头反转手臂用拇指指节在手机上进行网络交流。正常人几秒钟就可以完成的一句短语输入，他得用上四五分钟，平均速度每分钟3个字。2016年，咸丰县加大电商扶贫力度，建成第三批国家电子商务进农村综合示范试点县，向思江有幸成为全县首批农村淘宝的网店老板之一，在黄金洞乡集镇有了自己的淘宝店面，并带动周边30余户村民养殖土鸡、中蜂，种植猕猴桃，加工土家腊肉。向思江在轮椅上经营微商，父亲在线下跑腿，媳妇在店面跑堂，母亲在老家经管农事，一家人历经艰辛，苦中寻乐，并摆脱贫困致富。

在此之前，"林丽爱心团"联系了向思江。当天，向思江来到直播带货消费活动现场，向直播间的朋友们介绍其负责的合作社的各类产品，他说："供电公司搞这样的直播带货活动，我还是第一次参与，没想到效果这么好，谢谢供电员工。"

石仁寨茶业公司，成立于2011年，一直以来，承担着周边上几百户村民1000余亩茶叶基地的鲜茶收购、加工、销售。其中80余户属建档立卡贫困户，为了让大家的茶叶不受疫情影响，石仁寨茶业公司将村民的茶叶全部照单全收，但自己却陷入茶叶积压囤货、资金吃紧的困境中。

当天直播带货扶贫消费活动结束后，当得知自己积压的产品80%已经销售时，石仁寨茶业公司老板雷小松对直播效果非常满意："咸丰公司组织推动的消费扶贫带货出山线上活动，对我们是一个特别大的帮助，今天仅我们就销售茶叶近20万元，大大减少了产品库存积压，减轻了公司资金压力，为下一步继续收购茶农鲜叶打下了坚实基础。"

时任黄金洞乡副乡长秦魁表示："供电公司以这样的方式帮助全乡农副产品找销路，扶贫路子精准、渠道精准，真正体现了国有企业的担当，效果超出了预期，也为全乡农副产品的生产和销售提振了信心。"

当天参与直播消费扶贫的5家小微企业和2个农业专业合作社，累计推介产品31个，连续6小时的微信线上直播、线上带货近30万元，产品包括富硒茶叶、土蜂蜜、土鸡蛋、土家腊肉、高山莼菜等，向思江创建的飞鸿生态农业合作社也实现带货超5万元。

后　记：建议为深入推进"民族团结党旗红"实践活动，国网咸丰县供电公司制订了实施方案，落实抓好民族团结宣传教育，开展民族团结对共建，深化民族团结志愿服务，建好民族团结捐赠项目，巩固民族团结创建成果，配合做好专题课题调研等"六个任务"。同时坚持党员、干部、职工全员参与，做到干部、群众、活动、地域、行业领域"五个全面覆盖"。

据统计，仅 2022 年 1—11 月，咸丰公司 14 个支部 300 余名党员干部职工与基层 14 个村结对"认亲"开展共建，开展各类抢修、抢险、抗旱及服务春耕、春茶、烤烟生产、帮扶活动 10000 余（场）次。从春节雪灾到"2·7"雪灾，从春耕春茶到抗洪抗旱，从"7·23"风灾到 9 月防疫保电，公司党员干部走出机关、走出站所，带着热情、责任，深入抗灾防疫及茶叶、烤烟生产一线，服务地方党委、政府、企业、群众，彰显党旗红、党徽亮。

（原载《唐崖》杂志 2022 年冬季号）@

王慧荣：
行走在这片沃土上

　　王慧荣，供职于国网恩施供电公司。业余时间写点随笔，无技巧、无章法，笔随心走，写作仅为记录生命的痕迹。作品散见于《脊梁》《北京青年报》《中国电力报》《国家电网报》《恩施日报》等报刊。多篇散文以及创作的微电影《我们的6·30》《和你一样》获得多个奖项。2020年出版散文集《时间深处》。

时间是魔法师，转眼间，距国网湖北省电力有限公司组织的"三县一区"光伏扶贫采访已经过去六个年头了。

回首当时的采访路，一幕幕像电影里的慢镜头一样在眼前徐徐展开。

接到采访的通知，我正埋在一堆票据里，被一个个阿拉伯数字弄得晕头转向。彼时，我作为一名称职的借调人员，在被指令参与采访的同时，还要负责采访组赴"三县一区"之一的巴东县公司的组织协调工作。

带着收集的一堆资料，背上背包，找了一辆出租车，我的采访之路便开始了。

依然清晰地记得，到达巴东县城那天已是下午，天阴沉沉的，空气里全是潮湿的味道。采访组成员李伶俐先我一步抵达，我们约好了在一家火锅店边涮火锅边等采访组的何红梅、张静、李贤青等老师的到来。

次日，巴东公司负责对接的工作人员王祖满大哥带着我们一行人，开始了赴光伏现场的采访。

车子在盘山公路上行驶，第一站去的是宋家梁子村级光伏电站。该站地理位置较高，站在坡上，脚下是波光粼粼的江水，就那样不知疲倦也不停歇地流向远方。也就是在这里，我文中的主要人物——光伏电站骨干建设者宋发田讲述了他和建设者们的故事。

风时急时缓，将身边的野草野花卷起又放下。我们采访组成员，或坐在石头上，或蹲在草坪里，手里拿着笔记本，听宋发田娓娓道来，结束后又跟着他辗转到其他光伏电站现场。晚上还追到他家里，采访了他的妻子，收集到了更多的素材。

接下来的几天，采访组成员追随着建设者的步伐，翻山越岭、蹚水过河，有欢乐、有收获，也有惊险。

在前往巴东溪丘湾沿渡溪村光伏电站时，浓雾挡在道路前，能见度不足 5 米，且越往前走山越高，道路越窄，宽度仅容一辆越野车通行。当前面有车要过来时，我们只能下车站在原地，司机把车慢慢倒回去找一个宽点的地方错完车了再回来。一路上，我们紧紧揪住车身上的扶手，把心提到了嗓子眼。

晚上回到宾馆，我的手因为酸痛拧不开矿泉水瓶盖。红梅姐瘦弱，哪里受得住这一路颠簸，倒在床上就爬不起来，还好静子姐随身携带着正红花油，给她细细按摩了好久，她这才慢慢缓过来。她坚持走完了"三县一区"，回家后大病了一场，住了一个多星期才出院。

巴东大部分为地势崎岖的山地，光伏电站选址大多位于高山向阳的半坡上。107 天要建成 118 座光伏电站，又遭遇连续阴雨天，其难度可想而知。听宋发田讲，他负责项目的施工队队长，是个在电力工程建设市场摸爬滚打了快 20 年的硬汉子，在运送光伏板时被硬生生地逼哭过。

这激起了我们的好奇心，于是约了他采访。

在江边，新修公路上来往的车辆并不多，我弓着腿坐在地上，红梅姐找了个路墩坐着，伶俐扶着静子姐的肩膀静静听和记，贤青大哥抽着烟边听边思考。江风一阵阵儿拂过，天色渐渐暗了下来。

第二天，朋友发来一张照片，确认披头散发坐在地上的那人是不是我。朋友说像要饭的，怎么搞得这么狼狈？我眯起眼睛看了看，长头发把脸挡得差不多了，牛仔裤和鞋子上都沾满了泥巴，与平时干净整洁的形象确实判若两人，亏得朋友还能认出我。

采访组的任务是一个月内跑完"三县一区"，即巴东县、秭归县、长阳土家族自治县、神农架林区。而我彼时身不由己，完成了巴东的采访便要返程。分别当晚，我和采访组成员沿着宾馆散步，路灯亮起，照在一辆堆着柴火烤玉米的三轮车上。我素爱吃烤玉米，苦于在城市很难觅到，这好不容易遇到了怎可放过，当即也不管他们爱不爱吃就给每人烤了一个。后来和静子姐、贤青哥在文学活动中相遇，他们对采访之行念念不忘的，居然是烤玉米。

回单位后，铺天盖地的工作和家里的事情把时间填得满满当当。几次提起笔，写了个开头，便不知如何接续。眼见交稿时间越来越近，我焦急得不行，走路吃饭睡觉都在思考如何搭框架、如何起承转合、如何遣词造句等。我个性刚直，故在创作时也习惯了线性思维方式，于是逼迫自己顺着时间轴先记下来后再调整。那些天，我每天忙完工作和孩子，晚上静坐在电脑前敲击键盘，从不知如何下笔到越写越顺，过程既痛苦又痛快。

交稿后，老师指出部分内容欠缺需补充，我又采访了时任巴东县供电公司的总经理黄礼伟，挖到了管理层面更多不为人知的故事，充实了内容，对整个篇幅也进行了修改调整。后来，稿子有幸被选入《阳光的味道》——国网湖北"三县一区"精准扶贫文学作品集。

我深知，幸运的背后，是国网公司对职工文化的高度重视，是省公司一代一代传承下来的文化沃土，是无论时代洪流如何裹挟，都在文学阵地上坚守着初心和热爱的那一群人。@

王慧荣作品

心底有束光

一

在现代文明社会发展进程中，电能作为维系社会发展的基础能源，其重要性不言而喻。经过电力工业历年发展，目前，我国已构建了以 110 千伏为基础、220 千伏为骨架、500 千伏为支撑的坚强智能电网，电力科技水平已跻身于世界前列。

据《山海经·海内经》记载：西南有巴国，太皞生咸鸟，咸鸟生乘厘，乘厘生后照，后照是始为巴人。太皞即伏羲，后照为巴人始祖。

在湖北的西南边陲，有一个以土家族和苗族为主的少数民族地区——恩施，在这里世代耕作的土家儿女，即为巴人的后裔。这里是古人类文化、巴文化、抗战文化、红色文化和灿烂民族文化的集聚地，有千里林海、八百里清江、湿润性气候、山水洞岩，享有"鄂西林海""华中药库""烟茶王国""能源基地""世界硒都""矿产宝库"等诸多美誉，但因地理

位置偏僻、交通阻碍、信息闭塞、气候恶劣等因素，现代文明前进的脚步在这里变得缓慢且沉重，致使这片土地虽然美丽纯净，但经济却严重滞后，还有许多人仍处于贫困交加之中。

"幼有所育、弱有所扶"，党的十九大报告明确宣示。这是国家为人民谋幸福的初心和使命。

"履行社会责任、彰显央企担当"，央企是共和国的长子，国家电网责无旁贷要承担起全面建设小康社会的重任。

"精准扶贫、不落一人"，这是国网人需要完成的重大政治任务，更是内心深处许下的铮铮誓言。

在 20 世纪 90 年代末期，国网公司的前身电力部，即开始对湖北省"三县一区"（秭归县、长阳土家族自治县、巴东县、神农架林区）实施定点帮扶，20 多年来累计投入定点扶贫资金 1.94 亿元，实施扶贫项目 421 个，取得了显

著成效。

20多年转眼即逝，时针指向了2017年初春。恩施州城冬雪融尽、寒意退去，小草探头探脑、花蕾吐蕊、柳芽露尖，位于长江之滨的巴东县城，还未从冬的严寒中苏醒过来，即遇一股浓浓的春风，自北京首都疾驰而来，暖暖地吹进了这座背负老、少、边、穷地区之名的小县城。

国家电网公司为贯彻落实党中央、国务院打赢脱贫攻坚战的战略部署，组织实施"国网阳光扶贫行动"，在2016年已投资6580万元、建设了3座集中式光伏电站的基础上，再次全额出资4.37亿元，在湖北"三县一区"共236个建档立卡贫困村，每村建设200千瓦光伏扶贫电站，投运后全部捐赠给村集体，帮助近3万户10万建档立卡贫困人口脱贫。而落户恩施州巴东县的光伏电站就有118座，占去了"三县一区"扶贫电站总量的一半，是巴东县9.6万名贫困群众的光明和未来。

喜悦从天而降。

这是巴人后裔之福祉，这是廪君故里之幸事。

然而，机遇与挑战共存，责任与使命共生。为争取为老百姓谋取更多更优厚的福利，抢在

国家发改委下调光伏电站上网电价之前，在2017年6月15日前，所有光伏电站必须上网运行。

从接到任务到投产，留给全体建设者的时间，只有短短的107天。这107天，要完成118座光伏电站的选址、协调、征地、签约、材料运输、基础建设、设备安装、上网投运等一系列工作。这几乎是一项不能完成的任务，这几乎是一个奇迹。

是的，这就是国网人面临着的建设奇迹，这就是要和时间赛跑的奇迹。

在国家电网成立的15年间，努力超越、追求卓越的国网人不是创造了一个又一个奇迹吗？

奇迹，归根结底是由人创造的，数年来，国网人创造奇迹无数，纵然是再多一个，又有何惧！

二

"107个昼夜，118座光伏电站建成，现在回想起来都是满脑子的不可思议，这是光伏建设的奇迹，更是我人生历程中不可复制的宝贵财富。"

时任巴东县供电公司总经理的黄礼伟不太愿意被称作光伏电站现场总指挥，他更喜欢把

自己形容为"磨芯"。他说现场指导部，是所有矛盾和问题的集中点，而他这个"磨芯"就是把上面的标准和要求执行到位，把下面各种层出不穷的问题解决到位。

4月15日、5月15日、6月15日，三个时间段三个批次共118座光伏电站建设投运任务，让长期在基层担任管理者的黄礼伟感受到了前所未有的压力。

然而压力再大，拼命也要硬扛起。

万事起步难。

光伏电站建设属新事物，国家没有统一的建设标准，技术规范遇到问题；选址征地不能及时完成影响施工队进场施工，协调工作遇到问题；设备材料加工制作技术力量不足，确保工艺质量遇到问题；点多面广、道路艰难，材料二次转运遇到问题；各施工点全线铺开，大型机械设备不能同时满足施工要求，施工进度遇到问题；平均每天有2000多人在作业面施工，安全管控遇到问题……

第一批40座光伏电站启动，遇到的问题便呈井喷式爆发。

"不折不扣完成政治任务是国企的职责，我们没有退路。所幸多年基层工作锤炼的作风：直面问题、研究问题、解决问题。"黄礼伟说

话声音很轻，却分外有力量。

为解决建设标准问题，黄礼伟首先想到了向上级求助。素有"工作狂人"之称的李祯维，是恩施公司的副总工程师，也是光伏建设领导小组负责人之一。他肩负着恩施州农网改造重任，每年要完成10亿元的建设资金投入，不用想都能知道他每天有多忙。但他纵然是忙得走路都恨不得飞起来，却不肯放过技术方面的任何一点问题。他查阅大量资料，逐一进行数据分析，一遍遍跑现场勘测，时常为了一个数据和技术人员讨论到深更半夜。

"工作狂人"更是"技术能手"，前期光伏建设的经验积累，几天几夜的现场记录、技术人员讨论、数据分析对比，他和负责巴东县江南片区的光伏电站建设负责人宋发田一起，以宋家梁子光伏电站为基准，边施工边学习边修正边完善。宋家梁子光伏电站在湖北省236座电站中率先投运，历经13天时间。电站投运，一套完整的施工工艺流程图诞生了。

"为解决第一批光伏电站建设遇到的各种棘手问题，李祯维老总在巴东待了十多天，他太忙，太珍惜时间，白天在外面跑协调、跑现场，等到晚上10点之后才舍得召开会议，等总结完不足、分析完问题、安排好工作，都是

转钟时间了，可他还舍不得睡，还要把遇到的问题和安排好的工作梳理一遍，还要想出更优化更实际更快捷的解决方法。"提起李祯维，黄礼伟毫不掩饰他的敬佩之情。

中国建筑行业参建方有业主、设计、监理、施工四家，然而在光伏电站建设中，诞生了一个新的名词："六方交底"。

何谓"六方交底"？即光伏电站选址属地村委会、业主方、总包方、设计方、监理方、施工队，在开工前，六方分别派出人员，现场解决土地租赁协议签约、图纸供给、方案审批、物资保障、材料运输、施工设备配置等一系列问题，一次性优化确定用地四界、阵列布局、场平方案、排水治理、接网布点、物料堆场等核心要素，确保建设不走弯路。

黄礼伟说，"六方交底"的诞生，其实也是不得已而为之。

在第一批光伏电站选址时，村委会提供的土地分别存在坡度、朝阳方向、面积等不符合设计标准等问题，造成二次选址；光伏电站建设用地租赁协议没有按计划时间签订，造成施工队进不了场；机械设备不足，造成施工进度受影响……

"事实证明，'六方交底'对提高工作效率非常有效，使工期得到了大量压缩，这是光伏建设的特色案例，值得推广应用。"谈起"六方交底"，黄礼伟兴奋不已。

解决了技术标准的统一，解决了施工前期各项工作的落实，那工艺质量保障和现场安全管控又如何施行呢？

黄礼伟告诉我，山区有效施工时间短、施工难度大、单体工程工期长等不利因素太多，只能采取大兵团、平行推进等方式进行。为缩短现场施工周期并保障工艺质量，在施工力量不足、技术不达标情况下，果断对设备基础预埋件、接地扁铁弯折等物料采取工厂化制作，并与其他物资整站成套化装配，抢占晴天及夜间宝贵时间组织物料运输，从而有效保障了物料运输安全和及时供应。三个批次118座光伏电站，施工最高峰时段，每天有5000余人在巴东县3354平方公里的土地上施工，现场的安全管控压力不弱于节点工期。为此，指挥部针对施工队伍安全管控及技能水平严重不足的现状，调派了大批量职工，在每个光伏电站固定一名专职安全技术管理员，和施工队同吃同住在工地，现场负责安全措施管控及施工质量把关，实现了建设全程无伤害安全局面。

我问黄礼伟："这么短的时间能完成这么

艰苦的任务，这种决心和力量来自哪里？"

黄礼伟想了想回答："因为电力人肩负的社会责任使然吧，参建人员 107 天无休息、无白天黑夜加班，却一直保持着高昂的精神状态，这让我们很振奋和感动；还有就是各层级领导干部率先垂范、办实事、解实难的'接地气'行为，都是激励大家团结一心、不畏艰难的力量源泉吧。"

黄礼伟口里说的"接地气"的领导干部，指的是恩施公司总经理许子武、副总经理王华章和袁中祥等领导班子以及为光伏项目建设全力以赴支持的中层干部们。

特别是总经理许子武，光伏建设项目启动前，他右手臂因骨头错位打着石膏，医嘱需长期静养。他却顾不得医嘱，吊着打石膏的膀子，忍受着路途的遥远和颠簸，执意深入各施工点调研、听汇报、看现场、发现问题、研究对策。很多施工现场进场公路经过连续雨水浸泡，变得泥泞不堪，造成车轮深陷无法行驶。每遇此种情况，许总都会穿上雨衣，非得抱着受伤的那只石膏手下车步行，身上的衣服时常沾着厚厚的黄泥巴。而不遵医嘱的后果是，本来只需 30 天便可恢复的手臂骨头错位，拖了半年时间才恢复。

国家电网铁肩担道义，故国网发展蒸蒸日上，价值品牌居中国企业 500 强第一名。

湖北电网勇担重任，故"三县一区"236 个建档立卡贫困村的光伏电站建设任务顺利完成。

恩施电网不惧艰难，故创造了"阳光扶贫"建设史上的奇迹。

这奇迹产生的背后，有一股源源不断的力量在支撑。这力量，就是国家电网人的担当。

三

当 54 岁的巴东县电力公司职工宋发田接到光伏电站建设任务时，这个在中国人民解放军海军南海舰队摸爬滚打了 15 年的军营铁汉子，这个对待工作"要做就要做好"的"狂人"，还是蒙住了。

"进入电力系统这么多年，也啃下过无数的硬骨头，可这次光伏电站建设，时间太短、任务太重，感觉要啃的不是硬骨头，而是 56 块花岗石。"秋日静谧的夜晚，温暖明亮的灯光下，宋发田和家人围坐在一起，场面温馨快乐，当他回忆起那时情形时，不由得"呵呵"地笑了起来。

巴东县位于长江中上游两岸，县境狭长，

全县地势西高东低，南北起伏。平均海拔1053米，最高与最低点相对高差达3000米，故多崇山峻岭、峡谷深沟和溶洞伏流。因位于亚热带季风区，雨多，湿热，雾浓，太阳辐射总量处于全国低值区。全县面积3354平方公里，49.86万人，其中农业人口40.49万人，巴东县是集老、少、边、穷、库于一身的山区县。

一江东逝水，将巴东县城南北割据；一架飞渡桥，又将江南江北紧紧相连。

"江南片区的金果乡、水布垭、清太坪、大支坪、绿葱坡、野三关6个乡镇56座光伏电站，占全县总量的47.6%；4月15日前完成第一批10座，5月15日前完成第二批30座，6月15日前完成第三批16座，时间只能提前，不能推后。"

这是2月底，在巴东县供电公司召开的"阳光扶贫"推进会上，宋发田接到的比花岗石还要硬的任务。

在部队，服从命令是军人的天职；在单位，完成任务是职工的职责。老宋知无退路，遂向光伏电站建设指挥部下了"军令状"，然后开始挑灯夜战，找来建设光伏电站的大量资料学习充电。56座电站，三个批次，如何计划？如何实施？如何完成？老宋将思路、定计划、做方案，做了充足的前期准备工作。

然而知之者不易，行之者更难。遇到的第一个难题，便是光伏电站建设标准统一的问题。为解决这个问题，他跟随恩施公司副总工程师李祯维吃住在宋家梁子光伏电站，花了13天时间，编制了一套完整的施工工艺流程图。

"我当时跟着厂家技术人员学习，将每个工艺环节都记录了下来，例如，打地锚桩的深度、孔径的大小、沙石和水泥的配比、混凝土浇筑和各个环节使用的专用工具等。特别是在埋设接地网（接地检测井）的时候，为保证接地阻值达到最大值，技术人员在对两块扁铁进行传统焊接时，我提出了要因地制宜调整设计技术参数，即根据电站所处位置地质结构（有的是岩石，有的是泥土），分别采用转角焊接、T接焊接、直接搭接的方法区别进行；当时技术人员觉得阻值只要能达到标准值即可，没必要在时间如此紧迫的情况下再费神费力区别焊接。也许是从事了多年质量监督管理工作使然吧，我坚持要优化方案、调整参数，技术人员最后妥协，采纳了我的意见，经试验后效果非常好，在后面117座光伏电站建设中得到了广泛的推广应用。"站在宋家梁子光伏电站进门处，老宋指着旁边竖立着的那块大牌子，神情里是满满的喜悦和自豪。

那块大牌子，是村级光伏电站施工工艺图解，分为土建、安装、电气接线、接地共四个部分。每个部分，都配有用电脑制作的精细工艺立体图，详细到每个分部、每个流程、每个点和面，每块板、每个孔、每条线的正负偏差等，标准之规范，流程之清晰，绘制之精良，堪称光伏电站建设施工样本和典范。

那块牌子上绘制的内容，是 50 岁才开始学电脑，用五笔输入法刚开始 1 分钟只能打 2 个字的老宋的心血，是不学习就要被淘汰、怕跟不上公司发展要求的老宋的成绩，从最初的点滴记录到最后的成品，这期间老宋花了多少心思、熬了多少夜、费了多少笨功夫，老宋从没提及。

"技术荒"问题解决了，时间却越发紧迫了。107 天，老宋和同事们几乎天天待在工地，偶尔得以回次家，也多半是在凌晨两三点，一身泥污进门，怕影响到妻子和家人，通常就在沙发上蜷缩几小时，等天微微透出亮光，老宋又奔走在了上山的路上。

老宋随身带有一个包，包里经常装着冷馒头和方便面，还有妻子为他准备好的各种药。

大支坪镇水洞坪村是老宋负责的第三批次建设项目，当时由于镇政府在宣传协调方面力度弱了些，老百姓对于光伏电站了解不够，致使施工队进驻现场后，遭遇当地百姓阻扰。此时，离并网时间仅剩 5 天。

眼见着时间分分秒秒溜走，老宋心里跟猫抓一样难受。连续雨天，工期紧迫，老宋又气又急，拿起电话对着巴东公司分管光伏电站建设的副总经理王艺发了一通脾气，然后又拨通大支坪镇谭镇长的电话，在得知谭镇长"马上研究"的回复后，老宋在电话里变得语无伦次了起来：研究，那不行，等不起了，谭镇长，现在，马上，要派人来解决。

谭镇长带着一班人迅速赶到现场，给老百姓详细讲解了建设光伏电站的目的，以及电站建成之后，老百姓将从中获得长期的稳定收益。误会解开，老百姓欣喜让道。钻机、打孔机的声音又欢快地响了起来。

老宋松了口气，从淋湿湿的身上摸了根烟准备点燃，却突然发觉眼前天旋地转了起来。他慢慢坐到地上，拿出包里的高血压预防药吞了。同事见他脸色苍白，知道他肯定又是高血压犯了，坚持要送他回家休息。他摆摆手，在湿漉漉的地上坐了一会儿，让同事扶着他，执意赶往下一个工地。

"我有时恨他，太不爱惜自己的身体，又患有高血压，又患有皮肤病，经常忙得药都记不得吃，身上的风湿疙瘩一发作就是一大片，血压高晕倒在现场的情况又不是第一次发生了，会死人的。"说起老宋的身体，他的爱人向良桃一肚子的气。和老宋结婚29年，在向良桃的心里，老宋是个非常称职的国家电网公司职工，却是一个非常不称职的丈夫。

"那如果有来生，你还会嫁给他吗？"看着向良桃虽然气鼓鼓但瞧着老宋时又爱又恨的眼神，我调皮地问道。

"不嫁了，嫁给他就等于嫁给了工作，让他娶工作去。"向良桃斜眼瞥了一眼旁边的老宋。老宋接过妻子又嗔又怨的眼神，自嘲地"嘿嘿"笑了两声。

提起妻子和家人，老宋的神情凝重了起来，他点燃一根烟，嘴里反复说着：对于他们，我都不知该怎么说，心里的愧疚实在是太多太多了。

2017年4月，老宋的孙子发高烧烧成肺炎，在医院一住就是7天，儿媳和妻子衣不解带轮番照顾，先后都累病了。孙子天天嚷着要见爷爷，家人都希望他能回来看一下，哪怕只是半天也好。"我当时正在野三关，18个村的征地协调、材料运输、板子安装任务，压得气都喘不过来，虽然只是短短半天，可来回路程都需要六七小时，我怎么走得脱嘛。"老宋说当时心里就像被刀子捅了般难受，但是事情不等人，太多问题需要他去处理。只能等到晚上，抽个饭后空隙时间，给妻子打个电话问问，和孙子对对视频，隔着屏幕看看瘦了一圈的宝贝孙子，听孙子奶声奶气嚷着闹着要爷爷抱抱时，他每次都只能强忍着心里的酸楚，待挂断电话、关闭视频后，他才敢将眼里噙着的泪水放出来。

"我欠媳妇太多，这辈子是还不清了，想着过几年退休了，能陪着她出去走走，尽可能守在她身边，为她分担一些家务，能弥补一点儿是一点儿。"

浓浓的烟雾里，老宋取下眼镜，擦了擦眼睛，不知是想擦去疲倦，还是隐藏着的泪水。

不忍心让老宋久久陷入自责的情绪中，我赶紧将话题转移，让他给我们说说施工过程中发生的一些事。

老宋丢下烟屁股，讲起了让他记忆深刻的一件事。

4月10日，野三关玉米塘村组件安装，连续一个星期大雨不停，为建设电站新开辟出来的乡村毛马路，不仅陡，而且经雨水冲刷后变得非常泥泞，虽然物资材料与站址只有1公里路距，但卡车无法驶上去。

老宋望着绵绵不绝的大雨，再望着一大堆光伏板，急得快要蹦起来了。干等不是办法，情急之下，他到附近找了辆三轮车，让施工队的人在前面掌握方向，从车子左、右、后三侧5个人同时用力向前推。三轮车每次可装光伏板22块，整座电站792块光伏板需要装卸36次。老宋和工人们顶着雨一起干，从早上9点多钟一直干到晚上10点多钟才结束。整整13个多小时，他们没得到饭吃，全身更是被雨水淋得湿透了，又累又饿又冷地赶下山来，找到一个吃饭的地方，服务员见他们满身糊着的泥巴和滴水的衣裤，硬是拦着让他们去卫生间冲洗了一番才允许进屋。

"按责任分工来说，运材料应是施工队的活儿，您也不年轻了，当时为什么要和工人一起冒着雨顶着干呢？"我对老宋的行为有些不解。

"我的确可以不用干，但当时雨不停地下，工人们都喊不动，还说就是给1000元钱一天，他们都不愿意干。我想着工人们也都是本地的乡亲，我们为他们建电站、为他们做好事谋利益，我在前面带头，用行动来感动他们，他们也是讲感情的人，自然就会干了。"

闭上眼睛，我的脑海里浮现出一位顶着花白头发、全身被雨淋湿的中老年人，站在满是泥泞的路上用力推车的画面，心情久久不能平静。试问如今，还有多少人，能像老宋这般不顾一切拼命工作！试问自己，在面对工作时，是否也具备老宋般的责任心和使命感！

想起今年7月，国家电网公司在财富世界500强排行榜中位列第2，我终于懂得，这份成绩的背后，是有千千万万个老宋在坚持、在拼搏、在竭尽全力。

四

从巴东县城出发，车子在盘山公路上绕行，一圈一圈地向上攀爬。窗外，时而是团团白雾缠绕，致使前方路的能见度不足5米；时而是红黄渐染的秋色美景，令人赏心悦目。

估摸走了一个多小时，路越来越窄，公路就像挂在半山腰里，车子在潮湿的地面小心翼翼地前行。

在一个转弯处，同行的摄影师王祖满大哥让师傅把车停一下。走下来，才发现刚刚经过的地方，两块巨大的岩石似刀削斧劈般立于左右，巨石之间，仅够一辆越野车通过的公路，像一条白色带子从缝隙里穿过。

站在公路上，祖满大哥指着不远处的山坡

告诉我们：山上有个洞，里面埋着200多名红军战士的忠骨。

经详细了解才知道，山坡上的洞叫万仙洞，可以容纳万余人。1931年，贺龙元帅率领红军东下洪湖过巴东，留下一批干部和伤员260多人，以万仙洞为根据地坚持斗争，被国民党发现后，遭遇重机枪、迫击炮等重军火设备轰击扫射，在久攻不下之时，国民党从正面、左右、岩洞上方夹击，还采用火攻，均未得逞。红军战士为坚守阵地、保护伤员，毅然用煤油烧毁进洞木梯，历经18个昼夜顽强御敌，终因敌众我寡、弹尽粮绝，除10多名妇女儿童被释放外，其余200多人壮烈牺牲。

秋风阵阵，寒意渐起，我们眼前，仿佛浮动着无数红军战士与敌人搏斗的场景，一种崇敬和悲怆之情油然而生。祖满大哥还告诉我们，就在前不久，就在脚下这个地段，供电人也上演了揪心的一幕，又让我们唏嘘不已。

原来这条路是通往溪丘湾乡沿渡溪村光伏电站的必经之路，修建于1996年，路窄且险，一边是无底深渊，一边是悬崖峭壁，两辆车错身一直是此条路上的难题，而修建电站又需要大量车辆运送设备和物资。

为解决这个难题，爱琢磨的溪丘湾供电所所长田鹏炜，在详细了解村民出行时间后，决定利用晚间车辆较少时间段，即晚上10点至凌晨5点之间，运送机械设备和材料，并提前在村委会和人口密集处张贴公告，在村民中广泛告知，在重要路口派人把守，以确保双方安全。

然而，重型机械设备直接碾压，势必会对路基和路面造成损毁，为此，田鹏炜一再强调，机械设备必须装在货车上运过去。当装载着挖掘机的大型货车行驶到万仙洞路段时，由于机身太高，被卡在了两块巨石间过不去。最快捷的解决方法就是把挖掘机卸下来直接开过去，但该路段势必会被挖掘机的履带破坏损毁。

"怎么办？怎么办？时间耽误不起，但这条公路更是乡亲们一锤子一锤子从悬崖上砸出来的，还夺去了8个人的生命，不能一边为了给乡亲们造福，一边又将乡亲们用生命换来的公路损毁。"田鹏炜陷入了沉思之中。

"田所，找几个轮胎垫一下看行不？"供电所员工黄庆忠给田鹏炜提建议。

"哎呀，真是好办法，老黄你赶紧去找几个废旧轮胎，我们垫在履带下面，慢慢移动着向前滚。"田鹏炜一拍大腿，跳了起来。

连续两场冰雪之后，雨又下了起来，在零

下 5 摄氏度的深夜里，供电员工和施工队员一行 10 多人，在伸手不见五指的漆黑一片里，借着车子投射过来的昏黄灯光，在这前不着村后不着店的半山腰上忙碌着。风声猎猎，只有不远处 200 多名红军战士的忠魂陪伴着他们。

挖掘机履带前，黄庆忠和另一名供电所职工分别垫好轮胎后，喊前面的人把车子向前滚动，当履带碾压在轮胎上面时，他们立马将第二个轮胎垫上前，车前的人用力拉、车后的人用力推。如此反复滚动，不到 1 公里的路距，耗费了 2 个多小时。

垫轮胎是个很危险的活儿，当时黄庆忠站在靠深渊一侧，不小心被一块石头绊了一下，险些跌下山谷，他有些来气地顺势就将石头踢下去，估摸过了 30 多秒，才听到峡谷底有物体落入水中的声响。此时，远处的乌鸦哀号声一声比一声叫得来劲儿（乌鸦的叫声代表不吉祥），这位土生土长的汉子，全身的汗毛不由得竖了起来，背上冒出了层层冷汗。

"当时全身的弦都紧紧绷着，突然听到黑老娃（乌鸦）这么一叫，心里一下子瘆得慌，真怕一不小心我这命就没了。"此事纵然过去了几个月，当黄庆忠再次想起时，他还是觉得后怕。

在大自然面前，人类的智慧和勇气无穷尽；在老百姓的利益面前，国网人的担当和责任无穷尽。

沿着红军战士的足迹，我们继续前行，当快要到达沿渡溪光伏电站时，已是晌午时分，一座现代化的烤烟房呈现在眼前，三四位工人正在忙着选烟烤烟。我们停下来与他们聊起用电情况，烟老板立即说："现在用电不用愁，我这么大个烤烟房全部煤改电了，供电所的服务态度也好得很，遇到问题都是随叫随到。"

一位 60 多岁的奶奶正忙着将手里的烟叶穿起，我问她所在的村里有光伏发电站吗？奶奶笑眯眯地看着我："咋没有呢，烤烟房下面那个就是，听说是利用太阳能发电，把电卖成钱了，然后我们村儿里每家每户都有份。"

"那您支持建光伏电站吗？"我也笑眯眯地问奶奶。

"肯定支持了，这是为我们谋福利，不支持那是不知好歹的人。你看政府搞了烟叶种植合作社，我老婆子 60 多岁的人了，待在村里还能打工挣钱；国家搞光伏建设，我们全家都能坐到屋里分钱，都是国家政策好啊，真心实意为咱们老百姓着想呢。"

继续向下走，沿渡溪光伏电站安静地立于山坡一角，深蓝色的光伏板被薄薄的白雾包围，形成一道美丽的风景。旁边计量装置不停地闪动，供电所员工告诉我们：该站4月下旬建成投运，5个多月时间发电量达10多万千瓦时，按标杆电价0.41元每千瓦时计算，可产生电费4万多元，加上国家可再生能源补贴，一座光伏电站预计一年的发电收益在19万元左右。这笔收入将归为村集体所有，村集体有了这笔资金，就可以带动村里的老百姓发展特色农业、建立工厂、定点帮扶等，慢慢就可以摘掉贫困村的帽子了。

说话间，薄雾慢慢散去，天空一片澄澈，阳光隐隐露出了端倪。

不远处，一座破败的土坯房里，阵阵饭菜的香味将我们吸引了过去。我们嘻嘻哈哈走了进去，一位大嫂正挥舞着大勺子炒菜，她热情地找出干净碗筷，要留我们吃饭，我们不便打扰，逗留片刻后准备告辞，烤烟房老板走了进来。原来，他们是一家人。

围着中间放有炉火的大木桌坐下，我们得知，他们夫妻在这里承包了300多亩土地种植烟叶，沿渡溪光伏电站的建设用地，就是他的承租地。他给我们算了一笔账：光伏电站建设用地，如果种植烟叶，除去人工、成本，每年净利润可得18000元左右，而把土地租给村里建电站，每年租金只有2250元。

我问是什么原因让他甘愿让出这么多的利润呢？

他想了想回答："当时找了很多地方都不合适，最后才选到了这里。最初我也没同意，一年要损失15000多元钱，毕竟还是有些心疼，但后来搞明白了，这是国家电网免费投资建设，免费送给村里，发电卖的钱用于村集体扶贫致富，对全村来讲是好事，我如不同意，就拖了全村的后腿，也对不起村里的乡亲。再者国家在我们村搞扶贫，如果这次不搞好，下次就是有项目了也不一定能落到我们这里，其实我也有私心，也想利用国家的好政策，把我的烟叶种植规模再扩大一番。"

木桌上的饭菜飘出阵阵香味，红红的炉火映照在烤烟房老板夫妻俩的脸上，那是两张历经生活艰辛布满褶皱的脸，更是两张幸福且满怀希望的脸。

五

不曾经历，何曾懂得。短短的三天采访，我们虽然重走了建设者走过的路，参观了部分运行中的光伏电站，走访了业主、施工人员、村民等与此相关的各方代表，记录下了厚厚的采访纸页，但以黄礼伟和老宋为代表的全体建设者，他们这 107 天的经历，其中的酸甜苦辣、努力挣扎、拼搏奋斗，我们又怎会轻易懂得！

只有这悠悠的峡江水啊，只有这两岸静默的青山啊，它们以一种永恒的姿态，和这座边远小县城同呼吸、共命运；它们见证着历史的跌宕起伏，陪伴着全体建设者，度过了难熬的日日夜夜。建设者们立下的"军令状"、暗下的决心、耍过的横、斗过的狠、发过的怒、伤过的心、诅咒过的苍天、流过的血和泪，心里的辛酸和喜悦、付出和收获，还有家人背后默默的支持，这一江东逝水都懂得，这如黛的青山都懂得！

在这片巴文化的故土里，伏羲的神话故事亘古不变、延绵至今，那颗为人类送来光明和温暖的火种，那种扶贫向善的精神，如烙印般刻进了这峡江儿女们的骨髓，融入了他们的血液，照亮了他们心底，是永不熄灭的光。

这束光，是老宋嘴里常念叨的那句话：我是农民的儿子，只有拼尽全力干好工作、建好电站，才对得起单位的培养和家乡的百姓。

这束光，是以黄礼伟为代表的全体建设者心里的底气和勇气，使他们能够力排众难、攻坚克难，创造了 107 天建成 118 座电站的奇迹。

这束光，是巴人后裔内心长存的感恩之光，是恩施电力人的坚韧和智慧之光，是国家电网人用责任和担当为老百姓铸就的幸福和希望之光。

（原载中国电力出版社 2018 年 4 月出版的《阳光的味道》一书）@

华尔丹、谌胜蓝:
四个年代　一种精神

　　华尔丹，供职于国网湖北电力融媒体中心。从小喜欢写小说、散文，在自己构建的奇幻世界里穿梭遨游，编织着梦与希望的画卷，探寻灵魂深处的诗与远方。作品散见于《国家电网报》《中国电力报》《湖北日报》《脊梁》《三弦琴》等。

　　谌胜蓝，供职于国网咸宁供电公司。曾出版《回眸·思索——小女子品读大历史》（湖北人民出版社）、《文人·炼狱——小女子品读向阳湖》（中华书局），与人合编著《一亿诗人的摇篮》（天津人民出版社）、《百年鄂电——透过文物观历史》（中国电力出版社）、《百年鄂电——透过历史看发展》（中国电力出版社）。

咸宁市地处长江中下游东南岸、幕阜山脉北麓，除西北部小块地区属于冲积平原外，全市大部分地区都是山丘地形。50多年来，一代代咸宁供电人秉持"人民电业为人民"的宗旨，筚路蓝缕、跋山涉水、战天斗地，建站所、立杆塔、架线路、送光明，走过了一段段极其艰辛而不平凡的光辉历程，谱写了一曲曲艰苦创业、发愤图强、抢抓机遇、改革发展的精彩华章，为服务咸宁地方经济社会发展、服务300万咸宁人民生产生活作出了不可替代的重要贡献。咸宁人民将不分昼夜、风雨无阻奔跑在群山之间，为自己送来光明和温暖的咸宁供电员工，亲切地称为"跑山电工"。

在一代代"跑山电工"艰苦卓绝的奋斗进程中，咸宁供电公司积累形成了独具特色的"跑山电工精神"。

当时，在咸宁供电公司党委的领导下，公司上下大力推动"跑山电工"品牌，报告文学《"跑山电工"的光阴故事》聚焦"跑山电工"积淀下来的历史事迹，围绕描摹与弘扬"跑山电工"精神展开创作。90后作者临时受命，为写好历史故事，参考了大量历史文献材料，做好采访工作，在策划构思方面巧妙设计，以四个年代四个主角讲述自己的故事为主线来完成。2020年12月18日在《国家电网报》第五版整版刊发，文章发表后使"跑山电工"被更多人知晓，将"跑山电工"的精神传递得更远。@

华尔丹 谌胜蓝作品

"跑山电工"的光阴故事

——国网荆门供电公司抗冰保电侧记

20世纪60年代，咸宁电网始建时期的电网建设者 咸宁供电公司供图

湖北咸宁，地处长江中下游东南岸，幕阜山北麓，西北有江汉冲积平原区，中有大幕山至雨山低山丘陵区，南有幕阜山侵蚀构造中山区。山川形胜，茂林修竹，平原与丘陵在这里相接，高山与湖泊在这里相遇。

咸宁地区属亚热带大陆性季风气候，冻雨、暴雨、龙卷风频发。咸宁供电公司91.52%

的供电区域在乡村，60%在山区，电网建设、运维多艰。咸宁人将奔跑在群山之间，为居民送去光明和温暖的咸宁供电员工，亲切地称为"跑山电工"。

1966 年

春芽破土，电网起步

我叫戴金和，东北小伙，1966 年作为技术人员支援咸宁电力建设，担任咸宁水电工程队队长。工程队第一个任务是建设 35 千伏山坡输变电工程。我一路翻山越岭，跨黄河渡长江，怀着一腔热血来到咸宁。

那年 2 月，我初到工地，除了讨论施工方案，就是先熟悉环境。我的向导是工程队的队员，名叫王瑞海。我们的直接领导叫罗金怀，当时是咸宁水利公司总经理。

我到工地第二天，王瑞海骑着借来的"大国防"自行车带着我去熟悉环境。咸宁是著名的楠竹之乡，山上有很多竹子。楠竹笔直的枝干给这个城市增添了些许傲气，而藏在山林间的竹笋又给生活添了鲜甜之味。那天，我们在山里逛了一天。到了饭点，只见山林炊烟袅袅，翠竹的清香和柴火灶烧出的饭香非常好闻。山里的夜来得很快，那天不到 6 点，天就逐渐暗了下来。王瑞海把自行车蹬得飞快。一个下坡，我们耳旁的风呼呼作响。我回头看，山间的村庄已然一片漆黑。

"金和你看。"王瑞海说，"这是小水电厂发的电，也只能供应周边城镇居民照明。咸宁大大小小有 150 多座小水电站，基本都是晚上 6 点开始发电 11 点结束。等咱们干的这个工程结束，咸宁电网就能与武汉电网相连，告别限时限量供电。到时候，我们会看到更多灯在这里亮起来。"说完，他笑了，有些骄傲。

经过一个月准备，我们终于进山施工了。工地的日子很枯燥，同样的工作不断重复。

3 月的清晨，春寒料峭，山上湿气凝成雾，雾又在风中化成细细的"钢针"，一下下地往人皮肤里钻，工友们戏称"化骨绵掌"。工地上，我用腿夹住钻孔机，然后搓手取暖。可山上呵气成霜，冻得我不自觉地打哆嗦。我咬紧牙关，用右手摇打孔机。这一用力，我手背骨节上的冻疮又开裂了，手掌上的老茧和水疱都被磨得生疼。

在横担上打孔，是体力活又是技术活。20 世纪 60 年代的中国，钢材非常匮乏，电杆上所有的横担都是半截用钢，半截用瓷。瓷质横担很容易断裂，所以在横担上打孔既要精还要灵，手不能握太紧，打孔的位置角度也不能有丝毫偏差。罗金怀说，就是看中我的打孔技术，才特地请我过来担任工程队队长。我听后很感动，将技术全部教给工程队的人。

1966 年 6 月，历时 4 个多月，35 千伏山坡输变电工程投产。也是这年 6 月，咸宁电力公司成立。

1967 年春节，我走在咸宁城区的街道上，数了数，一共有 60 盏路灯亮了。

时光如梭，转眼到了 1978 年。咸宁用电负荷快速增长。为缓解供电不足，我们着手建设咸宁城区第一座 110 千伏变电站——文毕山变电站。工地上，没有瓦遮头，我们就在山垄田里搭起了竹席棚。冬天的晚上，北风呼呼，一张大通铺，大伙用棉衣包着头，呼噜声闷闷的，此起彼伏。夏天烈日炎炎，大家又被晒得脱皮。

施工条件艰苦，大家努力克服。建设资金严重不足，大家就一起想办法。搭建脚手架拆下的楠竹，我们请人加工成 150 多个竹床卖出去；设备包装箱，我们加工成 400 余个啤酒箱卖出去。这才回收了部分资金以补充建设资金。工程中拆下的铁丝，我们则让人锤直再加工成水泥隔热板。购买变电站控制室内的地坪水磨石玻璃彩珠要 260 元，可资金不足，我们十几个人就凑钱付了款……我们相信，办法总比困难多。

如今，我已经从咸宁供电公司退休 20 年了。我们这一代电力人有着不停奔跑、风雨兼程的精神。我们将这种精神寄予我们建设电网的山水间。

1995 年
艰难困苦，点亮山乡

我叫范良进，是咸宁市崇阳县金塘镇正源村的党支部书记，乡亲们都叫我"老范书记"。我们村离县城 70 多公里，说近不近，说远也不远，但我们村很多老人一辈子都没走出过大湖山。大湖山海拔 1200 多米，在崇阳县与江西修水县交界处。大湖山山势起伏，有很多山头。村里一个组只有 30 多户人家，还零散地分住在十多个山头上。

在大湖山山脚有个村叫寒泉村，从我们村到寒泉村要走两个多小时的山路，但是村里的小娃子特别喜欢去寒泉村。娃儿们说山下有会说话的大喇叭，还有放动画片的电视机。1994 年 11 月，寒泉村通了电，建起了广播站，经济条件好的村民家里不仅有"四大件"，甚至还用起了碾米机，开起了家庭小作坊。这让我们村的人都很羡慕，但是我们村出行都费劲，更何况要架线通电。

"什么？县里要来我们村解决通电的问题？我没听错吧。"我不敢相信自己的耳朵。"老范书记，您没听错，他们过几天就来了。"村委会主任从县里开会带回的消息让我惊喜。

1995年10月25日，电力施工队来到了我们村。施工队的队长是个二十七八岁的小伙子，叫吴纯炎，人长得十分精神。

山里地形复杂，施工困难重重，勘测仪根本不起作用。最终，吴纯炎决定多组织一些人手，用镰刀或砍柴刀一起沿着原来的规划线路砍掉阻挡视线的草木，然后一人拿一根几丈长的竹篙在山崖间来回移动，寻找最佳立杆位置。接着，运送变压器、电杆进山又成为难题。

我们村的山很奇特，两山之间很近，中间夹着一条深沟，一眼看下去就是悬崖。山上只有一条村民走出来的羊肠小道。吴纯炎下定决心："运输材料的车停在寒泉村，所有材料由人工背上山，一边施工一边开山辟路。杆立在哪里，大伙就得住在哪里。"我说："我们村能干活的都跟着你们上山，出力气，搞后勤。"看着施工队充满干劲，我热血沸腾。第二天，

村里的公鸡刚叫了两声，吴纯炎就领着施工队员和村民出发了。蜿蜒的山路上，他们佝偻前行的身影成为大湖山上一道独特的风景。170多根电杆，一台变压器，我们前后搬运了2个多月。有一根电杆从山脚抬到山顶花了3天时间。170多根电杆立杆、架线，在没有任何机械辅助的情况下靠人力苦干而成。他们说这是高山架线的奇迹。我笑着说，这是"愚公移山"的故事。

11月的大湖山正是冻雨频发的时节。雨下在地上结成了冰，人一不小心就会"刺溜"出去几米。雨落在铁塔上瞬间结成冰，施工人员一不小心手指就被冻在了铁塔上，只得用温水慢慢化开。施工难，生活更难。工程接近尾声的时候，大雪封山，施工队吃饭成了问题。队员每天靠吃红薯填饱肚子。11月28日，搭火通电时，正源村村民比过新年还欢喜。村里年过八旬的徐大爷拉着吴纯炎的手喃喃道："电力施工队是共产党派来的。我们村能过上好生活了。"我看着墙上毛主席的画像红了眼睛。

我们村是咸宁地区最后一个通电的村庄。后来，我时常想起深山老林中、羊肠小道上、河道纵横处，电力人翻山越岭、风餐露宿的模样。

2008 年

用心服务，冰雪丹心

我叫张公益，1978 年从部队转业回到家乡，来到咸宁市通山县大畈供电所。抄表、收费、维护、抢修供电线路……我周而复始地做着这些工作。

大畈镇位于富水库区的边缘，大畈供电营业所就在小镇的中心，担负着毗邻富水库区四乡一镇的供电任务。大畈供电营业所服务的 130 余公里 10 千伏供电线路、133 个低压配电台区，全部散落在群山怀抱的三垄四岔之中。抢修、巡线，大家都得翻山越岭、坐船赶路。

2008 年 2 月，湖北地区遭遇罕见的雨雪冰冻灾害。

冻雨来了！我看着窗外，30 年的工作经验告诉我"即将有一场恶战"。2 月 2 日，天刚蒙蒙亮，我紧了紧雨衣，冒着风雪出门了。我花了 5 分钟赶到渡口。船在库区行驶了 40 余分钟才靠岸。接下来是 30 分钟的丘陵徒步跨越，然后又是 65 分钟的山路步行。山上笔直的楠竹全都歪七扭八地倒在了地上。所经之处，我能看到的都是倾倒后的楠竹压损电线的场景。我一边与村里协调，一边联系所里。"我初步巡视到的情况是山里四个低压台区断电。

需要排查的故障点多，大家分成 5 个小组出发，排除故障点。"简单的碰头会后，作为班长的我迅速组织十几名抢修人员会同十几名村民分片区投入排险工作中。一路上，大雾弥漫，沿途被压断或者压弯的楠竹在我们眼前形成了一个"楠竹隧道"。大家不得不一边清理路障，一边艰难前行。越往山上走，气温越低，寒气越重。寒风拍打着我的脸，生疼。冻雨不间断地下着，大伙的鞋子都进水了，安全帽上结冰了，手套全部湿透了，我们不自觉地瑟瑟发抖。最困难的还是砍倾覆在电线上的楠竹。不砍不能恢复送电，而一刀砍下去，楠竹会剧烈地反弹回来。一不小心，人就会受伤。

天色越来越暗，雪和雨几乎没有停过。晚上 10 点，地表温度降到了零下 7 摄氏度。大家已连续工作了 15 小时。我们拖着疲惫的身躯，打着手电筒，排查清除了 20 多个故障点。但是，前方还有新的故障……砍掉了多少竹子我已经记不清了，我当时只有一个信念：只要一户没有复电，我们的任务就没有完成。

冻雨中，人们蜷缩在屋里取暖、聊天。而在深山里，一群电力人身披雨衣，头戴安全帽，手舞镰刀，与楠竹鏖战。

30 多年了，平均每月我都会穿烂一双解放鞋，一年骑坏一辆自行车，三年就得更换一辆摩托车……从意气风发到鬓霜白发，我跑过的高山沟壑化成了眼角的纹路。不知从什么时候起，大畈镇流行起一句话："用电莫着急，就找张公益。"

父亲给我取名公益，就是要我为大众谋利益。现在，大家找的不仅是"张公益"一个人，而是"跑山电工"这支队伍。他们将守卫光明的责任一代代传承，把不辞辛劳、扎根基层的奉献精神深植在了这里。

2019 年
创新创造，行则将至

我叫佘瑾，2017 年入职咸宁供电公司，从事电气试验专业工作。

2019 年，无人机在输电线路巡检、消缺中大范围应用。"怎么让无人机飞进变电站呢？"农历春节过后，我一直琢磨这事。在一些人力难以检测的高处，无人机巡检有更大的优势。比如，高空巡检变电站里的避雷针、龙门架等。多想还得多试验。我联系了输电专业的无人机机长王鹏，带他去变电站里试飞无人机。他说："我这无人机翻山越岭巡线，还就没进过变电站呢！"很快，无人机飞到了避雷针的上空。

我看着高处金具上斑驳的防腐涂料陷入沉思："就是让无人机飞上去看看？无人机应该能做到更多，比如，代替人去给避雷针补涂防腐漆。"我的脑海中出现了三个步骤：第一，无人机飞到补漆点；第二，喷漆；第三，无人机飞回来。带着喷漆瓶飞上飞下倒是简单，测量无人机尺寸后制作一个悬挂喷漆瓶的框架卡在无人机上就可以了，但如何控制无人机在空中按下喷漆按钮呢？自问自答给自己挖坑，我可能是一把好手。我脑海里瞬间闪过以前看过的一个手工达人制作电气开关的视频。我赶紧找到那个视频仔细研究，发现做这个的关键在于遥控"电动手指"。抱着试试的心态，我从网上买到了遥控电动按钮，把它加装在喷瓶的按钮上。

经过现场试验，我发现无人机自动喷漆装置还能给一些颜色标志、掉漆金具补色、补漆，大大提高了运维的工作效率，还降低了人员登高的次数。我给这个小发明取名为"空中防腐卫士"。王鹏试飞了"空中防腐卫士"，连连感叹，说我英俊潇洒、聪明伶俐、见多识广……这，夸得我都不好意思了。

除了工作之外，我就喜欢做实验，把自己的想法变为现实。我用编程技术在自己的手机上做出了两款电气试验 APP：一款是集合各种设备试验标准的"标准速查"APP，一款是包含所有试验原理和实物接线的"试验指导"APP。拥有两个APP"神器"的我，气质提升了，走路带风了。我觉得我不再是原来的那个助手小佘了，而是"老佘同志"。天知道，制作一个数据查找的APP，我写了9000多行代码。

2019年8月20日，晴空万里。在武汉220千伏军墨线沿线，我利用无人机巡查协助供电公司开展保电工作。"返航点已刷新，请留意返航位置。"飞行前调试完毕后，无人机发出了可以飞行的提示。我轻轻拨动遥控器上的摇杆，一架四旋翼无人机腾空而起，向远处的铁塔飞去。和我一同巡查的是输电带电班的李正师傅，他1997年入职。那一年，我才出生。"你看，像这种三四十米高的线路铁塔，我得用一两小时才能检查一基。你们这个小东西十分钟就可以完成。"李正感慨道，"巡线的师傅，夏战'三伏'与日斗，冬战'三九'与寒搏。现在无人机可以在室外连续工作五六小时，不用担心它会中暑。运维电网的任务，以后就交给你们了。"说到这，我和他相视一笑。

从建成湖北省首个覆盖乡镇的新能源汽车快充网络，到启动打造5G应用省级标杆城市，新型基础设施建设正在咸宁市快速开展……新时代、新设备，乘着科技的东风，我们将扛起"跑山电工"新的使命，发扬不断登高、开拓创新的进取精神。

2020年
初心未改，不息不荒

我叫簰洲湾，在我久远的记忆里，有水，也有好多模糊的身影。世人都知长江万里，却很少有人知道我。我住的地方在武汉上游60公里处的嘉鱼县。滚滚江水来到这里，画了一个40多公里长的"C"字形，然后直奔武汉。这个"C"字便是我：簰洲湾。在我们这里流传着一句俗语："簰洲湾，弯一弯，武汉水落三尺三。"

故事得从1954年说起。那一年，嘉鱼县遭遇特大洪水，当时防洪大堤还是土堤。白天，乡亲们去芦苇地里割芦苇，把芦苇一把把地扎起来插到江堤上用来抵挡洪水。夜里，村民将煤油灌在夜壶里，用芦苇做灯芯插到壶口上点燃。江堤上会挂起一排夜壶灯。大家披着蓑衣，穿着草鞋，靠着夜壶灯的光亮整夜守在大堤上。漆黑的夜好像是一个黑洞，雨滴滴答答落在里面。

　　1954 年 7 月 13 日 23 时左右，土堤再也顶不住肆虐的洪水，被撕开了一个大口子！"快跑！快跑呀！"我在呐喊，却没人能听到我的

20 世纪 80 年代，电网建设者在野外作业　咸宁供电公司供图

声音。看着被大水淹没的人影，我忍住没有哭，生怕泪水加重了洪水的力量。我看见微弱的夜壶灯光下，一名少年骑着一头水牛逃命。那一年，我被写进历史的内容只有短短一语：1954 年，簰洲湾江水漫堤，淹没全境。

　　1979 年，35 千伏簰洲变电站投运送电。送电那天，镇上锣鼓喧天，像过节一样热闹。

夏天防汛时，大堤上亮起了电灯。大堤用钢筋、水泥筑牢。曾经插芦苇防江浪的年代一去不复返。旧时的夜壶灯我再也没有见过了，但在防汛的日子里多了一群点亮"希望"的人。

　　2020 年，进入梅雨季节，湖北省经历 8 轮强降雨。雨水来得急、下得猛。7 月 9 日 2 时，大雨如注、电闪雷鸣，水位一路暴涨。看到这样的场景，我想起了当年那微弱的夜壶灯光。

　　大堤上，雨水里，跑来了熟悉的身影。他们已经有了统一的名字——国家电网湖北电力（"跑山电工"）共产党员服务队队员。暴雨如注，他们争分夺秒地挖坑、埋杆、架线、安灯……

　　风将他们的雨衣掀开，雨水将他们淋得全身湿透，但他们没有停下过手中的工作。我突然有些恍惚，好像在很久很久之前，也有那么一群人顶风冒雨抢险。那天的夜也是这么黑，那天我的呼喊是那么无力，可如今

一切都不同了。

48 小时，360000 米！簰洲湾大堤照明全线架通！抗洪堤防上亮起一道"光明防线"！巨大的探照灯如同灯塔一样，照亮了滔滔江水，照亮了 24 小时巡逻的村民。我想起了水牛背上的少年。明亮的灯光下，他安全回到了家……

我叫簰洲湾，大自然给了我和这里的人防汛的职责。我见过他们厉兵秣马、枕戈待旦的样子，也见过灯火通明、固若金汤的堤坝。

山再高，往上攀，总能登顶；路再长，走下去，定能到达。这就是关于咸宁"跑山电工"的故事。他们穿梭于大街小巷，行走在山林水畔，活跃在电力生产服务的第一线，践行初心使命，点亮人民美好生活。

故事总会留在过去，成为旧时光中或轻描淡写或浓墨重彩的一笔。未来在继续，他们的故事将在时光中延续。

（原载《国家电网报》2020 年 12 月 18 日第 5 版）@

陈克俊：
砥柱中流

陈克俊，男，曾任国网荆门公司党办主任、东宝公司党委书记、记者站站长、高级政工师。其间笔耕不辍，发表作品百万余字。其中报告文学《砥柱中流》从报社约稿，到省公司下达的任务，交稿时间只有一个工作日。时间紧迫，他只好发动武汉公司、湖北送变电公司的兄弟们提供事件脉络及细节视频、照片，电话来访基层一线人员，借用电影蒙太奇手法，将一个个感人镜头直逼读者心灵，稿件被《国家电网报》2016年7月22日《亮周刊》整版刊用，展现了国网湖北电力党员突击队的独特风采！

湖北梁子湖与牛山湖之间的千米隔堤，经过 25 吨炸药的爆破，瞬间沉入水底，梁子湖成功分流 5000 万立方米洪水。梁子湖水位锐减，为武汉及其周边城市安全度汛奠定了基础，奋战了一昼夜的人们一片欢呼。

头戴安全帽，身着国网湖北电力党员突击队"红马甲"的刘勇却来不及与人们分享抗洪胜利的喜悦，他面色严峻地手持望远镜，不断调整焦距，观察洪水对分洪区铁塔、电杆的冲击力度。一直到水面渐渐平缓，确认电网"一塔未倒，一线未断"时，他才掏出手机，抢拍了几个现场镜头，发到微信朋友圈里。手机里立即有"铁粉"回应：我看到了"红马甲"上的党徽闪闪发光，你和你看护的铁塔一样，是抗洪的"中流砥柱"。

刘勇是五里界供电所所长。从 7 月 13 日凌晨开始，他和他的战友们就没有合过眼皮。

先是冒雨为武警部队埋设炸药架设临时供电线路，后是连夜检查分洪区电力线路安全状况，然后为各个受灾群众安置点新架电源，一路不停，终于完成了任务。

危湖悬顶　电网突击队"亮剑"

梁子湖是湖北蓄水量第一的湖，镶嵌在武汉、鄂州、咸宁三大城市之间。

今夏入汛以来，湖北连续遭遇四轮"超强版"雷暴雨，雨量强度突破多个历史极值。有网友无奈地说，号称"百湖之省"的湖北，现在全是"湖"，找不到"北"了。梁子湖水位猛涨到 21.48 米，连续多天超过保证水位。一汪 270 平方千米的悬湖，威胁着武汉！威胁着鄂州！威胁着咸宁、黄石！威胁着京九铁路等 13 条铁路大动脉！

与其被动，不如主动。7 月 12 日，湖北省政府决定紧急搬迁1658名群众，对位于梁子湖与牛山湖之间的牛山湖大堤实施破垸，利用两湖之间1米多的高度差分洪。

国网湖北电力接到防汛指挥部通知后，立即向国家电网公司总部汇报。公司总部领导当即回复："一切服从于分洪，一切服务于分洪，精心组织，确保安全。"

牛山湖分洪区内涉及4条超高压线路、1条220千伏线路及10条10千伏线路，电网资产价值数亿元。

"既要服务抗洪前线停送电，又要确保电网设施自身安全。"国网湖北电力紧急召开电视电话会议，发出动员令。

国网湖北电力领导班子成员迅速分工，靠前指挥。一路坐镇调控中心全面协调，紧急启动超高压光磁一回线停运应急预案；一路奔赴前线设立现场指挥所，组织武汉、鄂州、送变电、检修公司集结突击队，"亮剑"分洪战场，开展电网设施安全各项应急处理工作。

只许胜利，不许失败。这是一场限时完成的紧急任务。

7月12日凌晨，武汉供电公司接到紧急命令，要求在当天13时前，停运分洪区域内所有供电设施。

武汉供电公司立即将任务落实至向梁子湖和牛山湖供电的江夏区供电公司和东新区供电公司。他们紧急集结党员突击队、民兵应急基干队、后勤保障应急队、车辆物资供应队，分兵把口，对220千伏凤岳三回13~17号塔段、10条10千伏线路、65个供电台区和3045户客户实施安全排查和分步停电作业。

入汛以来，"武汉到处都是'海'"。每个供电员工都成了"水上抢修哥"。他们在一片汪洋中夜以继日地奔波在抗洪一线。没有双休日，没有8小时工作制，在洪水中且战且行，他们的执行力和战斗力受到武汉市政府领导的称赞。

"久战疲劳之师，能够打好打胜这一仗吗？需不需要调人支援？"武汉供电公司领导现场询问紧急集结而来的突击队员们。

"请组织放心！急难险重，用我必胜！"刘勇和突击队员们的回答，像誓言一样庄重。

当23个行政村和农场人员紧急向外迁移时，江夏区供电公司和东新区供电公司却集结150名抢险队员，冒雨奔进分洪区，将应急照明设备、发电机、导线全部运往蹲守现场。

分不清是雨水还是汗水，全身工装都在滴水的刘勇说："如果图省事，完全可以提前将所有的线路一停了之。但我们是国家电网人，我们是共产党员，必须按照居民的搬迁速度'按户停电'。虽然工作量骤增，但是方便了老百姓。"

中午 12 时，分洪区最后一户村民撤离后，刘勇和队友分别爬上 10 条 10 千伏线路，等待解线断电命令。

但是，指挥部传来命令，分洪时间推迟。刘勇和已经奋战了一个通宵的突击队员们，终于可以原地待命，歇个脚，眯下眼了。

恰在此时，刘勇突然接到当地政府电话，一个搬迁 100 多户群众的学校安置点，由于没有电灯和空调，群众情绪躁动，要求立即支援。刘勇立即带领来不及歇一口气的队友们驱车赶往现场，为他们安装一台柴油发电机，组织分装 30 台空调，为每个转移群众居住的教室送去光明和清凉，群众情绪迅速稳定下来。

争分夺秒　构筑杆塔"护身堤"

按照防汛指挥部命令，国网湖北电力送变电公司必须在 7 月 14 日 5 时前，即分洪堤坝爆破 90 分钟前，完成 4 条 500 千伏超高压线路的安全排查任务，同时完成 50 基杆塔基础部位沙袋围堰堆砌、钢管打桩加固及拉线反光警示标识安装。

兵马未动，粮草先行。7 月 13 日 18 时一接到任务，送变电员工张婷就进入了"倒计时模式"，5000 个麻袋、100 把铁锹、50 把大锤、30 把十字镐，她必须在两小时内，完成这些物资采购任务并送往现场。

小车班班长胡言喜立即召回已经下班的三名司机，通知他们马上赶到仓库运输钢管。

7 月 14 日零时，送变电土建分公司党支部书记何全裕带着四车物资，抵达抢险现场。早已等在现场的突击队员们立即挑灯夜战，与时间赛跑，抢在分洪爆破之前，为相关铁塔建设一道抵御洪水的"护身围堤"。

"供电要保证供到最后一分钟！"7 月 13 日晚，刘勇和突击队员接到翌日 7 时正式分洪的准确时间。所有人员均在夜色中提前三小时到达指定位置。直到分洪命令下达一小时前，位于分洪区域内的所有线路才停止运行。

7 月 14 日 5 时，国网湖北电力现场负责人最后一次检查了各个电网设施防洪措施，确认安全无误后，立即通知现场施工人员，全部有序撤离。

7 月 14 日 7 时，堤破水涌的一刻，才是考验供电设施安全与否的开始。分洪区域地形复杂，水到底能淹到什么位置？让人心里没了底。但是，刘勇和蹲守现场的突击队员们却信心满满，胸有成竹。

洪水滚滚而来，电杆铁塔安然无恙。由于加固了钢管桩，堆砌了围堤埝，电网犹如中流砥柱，一塔未倒，一线未断，湖北电网没有因为分洪而中断供电。

水退人进　及时恢复供电

分洪任务完成后，国网湖北电力积极配合当地政府，对存在风险的线路走廊设置禁航区域、布置隔离措施及安全警示标识，防范人身安全风险。

7月14日10时，距离分洪三小时，水面渐渐平稳，刘勇带领现场待命的供电员工，迅速开展线路巡查，对能够恢复送电的台区立即开展送电操作。

"水退到哪里，电就送到哪里。"7月14日11时许，位于10千伏福利线上的6个台区恢复供电，成为分洪后第一个复电区域。

与此同时，刘勇和他的战友们分成几个小组，一个个手持绝缘棒，身背登高板，分别对65个配电台区进行"试送电"。

7月17日，江夏区榨树咀村最后34户村民返回家园，但是没有电。江夏区供电公司党员突击队趁天气放晴的间隙，现场拿出复电方案，组织施工。

正午的太阳直射地面，地面温度达到40摄氏度，突击队员身上的工作服被汗水浸湿后，紧紧贴着前胸后背，草丛中飞出的蚊虫，叮咬着施工人员，又疼又痒，但大家无暇顾及。为了及时给客户复电，中午在工地上简单吃过盒饭后，他们又立即投入抢修中。

16时54分，41根电杆和12000米电线架设到位，现场工作负责人下令送电，变压器也随之发出均匀的"嗡嗡"声，村里电灯纷纷亮起。

"感谢供电公司在关键时刻帮我们通上了电，送来了清凉。"村民们一边不停地感谢供电抢修人员，一边帮忙收拾抢修现场。

从24小时分洪限时战到72小时的恢复供电跟踪战，国网湖北电力党员突击队再次向人们展示了国网人勇于担当的形象。

天气预报说，第五轮强暴雨即将来临。刘勇和他的队友们还不能回家休息，他们有的要转战长江大堤龙王庙线段巡查隐患点，有的要到举水河溃口处架设紧急抢险电源。刘勇受命支援南湖受灾区，为那里的小区居民恢复送电。

刘勇鼓励队友说："梅雨季节马上就会结束，我们再辛苦几天，就会坐在家里享受清凉了。"

队友们一听就笑了：别给我们来望梅止渴那一套，梅雨季节过了就是三伏天，当上了外线工，就没指望暑天享清福。只有客户用电用得顺，我们才有舒服日子过。

（原载《国家电网报》2016年7月22日第5版）@

喻敏：
一个有爱好的人

喻敏，中国作家协会会员、中国电力作家协会会员、湖北省作家协会会员。曾获国家和省市级多种奖项。

一个人有爱好，发自内心地喜欢一件事情，在获得无穷乐趣的同时，也调养出热爱生活的真性情。

看得出来，今年76岁的国网湖北黄龙滩电厂退休职工刘光彩，对种植是出自内心地爱好。他醉心于此，收获了感谢、朋友和众多的荣誉。他所有这些收获，是他执着爱好种植的副产品。

76岁，满头黑发，开着老年代步车从市区住所到郊区农村来来往往，刘光彩看起来精力充沛。他喜欢种植这件事情，乐在其中，沉醉其中。他为农民提供果树养护技术咨询是免费的。农民因此非常感谢他。

一个人有爱好，更容易摆脱平庸。刘光彩就是这样。

我们大多数人的生活平淡乏味。在柴米油盐、一地鸡毛的时光里，兴趣爱好，给了刘光彩人生出彩的支点。

爱好对于一个人，是特别"有用"的东西。正是因为有了它，人们能在平淡如水的生活中，咂摸出一丝甜味。

看书、习字、养鱼、种草、旅游、登山……这些看似无用的兴趣爱好，决定了生活的品质。

人有了爱好时，便能在日常的柴米油盐之外，开辟出一个属于自己的精神乐园。

爱好无关乎功名利禄，只关乎内心的欢喜，生活因此变得活色生香。

有一门爱好，做自己想做的事情，当沉浸其中而怡然自得时，便遇见了那个生命状态更美好、更开阔的自己。

有爱好的人，是乐观开朗的。

他们专注于自己喜爱的事物，生活中负面的东西对其影响便小了，很少产生消极的情绪。

他们从生活中积攒力量，为身边的人带来快乐。

身边的同事有刘光彩这样的人，让我们看到人生丰富多彩、视野开阔。他们感染着我们，使我们对生活多了一份热爱与深情。

有爱好的人，精神更坚韧。

有爱好的人，始终对生活有着自己的坚持。

有支撑他们的东西，即便处境艰难，也不会对生活失去希望。

因为有热爱的东西，所以心底总是存着一丝暖意，自愈能力便比别人也强上一些。

有爱好的人，生活更有趣。

生活趣味不在别处，在一饭一蔬、三朋两友、四时风物和能终身习之不倦的爱好。

人活着，择一事成趣，得一好终老。刘光彩做到了。@

喻 敏 作 品

为霞满天

春天是一年中最好的季节，春天里总会有一些温馨的故事发生。

2023 年 3 月的一天，山城湖北省十堰市刚刚经历了一场寒潮。天气很冷，但山花已迎风怒放。国网湖北黄龙滩电厂 76 岁的退休职工刘光彩，一大早就开着他的老年代步车从位于城区中心的家中出发，向城郊驶去。昨天晚上，刘光彩接到了村民张志平的求助电话，决定去约半小时车程的现场看看。

57 岁的农妇张志平家住十堰市张湾区汉江街道龙潭湾村。以前，张志平养猪种菜，收入很有限。2001 年，她认识了刘光彩。刘光彩技术好服务好，还对所有村民免费。刘光彩亲手教她。她陆续在地里种上了葡萄、桃树、杏树。去年她家种的果树就见到收成了，很快把投入收了回来。张志平别提多高兴了。这次她找刘光彩，是担心寒潮对正在开花的桃树有影响。刘光彩爽快地答应，开着车就来了。

张志平的几亩桃树林位于乡道两旁，在凛冽的寒风中，桃花朵朵开放，传达出朝气蓬勃的春天的气息。

在张志平家的果园里，刘光彩现场查看了一番，让张志平不要担心。

刘光彩身材精瘦，满头黑发，精神矍铄。丝毫看不出他已是一位古稀老者。他手持一把果木剪，将桃树上的一些繁枝和繁花剪掉。"桃树是喜光作物，要枝枝见光。你记着，要控产高效。蓄多少枝，一枝留几朵花，是有讲究的，按我以前教你的来。"

解答张志平的疑问后，刘光彩又开着他的老年代步车，向十堰市郧阳区柳陂镇赶去。车上载着两捆他帮人买的果树幼苗。20 来分钟后，到了柳陂镇吴家沟村。吴家沟村村民贺庭吉、杨正勇、李霞等人围了上来，他们感谢刘光彩多年来对他们的技术指导，感谢刘光彩帮他们发家致富。有人把托刘光彩买的树苗领走。

"你是个好人啊，这些年教我们种果树，一分钱都没收，我们家家都赚钱了。"他们连声向刘光彩称谢。

刘光彩是谁？他为什么要帮这些农民呢？

再三恳求之下，刘光彩神采飞扬地向我们讲述了他的人生传奇。

刘光彩1947年出生在湖北省十堰市郧县（现郧阳区）青山镇青树沟村一个贫穷农家。小时候，他家里穷到揭不开锅，来了客人要端着碗出去借粮食待客。刘光彩的一个亲戚，甚至一辈子没有出过远门，没坐过汽车。贫穷给刘光彩的印象太深、刺激太大，他从小就立下志向，要用自己的一辈子去挑战贫穷、消灭贫穷。

小时候，刘光彩跟着一个表叔学习中医，掌握了一定中医技术和中草药知识。那时，他经常跟着表叔在十里八乡行医，虽然治好了不少人，但他深深感觉到"救命救不了穷"。看到乡亲们在"穷窝"里熬生活，他心里很不是滋味。

解甲回乡　建设三线

1965年，刘光彩18岁时参军入伍。因为有一定的中医基础，他很快就成为部队的卫生员。在部队时，他曾被推荐至河南中医学院中药系学习。1969年退伍之后，刘光彩回乡做了几个月乡村医生。听说水电部第十工程局黄龙滩101工程（黄龙滩水电站建设工程）招工，刘光彩响应"好人好马上三线，备战备荒为人民"号召，积极报名。刘光彩很顺利被选上，进入黄龙滩101工程指挥部职工医院药剂科工作。

刘光彩进入101工程指挥部职工医院的时候，正赶上特殊时期，各种药物极度匮乏，郧阳地区缺医少药，各医院纷纷自行生产药品。黄龙滩101工程指挥部党委决定也要自力更生，自己上马生产线生产葡萄糖、氯化钠等常规药品。药品质量是人命关天的大事，刘光彩作为药剂师全身心投入药品的生产研发当中，在省药检所和郧阳地区卫生局的检测当中，101工程指挥部职工医院生产的药品质量全部达标，远远超过郧阳地区人民医院、十堰市人民医院等大医院的水平。101工程指挥部职工医院生产的各类药品还帮助在郧阳地区参与"三线建设"的铁道兵解决了药品短缺难题。这是刘光彩作为一名基层医药科技工作者取得的第一次胜利。

1971年9月30日下午3时10分，时间在黄龙滩水电站建设工地凝固。水电部第十局黄龙滩水电站工地正在紧张施工的右岸坝肩山坡突然发生连续崩塌，砰然轰响，沙石俱下，犹如天崩地裂、万马奔腾……右岸山坡 ▽255~▽260 高程崩塌，正在陡坡施工的风钻工和郧县梅铺营民兵遭到重大伤亡。在场人员立即上前抢救，不到 10 分钟，▽220~▽230 高程岩块再次崩塌，又使施工和抢救人员遭受严重伤亡。两次崩塌共死亡 35 人，重伤 27 人，轻伤 40 人。牺牲的人员年龄最大的 42 岁，最小的年仅 18 岁。

得悉"9·30"事故的消息之后，刘光彩和同事们火速前往工地救援。为抢救伤员，刘光彩 48 小时没合眼，并坚决要求献血。

1978 年，刘光彩转入黄龙滩电厂职工医院从事康复工作。

在职工医院工作，刘光彩既踏实肯干又肯钻研。职工医院便安排他到湖北医药学院、郧阳医学院、武汉湖医二院、郧阳地区人民医院等单位进修。

在郧阳地区人民医院（现十堰市太和医院）进修期间，刘光彩治好了不少疑难杂症。当时有一个十堰市茅箭区鸳鸯乡的姑娘得了严重的乳腺炎，疼得光喊妈。太和医院众多专家束手无策，刘光彩采用两台超声波轮换连续式治疗

两次，她就再也不喊妈了，痊愈出院。太和医院硬是留刘光彩多进修了半年。

回到黄龙滩电厂职工医院后，刘光彩继续治病救人，治好了不少疑难杂症。黄龙滩电厂司机宋公祥师傅大腿感染长了脓包，切除后形成瘘管苦不堪言，刘光彩用长波紫外线治疗两次痊愈出院。电工张富广的妹妹 19 岁得了乳腺炎，形成瘘管痛不欲生，刘光彩用长波紫外线治疗四次让她彻底痊愈。黄龙滩电厂职工高树荣的老岳父，因为腰椎间盘突出等各种问题，腰直不起来，下巴颏几乎贴着膝盖。在刘光彩的治疗下，老人家腰板直起来了，天天上山挖地种菜。从那以后，他几乎每天都给刘光彩家里送菜，刘光彩心里过意不去，让他别送了，遇到刮风下雪的可咋办。老人家说："下雪了，我就拄根棍棍嘛！"这句话给了刘光彩很大的触动，原来帮助别人，会让别人如此念念不忘；原来帮助别人，会让自己也更有价值。由此刘光彩更加坚定了奉献自己、帮助别人的信念，并把这当作人生的正路，义无反顾、一往无前地走下去。

20 世纪 80 年代，国家提倡企业多种经营。在黄龙滩电厂领导的关心支持下，刘光彩勇于创新，1987 年开始试验养殖牛蛙，吸取郧阳地

区 8 个养殖场牛蛙养殖失败教训，成功养殖牛蛙，1990 年销往北京市场。

俯下身子　干出样子

1997 年，因为企业改制，职工医院撤销，50 岁的刘光彩退休。十堰城区几家医学机构对刘光彩伸出了橄榄枝，意欲聘请他去发挥余热，他自己也能另外挣一份收入。还有人劝刘光彩打打太极拳、遛遛弯，尽情享受退休生活。但是，在农村长大的刘光彩，眼前经常浮现年少时农村的情形。他深知，种红薯和玉米，农民终年土里刨食，无非混个"肚儿圆"。多年的社会阅历告诉他，相比较而言，在农村种经济作物的收入更高一些。要让农民增收奔小康，需要的是种植技术。而农村，缺的就是技术。医护工作者，泱泱中国不缺他一个。而他要是拥有了花、果栽培技术，就可以回报农村了。

刘光彩的老伴抱怨：你到诊所或者药店找点事情做，坐在那里领工资不好吗？为什么要往乡下跑、往田里钻，晒得黝黑累得够呛，图什么？

图什么呢？刘光彩自己的心里有答案。治一个人的病再厉害，都不如治穷病厉害。就像一缕电光可以照亮一座山村，刘光彩一个人也能尽可能给农户带来光明。

刘光彩虽然身材瘦小，但有股子精气神在。特别是退休后，刘光彩回青山老家转转，看到有一些乡亲还在受穷，还吃不饱饭穿不暖衣，就觉得心里有根刺，就要想法子帮农民拔掉穷根。在电力企业的工作经历也无时无刻不在鼓舞着刘光彩，要像"送电下乡"一样，把农业技术送到千家万户。于是，在退休第二年的时候，刘光彩自费去北京中农乐果树研究所学习落叶果树栽植及苗木繁育专业，决心通过一到两年的时间学好技术，回来奉献山区老百姓。

2003 年，刘光彩被十堰市科学技术协会聘用为十堰市农村专业技术协会副会长，分管科技项目引进、科技示范和技术培训工作。也就是在那段时间，南水北调中线工程加紧建设，十堰作为核心水源地，保护生态涵养水源的任务更重。国家要求十堰汉江两岸 25 度坡全部停耕，实施更大力度的绿化工程。十堰本来就山多地少，老百姓土里刨食很不容易，可退耕还林以后耕地更少，农民的出路和希望在哪里？

省里、市里这时候也要求对农业产业结构进行大调整，要在一江清水永续北送的同时确保农民收入不下降，要求农业科技部门献计献策拿出可行性方案。刘光彩经过实地调研走访，结合十堰地区气候、土壤、环境和广阔的山坡地资源优势，在科技会议上提出金银花根系发达，生命力极强，具有固沙固土，防止水土流失的功能，又可增加农民的收入，正好是一个与南水北调配套的生态工程。"绿水青山就是金山银山。"十堰市科协经研究决定由刘光彩负责考察论证。

首先就是要引进优质高产的金银花品种，替代本地劣势品种。2005 年，刘光彩决定自掏腰包赴全国各地金银花主产区考察。老伴不理解："国人医药给你每个月 2000 元钱你不去，偏要干些贴钱的事儿？"亲戚朋友也说他不干正事。刘光彩也不争辩，背着个包包就上路了，自费跨越四省历时数月考察陕西汉中地区、四川南江县、重庆秀山县、河南封丘县、山东平邑县、湖南隆回县，目睹了上述地区百万亩金银花生产基地所产生的巨大经济效益和生态效益，进一步增强了信念。回来后，刘光彩向市科协专题汇报考察结果，市科协非常重视，并研究决定郧县为全市金银花种植示范县。

是电力人"人民电业为人民""做好电力先行官，架起党群连心桥"的奋斗精神鼓舞了刘光彩；是"治穷病、拔穷根"的信念把刘光彩召唤回了农村，让他脱下白大褂穿上解放鞋，从此扎根在了泥土里。为了广大乡亲脱贫致富，刘光彩觉得自己又一次选择对了一条正确而光荣的人生道路。

无私奉献　力拔穷根

刘光彩成为一名"新农人"。刘光彩一开始到各村推广种植金银花的时候，召集老百姓都召集不起来。就算来了也嘻嘻哈哈，刘光彩在上面讲到口干舌燥，大家伙在下面扯家长里短。经常是讲到中午 12 点了，大家伙拍拍屁股回家吃饭去了，把他晾在那里没饭吃。

就是在这样的情况下，刘光彩不动摇、不放弃，决心先把示范园建起来，让老百姓尝到甜头看到希望，自然就会跟着干。2006 年，刘光彩从山东引进亚特金银花 32 万株，种植 6 个乡镇 8 个村，并在郧县柳陂党员示范基地建成 5 亩金银花样板示范园，由刘光彩负责技术管理。那年 4 月，刘光彩到柳陂基地修剪金银花，就连基地员工都说风凉话："我们这里遍地都是金银花，何必跑那么老远到山东去买，能卖几个钱？"刘光彩听了心里虽然不是滋味，还是坚持撸起袖子默默地干。整整 8 天时间，他每天中午泡碗方便面，吃完就在树林子下面打个盹，顶着大太阳一个人坚持完成了修剪。那年夏季高温干旱，气温在 37 摄氏度以上，刘光彩两只胳膊都晒得通红，火辣辣地刺痛，回家后老伴看到又气又心疼地说："不知你图个啥？真是自找苦吃。"

示范园步入正轨后，刘光彩又马不停蹄下乡开展技术培训。第一站去柳陂马鞍槽村，老百姓说得更难听："忙得不得了，哪有闲工夫学种金银花。"刘光彩也不灰心、不计较，与村干部一同深入农户家中，耐心介绍金银花的市场前景和较高的经济效益，并与种植户同吃、同住、同劳动。三个多月来，刘光彩跑遍 6 个乡镇 8 个村 370 多户，用自己的实际行动感动了种植户，提高了种植户积极性。刘光彩从培训中发现认真学习的种植户，将他们作为重点示范户培育，以点带面推动金银花产业快速发展。

经过三个多月的科学管理，金银花植株结满了花蕾，花蕾比本地金银花花蕾大一倍，花蕾密集，形似银条状如菊花。当年栽植结花三茬。当地金银花只结一茬花。种植户得到了实惠，终于说出心里话："这次种的金银花确实和我们当地的不一样，没有骗我们，我们一定好好学习认真管理。"

如今，刘光彩再去村子里，老百姓都亲切地喊他去家里吃饭，拉着他的手说些感谢的话。经过两年的努力拼搏，刘光彩使小小的金银花变成了山区农民的摇钱树，结出了致富花，让山区农民脱了贫、致了富。最感人的是郧县黄柿一位张老汉说："我老两口种了两亩金银花，每年收入八九千元钱，相当于我养了一个孝心的儿子，我想吃什么就买什么，它二话不说。我要是问儿子要点零花钱他还说长道短的。"农民编了个顺口溜："金银花致富花，种了它发了家。男女老少人人夸，不种它还种啥。"

2008 年 4 月，随州市科协组织人员考察参观十堰市金银花种植基地后，决定在柏树湾村引进种植金银花。十堰市科协原副主席万义早请刘光彩负责扶持随州市环潭镇柏树湾村项目，从苗木供应、现场种植、修剪、后期管理、成品加工、销售等提供 4 年多无偿技术服务。柏树湾村从 2008 年至今发展金银花 1200 亩，每年给村里农民人均增收 5200 元，集体增收 24 万元，带动就业千人，使柏树湾村从空心村变为现在的明星村。

刘光彩名气大了，山东等一些省，也慕名请他去讲课。这些年来，他义务授课 100 多期，受益者遍布国内，带动多个省数十个乡镇发展了产业。培训费和技术资料费，他分文不收。

十堰市郧县南化塘镇关帝村从 2006 年在刘光彩推荐下开始种植金银花 200 亩，核桃 500 亩。刘光彩长期多次给关帝村农户免费培训种植技术。现户均增收 8000 余元，带动 150 余人在家就业。

就像只要发电、输电、供电就总能照亮黑暗、点亮希望；刘光彩精心播种，有了重大收获。

俯身乡村，带给刘光彩众多荣誉：2006 年 7 月 28 日，十堰市、郧县两级科协组织种植乡镇领导和部分种植户到示范园参加金银花现场会。十堰市、郧县电视台和十堰日报社做了专题宣传报道。没种植的乡镇领导纷纷带领村民到基地参观学习。

2008 年 5 月 7 日，十堰市科协、郧县县委、县政府、郧县科协、武汉大学医药学院、山东亚特生态技术股份有限公司、湖北武当生物医药科技有限公司等多家单位组织金银花研讨论证会。专家团听取了刘光彩的专题汇报后，高度评价了金银花种植是个非常适合农村发展致富的项目，是高效、生态、环保特色农业项目。十堰市科协主要领导做了指示，要抓好金银花产业发展规划，政府引导、科技支持、龙头企业带动，完善产、供、销一条龙服务体系，把金银花产业做大做强。

助人为乐　攻克难题

刘光彩的精力有限，他不可能到众多农户家中一一现场指导，于是想到了运用在电厂工作时学会的知识著书立说。他白天满负荷工作，晚上熬更守夜，把自己掌握和积累的科技知识编写成数十种教材，以便种植户学习。他还受聘于湖北省农村致富技术函授大学，受邀到山东、河南等地传授技术。

刘光彩还精心培育了"武当一号"和"武当二号"两个金银花新品种，年出圃种苗 80 万株，这两个品种已被推广到全国各地规模化种植。加工的武当金银花茶，荣获湖北省名牌产品、农产品加工金奖等荣誉。

金银花种植虽然成功了，但传统的晾晒还是靠天吃饭，一旦遇到下雨阴天霉变就废掉了不能入药，老百姓一年的辛勤劳动也就付诸东流。自然晾晒的金银花质量低、售价低，挫伤了广大种植户的积极性。特别是遇到阴雨绵绵天气，眼睁睁看着金银花烂在地中不能采摘，很多村民围着刘光彩说："刘老师你帮我们想想办法吧。"老大爷握着他的手说着，含着眼泪。

刘光彩下定决心一定要攻破金银花干燥技术，解决花农晒花难的后顾之忧。他上网搜索金银花加工方法，其结果还是传统的自然晾晒。想来想去，猛然想到制茶工艺，刘光彩就动了将茶叶杀青机改装为金银花杀青机的念头。一开始一炒就煳，连续试验多次都不成功，刘光彩就自学技术开展科技攻关，把传统的靠手感测试温度的杀青机改造成智能化、数据化、数字化的可显示温度的设备，最终实现湿花进、干花出，全程20分钟完成干燥。比传统自然晾晒节省约48小时，每小时可加工150斤鲜金银花，功效提高140倍以上，加工的干金银花经药检部门检测绿原酸含量4.2%，高出国家药典标准近2倍（国家药典标准1.5%），含水量测定7%，符合国家药典标准。售价比自然晾晒高2倍。常温下存放两年不虫蛀、不霉变。该技术打破了数百年下雨不能采花的禁区，填补了国内金银花干燥领域中的空白。

刘光彩在研究过程中为一个数据就要花费几十小时进行反复试验才能成功，很多次试验从早上到深夜，饿了泡碗方便面，疲劳了靠在凳子上打个盹继续工作，经过数百次试验终于获得成功。虽然刘光彩很累，但他的付出解除了全市金银花种植户的后顾之忧。国网湖北黄龙滩电厂党委知道了他正在研发新设备后，安排技术出众的师傅协助他安装调试，为他提供充足的技术保障。

2009年11月，刘光彩参加传统医药国际科技博览会暨中药现代化科技产业基地总结大会。刘光彩研究创新的金银花高温速干加工新技术在总结会上进行了专题论述，得到专家团一致肯定。2010年5月，号称中国金银花之乡的山东省平邑县派考察团参观学习刘光彩创新的高温速干新技术，当场订购了他研制的高温杀青机并聘请刘光彩赴山东向他们传授高温速干加工新技术。

为了广大农户免费应用，刘光彩主动放弃了发明的金银花杀青机专利申请。

在当今社会，搞科研、做讲座，都离不开电脑。可对当时年近花甲、老眼昏花的刘光彩来说，学电脑比登天还难。但他不放弃，硬生生学会了打字，学会了上网搜索资料、做PPT课件。因为刘光彩经常是白天在乡下跑，晚上回家写材料、写课件，经常一搞就是下半夜两三点钟，老伴心疼得很，常说："你把眼熬瞎了咋办！"有一次，她凌晨5点起来上厕所，看刘光彩还坐在电脑前面敲键盘，气得嘭地拔掉了电源！当时，刘光彩材料正写到一半，没点保存，急得满头汗直跺脚。老伴也吓到了，连连保证以后再也不拔他的电源了。从那以后，刘光彩又学会了随时保存文档和恢复文档。

因为发挥晚年余热，为创新农业科技取得了成绩，国网湖北省电力有限公司两次把刘光彩评为"老有所为"标兵，十堰市授予刘光彩"十堰好人·楷模"称号。刘光彩的事迹于2019年入选《初心——湖北离退休干部群英谱》。该书由中共湖北省委老干部局、当代老年杂志社主编出版，收录了全省40位离退休人员的先进事迹，其中包括张富清、吴天祥等一批耳熟能详的先进典型人物。

刘光彩在退休后选择了奋斗目标和正确的人生道路，就像习近平总书记要求科技工作者那样"树立强烈的创新自信，勇于开拓新的方向，不断在攻坚克难中追求卓越"，就像国家电网有限公司的企业精神"努力超越、追求卓越"。

引进新品　乡村振兴

为了让农民兄弟挣更多的钱，刘光彩还根据各地的土壤、气候等具体情况，引导村民栽种各种果树。2015年，他引进名特优果树新品种，进行高密植栽培和绿色无公害科学管理试验。同时，他琢磨出高产树形、高密植栽培、绿色无公害管理等新技术。随后，这些名特优果树和技术在一些村镇推广。"别人种桃树，一亩地只能栽56棵，而刘光彩能栽178棵。原来亩产3000～4000斤，刘光彩能达到7000～8000斤，成本投入降了一半，亩产经济效益翻了一番。另外，别人种桃树，3年才挂果，运用刘光彩的新技术，15个月就挂果。

以前，农村很多地方的桃子每斤只卖8角钱。刘光彩指导种的"白如玉"桃，吃起来是蜂蜜的味道，能卖12元一斤；黄桃，有玫瑰香的味道，最高能卖到15元；"惊夏"，卖6元一斤。这些水果不仅产量高、品质优、口感好，而且价格有保证，不愁销。在刘光彩的指引、帮助下，一户农民家庭，年收入比以前增加几万元的情况很普遍。

刘光彩给果农传授技术，向来不收一分钱。平时，他一直在学习提升，并编写一系列药材、果树高产新技术实用教材以及电教课件，通过授课的方式悉心传授。

家住郧阳区樱桃沟的陈孝兵，从电视上看到刘光彩的事迹后找到他。刘光彩为他免费提供技术服务3年。后来，陈孝兵注册了一家"奇缘居家庭农场"，种植桃、杏、李、葡萄、枇杷、梨、樱桃、猕猴桃等 53 亩。这成为樱桃沟村一大亮点，吸引旅游人数倍增，而且陈孝兵家里的收入可观。陈孝兵说："我在刘光彩师傅那里学到了技术，又把技术教给我的家庭农场的工人。我的家庭农场，每天固定 5 个工人，都是当地人。我感谢刘光彩师傅，因为他免费真诚教给我技术。我的工人感谢我，因为我解决了他们在家门口就业的问题。"

现年 57 岁的张志平家住十堰市张湾区汉江路街道龙潭湾村，丈夫现患癌症在医院治疗。以前养猪种菜，收入有限。2020 年，她听人介绍刘光彩"是农业专家，免费教人"，便慕名找上了门。刘光彩很热心，手把手教张志平夫妻俩种桃树、杏树。2022 年，她家种的果树丰收，很快就把当年的投入收回。

2017 年，十堰市郧阳区茶店镇曾家沟村建立龙富林果专业合作社，现种植有葡萄、李子、梨、杏、桃各类名特优果树。2017 年至今，刘光彩一直在龙富林果专业合作社任技术总监。刘光彩将其建成示范园，其经济效益吸引了十堰市内外多家乡镇政府、合作社及农户参观咨询，5 年来现场热心接待种植户 1000 余人。

丹江口市三官店镇蔡湾村本味园果树基地 2018 年 2 月经人介绍找到刘光彩，请刘光彩去果树基地现场规划及推荐品种，决定种植桃、李、杏 180 亩。刘光彩每年按季节利用双休日免费前去提供技术服务。

十堰市郧西县上津镇伞合生态种植专业合作社 2018 年 3 月经人介绍找到刘光彩，请刘光彩去现场规划及推荐品种，根据当地气候、土壤条件决定种植青脆李 130 亩、葡萄 200 亩。刘光彩每年按季节利用双休日免费前去现场提供技术服务，并给他们培训了 5 名技术员，现合作社年收入过百万元。郧西县政府让伞合生态种植专业合作社带动周边农户发展果树种植产业，同时 2023 年在上津镇槐树林林场扩大种植 7000 余亩。

各地大力种植果树，不仅效益可观，还美化了环境，助力了乡村振兴。

从事农业是苦活。20 多年来，刘光彩经常在山上、地里忙碌。特别是夏季，野外赤日炎炎，辛苦程度自不待言。刘光彩是医务工作者出身，但他晒得比农民还黑。他从来没有懈怠，时刻铭记自己是黄龙滩电厂的一员，不能给单位丢脸。他甚至长期吃住在农村，比农民还像农民。

花开硕果。刘光彩先后获得湖北省科协金桥工程项目一等奖、国网湖北省电力公司"老有所为"标兵、十堰市第二届"军创杯"退役军人创业创新大赛一等奖等多种荣誉，被评为或授予湖北省科技厅优秀科技特派员、中国农函大优秀教师等。

不忘初心　光荣入党

70 岁那年，一天刘光彩的孙女突然跑来责备他："爷爷，你样样都好，获得那么多的荣誉，为什么不申请入党呢？你是落后分子！"

刘光彩当时非常诧异。孙女紧接着说："家里除了你都是共产党员，在学校填表的时候，只有你那一栏里写的是群众。"孙女的话虽然不多，但对他触动很大。刘光彩长期感恩党、听党话、跟党走，可自己不是共产党员。

是共产党让刘光彩从农民的儿子变成了一名医生，是黄龙滩电厂党委送他去太和医院等地进修学习，甚至在刘光彩退休后还支持他搞农业科技；是黄龙滩电厂党委为他的家属解决了户口问题，解决了工作问题。在刘光彩家庭困难时，是黄龙滩电厂党委为他的长子出学费，让长子得以完成学业。是党、是黄龙滩电厂帮他解决了生活中全部的后顾之忧，让他可以一门心思扑在助农事业上，让他可以在退休后20多年的时间里埋头钻研，自编几十种农业技术

实用教材和课件，辗转华中华东多个县、乡，无偿开展 300 余场次农技培训，使 10 万多人受益，开创了南水北调水源区移民创富、水源保护新模式，探索出一条山区农民科技脱贫致富之路。

2009 年 3 月，刘光彩的长子去世，全家老少万分悲痛，老伴伤心过度住进了医院。刘光彩强忍着伤心在医院照顾老伴，每天电话响个不停，都是种植户打来咨询技术问题的。医院的护士都好奇地问他老伴："你家老头是干什么工作的，每天有那么多电话要接？"

黄龙滩电厂党委知道刘光彩的困难后，第一时间安排护工帮他照顾老伴，让他可以抽身出来下乡开展技术指导。老伴含着眼泪对刘光彩说："电厂给我请了护工，你还是下乡干你的事。"老伴的话虽然不多，但对刘光彩来说是极大的支持和安慰。最终刘光彩含着眼泪离开躺在病床上的老伴踏上下乡的道路，继续完成没有完成的工作。

刘光彩离开医院，走在下乡的路上，忍不住想到了儿子，想到了老伴，想到了付出全部心血的金银花……突然间鼻子一酸，老泪纵横，挪不动脚步，站着哭了好久。

刘光彩的脑子里，突然响起种植户自编的

歌谣："金银花开致富花，种下果树发了家。花果专家刘光彩，需要技术就找他。"刘光彩仿佛看到漫山遍野的金银花在广阔的大地上盛开。他抹掉泪水，迈开大步向前走去。

乡亲们得知刘光彩家里发生这么大的悲痛事后都含着眼泪劝他："刘会长你回去吧，我们确实不忍心叫你在这里为我们服务。"乡亲们一番肺腑之言使刘光彩一时说不出话来。他谢绝了乡亲们的真情关怀，在电厂的支持下坚持完成了各乡镇的技术服务。

为什么不是共产党员？一方面，刘光彩把全部的精力投入助农事业当中去了。另一方面，他始终觉得做的还不够，离党员的标准还很远。

2015年，以习近平同志为核心的党中央正式提出"精准脱贫"、全面打响脱贫攻坚战，习近平总书记更要求科技工作者"坚持科技下乡服务'三农'，用科技助力脱贫攻坚和乡村振兴"。刘光彩想：为了更好发挥作用，我也应该积极向党组织靠拢，积极要求入党，用党员的身份服务老百姓，参与脱贫攻坚、助力乡村振兴，是对自己更大的鼓舞与鞭策。

在70岁那年，刘光彩正式向党组织提交了入党申请书。72岁时，刘光彩成为一名光荣的共产党员。

2020年至2022年新冠疫情期间，花农和果农给他打电话等他送技术。当时由于小区封闭管理，刘光彩居家抗疫出不了门。焦急之中，刘光彩向黄龙滩电厂党委寻求帮助。黄龙滩电厂党委为他申请特别通行证，派人送到他的手上。党员刘光彩及时赶到花农、果农的苗木现场，帮他们纠正不合理的树形、防治病虫害，抓好果园春季科学管理。当地果农高兴地送刘光彩一个顺口溜："有灾有难有危险，老刘不怕到地边。戴着口罩送科技，讲得实际有道理。手起剪落树成形，病虫祸害无踪影。受益匪浅俺感激，年年丰收不忘你。"

老骥伏枥　志在千里

从青年到老年，刘光彩的每一步足迹都写着"认真"，刘光彩的每一个脚印都伴随着"奉献"。

刘光彩做什么事情都非常认真：1998年在北京学习的时候，他把老师讲的课全部都记下来成了模板，老师打印出来发给近百个同学。老师对同学们说："这期学员刘光彩年纪最大，但他最认真，基本上把我讲的课一字不漏地记下来，你们好好看看对照自己记了多少。"

72岁的时候，刘光彩感觉自身能力还有欠

缺，又自费去湖南潭州农业学院读大学，成为该校最年长的新生。在毕业的时候，他们的导师说：刘光彩年纪最大，但成绩最突出，学业最出彩。刘光彩做的果树控产高效视频被学校选用为实操教材。

刘光彩把服务"三农"、振兴乡村作为人生道路：他的电话 24 小时开机，随时接受农民咨询；刘光彩一年 300 多天在田间地头，目前同时担任 7 个基地的技术顾问。有人问刘光彩："你兼职那么多，应该很有钱吧？"刘光彩说："我没得钱！我常年自掏腰包印制各种农技资料赠送、免费发放给农民，贴钱开技术培训班，生怕别人学不到我的技术，都是手把手地教。我开老年代步车下乡一个月油钱都要几百元。我的人生目的不是赚多少钱，而是通过自己的努力让老百姓都不缺钱。"

正因为这样的信念，刘光彩有愧疚也有骄傲。愧疚的是对家人没有尽到责任，老伴年老体衰、多病缠身，却要经常自己在家，为四处奔走的刘光彩操心；孩子们也没能从刘光彩这里获取太多的关爱。骄傲的是刘光彩真的践行了自己的初心，真的做到了一生无私奉献，为

山村农民脱贫致富尽到了自己的所有力量，所取得的种种荣誉都是奉献的"副产品"，是组织上对刘光彩的关心和厚爱。2019 年，刘光彩参加十堰市退役军人创新创业大赛，一个评委在听取他的事迹后说："你的事迹太感人了！"大赛给了他很高荣誉，他获得了一等奖。

没有在电力企业工作的经历，没有黄龙滩电厂党委一直以来的关心厚爱，刘光彩在服务农民、振兴乡村经济的道路上可能走不到今天。

尽管已经 76 岁，刘光彩依然始终保持强烈的事业心、责任感，勇当排头，不断超越过去、超越自我，坚持不懈地向更高目标迈进，精益求精、臻于至善。

"我已是古稀之年，但我知道，还有很多农民兄弟盼着我给他们传授知识。我要撸起袖子加油干，把高、新、绝的栽培技术送到千家万户，让他们的日子越过越红火。"刘光彩说。

当我们在湖北省十堰市郧阳区汉江河畔听刘光彩深情讲述时，夕阳映红了汉江对岸的天空，红霞满天，绽放出别样的奇异光彩。

（本文未发表）@

何厚英：
元帅和士兵

　　何厚英，女，国网恩施市供电公司七级职员。从事新闻宣传22年，采写的新闻素材先后多次被《人民日报》、新华社和中央电视台、《国家电网报》、《中国电力报》采用，累计在各类媒体发稿3000多篇，多篇宣传报道在朋友圈形成刷屏之效。坚持做一位有责任担当的新时代新闻人，把一线作为锤炼脚力、眼力、脑力、笔力的战场，用一行行文字、一张张图片、一帧帧视频，记录着电力人的奉献和担当，践行着新闻宣传人员的初心和使命。

何厚英作品

一 薪火微光

湖北，恩施，这里隐藏着一片无与伦比的喀斯特山水。

这里的人们啊，世世代代生长在吊脚楼里。走的是沟沟坎坎，点的是桐油灯盏，在眨巴着微弱黄光的桐油灯盏下，恩施巴人繁衍了一代又一代。

其实，翻开档案室《恩施市电力工业志》可以追溯，早在民国二十二年（1933 年），就有人把爱迪生发明的那个原始的电灯泡，引进到恩施地区了。这首开恩施历史先河的就是吕松琴等十位商户，他们合作开办"吕福记大米电灯公司"。这家电机动力碾米厂白天碾米，晚上为 500 余户居民供电，那是很赚钱的生意。

这些对杨文清来说，那是太遥远的历史，就连他的父母结婚前也不知道什么是电灯。

1963 年 11 月，杨文清的父母熬过三年饥荒后，生下了他。家里正如他的名字一样，清贫如洗。后来，父母又生下了四个弟妹。他从小带着弟妹，与村子里伙伴们结对玩耍。

他还有一个爱好，那就是搓灯芯。到了晚上呢，他就从睡觉的棉被里抽一点点棉花，先抽成一丝一丝，再把每一丝结起来，重叠，搓长，再用一个破碗，倒上桐油，放进灯芯，点燃。这微黄的光，好像穿透了整个黑夜；微黄的光里，有父母常常讲给他们的神鬼故事和生产队大新闻。这些故事和新闻，杨文清爱听，弟弟妹妹们都爱听。

一家人，和谐团结，其乐融融。简单的快乐，也是快乐啊。

二 入行结婚

巴楚古国，鄂西新邑。林海苍茫，蛟岭迤逦。三山云横，万仞鼎立。

杨文清的家，就在三山云横、恩施绝壁后山。山下就是一条车坝河，这条河全长 52.1 公里，流域面积 256.71 平方公里。

1969 年 12 月 25 日，恩施地区水电局开工兴建车坝三级水电站。杨文清每天总是被震天的炮声惊醒了晨梦。他跑到山坡上观望，在车坝河边，很多大人聚集在一起，抬石头的、挑土的、砌砖的，忙得不亦乐乎。

父亲告诉他，门前山脚下的小小车坝河，即将被改造成一条大河。这是国家在兴建水库，这是一项功在当代、利在千秋的伟业。果然，在1983年12月车坝河水库工程竣工后，总库容达到4600万立方米。

车坝河大坝筑起来，平湖乍现，一片波光；两岸千峰竞秀，万壑争流，云蒸霞蔚，美不胜收；坝上人家，一叶扁舟，风中穿行，水上竞走，生活在库区，好不惬意。

1969年12月至1979年8月，车坝河流域一级、二级、三级水电站，龙王塘水电站，以及马鞍槽水电站、龙桥河水电站相继修建，让杨文清的家乡成为名副其实的水电之乡。

1981年，高中毕业后的杨文清在当兵梦想破灭后，走进了马鞍槽水电站修建工地，当起了学徒，跟着水电工程师们学习发电机安装技术。从此，他与电结下了不解之缘。

1983年，对杨文清来说，是一个一辈子忘不了的特殊年份。

这一年，装机1000千瓦的马鞍槽水电站建成投运发电啦。

这一年，杨文清结婚啦。

三　转岗驻村

婚后的杨文清，因为自己的爱岗敬业和妻子的勤劳持家，日子过得顺心顺意。夫妻两人育有一儿一女，孩子们都很听话，学习也很用功。前后考上大学，读完研究生，顺利就业。

杨文清先后从事过发电运行、水电检修、供电管理、线路架设等工作，见证了1992年第一期电气化建设的大潮，参与了1999年电力体制改革和2003年县乡一体化改革，参加了2000年第一期农网建设与改造工程建设，同样享受到了2012年上划直管湖北省电力公司改革的成果。他的身份也从一位农电临时工，一步步转变为国家电网公司正式员工。他家的生活也早甩掉贫困的帽子，越过越幸福。

2018年2月，从事运维检修工作的杨文清，接到转岗的命令，响应国家号召，接受了转战屯堡乡田凤坪村驻村开展脱贫攻坚的重任，成为一名脱贫攻坚尖刀班成员。

四　绝壁找水

田凤坪村共有9个组，818户人家，3078人。318国道穿村而过，村里环境优美，气候宜人。但在田凤坪村民的记忆中，缺水是祖祖辈辈村人心里的痛。最大的问题是没有水源。每年10月到次年3月，当地降水少，只要连续干旱10天左右，村民就会"吃水难"。

3年开山挖渠引水，却成泡影。在朝东岩山脚下，如今依然残留着一条石头砌成的沟渠，渠长约300米，这是20世纪70年代，村民开山凿渠引水失败的历史见证。

围山筑塘取水成功，却落下病根。杨方海爷爷今年72岁，1999年杨家大女儿出嫁，为了保障酒席用水，请了12个劳动力专门到清江河挑水。"一定要找到水源！"杨老头每天上山寻找。某日在山间爬寻，竟跌闪了腰杆，落下腰疼老病根。

政府送水抢着吃，却杯水车薪。村民实在没水吃了，屯堡乡政府就用洒水车送水，一天送几车水到有水池的农户家里，其他村民都来挑。一天只能挑3挑，还要排队。

该村精准扶贫工作组和村支两委决心在"水"上撕开缺口，决定精准扶贫的第一件要事，就是围着绝壁找水解决吃水的问题。

五　进洞探水

习近平总书记说：脱贫攻坚本来就是一场硬仗，而深度贫困地区脱贫攻坚是这场硬仗中的硬仗。

言下之意：战胜深度贫困这个"非常之敌"，必须拿出愚公之志、下"非常之功"。

缺水，这个硬骨头如何啃？田凤坪村委会首次取水专题会爆出一个难题：攀下百米绝壁，进入洞内探水，谁去？角落里，身穿国网服装的电工杨文清第一个举手，毛遂自荐。结果，扶贫队55岁的杨文清、28岁的罗方宇以及两名当地村民被确定为首战队员。

绝壁之上，他们攀绳而下飞越百米三次遇险。10月12日，在绝壁之顶，杨文清身上绑上了两根绳索，他戴上了党徽，在百丈悬崖边，迈出了勇敢的一步，拉住绳索向绝壁之下滑行。"初出悬崖还可以用脚登住壁岩，感觉并不危险。"杨文清介绍道，"但下滑至20～30米时，绝壁内陷，脚下一下子悬空，身体忽地稳不住，加之风也很大，我整个身子在空中直打转。"

天宝洞中，他们探寻千米找到水源，欣喜万分。立马启动取水工程。

六　引水风波

2018年10月28日，经杨文清等人多方筹备，田凤坪村绝壁引水工程正式开工。顶上，一台大吊车伸出四只脚摆开了架势，稳稳地蹲在地面上。杨文清他们自制了一个铁栏，挂在吊车吊钩上。这一次，杨文清等工作人员不用冒险徒手下绝壁了，他们坐上了吊篮，引水物资等全部都由吊车送下绝壁，送到洞口。

经多方努力，10月31日17时许，洞内的水终于被引出来，朝东岩下，一股清泉从水管中喷涌而出。尖刀班成员和村民们见证了这历史性的一刻，一时兴奋不已。

但水管中的水是被自流式地引出山洞抵达洞外，多经上下波折，水时断时流，很不稳定。

11月15日，水管里的水突然断流了；

11月16日，水管里的水，也时断时续。

为什么呢？村支两委和尖刀班成员陷入了沉思，杨文清请教了水利专家，才弄个明白。原来，从洞里水源地到洞外建蓄水池的地方，铺设的管道约2700米，这些水管都是每100米一段一段地拼接起来的，距离长，加上接头多，水管难免产生空气，当空气压力过大时，便导致了断流现象。

要想从根本上解决问题，必须用电带动增压泵，给抽水管加压才行。可是绝壁中部的天宝洞中，没有动力电。村委会和尖刀班一班人的目光齐齐看向杨文清。当晚，该问题由杨文清反映给供电所后，一级一级迅速上报，并摆上国网恩施市供电公司党委紧急会议议程。

七　绝壁供电

绝壁取水，功在当代，利在千秋。

为保障绝壁取水动力充足，恩施州、市供电公司不计成本，不计代价地给予帮助和支持。

规划出炉，供电工程及时落地。11月9日，屯堡供电所、电力勘测设计工作负责人赶到绝壁下，爬山坡、走荆棘，坐吊车、飞绝壁，下岩洞、穿山洞，一直到达水源处。工程规划新增S13-50千伏安变压器及200千伏安配电柜一台。施工周期：2018年11月27日至2019年1月12日。

12月15日，施工队首次来到朝东岩山顶。山顶吊车轰隆隆叫起来。施工人员爬进吊篮，被吊下绝壁进到洞中。绝壁施工，再难再险也要干。洞口是高低一面坡，右边稍微大些，规划放置一个地台式变压器。10千伏进线规划在洞口的左边。洞口左边长个啥样呢？嘿，那里是绝壁之上的一个不足1立方米的地方。12月17日，变压器飞越绝壁，飞进了洞中。12月18日，进行变压器电缆绝缘耐压试验，洞内低压电缆开始施放。电缆、钢梯、木头等，通过吊篮运到洞口，全靠工人肩挑背扛，一点一点慢慢地将施工材料运进洞内。洞内规划新建电缆余缆井一座，新建低压电缆线路 2.4 千米，新建电缆分支箱 12 台。洞内乱石嶙峋，处处暗藏危险。洞里没电、没路、没信号，手机失灵，信息传递，全靠步行；搬运物资，全靠人力。从洞口到水源处，进出一趟要花费近三小时。12 月 27 日，又一轮低温天气袭来。恶劣的天气，更增加了绝壁吊篮上下供电施工的难度和施工人员的人身危险系数。天宝洞口，落下了厚厚的积雪。洞内照明与动力两组电缆装设完毕。当日，一台新购的增压泵被抬进洞中，在水头下方约 100 米处，增压泵将引水管连接起来。27 日下午 5:08，随着"嗞嗞嗞"的电磁声响起，屯堡供电所朝东岩绝壁变压器正式供电运行。一时间，洞内 12 盏路灯被点亮，黢黑的山洞，见到了开天辟地以来的光明。

杨文清合上开关，增压泵"嗡嗡嗡"运转起来，水管内的空气被充足的电源动力排除后，水管发出"哗哗哗"的流水声。

八　幸福水来

绝壁供电，绝壁之水，从绝壁引来了。

绝壁之"天宝洞"的水被引到了村里，村民们喜庆相告，纷纷拿来水桶接水。水来了，从小备受缺水之苦的杨方来兴奋不已，他用嘴对着水管一阵猛喝；曾明春的家就住在山脚，她是绝壁之水最早受益户之一。

绝壁探水、取水和引水的全过程中，从来不只是田凤坪村人民在单独战斗。特别是近 50 年来，从党和政府，到各部门、各媒体，爱的力量一直都在延续。

九　甘泉进农家

在恩施市水利部门等的帮助下，村里在山坡上建了一个 300 立方米的大水池。杨文清又报备供电所后组织架设了一条三相四线供电专线。从天宝洞引来的泉水，经过消毒、除菌，送到蓄水池里，再经过管网，分配给全村各家各户。

2019 年 3 月，绝壁探水、引水、配水工程全部完成，一管清泉流进了农家，全村 3078 人用水难的历史问题得到了彻底解决。

随着吃水问题的解决，村民经济发展思路一变天地宽。2019 年春，绝壁花海山庄开业了。2018 年冬天，村里在绝壁之下种了 2000 多亩油菜，翌年阳春三月，绝壁之下，油菜花开后，吸引了众多的游客，绝壁花海成为恩施游客的网红打卡地。

2019 年年底，田凤坪村整体甩掉深度贫困的帽子，终于如期脱贫出列，逐渐走上乡村振兴的道路。

十　元帅和士兵

2021年5月，按照国家脱贫攻坚相关政策，杨文清在圆满完成脱贫攻坚任务后，就应该离开田凤坪村了。

听说杨文清要走了，村民们哪里舍得。向桂娣大娘的眼泪掉了一次又一次，她生病时，杨文清三次背着她上医院，这份情，她哪能忘记啊。当年，杨文清在村里结对帮扶的4位耄耋老人都是他背上医院，分别为他们办理好残疾证，让他们病有所扶、老有所依。

但杨文清只能按照党委政府的安排，告别田凤坪村，返回到供电运维岗位上班，这也是他钟爱了一生的产业，这一产业的发展也是蒸蒸日上。

翻开恩施州电力发展档案，可以查阅：自新中国成立以来，恩施电网先后经历了自建、自管、自用小水电，多家办电、一家管网、统一调度、分级管理和"两级代管"等多种管理模式，经过多年来的发展，恩施电力工业从小到大、从弱到强，取得了巨大成就。

时光飞到2022年阳春三月，绝壁之下，田凤坪村的千亩油菜花又开了。

屯堡供电所服务范围虽然广，但走到哪里都能看得见雄伟大绝壁的身影，杨文清的心其实一直牵挂着绝壁下的田凤坪村。每当杨文清出门巡视供电线路，踩一脚油门，朝大绝壁走去的时候，他的心情就格外开朗。

想着百丈高的刀刃大绝壁，绝壁中部的那个"天宝洞"；在绝壁洞中和绝壁之下，矗立着的这1台节能变压器和20根飒爽英姿的水泥电杆；想着它们正在为3000余名村民绝壁供电并引来幸福的甘泉，他就满心喜悦，浑身力量。

这20根电杆啊，像极了一个个训练有素的士兵。而这1台变压器，就是一位能源将军嘛。

士兵、将军，都是他的部下呢。如果这样，他，不就是大元帅了吗？

想到这里，他禁不住自豪地笑了。他的自豪，绿了整个春的山色，红了一季秋之大地。

微笑过后，他再次挺直腰身，沿着面前的公路，开车奔跑下去、奔跑下去……

春光灿烂，58岁的杨文清快乐地开车奔跑在看得见大绝壁的乡村公路上。

前方，大绝壁下的油菜花海，开得正艳，吐着芬芳，做着香暖的乡村振兴梦呢……

（本文未发表）

李伶俐：
倾情电网　守望初心

　　李伶俐，生于 1976 年，土家族，中共党员，湖北咸丰人，任职于国网咸丰县供电公司。中国电力作家协会会员、湖北省作家协会会员、鲁迅文学院首届电力高研班学员。她热爱生活，长期坚持写作，从 2005 年起至今，有多篇散文、新闻作品相继发表。2017 年出版散文集《山水无言》。

2015 年，渝鄂直流背靠背联网工程（南通道）选址于湖北省恩施土家族苗族自治州咸丰县高乐山镇杉树园村。国网咸丰县供电公司落实上级工作要求，全面开展属地化协调，涉及县直多个部门、乡镇、村组，还有业主、施工、监理"三方"项目部，开工前、施工中、完工前后，参与者众多。

笔者是国网咸丰县供电公司的新闻宣传人员，根据任务安排，从 2015 年至 2019 年，长期关注并跟拍属地协调、工程建设和大件运输，采写并拍摄的图、文、视频素材相继发布在新华社、《国家电网报》、《湖北日报》、湖北卫视、湖北"公共新闻"频道、《恩施日报》、恩施电视台和县融媒体平台。2019 年上半年，笔者依据历年来发布的新闻报道和原始图文记载，加上自己曾经在各种现场的所见所闻，终于鼓起勇气动笔，以文学表达的方式，对国网咸丰县供电公司全力以赴开展属地化协调、推进国家重点工程建设的工作情况进行了再书写，这也算是用实际行动践行作为一名基层文学爱好者、电力宣传人员的初心与使命吧。

每次看到屹立在高山之巅的铁塔，心中都充满了热爱和感动，认为每一基铁塔都与自身息息相关，对电力的情感早已深入骨髓。能够见证同时能够以一己之长记录电网发展，哪怕所见所闻所记仅仅是中国电网中的一小部分，笔者也深感荣幸。因生活与工作较为忙碌，有很多与协调、建设有关的场景、人物、事例未能深度回忆，未能详细书写到文章中，心中感到非常遗憾，今后能不能够弥补还无法预知。

从个人写作的角度而言，以报告文学的方式来表达还在学习和摸索中，行文方式还比较粗浅，唯愿此文发出后不会贻笑大方。书山有路勤为径，希望在今后通过学习和锻炼能有所长进，写出真正高质量的文字，如此方不负喜欢文字和文学的初心。@

题记： 渝鄂直流背靠背联网工程于 2016 年 12 月 26 日通过国家发改委核准。2017 年 5 月 25 日，该工程南通道换流站和北通道换流站在湖北省恩施土家族苗族自治州咸丰县高乐山镇杉树园村和宜昌市龙泉镇香烟寺村两地同时宣布开工。工程分为南北两个通道，在渝鄂断面上现有张家坝—恩施、九盘—龙泉 500 千伏输电通道，其上新建施州、宜昌 2 座柔性直流背靠背换流站，工程动态投资人民币 64.9 亿元。2019 年 6 月 24 日凌晨 3 时 07 分，渝鄂柔性直流背靠背联网工程南通道正式投入运行。

该工程实现川渝电网与华中电网异步互联，在世界上首次将柔性直流输电电压提升至 ±420 千伏，电力输送容量达到 500 万千瓦，对优化国家电网格局、促进能源供给侧结构性改革、提升电网科技水平具有重要意义。该工程投运后，将解决川渝和华中东四省（豫鄂湘赣）电网之间 500 千伏跨区长链式电网存在的稳定问题，简化电网安全稳定控制策略，提高电网运行灵活性和可靠性。同时将大幅提高川渝电网与华中电网之间的互济能力，有利于促进西南水电开发和大规模外送。

筑梦特高压　建设大通道

一

2019 年 1 月 31 日 0 时 45 分，世界上电压等级最高、输送容量最大、功能最齐全的柔性直流换流站——渝鄂直流背靠背联网工程南通道换流站完成试运行。南通道换流站 168 小时试运行的顺利通过，标志着南通道换流站建设已竣工完成。

换流站投入试运行后，换流站工作人员相继开展消防验收、隐患排查治理、防雷检测、竣工资料集中整理等工作。与此同时，国网咸丰县供电公司作为县级属地公司，协调工作仍然在继续，协调人员没有丝毫懈怠，耐心细致开展工程竣工后的各类扫尾工作。

4 月 29 日上午，在该公司发展建设部，主任闻生学向笔者介绍扫尾工作包括哪些内容和日常联系单位："扫尾工作包括渝鄂直流背靠背南通道换流站村民安置区建设、建筑垃圾的清理、杉树园村水源管网建设、大件运输路基修复、500千伏张恩线线下房屋搬迁。我们联系的有高乐山镇政府、公路局、环保局和公安局等多个部门！"他说，现在咸丰县有110千伏叉马路变电站在建工程、2019年农村配电网工程建设、咸丰大道电力线路迁改和其他中低压项目建设，从公司领导班子成员到供电所基层班组，各级协调人员整天忙得团团转。

渝鄂直流背靠背换流站从2017年4月动工、5月举行开工仪式起，距2022年已有两年。建一座换流站，从开工前到完工后，需要做大量协调工作，使命光荣而艰巨，历程漫长而艰辛。

110千伏大坝变电站所在地，原运维检修部办公楼三楼靠左，是渝鄂直流背靠背南通道换流站工程业主项目部（咸丰）机构设置地。三张办公桌，四台电脑，两个资料柜，一个茶水柜，两排长沙发和几把椅子，便构成了一间办公室。4月28日下午3点，笔者到访的时候，赵刚和谭晶荣正在忙碌，一个整理工程资料，另一个在微信工作群里搞协调。

"房屋拆了，剩下一大堆垃圾，也不快点想法运走，老百姓看不顺眼，把意见提到我这里来了！"赵刚从手机翻出图片，一张张点开，放大了给我们看。原来是施工队拆营拔寨，将工棚拆除后遗留下了许多木板、塑料、砖头，垃圾没有及时清扫，当地村民在闹意见。村民有意见，找村委会。村委会找谁？供电公司赵刚。

为这个"背靠背"，赵刚从2015年就开始奔波，如今还在继续。粗略一算，四年有余，长期的协调工作已将他由"赵刚"炼成了"金刚"。眼下，建筑垃圾问题又堆到了他的面前，他凭个人力气肯定是无法解决，只能找责任单位。这次，他没有挨个打电话，反复催促，而是把自己在现场拍摄的垃圾照片原封不动地发到了业主群。环境保护很重要，谁不快点清除垃圾，政府和居民就找谁。先不说哪家单位负责清除工程建筑垃圾，总之一天过后，现场的几处垃圾统统不见了踪影。

这个结果让大家都很满意，赵刚心里更满意，脸上一下子露出了笑容。他说："公司派给我的任务就是专门搞协调，我不把他们盯紧点才怪？换流站竣工了，扫尾工作还有很多，各负其责。那么多事，不可能由我一个协调人员来包干。天南海北的，一个个都撤退了，遇到需要他们解决的事，我上哪儿去找人？"

二

从 2014 年开始，国网咸丰县供电公司承担的工作任务变得异常繁重起来，除了渝鄂直流背靠背换流站工程属地协调，还有电网建设、安全生产、市场营销、党建、属地化管理、队伍建设、精准扶贫、品牌建设等多项工作在同步开展，样样都有指标考核。在一个萝卜一个坑、人力十分吃紧的情况下，每个人都在努力奔跑，赶工期、抢进度，力争按照时间节点把任务完成。

"这几年都不知道是怎么度过来的，跑了多少个地方，开了多少个会，搞了多少次协调，我都记不清了！"回忆近几年的工作，谭晶荣无限感慨。

关于渝鄂直流背靠背联网工程，赵刚的协调工作从 2015 年年底开始，谭晶荣则是 2017 年 3 月到项目部的。现场踏勘、联系相关部门、大会小会、动员群众、征地拆迁、大件运输、现场施工、领导检查，个中环节紧密相扣，推进过程曲折而复杂，各类场景一幕幕，对于经历过的事，很多人都回忆不起来。但是，只要

大家集中在一块，相互印证，仔细梳理，曾经的工作还是能够"情景再现"。

渝鄂直流背靠背联网工程，这个名称是从 2015 年 3 月底 4 月初的时候开始出现在大家面前的。

2015 年 4 月，国家电网公司专家组到恩施踏勘选址，恩施州咸丰县黄金洞乡石人坪和宣恩县晓关乡天鹅池被列为渝鄂直流背靠背联网工程南通道拟选站址。

同年 5 月，国家电网公司专家组一行到咸丰县高乐山镇杉树园村踏勘，初步确定将咸丰县高乐山镇杉树园和宣恩县晓关乡天鹅池作为比选站址。

同年 6 月，国家电网公司组织相关单位和专家组人员到湖北省宜昌、恩施两地踏勘渝鄂直流背靠背联网工程换流站站址，初步确定将宜昌市夷陵镇黄花站址和恩施州咸丰县高乐山镇杉树园站址作为修建该工程的主选站址。最终，恩施咸丰杉树园站址为南通道修建地，宜昌龙泉香烟寺站址后被确定为北通道修建地。

时间跨度一年半。2016 年 12 月 26 日，渝鄂直流背靠背联网工程通过国家核准。12 月 30 日，国网湖北省电力公司有关领导到咸丰县调研渝鄂直流背靠背联网工程筹备工作，全面

了解换流站进站道路设计、总平面布置方案、500千伏配套线路走向和交通运输情况，国网恩施供电公司有关领导携有关部门负责人陪同踏勘。当天召开座谈会，各单位汇报前段工作准备情况，包括换流站修建前期"四通一平"的勘测设计、对地方党委政府的汇报、咸丰杉树园10千伏及以下电力线路永临结合迁改、坟冢迁移和村组道路修缮工作。

在通过国家发改委核准前的一年多时间里，当国家电网公司确定湖北恩施咸丰杉树园为渝鄂直流背靠背联网工程南通道换流站站址后，恩施供电公司根据国网、省公司安排部署，提前启动地方协调，向州委、州政府汇报该项工程拟建情况。咸丰县供电公司履行属地协调职责，向县委、县政府汇报。

2015年10月29日，国网咸丰县供电公司主要负责人根据上级公司和县政府有关工作要求，牵头组织召开工作会。公司内部预先成立渝鄂直流背靠背联网工程配套工作专班，初步确定了参加此项工程协调工作的人员名单。30日，根据咸丰县委、县政府安排部署，由县政协有关领导牵头，供电公司、林业局、发改局、环保局、维稳办、住建局、高乐山镇政府有关负责人在同一会议室集中召开工作会，国网咸丰县供电公司有关负责人对工程情况和面临的任务进行了详细说明，参会单位负责人及技术人员就国家重点工程落户杉树园相关事项进行交流探讨。

2016年1月6日，在咸丰县政府常务会议室召开会议，恩施州政府领导，国网恩施供电公司有关负责人，湖北省送变电工程公司有关负责人，县委、县政府有关领导，县政协有关领导见面会谈，商议渝鄂直流背靠背联网工程南通道换流站修建事宜。县政府办，高乐山镇政府，县公安局、交通运输局、住建局、国土资源局、林业局，恩施供电公司，咸丰县供电公司有关负责人参加会议。第一场会议结束后，与会部门接着召开会议，交流下步工作开展事项。当天下午，与会成员单位负责人一同前往杉树园村，踏勘安置区拟定修建、进站道路和换流站修建地址，根据各部门分管范围就后续工作预先对接。

按照工程建设前期工作流程，由镇政府牵头，集中有关职能部门和村民，组织召开村民大会，告知国家重点工程修建情况并宣传贯彻政府出台文件征地拆迁补偿标准，并就征地拆迁内容以书面形式在村里发布公告。从1月7日起，工作组开始清点红线内房屋、土地、坟墓、山林和地面附着物，高乐山镇政府、相关部门、供电公司协调人员、村委会领导、村小组长和村民同时在现场，房屋产权、土地面积、坟墓所在地及规格、山林面积和地面附着物数量由所属村民指认，其他村民、小组长和村委会领导共同确认。各项协调工作同步开展，为国家重点工程获准开工后的顺利修建做准备。

各项工作准备就绪，经过近一年时间的漫长等待后，2016 年 12 月 26 日，国家电网公司渝鄂直流背靠背联网工程建设通过国家核准。春节过后，2017 年 3 月 28 日，州委、州政府成立以州委书记、州人大常委会主任为组长，州委常委、州政府常务副州长和州政府副州长为副组长，州直多个部门为成员单位的渝鄂直流背靠背联网工程（南通道）建设协调领导小组。当天下午，咸丰县委、县政府成立以县委书记为组长，县有关领导及有关部门主要负责人为成员的渝鄂直流背靠背联网工程（南通道）建设协调领导小组，明确了工作任务、目标、职责和工程项目推进时间节点。

州、县两级属地协调工作由此拉开大幕，各类证件办理、林木砍伐、强弱电杆线迁移、安全保障、交通、环保等工作紧锣密鼓开展起来，有序推进。国网咸丰县供电公司在团队中

发挥了多方沟通作用，属地单位、业主项目部成员、县工程指挥部成员、县供电部门成员，"万千宠爱"集于一身，在渝鄂工程、上级公司、政府、村民之间上下左右协调，多则不多，少则不行。

三

说到协调，让赵刚、谭晶荣和高乐山镇政府工作人员记忆最深刻的一件事是，2017 年 3 月镇政府组织的一次集中攻坚。镇政府动员全部力量开展群众协调工作，在最短的时间内说通 22 户村民签订征地补偿协议及合同，为渝鄂直流背靠背联网工程南通道建设奠定了良好的群众基础。

这次攻坚，对渝鄂直流背靠背联网工程随后的顺利开工起到了至关重要的作用，是政府及供电部门开展属地协调工作中浓墨重彩的一笔。

3 月 24 日，在对前期清点的土地、房屋、林木、坟墓、户数进行复核后，咸丰县高乐山镇政府落实县委、县政府有关工作部署，正式启动现场协调。首先是召开三场会。第一个是高乐山镇直部门集中开会，明确目标，分配任务，做好进村协调的准备工作，杉树园村书记

和业主项目部有关成员到会。第二个是由党委书记、镇长和业主项目部相关负责人带领工作人员到村委会召开工作会，向村委会领导和村民小组长了解情况，同步布置村民协调工作。第三个是镇政府组织相关部门到村委会召开村民大会，会上一是讲解修建渝鄂直流背靠背联网工程对国家发展和电网发展的重要意义；二是讲解政府出台的文件精神，即征地补偿标准及合同、协议签订最迟时间，还有标准的制定依据和文件的合法性；三是讲具体开展哪些工作，村民需要配合做好哪些事，同时听取和收集村民意见，详细记载。

渝鄂直流背靠背联网工程南通道换流站站址所征用土地，根据省人民政府制定的标准，被列为三类地。按照咸丰县人民政府出台的三号文件执行标准，征地补偿标准为每亩3万多元。

3万多元钱一亩？对这个标准，红线圈地范围内的22户村民明确表态不同意。村民把渝鄂工程（南通道）征地补偿标准和咸丰大道新建工程补偿标准做比较。刚刚投入建设的咸丰大道，征地拆迁补偿是一类地补偿标准，每亩土地补偿在3万元之上。比较之下，杉树园的补偿标准偏低，地方村民认为这很不公平。

笔者在向高乐山镇政府工作人员的采访中了解到，拆迁补偿标准较高的原因是，咸丰大道投入建设之前，计划征地范围内的村民抢栽抢种，提出的补偿要求与政府依法出台的文件标准无法统一，矛盾僵持不下导致工期一再拖延。10亿多元的工程久久落不了地，时间紧，任务重，县政府就征地拆迁补偿实行一刀切，无论哪类地，无论种了多少庄稼，全部按照既定标准执行，迅速平息了矛盾纷争，咸丰大道才得以动工建设。

杉树园村民没有抢栽抢种。自2016年1月初，咸丰县渝鄂直流背靠背联网工程（南通道）指挥部在上级的安排部署下，所有成员单位紧急动员，集中到杉树园站址开展现场勘查，启动土地、房屋、林地、附着物的清点与测量工作，对实物和测量人员活动进行了摄录，一一记录备案。协调组在工作中与老百姓商定，征地范围内村民、村民小组长、村委会主要负责人、测量人员、协调人员集中，同进同出，红线圈地范围内实现全覆盖，由村民、小组长和村领导指认核实，准确测量，做到不扯皮、不反悔、不抢栽抢种和漫天要价，不恶意阻碍施工。杉树园村民别的不说，只提出一条要求，按咸丰大道的补偿标准执行，否则不许拆迁，不许动工。

县政府文件根据省人民政府制定的有关标准出台，依法合规，不会更改。无论怎么宣传讲解，村民们就是不认同，并且从公布补偿标准的第二天开始躲避，不与协调人员见面。为方便互通消息，22 户村民临时建立了微信群，谁有消息就第一时间在群里发布，让其余 21 户知晓，谁都不能签协议。

从 25 日开始，22 户村民早出晚归。县领导去，同样是"铁将军把门"，有那么一两个人躲不住了，就跟副县长面对面理论，即便讲得泪花花直转，就不同意按定下的补偿标准执行。镇领导去，躲，管你是何方神圣，好歹不跟你说。村里的领导干着急，上面是领导，下面是乡亲，夹在中间成了上架的螃蟹，烤得两面黄。供电公司派出的协调人员赵刚不停地跟业主项目部汇报工作进度，手机整天响个不停。上级党委政府、所有参建单位都在观望进展，期待早日具备开工条件；老百姓不签合同和协议，"四通一平"怎么通？怎么平？方方面面都焦急万分。26 日、27 日、28 日、29 日、30 日，五天时间过去了，近一个星期时间，鲜见村民人影。协调人员保持着高度的耐心，每天在最早的时间到达，最晚的时间离开。22 户人家也保持着高度的警惕，早上在协调人员到达前锁门离开，晚上在协调人员离开后方才回家。

国家重点工程要迅速落地，拆迁户要争取利益最大化。村民四处躲藏，不打照面，征地协调工作一下子陷入了僵局。3 月 30 日，高乐山镇政府进一步明确工作目标，按省人民政府制定的标准和县人民政府出台的文件，在确保依法依规的前提下，无论如何要在 31 日晚 12 点前让 22 户村民签完所有拆迁征地补偿合同与协议。整合力量，统一安排，分成多个工作小组，责任到人，包干到户，包括县供电公司的几个协调人员在内，每个工作小组负责几户人家的政策解释及合同、协议的签订工作。为了找到村民，工作组梳理村民家庭关系，请他们的亲戚、同事、朋友乃至战友帮助联系，并宣传讲解建设换流站对国家、对社会和对地方经济发展的重要性。心血没有白费，各个协调组先后在忠堡镇、县城和村庄附近找到了人。

回到村里，大家继续商量签订渝鄂直流背靠背联网工程（南通道）换流站征地补偿合同与协议事宜。22 户村民虽说形成了"攻守同盟"，但面对无可更改的政策补偿标准，同时在"积极为国家重点工程作贡献"的责任意识驱使下，都不再坚持原来的态度，相继签订了合同和协议。同时不忘向党委政府述说家庭困难，包括兄弟不和、家庭财产分配不均和耕地边界模糊等问题，请求政府帮助解决。为做到让老百姓心中无怨，政府安排协调人员，尽最大限度满足百姓需求，延伸开展后续工作，为百姓兄弟解矛盾，为符合条件的贫困家庭办理医保，对各家各户已有土地确权划界，等等。

当 22 户村民找到合适的房屋居住，稳妥安置且生活无忧后，4 月，渝鄂直流背靠背南通道换流站动工；5 月，在恩施咸丰杉树园和宜昌龙泉香烟寺，该工程南、北通道换流站同时举行开工仪式，宣布正式开工。

四

在湖北省恩施州咸丰县高乐山镇杉树园村，南通道换流站施工现场，数百名参建人员斗酷暑、战冰寒，在群山之中奋力拼搏。从 2017 年 5 月举行开工仪式起，经过一年多时间的建设，工程站址所在地的初始模样不复存在，山沟、山头、房屋、树林不见踪影，取而代之的是一座座充满现代气息的厂房，以及各种各样的机械设备。继征地拆迁和"四通一平"项目建设以后，桩基施工、土建、电气安装等工程项目一一推进。换流站已成规模，具备电气设备安装的基础条件和技术条件。

12 月底，按照渝鄂直流背靠背联网工程（南通道）业主项目部统一工作部署，国网咸丰县供电公司响应工程进度，提前开展大件运输前期协调工作。

落实渝鄂直流背靠背联网工程南通道换流站大件运输方案：从恩施火车站到咸丰杉树园村，公路运输路线长度 131.3 公里，咸丰境内有 25 公里运输路线。咸丰段，即老椒石线至咸丰杉树园换流站路段，有 11 座桥梁需改造加固，其中加固桥梁 9 座、拆旧建新 2 座，改造弯道 80 余处。

"路线确定下来以后，根据任务安排，我们开始办理林业和土地方面的手续，跑武汉和恩施。在县里面主要是联系公路局、交通局和工业园区等多个部门。"国网咸丰县供电公司协调人员杨纯辉告诉笔者，协调人员需要做的工作是办理各类手续，到村到户做好解释工作，处理村民矛盾纠纷，联系相关部门。

把工作做在前面，才能缓解后期的压力和困难。国网咸丰县供电公司上下联动，一是领导班子成员分头行动，联系县委、县政府和县直各部门；二是由协调工作人员联系村委会，到村到户，提前告知；三是履行部门职责，制订大件运输道路电力设施迁改计划。

2018 年 3 月 23 日，咸丰县启动大件运输道路施工征地协调。即日起，供电公司协调人员沿着路线，到高乐山镇白果坝、头庄坝、白水坝、太平沟、白岩、杉树园这六个村开展群众协调，完成征地补偿协议与合同的签订，以及附着物补偿等工作。据协调人员介绍，合同和补偿协议是由政府和国土资源局出具，坚持"政府主导，部门协作"原则，按照政府文件规定的标准发放。对协调工作组而言，任务十分繁重，协调征地原本属于村集体工作范畴，因为村委会要实施精准扶贫，不能投入全部时间，所以具体工作均由供电公司协调人员来完成。和杉树园村一样，沿线村民希望把征地拆迁补偿标准往高处靠。协调组盯住时间节点，按照路桥改造加固施工进程，克服气候多变、人手紧张、协调难度大等困难，完成了沿途 6 个村 70 多户人家的征地补偿。

3 月 27 日上午，咸丰县人民政府分管领导带领政府办、国网咸丰县供电公司、高乐山镇政府、县公安局、国土资源局、恩施州华泰交通建设有限公司等多个部门负责人及技术人员一同踏勘大件运输线路，从宣恩县晓关乡集镇出发，经宣恩和咸丰两县交界处（小地名为"卡门"），再到头庄坝、茶园坡、大坪上、白水坝工业园区、太平沟、杉树园，查看路况、公路两侧的山坡及钢护栏、跨线（高速）桥、跨河桥与交通压力。对白水坝大桥、龙洞桥、茶园坡、狭窄路面和崎岖地段进行了重点勘察。各部门负责人及技术人员立足行业，深入分析难点和风险点，现场敲定改造方案。国网咸丰县供电公司有关负责人介绍大件运输车辆和设备情况，对电力设施迁改计划和停电事项进行讲解。

踏勘结束后，在渝鄂直流背靠背换流站工程（南通道）项目部组织召开协调会，当天全部踏勘人员和建设方有关负责人参加，县领导听取了路桥改造加固和大件运输工作有关事项，明确了运输时间和运输需要条件，并对下步工作进行安排。会上，政府办传达了上级关于渝鄂直流背靠背联网工程（南通道）大件运输路桥改造加固工程协调会上的讲话精神。国网咸丰县供电公司主要负责人代表业主向项目部汇报工程情况和需要解决的实际问题。恩施州华泰交通建设有限公司汇报工作，各部门各公司相继发言。县领导仔细听取，收集各单位反映的问题、难点和意见。

会议结束后继续开展协调。下午 4 时 15

分，县政府副县长张志奇到杉树园村就渝鄂直流背靠背联网工程（南通道）站外电源35千伏线路45号铁塔的修建工作与村民面对面交流，听取百姓意见。政府办、高乐山镇政府及村委会、国网咸丰县供电公司、恩施永扬建设工程有限公司相关负责人一同协调。随后到村委会附近查看了搬迁安置点，向几个单位汇报征地情况和房屋、电源、水源建设情况。

离开杉树园，协调组一行又赶往唐崖镇三角庄，踏勘渝鄂直流背靠背联网工程（南通道）站外电源35千伏线路3号铁塔既定修建选址，国网咸丰县供电公司、恩施永扬建设工程有限公司、唐崖镇政府和唐崖供电所等单位现场汇报工程建设进度、征地事项、供电部门属地协调和村民阻工情况。下午6点多钟，县领导在唐崖镇召开协调会，县政府办、高乐山镇政府、唐崖镇政府、国网咸丰县供电公司、恩施永扬建设工程有限公司等单位负责人参加。听取各方面工作汇报后，县领导再次强调了推进国家重点工程建设的重要意义，要求各部门加强协调，合力把工作开展好，把困难处理好，努力营造良好施工环境，保证线路按期建成。

五

2018年3月29日下午3点，在咸丰县唐崖镇三角庄村，该镇有关负责人带领协调组在村民王某家中做思想工作。

王某的妻子认准了自己的理，好歹不买协调人员的账。不管你是政府的也好，还是供电公司的也好，说什么都没用。村民在思想上一时半会儿转不过弯，谁也拿她无法，只能慢慢做工作。

为着渝鄂直流背靠背南通道换流站35千伏站外电源线路架设的事，唐崖供电所所长伍兴军硬是把委屈憋在了肚子里。村民可以生气，他不能，这个长期在基层做协调工作的供电所所长有苦难言，时间进入倒计时，半点也不能耽误。想到这个国家重点工程和同一战壕的同事们，他还是三番五次地跑现场，把吃苦受罪当成了工作中必需的一部分。

渝鄂直流背靠背联网工程（南通道）站外电源35千伏线路新建铁塔48基，唐崖镇内有22基，涉及30余户居民的土地和山林。其中的3号铁塔，要建在王某家的山林里。塔基和线路通道，需要征地和砍伐通道，说起来就几句话，实施起来真是难上加难。3月29日的协调以失败告终，贴在墙壁上的公告，也被主人家撕下来扔进了垃圾堆。

这个时候，除了3号铁塔，其他47基已经新建成功。多次协调无果，政府商议决定，开展最后一次协调，向王某一家人讲解铁塔征地、临时用地范围和国家相关补偿政策。4月2日上午，在协调人员的劝说下，王某及其妻子同意签订征地补偿协议与合同。随后，施工人员将钻机和空压机等工器具运进山林，开始站外电源35千伏线路3号铁塔的基础建设。

48基铁塔，上百次协调和奔波。为新建一条35千伏线路做足了功夫，那么对整个渝鄂直流背靠背联网工程来说，它只能算是一个小小的点，站址、进站公路、安置房、大件运输道路改造加固、大件运输、各类证件的办理，许多工作都需要联系和沟通。任何一项工程的建成，无论大小，协调不可或缺。

六

协调工作艰难开展，电力线路迁改工作有力实施。

7月2日下午，国网咸丰县供电公司施工队完成10千伏大太线杉树园台区一处250伏线路电线杆增高作业。当天，电力线路迁改和隐患整治工作全部完成。按照大件运输车辆限

高要求，沿途所有强弱电线路穿越道路对地高度必须在6.3米以上。"7米电杆组立，埋深为1.5米，露出路面为5.5米，按照6.3米高度不够，必须增高。对于道路两侧的电杆，根据道路扩宽的要求，我们就在附近重新挖基坑，重新组立。"现场施工人员袁光艳介绍施工情况。

运维检修部党支部书记田兴林负责大件运输道路上的电力线路迁改和电力安全保障工作。他介绍，为了保障大件运输顺利，运维检修部成立了工作专班，从迁改到大件运输结束，全程跟踪服务，先后完成现场勘查、规划、方案制订、电力线路迁改和涉电安保工作。电力线路迁改工作从6月2日开始，根据华泰公司设计人员提供的图纸和资料，施工队沿途增高和迁移有20多处。强电部门干活风生水起，其他部门的工作也没有落下，广电、电信、移动、联通公司对沿途的光纤光缆等信号传输线路进行迁改，公安和交通等部门的相关工作也在有力推进。

6月29日上午，州委、州政府召开渝鄂直流背靠背联网工程（南通道）大件运输启动会。下午，咸丰县委、县政府召开会议，传达州委、州政府会议精神，启动渝鄂直流背靠背联网工

程（南通道）大件运输相关工作，明确任务和职责，对交通、安保、现场协调等工作进行了安排。7月12日，安装着与"大件"同等宽高框架的大件运输车辆从恩施火车站出发，历时三天，途经恩施市、宣恩县、咸丰县最后抵达杉树园村换流站工程站址。

此次运输，观摩者众多，咸丰县城乡居民夹道欢迎，国之重器即将到来，全县人民为之欢欣。运输启动，依然是供电、公安、交通、通信等多个部门一起为大件运输保驾护航。国网咸丰县供电公司主要领导带领由办公室、发展建设部、运维检修部组成的协调工作组，从大件运输启动前开始，履行供电主体职责，在政府、县直各部门、恩施供电公司、建设方之间传递运输方面消息，随时随地响应并解决运输途中各个单位遇到的问题，不遗余力开展协调。经过多方努力，空载运输顺利完成。

按计划，空载运输1次，模拟运输1次，实体装载正式运输13次。7月14日下午，空载运输完成，从恩施火车站到工程站址，运输道路通过第一次检测。8月14日下午，负载同等重量的模拟运输完成。26日，正式运输顺利完成，第一台重达318吨的联结变压器到站。27日下午6时，该变压器就位。

大件运输路线全程经过质量检测。以技术人员检测结果为依据，认定道路具备每次运两台的基础条件，随后的12台变压器分6次运输。笔者在对路桥改造加固施工负责人的采访中了解到，每次运输后，施工项目部都要对线路进行复勘，检查路基、路面是否有下陷、偏移和塌方等问题，通过专业仪器对桥梁进行检查，看质量在承受重量后是否有变化。业主项目部和监理项目部紧密关注，全程监控大件运输各个环节，确保每趟运输都安全抵达工程站址。

国庆节，大件运输工作继续。和前几个月的工作一样，恩施、宣恩、咸丰三市县联合作战，多个部门为国之重器和运输车队保驾护航，以此作为对伟大节日的最好献礼。国网咸丰县供电公司有关领导和公司所属各部门的干部员工一道，坚守一线，做到了角色不缺位，履职尽责，在做好节日保供电工作的同时，做好大件运输安保协调工作。10月25日下午4时29分，第12台、13台联结变压器顺利到站，大件运输工作圆满完成。

这次运输时间跨度达4个月之久，州长助理、渝鄂直流背靠背联网工程（南通道）换流站大件运输指挥部第一指挥长在接受记者采访时说："我州几乎举全州之力，确保工程建设和变压器运输顺利进行。"据记载，此次运输共13台联结变压器，单台重量为318吨，公路运输路线总长131.3公里，经恩施城区主干道、国道、省道及农村公路，其间对穿高速公路2次，上跨下穿高速公路18次。

中特物流有限公司负责运输变压器。该公司办公室工作人员张淑君告诉笔者，为顺利完成此次运输任务，公司根据山区地形复杂、运输难度大的环境特点，采用法国制造的尼古拉斯运输车为主运输车，这种运输车全球仅有3台，马力达930匹，价值上千万元（不含税），另外11台为国产奔驰运输车，马力为500匹至600匹。除了运输车，还有铲车、测高车、皮卡车等车辆，运输力量、规格和水平在中特物流公司运输中居全国之最。

作为世界上电压等级最高、输送容量最大、联网能力最强的柔性直流工程，渝鄂直流背靠背联网工程备受瞩目。为给国家级重点工程营造良好内外部氛围，电力行业新闻工作人员和外媒记者全程跟踪采访，适时报道工程建设、大件运输工作开展情况和全体参与人员的艰辛付出，在山头、交叉路口、施工现场蹲守成为常态。131.3公里的路，"记者团"一路随行，风雨无阻，几乎是用脚步丈量运输道路。在记者们的一次次现场采访、一篇篇文字书写和一帧帧画面拍摄中，多条消息和通讯在各级媒体刊发播报，充分展现了国家电网良好形象和电网持续发展现状，展现了政府以及全州各部门讲政治、顾大局、团结奋进、勤勉踏实的优良作风，展现了各参建单位干部员工全身心投入国家重点工程的拼搏精神、进取精神和奉献精神。

（原载《唐崖》杂志2022年冬季号）@

彭文瑾：
追逐一束光

　　彭文瑾，中国电力作协会员，中国散文学会会员，湖北省作家协会会员。毕业于鲁迅文学院第二十届作家高研班。1991年正式发表作品，大量作品散见于《文艺报》《诗刊》《诗选刊》《山花》《国家电网报》《新作家》等并入选各类选本。多次荣获全国诗歌大奖赛二等奖、全国散文创作二等奖、湖北省产行业文学奖。出版作品集《阳光岁月》《爱是最温柔的守候》《春花秋月》《故乡辞》。诗集《春花秋月》入围2015年鲁迅文学奖。

一

人勤春更早。傍晚时分，湖北咸宁永安阁对岸，桃花开红了一树，花团锦簇，着实惊艳了我。前天，这些花儿大多都还是花骨朵呢。春天已经到了最热烈的时候。日光暖暖的，醒树的风已经刮过好几遍了。一转身，我就会迎面撞到一树一树的花。那些爱花的人，在春光明媚的时候，相约到花丛中拍照。

天色湛蓝，湖水明净。我最喜欢空闲时间在小区周围散步赏景。每次散步时，总会约着住在附近的同事甘利红一起出来锻炼身体，聊天谈心。她很喜欢运动，她说保持充沛的精力，才能提升工作和生活的幸福感。不过，她的日常工作安排得相当紧凑。虽然我们居住的小区相邻，但我见她，或她见我，都需要提前相约。

甘利红说，刚进单位时，为尽快胜任工作，她用了一周的时间学会了使用设计制图软件，并在师傅的指导下，负责220千伏塘角变电站主变压器保护改造工程的施工图设计。为了读懂设计施工图，她又主动咨询保护设备生产厂家的技术员，请教单位的技术专家和省设计院的相关人员。她还排查保护装置和端子箱的接线，绘制了一张张草图。

半年后，220千伏塘角变电站主变压器保护改造工程顺利投运。这是咸宁电力设计勘探院承担的首个220千伏变电站工程的施工图设计。她因此破格提前结束了实习期。

在设计勘探院工作期间，甘利红设计了变电站工程图纸80余份，编制概预算报告近百份。之后，她又被分配到咸宁供电公司农电部工作。在农电部，她管理的近50项农网工程入选国家电网有限公司配电网百佳工程，编制的《配网工程项目竣工资料模板》被国网湖北省电力有限公司推广应用。

工作中的甘利红一直勤勉努力，有一股不服输的拼劲儿。工作再忙再累，她都保持着运动的习惯。我们每次散步的最后，她都要再跑上几公里。见她一阵风似的从我身边跑远，我不由得赞美她青春勃发、积极向上的模样。

甘利红说，"恒以匠心践初心，愿化春泥更护花"是她始终坚持的信念。热爱生活，享受生活的乐趣，把平淡化为神奇，则是她一直以来的生活信条。和千千万万个电网人一样，她始终追光逐梦，不断前行。

二

因为工作的缘故，我曾到过许多山乡郊野的变电站。那些与电相关的往事，深藏我的记忆中。

记得几年前，我和同事被调到位于神农架木鱼镇的 110 千伏青天变电站工程项目部工作。我们一路风尘仆仆，抵达了位于半山腰的一座农舍。我们收拾好行李，在门前的空地上迎着山风，看着山脚下云雾缭绕的村庄，品尝刚采摘的核桃、板栗、榛子、松子，畅快至极。

"先过几天神仙日子，再往后就辛苦喽！"同事提醒我。我身兼数职，负责材料与设备的报审，开工资料的整理，还要为项目部的同事做一日三餐。

然而，要在深山里建成一座现代化的变电站谈何容易。很快，冬天来临。下雪天，工地的水管被冻住了，我们没有水用了。风呼呼地吹在脸上，刺得脸生疼。我和同事每天上下班都穿着厚厚的工作服，走在泥泞崎岖的山路上，鞋子沾满了泥水，衣服也被雨雪打湿。晚上也睡不好觉，从家里带来的厚棉被仍然挡不住寒风，我常常半夜被冻醒。

尽管当时生活条件艰苦，但是现在回想起来却觉得很快乐。结束了一天的工作，我们围炉夜话，欢笑声在寂静的山里传得很远很远。

"没电时，这里经常黑灯瞎火的，晚上我们基本不出门。"当地村民说，"现在不一样了，日子有了大变化。多亏了你们啊。"

"你用电，我用心"这六个字，是镌刻在电网人心中的箴言。我们默默守护着万家灯火，就像遍布山麓的郁郁树林，扎根在这块热土，为大山里的百姓送去光明和希望。

三

当吴钢将三张国家实用新型发明专利的授权证书铺到我面前的时候，我真心为他骄傲。我们在一个单位共事了 15 年。他付出的汗水和辛劳，我都看在眼里。

吴钢 1999 年退伍，脱下军装的他从一名普通的线路施工员做起，在生产一线不怕苦不怕难，刻苦钻研，终于成长为输电线路施工技术专家。吴钢说："当兵的就要有个当兵的样子，走哪都要把自己磨砺成一块好钢。"

2023年春天，我在崇阳铜钟220千伏变电站110千伏送出工程建设工地上见到他。他的工作服满身都是泥，脸黑黑的，正在和同事一起搬运电缆。他顾不上和我说话，只是示意我进项目部的活动板房休息。过了十来分钟，他才进来和我说话，还不时地喝水。我问他：

"你最近回过家吗？"他回答："春天正是电建项目集中开工的时候，实在太忙了。家就是我的'维修站'，只有生病了才会回家休整几天。不过家里人都很理解我、支持我。"这时候，我看向工地，阳光下的电网人都在忙碌着。

日子如水，生活是光。追逐光，才会心中有梦想，脚下有力量。追逐光，才能照亮自己，照亮别人，并向世间传递更多光亮。

（原载《国家电网报》2023年4月14日第5版）@

郭晖：
高空舞者

　　郭晖，湖北省作协会员，任职于国网湖北送变电公司。有散文《手艺》《我曾错过太阳》《幸福》，报告文学《尖子》，诗歌《火种》等32篇文学作品在省内外官方征文中获奖，个人事迹被《军事记者》杂志、《国家电网报》报道。

假如没有电，生活会怎样？人类将倒退至远古时代，黑夜漫漫更加难熬……2022年夏天出现了历史上少见的漫长晴热高温天气，在极端高温天气下，有电和空调给我们带来的清凉，炎炎夏季才变得舒适，而作为为美好生活"充电"的国家电网工人，作为守护光明的使者——送变电检修员工，他们的职业生活是怎样一番景象呢？

一

这是个高危职业！

在百米高空导线上行走，在"嗞嗞嗞"的瞬时放电声中开展作业，假如没有相应保护措施，物体稍一碰触超、特高压输电线路，便会瞬间化为灰烬……这些惊心动魄的画面和可能出现的后果，光想想就会胆战心惊吧？然而有这么一个人，他常年要在上百米高空"走钢丝"，被称作"高空舞者"。带电作业、检修线路，感受电光火焰的威力。他和小伙伴们手机24小时保持开机模式，越是天气环境复杂多变，电力故障越多发，他们越要做好随时抢修的准备。

他叫王明，国网湖北送变电工程有限公司输电运检分公司带电作业班班长。中等身材、一张国字脸上挂着副眼镜，憨厚的笑容里藏着一对酒窝。看似柔弱，却是高空带电作业的狠角色，在他手里创造了多个国内首次，先后完成全国首次±800千伏特高压更换绝缘子大型带电作业、±800千伏特高压耐张杆塔"自然电位法"等电位作业，实现了中国特高压带电作业史上两次零的突破。他累计作业时长510余小时，处理各种缺陷810件，避免因停电带来的经济损失10.2亿元，保障了国家输电线路主干网架安全稳定运行。他先后获得全国五一劳动奖章、湖北省第二届"荆楚工匠"等荣誉，是脚杆子上绑大锣——走到哪儿都当当响的大拿。

谁也没想到，王大拿也有被困难"拿住"的时候。

王明在高空导线上作业时，通过老式导线间隔棒扳手丝杆调节拆除间隔棒线爪，高空拆除一个间隔棒需要30至40分钟，上百米高空，身着灰色密不透风的屏蔽服，作业人员两腿骑跨在导线上，必须紧紧抓住导线，躬下身子、压低重心，如果有阵风吹来，导线随即舞动，导线上的人犹如大海上的一艘小船，随风左右摇摆，地面上的人看了心都要提到嗓子眼上，面临心理上的高压力、高技能、高体能等多重挑战，在高空每多待一分钟，对人的体能和意志都是极大考验。

如何才能缩短拆除间隔棒的时间，减轻高空作业压力？这是王明时常思考的问题，可难题和答案仿佛在他脑子里玩起了捉迷藏，越是冥思苦想，越是找不到破解之方。

思路，更像关在屋里的鸟儿，东飞西撞就是找不到出口。

王明犯起了倔劲。

越是他解决不了的难题，他越要较劲。

"他像是在跟时间赛跑，总是不知疲倦，这要是不成功，除非太阳从西边出来！"在参加一次业务培训期间，与王明住同一宿舍的王鹏对他叹服不已。凌晨1点，王鹏起夜时发现，王明仍捧着《创新与应用》的书看得入神，床头柜上的笔记本记得密密麻麻。

一个偶然的机会，让难题迎来了曙光。

一次，王明在水果市场看到店员打包水果时用的打包带收紧钳，这个工具的使用原理不就是自己一直想改进间隔棒扳手快速调节的原理吗？

"就是你了，太好啦！"王明直拍大腿，兴奋得叫出声来。水果店内，顾客和店员面面相觑，以为王明犯了啥病。

只见王明抓起买好的苹果，顾不上接店员递来的零钱，撒腿跑回了家，他在网上淘了把收紧钳，收到货后就开始捣鼓。

王明加班加点绘制改进的间隔棒扳手结构图，并找来材料加工试验。一个月后，"快速调节导线间隔棒扳手"研制成功，并应用在输电线路作业现场。这款扳手可快速调节拆除线爪，拆除一个间隔棒只需10分钟，高空作业用新式扳手比旧扳手缩短20多分钟，极大提高了检修效率，减轻了劳动强度。

2016年4月，快速调节导线间隔棒扳手获得国家发明专利。这是王明人生中获得的第一个发明专利，它就像一根火柴，点燃了王明创新实践的火种。

在常人看来，创新似乎是科学家的事，可自从有了第一次尝试，王明对创新有了新的理解，他说"创新"，就要脑袋里时刻装着问题，处处留心才能迸发灵感，而结合工作看，只有不断优化带电作业工艺方法，才能让带电作业越来越安全。

二

凡事喜欢琢磨的王明又开始了新尝试。

"王班长，我们的铁塔冬天摸起来像块冰，夏天摸起来像炭火，要是人能像无人机那样飞到电力塔上，带电作业就轻松多了！"一次带电作业下塔后，年轻队员吕田浩抹去额上的汗珠随口说道。

"是啊，特高压铁塔低则六七十米，高则一百多米，光爬到作业点都要几十分钟，要是我能直接'飞'进等电位，就太酷了！"老师傅王磊回应道。

"小吕这个想法有创意，我们可以成立课题小组研究……"王明表态。

就这样，一次不经意的对话，碰出了智慧的火花。

王明和小伙伴们分工、明确研究思路：想把人直接从地面送进等电位，要借助无人机将绝缘绳抛过导线，然后通过一个载体将人带入高空导线。

无人机有现成的，让绝缘绳带上导线需要在无人机上安装抛绳装置，他们根据无人机底部特点绘制图纸，将抛绳装置的支架制作成型，接着联系厂家制作载人装置，经历两个月紧张忙碌，被称作"电动小飞人"的新装置问世。

这一装置付诸实践，新问题又冒了出来。

经反复测试，绝缘绳多次被"电动小飞人"打烂，带来安全隐患。

安全是头等大事，是放弃这个创新设想，还是大胆往前？王明在心里一遍遍问自己。这时，电话响了，分公司经理在电话那头安慰他：搞创新不可能一帆风顺，压力别太大……

"安全与创新都要兼顾好"，领导的关心坚定了王明走下去的决心。

王明从绝缘绳编织方式和机械强度上找到突破口。他与相关厂家反复沟通，使绝缘绳的设计达到安全要求，一套"无人机辅助带电作业进出等电位的方法"新鲜出炉，带电作业由传统的"人力攀登、塔上辅助"模式转变为"一键升降、地面直达"模式，实现了传统带电检修向智能化转变，提高了工作质效和安全系数。

三

习近平总书记指出："把科技的命脉牢牢掌握在自己手中，国家才能真正强大起来。"

如果说高空带电作业是常人少走的路，那么创新则是拓前人没垦过的荒。如今，为打造创新攻关阵地和人才培养高地，王明所在湖北送变电公司成立了"启明星创新工作室"，王明深知，作为"国之重器"的电网发展强大，离不开科技的加持，而创新则是引领电网发展的第一动力，秉承这种理念，他先后带领团队完成技术革新成果 20 余项，获得国家实用新型专利 21 项、发明专利 9 项、国际专利 1 项。王明和他的启明星工作室，正像冉冉升起的启明星，照亮着电网高空作业的星空……

（原载《脊梁》杂志 2023 年第 2 期）@